TENG XIAOLAN
XIAOSHUO
JINGXUAN
CHENG FENG

滕肖澜 —— 著

乘 风

时代出版传媒股份有限公司
安徽文艺出版社

滕肖澜，中国作家协会全委会委员，一级作家，现为上海市作协副秘书长、中宣部"四个一批"文化名家。作品曾获第六届鲁迅文学奖中篇小说奖、首届锦绣文学大奖、《上海文学》奖、《十月》年度青年作家奖等。并入选《人民文学》与"盛大文学"共同推选的"未来大家TOP20"。

乘风

滕肖澜小说精选

滕肖澜 —— 著

TENG XIAOLAN
XIAOSHUO
JINGXUAN
CHENG FENG

时代出版传媒股份有限公司
安徽文艺出版社

图书在版编目（CIP）数据

乘风/滕肖澜著. —合肥：安徽文艺出版社，2020.12
（滕肖澜小说精选）
ISBN 978-7-5396-7065-2

Ⅰ. ①乘… Ⅱ. ①滕… Ⅲ. ①长篇小说－中国－当代 Ⅳ. ①I247.5

中国版本图书馆CIP数据核字(2020)第206842号

出 版 人：段晓静	丛书统筹：姜婧婧
责任编辑：姜婧婧	装帧设计：Simple

出版发行：时代出版传媒股份有限公司　www.press-mart.com
　　　　　安徽文艺出版社　　www.awpub.com
地　　址：合肥市翡翠路1118号　邮政编码：230071
营 销 部：(0551)63533889
印　　制：安徽新华印刷股份有限公司　(0551)65859551

开本：880×1230　1/32　印张：13　字数：290千字
版次：2020年12月第1版
印次：2020年12月第1次印刷
定价：52.00元(精装)

（如发现印装质量问题，影响阅读，请与出版社联系调换）

版权所有，侵权必究

(一)

临近中午的浦东机场候机楼。天气很好,阳光从顶层的巨型"龙眼"天窗里透进来,将夏日的暑气挡在外面,只在地上投下一些稀稀疏疏的光影。大理石地面光可鉴人,远望着,人像在河面上行走。女人的高跟鞋在地面上发出清脆的叮叮声,与此形成鲜明对比的是,拉杆箱的小轮奏出沉闷的拖移声。广播声此起彼伏,清一色标准女音,电脑控制的节奏,把数字念得缓慢吃重。四周俱是玻璃幕墙,能清楚看见机坪上整齐排列的飞机。候机厅里人来人往,却又井然有序。电子巨幅屏幕不断翻滚着。一派繁荣景象。

袁轶走在队伍最后,架势像在逛马路,脖子上挂的临时通行证随着身体的行走而不断晃动。他手插在裤袋里,走路时脚略呈外八字,这使他看上去像极了一只鸭子。

今年十来个新进毕业生中,有来自天津民航学院、南京航空航天大学、上海工程技术大学航空学院的,还有民航中专、技校的——唯独他不是民航专业。上午开动员会时,公司党委江书记一走进来,便笑道:"听说你们这届有个学动画设计的?"袁轶手一举,声音响亮:"我就是!"

"很好嘛,"江书记交代他,"下次帮公司设计个动画片,在候机大厅里滚动播出。"

"没问题。"袁轶回答得很爽快。

吃过午饭,实习生们便由资深员工带领,到各部门熟悉大致流程。出发大厅、到达大厅、安检、边防、免税店、廊桥、机坪……偌大的机场,这么一圈走下来,也要费不少时间。袁轶依然走在最后,听前面几人聊天:"真复杂啊,我本来以为机场就是一个单位,哪里晓得里面名堂这么多。""可不是,我妈一直以为民航学院出来就是当空姐,怎么也解释不通。""我爷爷更绝,听说我学的是商务运输,就觉得我将来肯定是当货车司机。"

几人都笑起来。

一人轻声问:"航空代理公司到底好不好啊?我们班上就我一个分来这里。"

"马马虎虎吧,听说是机场里最直接和飞机打交道的公司,跟东沪航它们差不多。"

"我猜应该不怎么样,"一人撇嘴,"我们班上几个有门路的,没一个人肯来这里。爹妈舍不得,据说钱少,活又多。"

"谁晓得？反正来也来了，听天由命吧。"

柳婷婷走在中间，不紧不慢。袁轶几次瞟过她，预备在对视那刻给她一个潇洒的微笑——可惜，两人的目光仿佛两条平行线，始终没有相交的时刻。

袁轶一路望着她的背影。他猜她应该知道他在看她。事实上，她对他跟来机场实习已经表过态了——"你真了不起！"。她说这句话时，一脸讥讽，其实是竭力掩饰着内心的诧异，甚至是害怕。她完全没料到有人会为了追女孩，而把前途事业视为儿戏。从初中开始，她已经觉得这个家伙有些疯狂了。中考填志愿，他居然拷贝似的，把她的志愿照搬全抄。他的学习成绩不如她，全凭爱情的力量，居然让他超水平发挥，跟着她进了重点高中。高中时他还想依样画葫芦，跟着她填"南京航空航天大学"，亏得他父母把志愿表夺下来，才没遂了他的愿。现在，大学毕业了，这家伙又来了。他父母去国外做生意，家里只剩他一个，没人管。他像脱了缰的野马，肆无忌惮。

旁边的吴小梦提醒她："那个叫袁轶的，一直在看你——你们认识？"

"中学同学。"柳婷婷轻描淡写。

"哦，是吗，也分来机场了？——真巧。"

柳婷婷笑着耸耸肩。

领队示意大家休息片刻，自由活动。袁轶到旁边商店买了一堆冰淇淋，慷慨地分给大家："我请客——"大家嘻嘻哈哈地凑上来拿。柳婷婷没动。袁轶走近了，递了一支给她："天气热，吃根冷饮。"柳婷婷迟疑了一下,接过:"谢谢。"

"客气啥?"袁轶笑着朝她努嘴,"以后都是同事了——请多关照哦。"

柳婷婷别过头,把包装纸扔进垃圾桶。

机场对于袁轶来说并不陌生,除去自己旅游,他几乎每隔三四个月便会来这里一次,接送父母。其实两位老人家完全可以自己坐出租车,但他们更喜欢儿子亲自接送的感觉。"出了闸口,一眼看到人群里最帅的那个就是自己儿子,啥叫幸福?这就是幸福!"袁母上月离开上海时,对儿子说,"如果下次过来迎接的是两个人——加上你女朋友,那就太棒了。"那时袁轶父母并不知道袁轶已经向机场递送了简历,还以为此刻他应该在某家广告公司或者动画片工作室实习。他们对这个宝贝儿子向来纵容,即便经历了高考填志愿的风波,他们也以为那只是他人生中的一段小插曲,过去也就过去了。他们低估了那女孩在袁轶心里的地位。

袁轶去吸烟室抽烟,正要推门,见温世远从里面出来。两人点了点头,算是打招呼。袁轶有些意外,想这个闷葫芦原来也抽烟。他是柳婷婷的同班同学,沉默寡言,跟谁都不多话。自我介绍时听他说是湖北襄樊人,实习生里唯一的外地人。

"那个姓温的,很有门路吧?"袁轶找了个机会,凑到柳婷婷旁边,"不是上海人,能分在机场,不简单啊。"

"并不是人人都靠门路才进的机场。"柳婷婷加重语气。

袁轶笑笑。他知道她的意思。实习生人手一本《航代概述》,头一页"公司领导","袁啸腾"的名字排在副总第三位。虽然进机场才几天,但几乎所有实习生都知道了,袁轶的叔叔是公司领导。袁轶也有自知之明,倘若没有这层关系,他无论如何也进不来。上周叔叔还又问了他一次:"你小子怎么莫名其妙想来机场上班?"他一脸郑重:"镇守祖国的蓝天,保卫家园。"叔叔摇头:"去你的,又不是空军。"他嬉皮笑脸:"都差不多。"叔叔一脸怀疑:"你小子不会是为了追小姑娘才进来的吧?"他哎哟一声:"叔叔,帮帮忙,想象力不要太丰富。"心里却想,叔叔就是叔叔,老同志思路清爽。

经过两天的熟悉环境后,毕业生们进入各部门实习。袁轶分到值机,而柳婷婷分在配载平衡室。说起来都是客运部,但一个在三楼出发大厅,一个在底楼到达区,要见面很难。

袁轶去找叔叔,说也想去配载平衡室。袁啸腾应该是听到了风声,问他为什么。他回答说喜欢专业性强的岗位。袁啸腾冲他一句:"那调你去机务怎么样?飞机放不放行你说了算,专业性最强了,每月还多几百块钱地勤照。就是噪音大了些,风里来雨里去,雷达辐射又厉害,三十岁不到头发全部变白——好不好?"袁轶只好作罢,又想只是实习罢了,并不是最终的分配结果,大不了每天跑上跑下辛苦几趟,无所谓。

实习生都有带教师傅。袁轶运气不错,师傅高莹是天津民航学院毕业的,身高一米七三,模特身材,长相甜美。人靓,性格也很开朗。她见到袁轶第一句话便是"咦,你有点像我男朋友哦"。袁轶没见过女人主动上门调戏的,倒是很对胃口。

"'师傅'太落俗套,像您这样神仙似的人物,我叫您'姑姑'吧。"

"行啊——过儿。"她大方地在他肩上一拍。

高莹是值班主任。国际值机一共两个值班主任,轮班倒。袁轶听同事说,另一个值班主任王力深是个阴阳怪气的家伙。"你属于运气好的,"同事道,"哪天你换个班,就晓得那边人的苦了。水深火热啊。"

没上几天班,袁轶就知道高莹得人心的缘故了。首先,她没架子,见谁都笑嘻嘻。本来袁轶以为自己是帅哥,嘴巴又甜,所以格外讨她喜欢。其实不是。除了他,她还有好几个徒弟,歪瓜裂枣的也有,一棍子打不出个闷屁的也有。她一视同仁,手把手地教手艺。其次,她业务水平高,部里好几次 check in(办理值机手续)竞技,她都名列前茅,速度快,活儿又漂亮。大家都服她。还有最重要的一点就是——她人仗义。值机跟旅客面对面打交道,鸡鸡狗狗酱油白菜的,难保不出些纠葛。旅客就是上帝,服务性行业就这麻烦,旅客再怎么不对也得忍着,有时候这边受了气,人家一封投诉信过去,部里还要处罚。可高莹就是有这魄力,谁不讲理,就算上帝也没用,照样对着干。领导要罚,她老母鸡护雏似的挡在前头,罚钱罚人,她眉头皱都不皱。她曾经在会上跟经理拔开喉咙吵架,拍过桌子。换了别人,老早吃不了兜着走了。可她不会,威信高得连领导都忌惮她三分。

跟着这样的师傅,袁轶自是惬意。当然高莹绝不是无原则地纵容,严格起来也是很有些师傅样子的。别的不提,单是背城市三字代码,就要了袁轶的命了。他不是科班出身,完全没有底子,等于从零开始。高莹扔给他一本皱巴巴的 IATA(国际航空协会)培训教材。

"统统背熟。"

袁轶接过,厚得像字典:"比高考还吓人。"

"拿出你追女孩的恒心,一百本也搞定了。"

部里是没有秘密的。谁都不是傻子,他隔三岔五便往平衡室跑,听见柳婷婷打来的电话,脚下就像装了滑板,嗖地一下溜过去。只要是柳婷婷做的平衡,他第一个申请去舱口送旅客名单表。没几天工夫,连打扫卫生的阿姨也察觉了,一本正经地说:"这个小伙子心思不在航班上——"

"我看人家对你也没啥意思吧?"高莹说他。

"男追女,隔重山。我还在拼命地往上爬。不过没啥,我脚劲好。"袁轶笑。

"当心摔个大跟头。"

国际航班通常在起飞前两小时开始 check in。上柜台前,高莹会先主持 briefing(碰头会,简要介绍航班情况),介绍一下该航班的大致情况,各舱位的订座人数、有没有特殊旅客,比如 VIP、轮椅、无人陪伴儿童,再核对一应票据文件是否带齐。

因为是学徒阶段,袁轶一天最多只做两个航班,而且时间也比较人性,凌晨半夜那种缺德的红眼航班暂时不用他。"早晚的事,"高莹对他道,"小白脸很快也会熬出黑眼圈,脸上长满痘痘,吃饭上厕所像打仗,休息天基本用来睡觉——好好享受现在的幸福时光吧。"

值机是做两天休息两天,而平衡室是做一天休一天。所以四天里，袁轶只能见到柳婷婷一天。他当然不至于休息天进来看她，那太疯狂了，也会吓到人家。平衡室不乏单身男青年，见到柳婷婷，一个个都跟饿狼似的，因此便格外地看袁轶不顺眼。柳婷婷的师傅也是个王老五，多少有些那意思。仗着老资格，半真半假地嘲袁轶："今年公司来了个情圣啊，跟唐伯虎有的一拼。"袁轶回敬："你的意思，婷婷是丫鬟咯？"那人一时语塞，说不出话来。这事后来成了典故，袁轶再到平衡室，那些人便叫他"华安"："华安，又来找秋香姐啊？"袁轶也不在乎，大大咧咧地自嘲："华安是癞三，秋香姐是女神。"为这事柳婷婷找过他，让他少说那些不合适的话："大家都在实习，影响不好。"袁轶想说是那些人先惹的他，但再一想，这话似乎没必要说。大家眼睛都是雪亮的，他袁轶的居心，赖也赖不掉。喜欢就是喜欢，从初中到大学毕业，袁轶觉得自己已不是癞三了，而是癞蛤蟆，想吃柳婷婷这块天鹅肉也不是一天两天了。

"是倾慕。"袁轶这么对欧阳爱靖说。欧阳爱靖是他大学室友兼死党。

"明白，"欧阳爱靖点头，"就跟我爸爱我妈那种程度差不多。生怕别人不知道，还非得在我的名字上体现一把。"

"我要是和她结了婚，生的小孩就叫袁爱婷。必须的。"

欧阳爱靖毕业后进了一家台湾动画工作室实习。他说袁轶的决定相当英明："天天加班到八点，只报销饭钱不给加班费，单位离家远，工资少得可怜，师傅对你防得严严的，惜字如金，生怕你学会了手艺饿死他。"

"除了单位离家远这点，其他方面机场的确不错。"袁轶承认。

"还有漂亮的空姐看。"

"漂亮个屁,我做的那些中东航空公司,空姐都是黑妞,年纪又大,满脸麻点,水桶腰,走近了身上还有一股怪味。"

"还是袁爱婷的妈妈比较好看。"

"废话。"袁轶一本正经地回答。

他有些显摆地表示,做二休二,其实完全可以在外面再打一份工。"自己都觉得不好意思,对不起机场给的那份工资。要是爱婷他妈真的嫁给我了,"他厚颜无耻道,"那机场就是我的福地,我后半辈子给他老人家当牛做马。"

"别忘了,还要买十八只蹄髈。"欧阳爱靖提醒他。

"必须的。"

高莹让袁轶开始学做 QR(卡塔尔航空公司),晚上八九点钟开始,零点左右结束,是属于比较温和的红眼航班:"这叫平稳过渡,免得以后做三四点的 EK(阿联酋航空公司),你昏倒在柜台上。"

"姑姑对我真好。"

"少油嘴滑舌。——'多哈'三字代码是什么?"

"DOH。"

"亚特兰大?"

"ALT。"

"纽约?"

"NYC。"

"杭州?"

袁轶想了想,笑道:"奇怪了,那么远的城市三字代码我都记得,杭州我一年都要去个三五趟,怎么偏偏就记不住?姑姑你说是啥道理?"

"少来这套,记不住就是记不住,跟远近没关系?斯德哥尔摩?"

袁轶笑:"姑姑教训得是,果然远的也不行。"

"慕经理说了,后天三字代码考试,最后三名扣工资——小心没钱请女孩吃饭。"高莹说的是客运部经理慕思晨,三十五六岁年纪,极爱穿粉红衬衫的半老男人,最喜欢搞员工技能大比拼——亲自出考卷,亲自监考,亲自评分,亲自训话,亲自扣工资。上周的护照检验考试,袁轶倒数第二,已经扣了两百块钱。因为是实习生,所以数目不大,换成正式员工,五百起板。

"名字像琼瑶片男主角,做出来的事情却一点也不浪漫。肯定是小时候被老师考惨了,所以现在拿我们泻火。"袁轶叹气。

"你这个人啊,"高莹一边修指甲,一边说他,"别以为有后台就可以随便嘲笑领导。"

"我有什么后台啊?就算有,也是姑姑您,正邪两道通吃。"

"背你的三字代码去——别丢你师傅的脸。"高莹噗的一声,吹走指缝里的碎屑。

袁轶的考试结果依然是倒数第二。又是两百块。原先倒数第一的那个,上升两位,变成倒数第三。原先倒数第三的成了倒数第一。袁轶算是不进不退。

部门例会上,慕经理用了"三个活宝"来形容他们。

"再观察一阵,不行就给我到行李查询去,或者干脆进服务组——"按理说,领导讲话该有些策略,不该这么直逼逼的。服务组的活儿最累，讲起来技术含量不高，因此薪水也最少。行李查询倒是个闲职，但也因为这个，里面多半是大婶大叔，懒散惯了，节奏总慢上几拍，算是客运部的"养老院"，也是不太招人待见的。

袁轶低着头，做出沉痛的样子。听见旁边服务组和行李查询的几个人低声冷哼，显然不怎么舒服。袁轶心里吹了声口哨，想这琼瑶片男主角说话实在傻乎乎，不是当领导的料。不觉有些睡意，张开嘴便打了个哈欠，正好被慕经理看见，一支圆珠笔劈头扔过来：

"说的就是你，你还好意思打哈欠！"

袁轶做了个抱歉的手势，心想管天管地，你还管我打哈欠。你比玉皇大帝还牛啊。一瞥眼，见柳婷婷在斜对面看着自己，便朝她笑了笑。柳婷婷很快把目光移开。她师傅坐在旁边，一副似笑非笑的神情。袁轶有些不爽，想，你小子就幸灾乐祸吧，老子就是倒数第一，秋香姐也不会看上你这根老帮瓜。

海书记出来打圆场："慕经理的意思呢，呃，这个，大家还要努力，学无止境嘛。其实人无完人，有些同志可能在某一方面稍微欠缺些，但其他方面的成绩我们是有目共睹的。比如袁轶，好几次我到柜台上看到他，态度热情手脚又麻利，英文也很不错，是个好苗子。我估计吧，应该是年纪太轻，沉不下心来背书，是不是啊小袁？"

袁轶抬起头笑笑，算是回答。海书记比慕经理还小了一岁，却沉稳得多，搞党政工作的就是不一样。所以说一个十三点的背后必定有个老屁眼撑着，否则肯定乱套。袁轶知道海书记给自己戴这顶小高帽，自己是沾了谁的光。袁副总的侄子，谈不上是皇亲国戚，但无论如何也不至于被人揪着脖子骂。海书记是怕叔叔给他穿小鞋。其实袁轶倒不会这样,从小到大他都不爱打小报告。从某种程度上说,他反而有些欣赏琼瑶片男主角,明知他的背景,还这样点名道姓的,有些魄力。

会开到一半,袁轶溜出来抽烟。他的烟瘾本来也没这么大,主要是被人又骂又捧,冰火两重天,搞得有些纠结,抽根烟舒缓一下。

袁轶在吸烟室里撞上温世远,靠着墙,朝天吐烟圈。厚厚的眼镜片下,五官瞧不分明。相比刚见面那阵,温世远好像瘦了些,神情也有些颓——他分在行李查询。在"养老院"里耗着,他应该是有些想不通。听柳婷婷说,他是湖北那届高考的理科状元,保送进南航的,大学里成绩也是数一数二。通常越是这样的人,越是会自己跟自己较劲,钻死胡同。袁轶本能地对这种人有些抗拒。爹妈头顶黄土背朝天供出来的状元,想着便让人发瘆。

"老是在吸烟室碰到你。"袁轶挑了个离他有些距离的位置,笑笑。

对方微微点头,并不说话。

袁轶瞥过他抽的烟,是大前门——只瞥了一眼,便立刻把目光移开。这种情况下,自己手上的软壳中华好像有些刺眼,便拿手指掩着,做贼似的,点上火。

"住在小红楼?"袁轶问他。"小红楼"是幢红色的小楼房,外表艳丽,里面简陋,公司专给外地单身员工的宿舍。

他嗯了一声。

"一年有二十天探亲假,蛮好。"袁轶没话找话。

温世远有些奇怪地看了他一眼,那眼神好像在说袁轶是个戆大。袁轶也觉得自己这话说得傻了,像吃饱饭的人羡慕乞丐"你们不用上班,天天休息,蛮好"——是要被人骂的。

"加上路程假,其实一共有二十四天。"

袁轶猜这话是嘲讽自己。

温世远面无表情地说下去:"要不,我俩换换?"

袁轶只好笑笑,一句话也说不出来。

两人一前一后地从吸烟室出来,回到会场。会议已进入尾声。慕经理例行公事地问大家:"还有什么要说的吗?"照例是鸦雀无声。慕经理正要说"散会",一旁有人站起来:

"经理,我有话说。"——是温世远。

慕经理怔了怔:"什么?"

"我要求换岗位。"清清脆脆的声音。

大家都朝他看去,满是惊讶的眼神。慕经理那样行事泼辣的人,此刻也有些怔住了。

"哦?"

"您可以把他的那份考卷给我试试,我自信能考到九十五分以上。"温世远朝袁轶一指,"如果他那样的成绩可以留在值机,那我为什么不能调过来呢?"

这下轮到袁轶吃惊了。这家伙,指名道姓,是跟他对着干呢。众人发出咦的声音,很有些看好戏的架势。

"这个——"海书记正要出来说话,被慕经理抢在前头,饶有兴趣地问他:"这份考卷都已经公开了,没啥稀奇,我另外出一份给你，怎么样?"这小子看来很合琼瑶片男主角的口味，对上眼了。

"没问题。"像武林高手接受挑战，划下道来了。

"如果你真的能考到九十五分以上，像你这样的人才，当然应该调到最合适的岗位。"慕经理说着，朝袁轶看了一眼，扬扬得意的。袁轶在肚里骂了一百遍"小儿科"，之前对他的好印象大打折扣。忍不住想大叫一声"拿平衡的卷子来，我要是考及格了，也调我去平衡"——当然只是想想罢了，他再蠢，也不至于蠢到这个地步。姑且不论领导是否同意，就算真的让他考了，也铁定通不过。死男人促狭得很，扔张波音747货机的装机单来，他只有傻愣的份儿。

柳婷婷再次把目光向他投来。虽然只是瞬间的工夫，袁轶还是从那看似淡然的内容里捕捉到一丝关切——为这个糟糕的下午平添了些暖意。"好吧，"他对自己说，"人家都说你是华安了，华安为秋香姐受些委屈又怎样？反正你来机场又不是准备当劳动明星的，让人家嘲笑去吧。倒数第二就倒数第二，就算倒数第一你也要撑着。一切为了秋香姐。"

（二）

不久，温世远调来值机，而且与袁轶一个班头。袁轶觉得，慕思晨这男人喜欢把人放在一个斗争的层面，最好人人都是好斗的公鸡，你给我一记耳光，我踹你一脚。唯恐天下不乱。温世友是他亲自领进值机办公室的，像宰相托着状元门生的手。相比之前那些名次倒着数的"活宝"，规格自是不同。

"初生牛犊不怕虎啊,高莹我看他有点你当年的风采。"慕经理唾沫横飞,把温世远捧得很高,好像这小子真是他一手培养出来的,"考卷是我出的,我最清楚。我本来想他能考个八十分就算不错的了,谁晓得他居然考了满分。满分啊,这种考卷考满分是要点本事的,高莹你……"

"这么厉害,别找我当师傅,换王力深去吧。我怕误人子弟。"高莹不客气地打断他。

袁轶在一旁忍不住想鼓掌。姑姑就是姑姑,气度不凡。他听人说过,慕经理曾经追求过她,费了不少人力物力,最终还是碰了钉子,好像至今仍不死心。她不太把他当回事,这层多少也是个原因。追过自己的男人,就算他再厉害,感觉上总归不同。

"王力深不行,这个,罩不住。"慕经理有些讪讪的。

"我又不是黑社会,什么罩得住罩不住的!"

"小温,好好跟着你高师傅,既能学手艺,还能学做人。"慕经理换了话头,像嘲讽,又像讨好。高莹嘿的一声:"不敢当。"慕经理加了一句:"——德艺双馨。"

袁轶一旁看着,想领导做到这份儿上,也真够可以的。大家中午吃饭不怕没话题了。

慕经理走后,高莹对着温世远,便换了副神情:"一个人在上海,还习惯吧?"

"还好。"

"要是有困难就说,不舒服啊或者想换个班什么的,尽量解决。"

"谢谢师傅。"

"你这么优秀的徒弟，还是第一次碰上，有点小紧张。"高莹笑说着，朝袁轶看了一眼，"以前那几个，都是歪瓜裂枣，差别太大，一时适应不了。"

"良莠不齐。"袁轶总结。

"你知道就好。"高莹白他一眼。

吃过午饭不久，便是AA（美国航空公司）开始。高莹看表，站起来，悠扬的一声：

"姑娘小伙们，出去接客喽——"

"来啦——"男男女女鱼贯而出。

袁轶不紧不慢地跟在队伍中间。温世远走在他身后。自那次会议后，两人便再也没有打过照面，偶尔遇见，也是老远便避了开去。袁轶还是第一次碰到这么落乔（拿架子）的人。

"我算是皮厚的了，换了别人老早一个地洞钻下去了。"上周末在酒吧喝酒时，他问欧阳爱靖，"——你说，我又没惹过他，他为什么拿我开刀？"

"他那种农民子弟，最看不惯你这种小开。"欧阳爱靖一针见血。

"我算个屁小开！"

"人家考到省状元才进的机场，像你这种后进分子，轻轻松松就进来了，还不正经干活，天天就晓得追女孩，人家当然看不顺眼了。林冲打高衙内，大快人心。"

"放你的狗臭屁！林冲是因为老婆被高衙内调戏了，才打的他。那小子凭什么看我不顺眼啊？我又没调戏他老婆——"袁轶说到这里，眼珠一转，一拍大腿，"你说，会不会他也喜欢柳婷婷，才故意找我的碴儿?"

"你这个人啊,三句话不到,七兜八兜又兜到柳婷婷身上。"欧阳爱靖摇头,"我跟你讲,含蓄点,追女孩又不是比谁嗓门大,你以为天天把'柳婷婷'三个字摆在嘴上,就能追到人家?"

为这事,连着几天,袁轶都不好意思去平衡室,怕被人笑。闲暇时一本正经拿本 IATA 教材翻来翻去,其实是一个字都看不进。刷工资卡时,里面果然又少了两百块。他不禁怀疑琼瑶片男主角之所以这么热衷于考试,是为了扩充小金库——倒数三名扣钱,其实是个很阴险的主意。人人都考一百分,你考九十九,就要扣钱。没有道理。应该设个及格线,超过了,就统统 pass。这才厚道。否则考试就成了阿诈里(骗局)了。

做 AA 时,温世远就在袁轶旁边的柜台。袁轶竖起耳朵,留心那边的情况,很不怀好意地,盼着出点状况。队伍里,一个四十来岁的女人手里抱个婴儿,旁边还跟着一男一女两个小孩,行李堆得叠罗汉。通常最怕遇到这种旅客,中年女人,行李多,孩子多,要求肯定也多,座位靠前靠后,靠窗或是靠走道,要婴儿摇篮,要儿童餐食,婴儿车做机舱行李托运,行李不管三七二十一都贴上易碎标签,超重了不肯付钱,在那里半是乞求半耍无赖。看她的模样,周身名牌,孩子又多,多半是江浙一带的富户,跟着老公移民到美国,自我感觉好得不得了的那种。这种旅客并不常碰到,碰到了便只有一个字"烦"。万一还要转几个目的地,那就更麻烦了。容易忙中出错。上周有个师兄,就是败在这样的客人手里,行李牌打错,本来该去洛杉矶的行李竟到了纽约,一西一东,横跨整个美国大陆。结果客人一封投诉信——除了五百大钞，还有不少于五百字的深刻检查。

袁轶故意放慢动作，眼前这个旅客倘若结束，那妇人就是他的了。绝对不行。他连说带比画，与客人闲聊着上海的天气："热，除了热，还是热。"那二十来岁的美国女孩大约也是有空，见他如此，倒不反感，丝毫不计较他蹩脚的英文，两人从天气聊到外滩，最后落到"小杨生煎"上。女孩竖起大拇指，说"小杨生煎"是她吃过的最美味的食物。外国人讲话就是夸张。袁轶甚至与她交换了电话号码，相约下次她再来上海，他请她吃遍上海小吃。

拖儿带女的妇人去了温世远的柜台。袁轶呼出一口气，与美国女孩说"bye"。高莹拿着对讲机过来，说他："上班泡妞两不误啊。"袁轶哎哟一声："那种洋妞，脸上全是麻麻点点的雀斑，没兴趣。"

"没兴趣你还跟她聊半天？"

"是她喜欢跟我聊。"袁轶有些无奈地摇头，"慕经理说了，我们这种窗口岗位，一定要有服务意识，客人喜欢聊，我只好陪她聊。这也是没办法的事。"

"是呀，"高莹点头，"这里就数你是模范员工，最听领导的话。人人都不及你。"

"难为情难为情。"袁轶叹道。

不出所料，妇人果然难搞，行李超了近三十公斤，却坚持不肯付逾重行李费，在那里大呼小叫。袁轶猜想温世远初来乍到没经验，肯定是手忙脚乱。幸灾乐祸，都快笑出来了。袁轶正想着，隔壁却渐渐安静下来。温世远不知对妇人说了些什么，她竟然闭了嘴。行李条一张张打印出来，温世远逐一挂上，动作有条不紊。妇人想要一整排座位。这是国际航班常有的事，方便睡觉。温世远向高莹请示，把锁定的座位打开，替她办妥了。

柜台上的温世远，面带微笑，气定神闲的模样，只是皮肤黑了些，领带系得太紧，发型又过时，完全是小镇男人的风格。袁轶看好戏的念头落了空，便格外地瞧他不顺眼，肚子里把"乡下人"骂了一百遍。

航班结束后，袁轶忍不住问高莹："这家伙用了什么法子，才让那妇人乖乖缴了逾重行李费？"高莹说："没什么，就对她说，如果不缴，警察会过来。"袁轶张大了嘴巴："这样也行？"

"窗口岗位不是旅客说什么都要听的，也要有原则。不能一味地顺从，该骗的时候骗，要吓唬的时候也要吓唬，否则工作就没法做了——明白吗？"

袁轶顿时有些没劲。偏偏吃完晚饭，去吸烟室时又撞上温世远。第三次了。要命。

这次是温世远先开口："其实，我们以前见过面的，你知道吗？"

袁轶一怔："啊？"

"大三的时候，你到南航找柳婷婷，向我问的路。"

袁轶又是一怔，想这你都记得，却现在才跟我说，背上竟不由自主冒出了冷汗。气氛陡地有些诡异。"哦——"

"你很不客气地说：'喂，老乡，打听一下，2009届运输班在哪里？'——那时我就想，这人真没礼貌。"

袁轶仔细回忆，完全想不起有这档事。"没印象。"

"我说完以后,你扔给我一根烟。"温世远朝他看,看他手上的烟。

这么一说,袁轶有些信了。他的确有问路发烟的习惯。

"那是我抽的第一根中华烟。"温世远道。

这话说得袁轶身上又是一阵发冷。这家伙非得这么说话吗?让人听了浑身不自在。虽然学生抽中华烟是有些那个,但对于一个每月零花钱有四位数的人来说,这是再自然不过的事情了。你是贫家子弟没错,人穷志高是你有本事,但你无权用异样的敌对眼光看待比你富有的人——袁轶真想把这番话大声扔给他。

几天没去平衡室,袁轶到底是忍不住了,冲过去,在门口迎面碰上柳婷婷的师傅。

"老二来啦?"不知从几时起,"华安"变成了"老二"——这词用得有些猥琐。

"见笑见笑。"袁轶说着,忽然一指他裆下,"阿哥,校门开了。"

那人急忙去看。袁轶吹着口哨,笑眯眯地走开了:"骗着只猪猡——"

柳婷婷坐在角落里,拿一份意大利货运的装机单做练习。袁轶缓缓凑近了。"哇,波音747货机,高难度啊。"他夸张道。柳婷婷听到他的声音,并不抬头,继续做装机单。

"平衡也考试吧?"袁轶问她。

她嗯了一声。

"你肯定没问题,"袁轶自我解嘲道,"不像我,千年老二,还是倒数的。"

"真光荣啊。"柳婷婷忍不住嘲了他一句。这让袁轶有些高兴，他最怕她不理他。

"被你同学害惨了。"

"人家也没错，是你自己没考好。有空怨人家，不如下点苦功。你又不笨。"

袁轶细辨这话的意味，相比温世远，柳婷婷似乎与自己更亲近些，有些恨铁不成钢的意思——骨头不要轻，不要轻，千万要稳住，袁轶提醒自己。

"《泰坦尼克号》喜欢吗？"袁轶小心翼翼地问。

"看过了，十多年前。"

"现在这个是3D版。"

柳婷婷摇头："内容都一样。"

袁轶哦的一声，有些小失望："多久没吃日本菜了？我记得你最喜欢吃海胆。"

她没说话。

"请你吃初花怎么样？"他一抖豁，又加了句，"或者把你妹妹也叫出来，三个人一起。"

"好啊。"柳婷婷答应了。

袁轶又是欢喜又是遗憾，早知道后面那句就不加了，又想，若不是三个人一起，估计她也不会答应。也罢，三个人就三个人，总比一个人强。

"好久没见你妹妹了。她还好吗？"袁轶问。

"自己开了个网店，当老板了。"

"哎哟不得了啊，小姑娘小小年纪，不错嘛。"

"她妈妈不喜欢她这样，觉得女孩子还是要有个正正经经的工作比较好。"

"那也不一定，时代不同了嘛。"

柳婷婷的生母是难产去世的。柳婷婷两岁时，父亲续弦，生了柳晶晶。袁轶要讨好柳婷婷，她妹妹自然少不了得些好处。直到柳婷婷去南京读大学，才少了联系。因此从某种程度上说，袁轶与柳晶晶反而要熟稔些，话也说得多些。姐妹俩性格完全不同。柳婷婷比较文静，柳晶晶则活跃得多，那时跟在他屁股后面一口一个"袁轶哥哥"，吃了他不知多少冰淇淋和巧克力。

吃饭约在周日中午。袁轶提前订了位子，到了那边，等了一会儿，远远看见柳婷婷和一个二十来岁的女孩走进来，倒怔了怔——柳晶晶不再是自己记忆里那个扎着羊角辫的小姑娘。一晃眼，人高了，五官也长开了，成大姑娘了。"像人了，"袁轶笑嘻嘻地说她，"变得这么漂亮，都不认识了。"

"哈，我以前难看啊，不是人啊？"柳晶晶一开口，和过去一样，咋咋呼呼的。

"是人，是人，当然是。"袁轶打着哈哈，偷瞥柳婷婷。在机场里见惯了她穿制服的样子，现在换了条碎花长裙，头发披下来，拿发带微微拢着，化了淡妆，很清新的模样。

"姐姐，有人在偷看你。"柳晶晶叫起来。

柳婷婷没吭声。袁轶忙不迭地把菜单递过去："随便点。"

吃饭时，柳婷婷话很少。她一直如此。袁轶仿佛又回到了中学时代，三人一起吃饭，柳婷婷摆设似的，惜字如金。袁轶一颗心放在柳婷婷那儿，一张嘴巴却对着柳晶晶，与她说个不停。这么久不见，柳晶晶丝毫没有生疏的感觉，依然是叽叽呱呱，除了模样变了，性格完全没变，还是当年那个十三点兮兮的小姑娘。

"你真的是为了追我姐姐，才进的机场？"她很吃惊。

袁轶不好说是，也不好说不是："这个，有一部分原因吧。"

"你真了不起。"柳晶晶竖起大拇指。

袁轶想，连这个小丫头都来笑我："你才了不起呢，年纪轻轻当老板，发财了吧？"

"发什么财，才刚起步，早呢。"

"都卖点什么？"

"主要是化妆品——大家老朋友了，你可一定要捧场。"

袁轶嘿的一声："我怎么捧啊？我又不是女的。"

"男用化妆品也有啊。再说了，你没有女同事吗？你替我做做广告，让她们都来买我的货。自己人，可以适当打折。"

"人家未必肯，"袁轶摇头，"不知道的还以为我拿回扣呢。"

"我又不会让你白帮忙。"柳晶晶说着，朝一旁的柳婷婷努了努嘴，又朝袁轶眨眨眼睛，"当然了，我也不强迫你，帮还是不帮，你自己看着办。"说完，整个人往后一靠，对服务生说，"再来两份酱烤银鳕鱼！"

袁轶苦笑，想这顿饭请得冤枉，花钱不算，还得帮人推销，受人威胁。

柳晶晶居然还喝酒，一叫就是两瓶。袁轶提醒她："虽然是清酒，但喝不了剩下，难看。"她回答："谁说我喝不了？"拿起酒杯便是一饮而尽。又帮袁轶倒上："你也喝呀。"袁轶是预备在柳婷婷面前装乖孩子的，"我不行我不行——"柳晶晶嘿的一声："你少装蒜了，我记得你初三那年偷你爸爸的啤酒喝，被老师抓到，罚抄了一个礼拜的课文，有没有？"

"谁说的？"袁轶还想赖皮，迎面与柳婷婷似笑非笑的目光相对，想原来你也会在妹妹面前说我的事，一激动，嘴上便没了分寸，"小姑娘不要老三老四，在阿哥面前扮豪爽，阿哥喝酒的时候你还在穿开裆裤呢。我跟你讲，清酒后劲大，喝醉了没人背你回家，阿哥身上钞票没带足，正好把你留下来抵饭钱——"

两人你一杯我一杯，算是喝上了。柳婷婷在一旁看着，也不劝，由得两人胡闹。这个同父异母的妹妹小她三岁，姐妹俩关系一直不错。除了年龄相似，继母也是个原因。虽然从小便失去了母亲，但柳婷婷的运气着实不差，继母是个安分守己的老实女人，对丈夫好，对她也好，一点不输给亲生女儿。柳婷婷懂事后便不怎么叫她"妈妈"了，她也不在乎，甚至在丈夫面前也从不抱怨。柳婷婷的父亲看不过去，说了女儿几次。柳婷婷回答："我不叫她'妈妈'，是因为她不是我亲妈，但我心里知道，她是个好人，等她老了，我会把她当亲妈一样对待。"柳婷婷说得在情在理，又很坚持，柳父也只得作罢。

柳晶晶高考时离大专线还差个十来分，索性便不读了，先是推销了一阵保险，再是去房产公司当售楼员，甚至还想过开美容院，被她妈妈死活拦下,说不是正经行当。网店开了小半年,她妈妈天天对她唠叨,叫她本本分分找个工作,要有劳保的那种。她只当耳旁风。继母从没向柳婷婷提过,但柳婷婷一直替妹妹留心着。只是现在找工作太难,本科生毕业都勉强,更何况她?前两天,继母无意间对她说了句:"晶晶要能像你这样,在机场捧份铁饭碗,我就没啥遗憾了。"柳婷婷先是觉得渺茫,继而一下子想起了袁轶,凭他叔叔的关系,好像也不是全无希望。她存了这个心,一直想着该怎么对袁轶开口。偏偏那天袁轶自己提出要请柳晶晶吃饭,她便顺势答应了。

结束后,袁轶说要送姐妹俩回家。柳婷婷没有反对。

"你要是有合适的工作介绍,别忘了替我妹妹留心。"出租车上,柳婷婷对袁轶道。

袁轶连声答应。

"要什么介绍呀,我现在不是蛮好?"柳晶晶已有了几分醉意,歪在一边,听了这话,立刻皱起眉头。

柳婷婷没理她,又对袁轶道:"最好是国有企业,我家是老派人,信这个。"

袁轶说:"好。"

柳婷婷斟酌着,终是不好意思把"让你叔叔帮忙"这句话说出口,想了半天,又说:"我爸前几天还提起你,说小袁怎么也跑到机场去了。我说,他叔叔在机场,也算是半个民航人。"说完便觉得这话有些不伦不类,没头没脑的。

袁轶果然愣了一下,随即笑道:"是啊,至少也是小半个。"

很快便到了。出租车停在楼下。这些年柳家一直没有买新房，始终住在老屋里。楼下那棵老樟树，袁轶印象深刻。读书时，他常常躲在树下，偷偷瞟柳家的窗口，盼着柳婷婷恰好伸出头来，与他对视。可惜从来没有过。袁轶想到这里，不觉在心里叹了口气。往事如烟啊。

姐妹俩与他说"再见"，上楼了。袁轶直至两人进了门，看不见了，才回头来，刚好瞥见司机有些微妙的神情："想追哪一个啊？穿花裙子的那个是吧？"

袁轶嘿的一声："朋友眼光凶的。"

"越来越接近秋香姐，今天的心情是大不同啊大不同——"回去的路上，袁轶一直哼着这句，一颗心都快飘起来了。将刚才的情景反复想了几遍，放电影似的，琢磨柳婷婷对自己说的每一句话，语气和神情，患得患失，又蠢蠢欲动。他觉得，柳婷婷对自己似乎也不是完全没那个意思。像她那样性格的女孩，平白无故不肯占人便宜，这样带着妹妹一起赴宴，应该很说明问题了。袁轶想到这，脸都忍不住红了。

第二天上班，袁轶走进办公室，便听人说"温世远又回去了"，不觉一怔，想怎么回事。他找人问了，才知道前两天做的AA，那个妇人的证件有问题，到了美国被扣住了，反馈过来，边防是主要责任，温世远也脱不了干系。他被扣了五百块钱，又回行李查询了。这事本来可大可小，主要是惊动了公司领导，影响太大，所以从严处理。

"现在偷渡都出新花样了，拖儿带女的，防不胜防啊。"有同事说。

袁轶吃饭时在餐厅遇到温世远。一个人在角落里捧着个饭盒吃,很有些落寞。有几个跟袁轶关系好的同事见了便说:"人不能太嚣张,否则容易倒霉,爬得高,摔得也重。"袁轶朝他看去,刚好他也朝这边望来,视线在空中稍作停留,袁轶正想表示出一些慰问,他已把目光收了回去。袁轶想,他这个跟头跌得有些冤枉,摊上谁都一样。

"这事其实怪我。"高莹到慕经理那里求情,"他说想上手试试,我就同意了。其实他连护照这块都没怎么培训过。出了这事,我有一半责任——不过话说回来,如果不是经理你把他夸到天上去,我也没胆子轻易放他上阵,所以说经理,你也应该负一半责任。"

她这么一本正经地说来,慕经理倒不晓得说什么好了,都有些口吃了:"哦哦,你的意思是,这个,应该怪、怪我咯?"

高莹不说话,眼睛朝天花板看。

慕经理嘿的一声,转向一旁的海书记,求救的口气:"你说,世界上怎么会有这种道理?"

海书记想,这两人一贯如此,顶着工作的名义打情骂俏,嘴上道:"大家都是为了工作嘛,别激动别激动,有话好说。"

高莹说:"老规矩,五百块算我一半。"

"我晓得,你钱多得用不掉。"慕经理摇头。

"要不,经理你出另一半吧,人家农村来的,又是刚上班。展示一下领导的关怀。"

慕经理气得苦笑:"什么歪理?亏你想得出——"

"你给不给?"高莹朝他看。

"考虑考虑,"慕经理无奈道,"再说吧。"

"什么再说?现在就拿出来。"

"你这个人——"

海书记心里哎哟一声,想,你们一人一半蛮好,正好两个二百五。他站起来,拍了拍慕经理的肩膀:"走吧,例会时间到了。"

(三)

每周一上午,是航空代理公司的例会,由公司领导主持,各部门党政主管参加,主要是汇报一周的工作情况。首当其冲便是 AA 的事情。秦总点名批评了慕经理和海书记,说空防安全向来是重中之重:"万一放上去的是个恐怖分子,你们说后果会有多严重,啊?像 9·11 那样,弄个机毁人亡,那怎么办,啊?"秦总表情严肃,加强了语气。

慕、海两人都低头不语。

"听说出错的是个实习生?"秦总又问。

慕经理点头:"是个挺优秀的实习生,本来在行李查询,刚到值机不久。"

"你这是病句。"秦总不客气地说他,"既然刚到值机不久,你怎么知道他很优秀?在别的岗位上优秀,在值机未必就合适。这件事你要负一定责任。"

慕经理有些沮丧地点头:"好。"

"处理结果我看了,其实是轻了,我听说边防那边都撤掉一个值班主任了。但老江你已经决定了,我也没啥意见。"

一旁的江书记笑了笑。

散会后,慕、海两人坐着不动,等众人离开了,才站起来,灰溜溜的。江书记站在门口,见了两人,便说:"秦总怪我轻判,你们可别再给我惹麻烦啊,让我两头不是人。"两人忙道:"不会不会。"秦总也在一旁跟人说话,见江书记与两人一起,目光冷冷地射过来,扫过慕、海两人,又在江书记身上逗留了几秒,才折返回去。

秦总前一阵去日本出差,前后加起来也就三四天。按说这件事等他回来再处理也可以,但江书记偏偏就先处理了。处理结果摆在办公桌上,秦总见了,有些不快。本来也算不上什么大事,可秦总今年五十九岁,接下来的领导换届,他自然是要下去的,这个时刻江书记越俎代庖,便由不得他不多想了。人未走茶已凉。秦总心里不是滋味。

其实江书记倒也不见得有那个意思。当然了,换届在即,多少有些微妙的变化,但也不至于做得那般明显。关键还是因为慕经理是他一手提拔起来的。这样的事故,不大不小,往重里判,部门领导受罚也说得过去。慕经理的父母都是老民航,与他一个门洞的邻居都做了十几年,不能让自己人倒霉,这是规矩。除了这个,还有个理由——温世远是刘宇航副总经理亲自挑选进公司的。这两年公司很少招外地毕业生,宿舍紧张、僧多粥少,都是原因。上海人都不见得能留在机场,更何况外地生。上月面试回来后,刘宇航便坚持要留下温世远:"公司需要这样的人才——"他把温世远的履历展开,旁人便不好再多说什么了。

刘宇航是出了名的公事公办。每年招新员工,按惯例领导手里都会有个把机动名额,亲人、熟人、朋友……唯独刘宇航从不搞这些,非但如此,分管人事培训的他,对那些凭关系进来的人,一点情面也不讲,人称"铁面刘公",在整个机场集团都有些名气的。甚至一次集团领导会议上,某位老总还点名夸奖了他,说机场就是要多些这样的基层干部。

几个副总里,他年纪最轻。江书记是多年的老民航了,稳扎稳打是他一贯的作风。换届后谁会当总经理,是远地空降,还是近处提正,现在还是个谜。副总里头,袁啸腾资格最老,在机场里根基也最深,因此呼声最高。刘宇航跟他比起来,像个小朋友。可将来的事情又有谁说得清呢?江书记卖个人情给他,不管他收不收,反正于己无害,又何乐不为?

袁啸腾到秦总办公室坐了一会儿。秦总最近有些上火,牙龈肿痛,喉咙也疼,吃不下睡不着的,开个会就觉得累。他叹说:"年纪大了,是不如以前了——任人宰割了。"袁啸腾让他把萝卜和金银花放在一起煮水喝,又说燕窝也不错:"夏梅原先也老是上火,又爱咳嗽,吃了一阵后,现在好多了。"秦总说那是女人家的玩意儿,"男人吃这个,要变太监的。"

袁啸腾笑起来:"秦总阳刚气足,不怕。"

秦总叹了口气,又问他:"夏总这阵身体怎么样?"

"还是老样子。我看他最近精神倒还不错。"

"哪天找个时间去看看他老人家——夏总是我老领导,一手把我带起来的。以前是每隔几个礼拜就要去一次,这两年去得少了,心里老觉得不好意思。"

"公司事情多,秦总也比较忙。"

"忙是忙,不过也没忙到那个份儿上。关键还是懒,年纪一上去,就懒得动。你有空帮我多说几句好话,别让老爷子觉得我忘恩负义。"

"一定一定。"

又聊了几句,袁啸腾便退出来,回到自己办公室。手机响了,是袁轶发来的短消息,打开——"叔叔,想你了,有空一起吃午饭吗?"他回过去:"饭各管各,吃完过来吧。"一会儿,袁轶回道:"得令!"

袁啸腾放下手机,想着秦总刚才的神情,猜他其实是藏着些话没说的。他是想找人诉苦,人上了年纪,就喜欢说说这个,骂骂那个。袁啸腾没给他机会。秦总以前也是一个雷厉风行的人,真正是阳刚气十足,这几年到底是力不从心了,注意力偏了,用错劲,不该管的管,该管的却又不管。航空代理公司这两年走下坡路,留不住老客户,又拉不来新客户,服务跟不上,只能靠价格优势,吸引些小航空公司。效益一年不如一年。夏梅在集团上班,消息自然灵通些。据说集团早有意要把公司拆了,人员分流到机场其他部门。这些秦总也有耳闻,心情自然好不到哪里去。眼看着要退休了,虽不至于被称为"晚节不保",但总归也有些狼狈。袁啸腾知道他是一肚子的苦水,却又不知从何说起。

午饭后,袁轶腆着肚子来了。"叔叔!"进门便是响亮的一声。

待他坐下,袁啸腾随即把门关上:"中午吃得蛮好?"

"叔叔你怎么晓得?"袁轶嬉皮笑脸的。

"看你,嘴巴上的油还在呢,"袁啸腾嘿的一声,递给他一张纸巾,"啧啧,还有咖喱——你今年几岁了,吃完饭不晓得擦嘴?"

袁轶接过,往嘴上抹去:"咖喱土豆鸡块。叔叔您真是观察入微,姜是老的辣。"

"不要瞎捧场,"袁啸腾问他,"找我有事?"

"没事,"袁轶笑道,"就是过来向您请个安。"

"少来了,说吧,什么事?"

"没事,真的没事,就是请安,"袁轶说着,凑近了,压低声音,"顺便再向您打听一下——公司还有部门缺人吗?"

"啥意思?"袁啸腾朝他看。

"有个朋友想进机场,看叔叔能不能帮个忙——是关系很铁很铁的那种朋友。"

袁啸腾不禁摇头,想这个侄子真是不懂事:"你以为机场是小菜场,人人想进就能进?把你弄进来,已经让我后悔到现在了。现在别说是朋友,就是亲爹亲妈都别想。"

"真的不行?"袁轶失望道。

"不行,肯定不行。你小子别给我惹事,少在外面瞎承诺——我问你,是不是跟那个姓柳的小姑娘有关?"

袁轶想,果然姜是老的辣,嘴上道:"不搭界的。"

"有空多钻研业务。因为你,我都不敢去客运部,怕丢人现眼。你叔叔也一把年纪了,麻烦你给我留点面子行不行?我真是搞不懂了，你以前读书也过得去啊，怎么一到机场就这副德行？是不是一门心思光想着追女孩了？我跟你讲，你爸妈出国前把你托付给我，你要老这么吊儿郎当的，我真没法向他们交代。生性点，听见没有？"

从叔叔办公室出来，袁轶有些无精打采。他不是傻子，上次吃饭时柳婷婷那番话一说，他便有些轧出苗头了。想着也好，有个机会表现一下。谁知却落了空。叔叔向来说一不二，他说不行，那是肯定不行的了。袁轶挖空心思，绞尽脑汁，好像再也找不出可以帮忙的人了。就算去求婶婶，最后也要落到叔叔头上，还是不提的好。

办公室里托了几个关系不错的女同事，介绍她们买柳晶晶网店的东西。隔天柳晶晶便打电话过来致谢，说"客人多多益善"，又说"哪天赚钱了请你吃饭"。后面这句倒是对袁轶胃口，不图吃的，只为又有机会与柳婷婷相处。在柳晶晶的网店搜了半天，硬着头皮买了两件男士化妆品，也算是小小赞助一把。一转身，便扔给欧阳爱靖。

"男人用化妆品，要变屁精的。"

欧阳爱靖向来都用护肤品和香水，听了便反驳："男人注意仪容有啥不好？像你这样，垃圾瘪三一个，就算男人了？"他又说袁轶这样追女孩太辛苦，"亏得她妹妹只不过是开网店卖点小化妆品，万一人家是卖汽车的，奔驰宝马，你怎么办？"

"问你借钱呗，"袁轶笑着，瞥见欧阳爱靖摇头，"——放心，付利息，不占你便宜。"

"我晓得，你不缺钱，"欧阳爱靖嘲他，"跨国公司的小开，零花钱都是美元。"

袁轶嘿的一声:"美元倒是美元,都是一分一分的。我妈给了我一个小猪储蓄罐,我每天往里面扔五美分。等哪天结婚,我就把小猪敲碎,拿里面的钱讨老婆。"

"朋友脑子被枪打过了。"欧阳爱靖说他。

晚饭到欧阳爱靖家吃。欧阳爱靖的妈妈是广东人,煲得一手好汤。她是大厨,欧阳爸爸当副手。"靖靖——"袁轶听欧阳爸爸一直这么叫妻子,跑前跑后的,关怀备至,便朝欧阳爱靖做鬼脸,说:"你爸妈很恩爱啊。"欧阳爱靖摇头:"都恩爱了几十年了。"

汤是花胶螺头煲老鸡。袁轶喝得赞不绝口,说:"我算是晓得伯父为啥给儿子取名叫'爱靖'了——伯母,从现在起,我也改名叫'袁爱靖',天天过来喝你的靓汤,好不好?"

"好,当然好了,欢迎欢迎。"欧阳妈妈很吃袁轶这一套,眉开眼笑的。

她问袁轶:"女朋友搞定没有?"袁轶看了欧阳爱靖一眼,想你倒是会替我宣传,打个哈哈:"还在努力当中。"欧阳妈妈又问:"小姑娘漂亮吧?"他回答:"还行吧,也就过得去。"

欧阳妈妈关照他:"机场里小姑娘多,要是有合适的,帮我们爱靖留意一下。"

"一定一定。"

欧阳爱靖最近在公司谈了个女朋友,比他大三岁,本地人。他怕父母反对,便先瞒着。"女大三,抱金砖。"他道,"其实讨个大娘子挺好,成熟懂事,会疼人,不用操心。"

袁轶说他："你比我牛啊，才上班几天就搭上一个。我追了快十年了，到现在还是没着落。"欧阳爱靖给他出主意："等哪天你追到了，领了证订了酒席，突然玩失踪，人间蒸发，让她好好着急着急，报一报这些年的仇。"

"好办法。"袁轶点头，"——等我追到手再说。"

第二天上班，袁轶刚换好制服，便看到服务组的值班主任在跟高莹说话，气氛有些严肃。他躲在旁边偷听了几句，原来是一个服务员接EK时，一时疏忽，拿错了姓名牌子，以至于好几个转机的旅客误了航班。EK决定投诉。而EK的上海站副站长一直在追求高莹。于是这个值班主任便来找高莹商量，看是不是能通融一下，把投诉撤销。

高莹答应帮忙，转身便给副站长打电话，单刀直入："投诉的事情，是你还是老头子搞出来的?""老头子"便是EK站长，五十来岁的年纪在外航里属于元老级别了，这个副站长是新近提拔的，三十出头，很有些前途似锦的意思。他们电话里不知说了些什么，隔了一会儿，副站长便屁颠屁颠过来了，把高莹拉到一边说悄悄话。叽里咕噜说了半天，高莹一句话便把他顶了回去："不行是吧，不行就算了，不勉强。"——总算是搞定了。下午服务组值班主任过来打招呼："谢谢哦。"高莹一笑："自己人，有啥好谢的。"

除了EK，还有许多航空公司的商务都和高莹关系不错。其中有些人也多少有点那意思。这就是美女的好处了。凡是部里跟外航有什么过节，先不上报，赶着人家发投诉信前先来找高莹，十次有九次都能成。据说慕经理对此很有些不爽，说"少搞这些小团体"。这话说得很没道理，底气也不足，透着醋意。所以大家都不理他，出了事照旧找高莹。只要能帮的，高莹一定帮。据说王力深那个组，投诉比这里多一倍不止。

袁轶换过班，接触过王力深。其实那人也没什么，无非是话少些，待人淡漠些。大家背后都叫他"汇报长"，出了事总是第一时间向上级汇报。袁轶知道这种人，其实是自顾自，怕担责任，倒也不是故意讨好上级。有一阵他和高莹竞争室主任，当然最后高莹毫无悬念地当上了。同样是值班主任，室主任参与部门值班，有些准部领导的意思，地位自是不同。

因为温世远那件事，值机组又组织了一次护照培训。老师是从边防请来的专业人员。一共六天，休息天也要进来。袁轶算过了，他这个班头比较倒霉，要浪费四天休息，等于是连上十天班。他向高莹诉苦。高莹说他："人家上有老下有小的都没说话呢，你小年轻一个，发什么嗲！"袁轶又说："搞不懂值机为啥要查护照，反正边防也要查的，又比我们专业，干吗要多此一举？"高莹把对讲机往他面前一放："有问题是吧——有问题直接呼叫001，今天是大老板值班，直接问他。"袁轶吐了吐舌头："算了吧。"

连做十天到底是伤元气的。最后一天，班里有两个怀孕的，都动了胎气了，一个说肚子痛，还有一个甚至有些见红。吃过中饭高莹便放她们回家了。还有那些家里事情比较多的、身体弱的，也统统早放。留下些青壮年，"特殊时期，自然要照顾老弱妇孺。你们都是一个顶俩的精英。给我打足十二分精神，别出状况。"

袁轶自然也属于"精英"。是精英就要做红眼航班。半夜四点多起飞的EK，高莹问他"行不行"，他回答"No problem"（没问题）。高莹叮嘱再三，慢一点没关系，关键是不要出错。

好在航班人不多。一切顺利。快结束的时候，来了个阿拉伯女人，蒙着面纱，检查护照的时候也不肯摘下，说她跑遍全世界都是这样的。袁轶的英文比较吃力，而她的阿拉伯口音又特别重。两人交流就像是广东人和福建人谈话，算起来都是中国话，却谁也听不懂。

袁轶背上的汗都要出来了。他想效仿温世远的做法，拿警察吓唬她，又觉得不合适。正要把高莹叫过来，见她正在处理别的事情，一时分不开身。

忽然，袁轶看到一只很大的蜈蚣从阿拉伯妇女的面纱钻了进去。

"蜈蚣！"袁轶猛地跳起来，指着女人的面纱。

女人被他吓了一跳，浑身一抖。

"蜈蚣！蜈蚣！"袁轶想不起"蜈蚣"用英文怎么讲，只好不断用手比画——这么长，这么粗。女人好像是有些明白了，一把将面纱扯掉，使劲地往地上抖搂。袁轶看到她的脸，先是一怔，总算反应灵敏，没有错失这大好机会，迅速往护照上瞥了一眼。没错，是这张脸。

女人重新戴上面纱。袁轶把护照和登机牌还给她，"Have a nice trip"（旅途愉快）——其实真正愉快的是他自己。老天爷很帮忙，关键时候天降神兵。天晓得机场里怎么会有蜈蚣，又刚刚好掉在这女人的面纱上。袁轶想，精英就是精英，水平高，运气也好。

袁轶正得意间，目光不经意与旁边一个男人相接。那男人正看着他,神情似笑非笑。袁轶猜想他只是个普通旅客,并没在意。再一想,这人好像有些面熟,却一时想不起来,也没放在心上。对讲机里传来柳婷婷的声音,与地面搬运核对行李箱号。原来她也开始做红眼航班了。她的声音在对讲机里稚稚柔柔,像小女孩。袁轶听着,真恨不得拿过对讲机与她说上两句。虽是半夜三更做航班,但一切顺利,又有柳婷婷陪着,好像也不是那么难熬了。

袁轶回到宿舍洗了个澡,随即美美地睡了一觉,到九点才醒。胡乱吃了些早饭,便到办公室,准备换衣服下班。见高莹在旁边写值班记录,有心要在她面前表功,凑上去。

"姑姑,第一次做EK,表现还不错吧?"

"过得去。"

"怎么样,是把做值机的好手吧?"他意犹未尽。

"绝对的。"高莹站起来,笑眯眯地在他肩上一拍,"以后EK统统都是你的了,啊?"

他顿时咋舌。

慕经理陪着一个男人进来,"刘副总——"袁轶一见那男人,认出便是昨晚做航班时遇见的那个人。先是一怔,随即暗骂自己是笨蛋,竟然刚刚才想起来。昨天是刘宇航副总值班,领导必然是到EK现场巡查。红眼航班果真害人不浅,睡眠影响智商。刘副总他其实是见过几次的,谁知竟一时没认出来。昨晚就那样大剌剌地与领导对视,连个招呼也不打,"袁轶啊袁轶,你也真够二百五的——"他心里叫苦不迭。

更要命的是,在电梯里,他居然又撞上了刘宇航。他是想早些溜走的,猜领导必然会在办公室里多待一阵。谁知他前脚出了门,刘副总后脚也跟了过来,反而撞个正着。电梯门都已经关上了,又开了,刘宇航就那样站在面前。这次不能不打招呼了。他乖乖地朝角落里挤了挤,按住电梯。

"刘副总。"他毕恭毕敬的。

刘宇航微微颔首,走了进来。电梯门随即关上。

电梯里只他们两个人。袁轶倚着墙,身体重心向后倒,目光有些游离,其中听见电梯嗒嗒的机械声。偷偷看去,刘宇航身材高大,站得笔直。据说他以前当过空军,开过战斗机,身体素质没的说。行事也是军人的做派,"一板一眼"。后面这四个字是从叔叔那听来的,谈不上是褒还是贬,叔叔对着袁轶谈公司的事情时,向来都不带个人感情色彩。

"那条蜈松,"刘宇航忽然开口,几乎吓了袁轶一跳,"——是你编出来的吧?"

袁轶慌得连忙摇头,要说"不是,是真的有蜈蚣",忽地瞥见他的神情,隐隐带着笑,好像不全是责难的意思,心念一动,硬生生把话缩了回去。

"脑筋转得是挺快,"刘宇航说,"就是促狭了些,不该这么吓唬旅客。人家是女同志。"

袁轶听他把那阿拉伯女人称为"女同志",差点笑出声来。从而也更放心了些,脸上做出沉痛的样子:"是是是,当时的情况,这个,也想不出别的法子——下次一定改进,一定改进。"

刘宇航嗯了一声,不再说了。袁轶倒被他挑得有些不够尽兴,想将昨晚的情形再加油添醋几句，终是不敢。

电梯到了，刘宇航先下。"再见啊。"他对袁轶道。

"再见再见，刘副总慢走。"

电梯门再关上时，袁轶呼出一口气。又回想昨晚，除了那条蜈蚣，自己是否有什么不妥当的举动。这老小子阴恻恻的怕是在旁边看了半天了，也不出声。弄不好自己搓脚丫、抠鼻屎、跷二郎腿、抓耳挠腮那些小动作都被他看了去。不觉有些心神不定。这时，手机响了，一看，差点跳起来——是柳婷婷的电话。

"喂？"他声音都有些发抖了，"秋香姐——"

"袁轶哥哥吗？"

他一愣，声音不对。原来是柳晶晶。不禁失望。"嗯。"

"看见是我姐姐的电话，是不是特兴奋？结果听见我的声音，是不是一颗心跳起来又沉了下去？"这丫头偏偏还要逗他。

"谁说的？听见你的声音，比听见你姐姐的还要开心。"他没好气地嘲她。

"姐姐，他说听见你的声音不开心！"这小丫头突然大声道。袁轶先是一愣，随即骂自己迟钝，柳婷婷自然也在旁边，否则柳晶晶哪来她的手机。

"嗯，这个，"袁轶清了清嗓子，"有事吗？"

"没事。我和同学去东京旅游，现在在机场。跟你打个招呼。"

"你在机场？"袁轶话一出口，不禁又骂自己笨。她自然是在机场，柳婷婷这时候应该还没下班，如果她不在机场，又怎么会拿她姐姐的手机打电话。

"我朋友行李有些超重,美西北是你们做的值机,对吧?"

袁轶明白了。生意来了。

"是啊——超重多少?"

"不多,也就十来公斤。"

袁轶倒吸一口冷气。妈的,去日本旅游又不是偷渡,带这么多东西干什么?嘴上还要扮绅士,温文尔雅地说:"好的,明白了,马上到。"

急匆匆再原路返回,想到秋香姐的电话原来是这么回事,袁轶不禁有些沮丧。再一想,公司里那么多同事,能搞定行李超重的远不止他一个,可她偏偏找他帮忙,显然是把他当自己人。那小丫头一口一个"袁轶哥哥",他是她妹妹的哥哥,那与她是什么关系?很明显嘛。

袁轶想到这,心情顿时又明朗起来。秋香姐的妹妹,就是他袁轶的妹妹;秋香姐的事情,就是他袁轶的事情。自己的妹妹,自己的事情,那还有什么好说?——赴汤蹈火吧。

(四)

星期天,袁轶到叔叔家吃饭。

三年前袁轶父母出国时,袁啸腾本来有意让袁轶住到他那里。女儿袁宁在英国读大学,平常就他和夏梅夫妻俩,有些冷清,多个侄子好歹热闹些。袁轶不肯,说他是成年人了,自己能照顾自己——其实是怕被人管,想过无拘无束的日子。袁啸腾也不坚持,反正两家住得近，叫辆出租车也就起步价。至于三餐，读大学时自不用说，工作后袁轶多半是叫外卖，或是用些泡面饺子对付，每周去叔叔家一趟改善伙食，临走时婶婶夏梅常会做些狮子头、红烧肉、八宝辣酱什么的，让他带回家，放冰箱一个礼拜也不会坏。

　　比起叔叔，袁轶与婶婶更亲近，话也更多。夏梅是那种很随和的人，当初与袁啸腾谈恋爱的时候，袁轶才四五岁，因为父母工作忙没空带他，他便小电灯泡似的跟着两人到处跑，夏梅也不计较。袁轶生命里的好几个"第一次"——第一次吃赤豆刨冰、第一次去锦江乐园、第一次看电影……都是跟着他们。小时候不懂事，长大了再回想，袁轶觉得这个婶婶真是很难得的。过去条件不像现在，况且人家又是在谈恋爱，真正是出钱出力费时费心。后来袁啸腾倒是半开玩笑地说过几次，什么"小电灯泡""小拖斗"啊，而夏梅却是只字未提，偶尔忆起那时的情形，全是往好里说，说自己和袁轶很有缘，第一次看到她，他就上来拉她的手，跟她又很亲，旁人看了还当是母子俩——因此从小到大，袁轶跟这个婶婶最投缘，甚至有些不方便对父母说的话，也先对她说。比如柳婷婷，夏梅是最早知道她的人。初二那年寒假，袁轶就把心事告诉婶婶了。夏梅不像别的家长那样一上来就拼命地反对，而是煞有介事地先去看了柳婷婷，回来再对袁轶说，这个小姑娘不错，长得讨人喜欢，读书成绩也好。又说，如果你想跟她在一起，就必须把成绩也拉上去，否则没戏，就算你们谈恋爱了，将来也成不了，男人事业上不能输给女人——婶婶这番贴心贴肺的话，让袁轶在那年刻苦发愤，硬生生把名次提高了近二十名，从而为后来的高考打下了基础。袁轶因此觉得，婶婶是个情商颇高的人。虽然他心里清楚，后来父母之所以知道这件事，归根结底还是因为婶婶泄了密，让他高考填志愿时不能遂心。但袁轶丝毫不怨婶婶，高考是大事，关乎人的一生。换了谁都会那样做。婶婶到底不是妈妈，对人家的孩子不能冒险，否则要被人骂的。

叔叔婶婶收到了女儿袁宁从英国寄回的明信片。夏梅笑称这是"催账单"。

"每次她钱不够用了，就会给我们寄明信片，老规矩了。"

堂妹在离学校不远的地方租了一套公寓。叔叔定期给她寄钱。袁轶曾建议叔叔给堂妹办一张中行的信用卡，国外消费国内还钱，一笔笔都在账单上，清清楚楚。袁啸腾是老思想，觉得那样会养成她胡乱花钱的习惯，便没答应，宁可一次次地汇钱。他说英国开销大，小姑娘一个月的花销，比他们老两口半年的还多。这还不包括学费和住宿费。堂妹读书成绩不佳，中考只勉强到普通高中的分数线，国内是不行了，叔叔婶婶索性把她送出去，将来拿个英国大学的文凭，再杀回来，也是条路。

"等堂妹毕业了，也让她进机场。"袁轶对叔叔道，喝了一口婶婶熬的鸡汤，连声称赞，"鲜、真鲜，眉毛都要掉下来了。"

袁啸腾嘿的一声："全家人统统都在机场，一棵树上吊死啊？"

"机场有啥不好？别人想进都进不来呢，"袁轶转向婶婶，"我一个朋友想进机场，请叔叔帮忙，叔叔不肯。"半是撒娇的口气。

夏梅朝丈夫看了一眼："哦，是吗？男朋友女朋友？"

"是个小女孩，二十来岁。欧阳爱靖的表妹。"袁轶胡诌道。

"他以为我是上海市市长,想让谁进来谁就能进来?"袁啸腾嘿的一声,转向袁轶道,"你叔叔前半辈子是夹紧尾巴做人的,你别进来才两个月,就让你叔叔的英名毁于一旦。"

"晓得,要换届了嘛。"袁轶津津有味地啃着一根鸡翅膀。

袁啸腾看他一眼:"怎么,你们下面也常谈论这个?"

"偶尔听他们提过。叔叔你也晓得,我对这些玩意儿向来不大关心的。"

"这样最好。名利场,是非圈,你才进来没几天,少惹为妙。再说了,你是我侄子,现在这种时候,是该避避嫌。"

袁轶靠近他,有些神秘地问:"这么说,叔叔,换届后你真能当上总经理?"

"谁说的?"袁啸腾一口否认,"上面安排的事情,不到最后一刻谁都不晓得——你小子别在外面胡说八道,给我添麻烦。"

"要是当上了,叔叔请客。"袁轶继续嬉皮笑脸。

"现在没当上,不是照样请客?——你每个礼拜过来吃的是什么,问你收过钱吗?"

"叔叔真小气。"袁轶对着夏梅摇头。

离开时,夏梅照例拿了一盒红烧肉给袁轶,还有一袋馄饨:"自己包的,虾肉馅的,拿回去放冷冻室。"袁轶接过,说:"谢谢婶婶。"

夏梅要去超市买东西,顺便载他一段。路上,她问袁轶:"你和那个姓柳的姑娘,到什么阶段了?"袁轶叹了口气:"比普通同事好一点点,离普通朋友还差一点点。"

"哦，"夏梅停了停，"慢工出细活，也蛮好。"

"婶婶，你这是在打击我。"袁轶一本正经道。

夏梅忍住笑："感情这东西，节奏是讲不清的，有可能今天还是普通朋友，明天已经是老夫老妻了。别着急，你还年轻，又是男孩子。咱们等得起，不怕。"

"婶婶，"袁轶朝她看，"你这还是在打击我。"

"这样，"夏梅给他出主意，"找个机会让她过来吃饭，婶婶帮你敲定。"

"真的？"

"当然是真的——只要你叔叔同意。"

"算了吧，"袁轶顿时泄气，"叔叔怎么可能同意？婶婶你这是在推卸责任。"

"别把你叔叔想成是老顽固，谁没有谈过恋爱呢？"夏梅道，"这事包在我身上，给我一点时间，我做他思想工作。放心，他把你当亲儿子一样的，当然希望你能幸福。"

"眼泪都要掉下来了。"袁轶道。

"好啊，三秒钟，要是眼泪不掉下来，这事就当没提过。"夏梅朝他白眼。

"婶婶——"袁轶一把拽住夏梅的袖管，晃啊晃的。

从超市回到家，夏梅见袁啸腾在阳台上打太极拳。他练太极还是年初的事情，说比起其他运动，打太极不容易受伤，而且还能使人心情平静，增加修养，陶冶情操。

"你今天说的那些话啊，"夏梅对丈夫道，"让人听了，会觉得总经理这个位置你是当定了。"

"不会吧?"袁啸腾愣了愣,"我可什么也没说。"

"凭你的个性,话说到这个份儿上,已经是十拿九稳了——不过也没什么,都是自己人,袁轶那个孩子,调皮是调皮的,分寸还是有的,不会在外面乱说。"

"亏得你提醒我,"袁啸腾道,"现在这节骨眼上,说话做事是要当心,不晓得多少双眼睛盯着呢,一点都疏忽不得。"

"太极练得还不够。"夏梅笑。

"要加大力度。"袁啸腾也笑了笑,又去阳台上练了。

夏梅想说柳婷婷的事,又觉得现在早了些。孩子的事情,暂且先搁一搁,免得丈夫分心。夏梅倒不是太看重当总经理太太,她中学时,父亲就已经是厅局级了,什么都经历过,反而看得淡了,晓得开开心心过日子才是要紧。关键是丈夫的想法,副位和正位到底不同,后者是能真真正正做一番事情的。铺垫了这么多年,也是时候冒一冒了。因为她父亲的关系,给丈夫抬轿子的人不少,天时地利人和,就等着到时正式宣布。夏梅知道丈夫这个人,心里再怎么翻江倒海,表面上也是波澜不兴的。午饭时对着袁轶那样说话,看得出,他是越来越有底了。当年追求夏梅的人不少,但她千挑万选,选了袁啸腾。那时袁啸腾还只是个小小的科员,相貌、学历都不出众。为了跟他结婚,她差点跟父母翻脸。夏梅相信,世界上是有"缘分"一说的。这个男人,她是打心底里喜欢的。他想做的事,也就是她想做的事。只要他喜欢,她就支持。前几天去看父亲,提起这事,父亲当着她的面,给集团人力资源部的一个副部长打了电话,那人也是父亲的老门生了——算是又敲定了一层。对着丈夫,夏梅却不怎么提,怕篷扯得太足,反而给他压力。世上到底没有百分百的事情,不到那一天,说什么都太早。夏梅都去旅行社咨询过了,想着等成功的那天,就跟丈夫去瑞士玩个十天半月,算是庆祝,顺便再去英国看看女儿,都快半年没见面了,怪想的。

袁轶回到家,便接到欧阳爱靖的电话,说晚上要不要一起吃个饭。

袁轶答应了,叫了辆出租车赶过去。这晚算是与"抱金砖的大娘子"第一次见面。互相介绍后,欧阳爱靖把他叫到一边:"兄弟,你的眼光好,替我把把关。"

"我要是觉得不行,立刻分手?"袁轶不吃这套。

"绝对,不带还价的。"这家伙涎着脸。

大娘子长相中上,眉眼都过得去,身材差一点,偏矮偏瘦。一口本地腔,气质上又稍稍扣了些分。待人还算热情,不停地招呼袁轶"吃啊,吃啊"。笑起来一对酒窝,深了些,像脸上硬生生被人抠出两个洞。

大娘子说过两天要去香港出差。袁轶敏感起来,想,不会是行李超重吧——好在并不是。大娘子说公司新出品的一套卡通图书会在香港书展上展出,"公司派我和欧阳一起过去——"袁轶听了,朝欧阳爱靖瞟了一眼,想,小子不错嘛,预支蜜月。

大娘子说下去:"这次的卡通图书算是比较成功的,我和欧阳想再接再厉,做一套关于机场的动画片——"袁轶愣了愣:"关于机场的?"

"是啊,那些陈芝麻烂谷子的题材,被人冷饭炒了又炒,没啥意思,连小孩都骗不过。我们想来想去,机场这块是个崭新的领域,我们打算设计一个在机场上班的主人公,通过他的工作生活,描写机场这个对孩子们来说有些陌生的环境。当然了,我们不会记流水账,而是会尽可能地做得生动有趣,符合孩子的口味。"

袁轶明白了:"你们是要我搭桥,对吧?"

欧阳爱靖竖起大拇指:"朋友思路清爽的。除了你,机场这块我们又不认识别人,都是禁区,阿猫阿狗也不能随便进去。所以想麻烦你通通路子,找一下你们公司机关,看是不是可以给我们搞张通行证,让我们实地考察一段时间。说实话,这对你们机场来说也不是坏事情,等于是免费替你们宣传,是吧?而且等片子出来,我们会在后面打上字幕'鸣谢机场某某公司',年底也算是你们公司的一项业绩。这叫双赢,大家都有好处。"

袁轶摇头:"随随便便请一顿火锅,就叫我替你们跑腿——想都不要想。"

"那你想怎么样?"

"谭氏官府菜,"袁轶懒洋洋地道,"鲍鱼鱼翅塞到我饱为止。"

欧阳爱靖挥拳作势在他头上一击:"跨国公司的小开,敲我们穷人的竹杠,你也好意思——这样,这礼拜你天天都来我家,让我妈好饭好菜招待你,总可以了吧?"

"唉,看在靖靖的分上,答应你了。"袁轶叹气。

"你这家伙,连我妈也敢调戏,"欧阳爱靖说着,在他头上重重砸了个"毛栗",瞥见大娘子有些惊诧的眼神,随即向她解释,

"——这家伙就是欠打,打两下就老实了。"

几天后,袁轶去找了吴小梦。吴小梦是柳婷婷的同学,分在党群办,专门搞宣传那块。实习生里她是唯一一个分在机关的,上头有人是一桩,笔杆子好又是一桩。袁轶本来想找叔叔的,想来想去还是不麻烦他老人家的好,直接来找吴小梦帮忙。吴小梦说要向主任汇报,估计还要江书记批准才行。"你要有点耐心。"她道。

"没问题,中午请你吃饭。事情要是成了,再请你到外面吃好的。"

"香格里拉的自助餐。"吴小梦跟他挺熟,也不客气。

"一句话。"

从党群办出来,袁轶便有些想不通。托自己办事,一顿火锅就搞定,自己当中间人,却要请人家吃五星级酒店。莫名其妙嘛。上海话说"冲头",应该就是他这种人。

午饭与吴小梦一起在当局楼食堂吃的。二楼小餐厅,点了几个小菜。袁轶问她:"在机关舒服吗?"吴小梦回答:"基层的人都羡慕机关,其实机关也没啥意思,天天守着领导,不敢乱说乱动,哪有你们下面自在啊。"

"朝九晚五,生活规律,法定假日又有的休息。多好。"袁轶道。

"我还想做二休二呢,大把时间自己支配,工作日逛街人又少,吃饭看电影都不用排队。而且上班内容也有意思得多,哪像我们,整天对着电脑写那些公文,枯燥得要命。"

"要不,我们换换?"袁轶嘻嘻笑道。

"算了吧,柳婷婷在下面,你舍得换?"吴小梦一下切中要害。

"我先上来,等升到了总经理,再把她也换过来——"袁轶大言不惭地胡诌,忽想到叔叔的嘱咐,"总经理"这三个字有些敏感,实在不该提的,便立刻打住,换个话题,"这个,你觉得我拜托你的那件事,成功的可能性有多大?"

"百分之八十。你也晓得,江书记向来比较喜欢这些外插花的东西。"

"那就好,"袁轶点头,随即朝她笑,"你对领导很不礼貌哦,什么叫'外插花',听上去好像我们江书记外面有花头似的。不好,很不好。小同志你要检讨一下。"他板起面孔。

话音刚落,袁轶便看见江书记和袁啸腾拿着饭盘朝这边走来,旁边还跟着机务部的顾经理。袁轶连忙把头朝向另一边,想避开。可惜晚了,江书记已经看见了他,过来打招呼:"哟,你也来这边吃饭啊?"

袁轶只好站起来:"江书记好。"

"刚刚还跟你叔叔谈到你呢,说这次护照考试你考得很不错,大有进步啊。"江书记笑道。

袁轶脸红了一下。进步是进步了,不过依然是平均线以下,反过来数比正过去数要快得多。"总算不用再扣钱了,"他自嘲,"赚了两百块钱,江书记,待会儿买包烟孝敬您。"

江书记先是一怔,随即笑起来,对袁啸腾道:"这孩子挺可爱啊。"

袁啸腾也笑笑。三人径直走过去,经过袁轶身边时,袁啸腾轻声丢下一句"油腔滑调"。袁轶低着头,没吭声。等三人离开后,吴小梦问他:"你是不是挺怕你叔叔?"

袁轶想了想:"谈不上怕,应该说是比较尊敬。"

"我看你的样子,像贾宝玉见到贾政。"吴小梦笑。

"我是中了举人以后的贾宝玉,出息了,贾政见到我别提有多喜欢。"

吃完饭,袁轶走回候机楼。当局楼到候机楼距离不短,开车都要十来分钟,权当作饭后散步。下午只有一个航班,时间还早。袁轶不疾不徐地走着。除了太阳有些晒,感觉还不差。走到一半,碰到机务的皮卡车。机务徐杰从车窗探出头来:"带你一段?"

袁轶上了车。徐杰说他好兴致:"这么大的太阳——平衡那位喜欢男人黑一点?"

袁轶想,全世界都拿柳婷婷来笑话他。也罢,搭人家的车,只能听人家的揶揄。"最近有点胖,肚子都大出来了,"他道,"所以要加强锻炼力度,多走路,少坐车。"

"幸福啊,"徐杰说,"你们天天在候机厅坐着吹冷气,我们只能在机坪上曝晒,你晓得发动机旁边有多少度?六十度都不止!人都晒成肉干了。你还能发嗲,减肥啊锻炼啊走路啊,我们根本想不起这茬,能上车凉快一会儿,哪怕是几分钟也好——我们一个新社会,一个旧社会,不是一个层次的。"

"找你们顾经理去,让他请客吃哈根达斯。"袁轶道。

徐杰嘿的一声:"别说哈根达斯,盐水棒冰都没一根。他最近哪还有心情管我们呀,隔三岔五就往公司跑——你懂的。"

袁轶笑笑。他自然是懂的。都说这次换届会提拔一个科级干部当副总,下面好多双眼睛巴巴地盯着呢,明里暗里用劲。顾经理毫无疑问是用在明处的。这点人人都知道。不过机务部地位与众不同,历来领导班子里都会有一位机务出身的,这也是不成文的惯例了。顾经理希望最大。当然除了他,客运部、地面服务部,还有机关,都有几个很受领导器重的年轻干部。虾有虾路,蟹有蟹路。各展神通。上礼拜袁轶去叔叔家,居然在小区里碰到海书记,亏得他反应快,当即便避了开去,总算是没撞个正着。后来在叔叔家的茶几上看到两盒白燕盏,包装得很好,应该是刚收到的礼物。袁轶装作没看见。婶婶一直是吃燕窝的,送这个最合适,也暖心。毕竟论到这档子事,只怕婶婶还能出力得更多些。袁副总是顶头上司,袁太太是元老千金。求人办事,便要找这样的夫妻档,事半功倍。海书记思路清楚。

半夜的红眼航班,袁轶做了两次便停下了,基本只做些白天的航班,人很舒服。排班表是高莹的分内事,但要经上面过目、批准。海书记都半真半假地向他表过功了:"新同志,还是以学习为主,不能急,慢慢来——"新来的实习生,只他一个享有这样的优遇。人家是红眼航班一个接一个,丝毫没有"慢慢来"的意思。而且,按惯例,实习生应该到处轮岗,一个个部门转下来,最后再确定岗位。好的坏的都要试试。国际值机是客运部的肥肉,技术含量高,奖金多,评职称也方便。除了袁轶,别人都转了几圈了。唯独他屹立不动。

连高莹都有些看他不顺眼了,她那样直来直去的脾气,把话说得挺难听:

"排班表给你，你自己挑喜欢的，也省得领导麻烦了。"

这阵子，袁轶自己也觉得有些被孤立。当然表面上并没怎么样，依然说说笑笑，但眉里来眼里去，众人的神情里多少是有些那个的，好像在说"人家有门路，是皇亲国戚"——敢怒不敢言。他猜大家应该都是这样的心境。袁轶便有些难受。以他的个性，是喜欢开开心心你好我好大家好的，凭空生出那样的事端来，很是别扭。

从机务的皮卡车下来，他对徐杰说声"谢谢"，便去了值机休息室。高莹正拿着一面小镜子涂口红，见到他来，也不吭声。袁轶在旁边静静坐了一会儿，随即，叫了声"姑姑"。

"嗯？"她眼睛不抬。

"姑姑，"他考虑了一下，终于还是说出口，"——我想换到服务组待一阵，可以吗？"

高莹一怔，朝他看："什么？"

"实习生不是应该多换几个岗位熟悉环境嘛，我在值机这块也待得够久了，对服务那边还不太熟悉，所以想换过去试试。"

高莹很少见到袁轶这么一脸严肃地说话，倒有些意外了，半晌，道：

"晓得了。我替你向上面申请。"

"谢谢姑姑。"袁轶道。

高莹看了他一会儿，终是没忍住，脱口而出："——你是不是吃错药了？"

（五）

　　袁轶调去服务组的当天，温世远也从行李查询调了过来。据说，他也向领导提出了申请。服务组是客运的冷门，只要自己愿意过来，一般都没什么问题。温世远与他分在一个班头。两人见面，并不打招呼，只看一眼，便各做各的。袁轶本来心情便马马虎虎，见了他更是扫兴，想，这个人是跟屁虫，前世里的对头星，自己到哪里，他便也到哪里。

　　服务组的同事大多都是认识的，原先做值机时早已混熟了。午饭是袁轶请客。众人知道他的脾性，也不客气，各自报了名。袁轶拿纸笔，把各人点的食物记下来，一个个问过去，到了温世远跟前。他略一停顿，问："你吃什么？"温世远摇头："不用了，我自己去食堂吃。"

　　袁轶也不多话，想，随便你，我正好可以省一点。跳过他，又转向后面，"大家别客气啊，有吃不吃猪头三——"

　　值班主任茅宁今年四十三岁，这个年纪在窗口岗位基本已属老妈妈级别。她自然知道袁轶的情况，但只字不提，交代了工作的流程，又指定了一个有些资历的老员工，让袁、温二人有不懂的地方就问他。"服务没啥窍门，"她道，"——认真点、细心点、周到点。"

　　"明白，三点式。"袁轶道。话一出口便有些后悔，茅宁不是高莹，四十多岁的老豆腐，啃一口小心把牙崩掉。果然，茅宁皱了皱眉头，似是有些反感，但忍住了没开口。袁轶暗自吐了吐舌头，挺不好意思，又加上一句："——记住了，茅主任。"一回头，瞥见温世远面无表情地看着自己，隐隐还透着些嘲弄，便有些不忿，想，老子这是跟领导打成一片，比你这个闷嘴葫芦强百倍。

AC（加拿大航空公司）进港有两个轮椅旅客，茅宁便让袁轶和温世远去推。

两人各自推着一辆轮椅，守在廊桥口。彼此没有交流，像陌生人。一会儿，飞机慢慢靠桥，轰隆隆的发动机声响彻耳际。袁轶忍不住拿手捂住耳朵，瞥见温世远在旁边纹丝不动，倒显得自己娇气，女人家似的，忙把手拿开，很潇洒地扶住轮椅。

机舱门打开后，两人与空姐交接，随即两个轮椅旅客下了飞机。一个是八十来岁的亚裔老头，听口音像是新加坡那块的，一条腿有些问题，走路一瘸一拐。另一个是印度人，五十来岁，身材肥胖。都没有陪同人员。温世远把老头扶上轮椅，先走了。剩下那印度人，也不用人扶，走过来屁股一蹲，利索地上了袁轶的轮椅，手一挥："Go！"

印度人是要转机到德里，袁轶推着他去中转大厅。这人话很多，一路上指手画脚说个不停。袁轶冷眼旁观，猜他应该是四肢健全，只不过懒得自己动，才要的轮椅。早就听同事说过，国际航班常有这种人，多半是语言不通，怕走错地方，索性叫轮椅，有人推着，省得自己麻烦。放在国外，叫一次轮椅便是几十美金，没人肯平白无故花这个钱，国内便不同，轮椅不另外收费。因此一天下来，十七八个轮椅旅客是少不了的。大家最怕听到听讲机里叫"要轮椅"。

要真是身体不便倒也算了，碰上纯属占便宜的人，火气最大，面上还要保持微笑。否则人家一个投诉，又要吃不了兜着走。

印度人是个胖子，这么推上一圈着实费了不少力气。袁轶到机场还是第一次干体力活，在大学里时每周打两次羽毛球，上了班后便不怎么锻炼身体，这么一折腾，从到达厅到中转厅，背上全是汗，都有些喘粗气了。他心想，这情景要是让妈妈见了，眼泪都要下来的。还小开呢——推轮椅的小开，绝对扎台型。

印度人一路看风景，兴致很好，居然还问他上海哪里有卖梅林肉罐头。袁轶不愿理他，没好气地指指自己嘴巴，又耸了耸肩，意思是"不会英文"。印度人倒也不计较，有些同情地朝他点头。袁轶一怔，再一想，这印度佬肯定是会错意了，以为他是哑巴，忍不住好笑，想印度人这次回去，肯定要对人家讲，中国一点也不歧视残疾人，连国际机场的服务员都找哑巴。

回到休息室，温世远坐在角落里看书，显然已回来一阵了。袁轶瞟过他那本书，好像是英文原版的。旁边几个女同事在讨论休息天去哪里购物，又是化妆品又是名牌手袋，还有老公孩子男朋友之类那些琐碎的话题，叽叽喳喳像菜市场。渐渐地，男士们也加入了聊天。服务组休息室有些简陋，拿屏风隔成两间，外面休息，里面更衣。几个女人进去更衣，因为彼此熟稔，说话便肆无忌惮，"胸罩新买的？款式不错""这阵肚皮又大了，像五个月""哎，帮我拉一下拉链"……外面男人们听了，往往半真半假地说上几句荤话。里里外外打成一片。唯独温世远不为所动，坐着像一尊佛，反而有些扎眼。

一个上了年纪的阿姨妈妈偏要挑战难度，走过来问他："哎，有女朋友了没有？"

温世远摇头，眼睛抬也不抬。

"那帮你介绍一个好不好？"

他还是摇头，一声不吭的。

阿姨妈妈有些挂不住了："哟，小朋友老一本正经的嘛。"

袁轶旁边看着，觉得这男人这样不让人家舒服，人家也不会让他舒服，便抢上前道："小朋友难得碰到美女，紧张得话都不会说了。"那阿姨妈妈嘿的一声，笑成一朵花："老菜皮了，还美女——"

"过分谦虚就是骄傲，"袁轶很认真地问她，"有合适的，帮我介绍一个？"

"我没听错吧，天下第一痴情种子掉枪头了？"

"掉不掉还说不准，反正先物色起来，有备无患。"袁轶说着，朝温世远看了一眼，见他依然低头看书，毫无反应，想，我是看在同届的分上才替你圆的场，免得弄得大家不高兴，可别以为我在讨好你。

晚饭时，袁轶在食堂看见温世远，面前一份白饭，一份番茄炒蛋。早听闻这人节省，据说每顿饭都控制在五块钱以内。以机场食堂的物价水准，五块钱绝对属于温饱线以下的。

袁轶点了小灶菜，红烧划水加豆腐羹。不想吃白饭，便又买了份炒面。端着餐盘绕了一圈，找不到空座，一抬头，与温世远目光相对。这种情形下，不打招呼好像有些失礼，袁轶便朝他点了点头。温世远也点了点头，目光又朝向面前的座位，似乎是示意他来坐。

袁轶只好走过去坐下，放下餐盘，花花绿绿一大份，映衬得温世远那份番茄炒蛋格外寒酸。

袁轶忙不迭地低头吃饭，心里琢磨着该不该请他吃一些。不请不合适，请好像也不合适。有些尴尬。干巴巴地吃了几口，袁轶想，早晓得便打包回去了，现在这样跟受刑差不多。

温世远先吃完，递过来一根香烟。袁轶怔了怔，说声"谢谢"，放在一旁。

温世远自己点上火，吸了一口。朝他看。目光瞟过他面前的饭菜。袁轶连咀嚼动作都不自然了。这顿饭吃了也不长肉。

"喜欢吃鱼？"温世远忽道。

袁轶一怔："嗯，也谈不上喜欢。"

"我不喜欢吃鱼尾巴，都没什么肉。"他道，"也不下饭。喝点啤酒倒差不多。"

袁轶想了想，小心翼翼地问："要不，来瓶啤酒？一块儿？"话一出口便觉得不妥，上班时怎么能喝酒，再说也不能请人家吃剩菜。好在两盘菜都没怎么动，样子还不算太差。袁轶做好被他拒绝的准备，谁知他竟答应了："菜你的。酒我来买。"

袁轶不好说不，否则就是看不起人家了。很快，温世远从小卖部买来一罐啤酒。

"不是我小气，上班时间，被领导抓到就完了。"

袁轶连连称是，想，小气就是小气，少找借口，一罐是喝，两罐也是喝。但听他那番话，已是从未有过的贴心贴肺了，便也有了兴致，拿个空碗，倒了半罐啤酒，与他一碰。

"干杯!"

温世远夹了一块划水,放进嘴里:"挺好——可我还是比较喜欢吃肉,狮子头那种。"

"我也喜欢狮子头。扬州狮子头。"袁轶道。

"扬州狮子头我没吃过。味道应该很好吧?"

袁轶怔了怔:"——其实也差不多,都是肉剁碎了再烧,没啥花头。"

炒面有些油,袁轶吃了两口便没兴趣了。温世远却似乎很喜欢,一下子便吃了半盘。见他这么不见外,袁轶也挺开心。多个朋友总是好事。一个大男人光吃白饭加番茄炒蛋,鬼才吃得饱。袁轶想到这,心里有些难受。二十一世纪的上海,还有人在吃上面省。其实又能省多少呢,一顿省三块吧,一天算十块,一个月才三百块。还不够他买条烟的。袁轶都觉得自己罪孽深重了。大家都是年轻人,自己衣食无忧,人家却节衣缩食,也难怪他平常总臭着一张脸,换了谁都乐不起来。

"为啥要求调到服务组?"温世远忽问他。

袁轶笑了笑,反问:"你呢,为啥调过来?"

"想听真话还是假话?"

袁轶一怔:"当然是真话。"

"憋得慌,"他道,"要是不动一动,就快憋死了——往上动不可能,那就往下动吧。"

袁轶也猜想是这样。行李查询是清闲,大部分时间都待在办公室里,只需航班进港时偶尔出去查验行李票,碰到行李少收多收或是破损，发几个电报。通常上了年纪的员工尤其是女员工非常喜欢这个岗位。袁轶去过几次行李查询办公室，聊天梳头化妆看报就不提了，竟还有女人在那里织毛衣，拿本针织的书放在桌上，一板一眼地对花样。这种环境待久了，别说温世远这种积极向上的好青年，就算是袁轶这样的二流子，也会憋得难受。

"服务组累是累，不过有意思得多。"他竟朝袁轶笑了笑。袁轶一怔之下，立刻有种受宠若惊的感觉，都不习惯了。原来这人也会笑，不是木头一块。

两人做半夜的 EK，吃完晚饭便回宿舍睡觉。闹钟上了一点。袁轶没有早睡的习惯，躺在床上玩 ipad，听邻床的温世远也是翻来覆去，应该是睡不着。

"天杀的红眼航班。"袁轶骂了句。

"嗯，写封匿名信，向民航总局举报。"原来这人不光会笑，还会开玩笑。

袁轶心情莫名变得很好。读书时，他也常常与班上出了名的落乔的同学称兄道弟。他觉得这是自己情商比较高的缘故，亲和力也强。记得初中时有个新老师，想要搞些花样出来，说班干部统统民选。结果他这个学习成绩中下的家伙竟以高票当选班长。虽然没几天便被撤了，但还是感觉很好。那时他绰号"赛孟尝"，也不知是哪个有古文底子的同学取的。有些水平。其实关键还是爸妈给的零花钱多，他又出手大方，不把钱当钱。请男同学吃油墩子，请女同学吃可爱多——是他的拿手好戏。

袁轶得意扬扬地想，过几天可以好好请温世远吃一顿饭，去苏浙汇，吃蟹粉狮子头，甚至还可以带他去叔叔家玩。虽然他从小到大朋友不少，但"高考状元"这种档次的绝无仅有，相当拿得出手。叔叔是领导，爱才惜才，尤其像温世远这种家在外地的，额外多些关怀，也说得过去。袁轶觉得自己做事真是面面俱到，替谁都考虑到了。

EK 的平衡是柳婷婷做的。上客时，柳婷婷来送舱单。袁轶与空姐在舱口核对人数，刚好与她相遇。袁轶问她晶晶回来了没有，又觉得这话像讨功劳似的。果然，柳婷婷向他致谢：

"上次多亏你了，说是超了十来公斤，结果两个人加起来超了三十公斤都不止。也不嫌重。要不是你，逾重行李费起码要缴好几千。"

"别客气，"袁轶很一本正经地道，"这是我的荣幸。"

因为临时增加了几个集装箱，装机单重开，平衡表也要重做。柳婷婷是新手，电脑系统已经关了，要回去重开，比较麻烦。袁轶却挺开心，倒不是幸灾乐祸，而是因为可以多见她一次。EK 商务在对讲机里一遍遍地催舱单。柳婷婷一遍遍地回答"尽快"。估计是不好对付。新手最怕碰到这种紧急情况了。商务应该也是急了，在对讲机里大叫"航班延误，你负得起责任吗？"——这人就是追求高莹的那个副站长。柳婷婷也是缺少经验，其实完全可以推托"电脑系统有问题"，电脑是最讲不清的东西了，一会儿好一会儿坏，谁也抓不住把柄。现在这样，很被动。当然了，这事主要是货站的责任，就算航班真延误了也怪不到平衡头上。但对讲机里被人这么一遍遍地催促，影响情绪不算，值班领导也听着，总归不是好事。

袁轶看左右无人，拿起对讲机走到角落里，捏着鼻子怪声道："吵狗，安静点！"

对讲机里沉默了几秒，随即便是那副站长的声音："是谁？"

"再吵就送你去疯狗院。"袁轶怪声怪调地道。

副站长也是个极品，居然在对讲机里较起真来："是谁？你到底是谁？"

"是你外婆。"袁轶觉得自己很聪明，不说"外公"而说"外婆"，混淆了性别，相当安全。

"哪个单位的？对讲机里不要胡说八道。"一人插进来，严肃地道。声音很熟悉，正是袁啸腾。今天是他值班。袁轶立刻闭嘴。

柳婷婷的舱单总算到了。副站长等在舱口，脸色很不好。航班晚了十来分钟。其实也不算什么大事，只是EK走的是高端路线，比较看重准点率。袁啸腾也到了现场，目送着柳婷婷进驾驶舱找机长签字。袁轶缩在角落里，并不与叔叔打招呼。一会儿，柳婷婷走出来。乘务长一竖大拇指，示意一切OK，可以关舱门了。

副站长居然向袁啸腾建议，以后EK的平衡最好都找熟手，不要新人。

"多给新人机会，才能变熟手嘛。"袁啸腾笑笑。

袁轶听了，真想替叔叔鼓掌。就你EK头上长角，不要新人，拿别的航空公司练手，练熟了才来帮你EK做，你算老几？我们的工资都是你们EK发的？也不撒泡尿照照自己，三十来岁就秃了一大片，大小眼，走路含着胸像只山鸡。就你这副卖相，去韩国整一百次都别想姑姑睬你。活该你打一辈子光棍。

关舱后，袁轶回到休息室。通常这种红眼航班最后只留一两个人收底，节约劳动力。休息室里差不多都走光了，只剩下温世远在坐着看书。应该是等他。

"对讲机里好热闹啊。"温世远道。

"那家伙是烦人，也不晓得是谁仗义执言。"袁轶道。

温世远泡了两桶方便面。休息室里常备方便面，专门给值夜班的同志消夜。温世远边吃边打哈欠。袁轶问他："困了？"

温世远道："说来也怪，以前读书的时候，连着几宵不睡都没事，现在四天才熬一天夜，就觉得吃不消。年纪大了，不一样了。"

"主动熬夜和被动熬夜是不同的。那时候你是自己想熬夜，现在是被逼着熬夜，完全两码事。要是现在有个电视机，放欧洲杯，让我再熬七八个通宵都没问题。"

回去的班车上，袁轶遇到柳婷婷。柳婷婷先上的车，倚着窗睡着了。旁边位子空着。袁轶迟疑了一下，还是过去坐下。一动不动，生怕吵醒她。平常他与她并不是一个方向，他猜今天是去外婆家。她外婆住在徐家汇，读书时他去过一次，当然是和几个同学一起去的。她外婆很和蔼，也很好客，请他们吃桂花糖年糕。柳晶晶也叫她"外婆"，虽然不是亲外婆，但关系很好。从小到大她一直是柳婷婷的小尾巴，姐姐去哪里，她便也跟着。处得久了，自然亲近。柳晶晶曾跟他说过，这个外婆比她的亲外婆还要好。

柳婷婷睡熟的样子有些憨憨的，不像她平时的风格，倒似又年轻了几岁。嘴巴微微嘟着，因为倚着窗，那边的脸颊便鼓起一块，又是歪的。皮肤雪白，眼睫毛扇子似的披下来。轻轻打着小呼，没心没肺的样子——袁轶不好意思正面看她，做贼似的，偷偷瞟着。心想等她醒来，看到他，会不会吓一跳。还是第一次与她这么近距离地待着，都能听见自己的心跳声了，怦、怦、怦！像打雷。袁轶想自己这是怎么了，幼儿园里就拉过女孩子的手，小学里就到"麦当劳"约会，初中时候连通宵电影都看过几回——这样一个情场浪子，怎么就到了今天这个地步？一定是前世里欠下的债，嗯，情债。

正感慨间，他的手机忽然响起来。铃音响彻整个车厢，有些突兀。柳婷婷一下子醒过来，见是他，愣了愣。袁轶讪讪的，朝她做了个手势示意抱歉，接起来：

"喂？"

"班车没开吧？"袁啸腾的声音，"没开的话就下来，搭我的车回去。"

袁轶嗯了一声，心里是一百个舍不得。挂掉手机，对她道："我有事要下去——"柳婷婷也有些意外："哦，好的，再见。"袁轶暗暗叹了口气，站起来，下了车。

袁啸腾让他等在原地。几分钟后，车到了。他打开车门，瞥见叔叔的神情，便隐隐猜到会是什么事。果然，车刚启动，叔叔便说他：

"你可以去当配音演员了。"

袁轶装作听不懂："啊？"

"对讲机里胡说八道，万一被人抓到，你晓得是什么后果？"袁啸腾一脸严肃，"你以为人人都是傻子，猜不出是你？还'外婆'呢，机场里全是聋子，连是男是女也听不出？"

袁轶笑笑，想插科打诨两句，叔叔不给他机会，继续道："你不是小孩了，少搞那些乱七八糟的名堂——我晓得你的心思，是想帮那个女孩子出头，是吧？我跟你讲，你要是个男人，就别做那些鬼鬼祟祟的小动作，对讲机里发发牢骚算什么好汉？你完全可以下了班以后把那家伙一顿暴打，或者干脆往 EK 总部写封投诉信告他的状——"

后面那两句听得袁轶笑起来："好主意——"

"别打岔，"袁啸腾板起面孔，"我不是在跟你开玩笑。你啊，在家里怎么吊儿郎当都可以，但上班就是上班，上班的时候就要打起十二分精神，开不得一丁点玩笑，也不能有任何冲动的举动。"说到这里，他看向袁轶，"——我问你，你这次申请调到服务组，为什么事先没跟我商量？"

袁轶停了停："这个，我是想多学点东西。再说，人人都换岗，就我一个不动，也难看。"

袁啸腾嘿的一声："先斩后奏，很潇洒啊——这次我不跟你计较，反正实习期，换一换也没大碍。但你以后做任何事，都要跟我说一声。机场不是要个性的地方，许多事情都比你看上去的要复杂得多。走错一步，就可能会错过许多。你叔叔我在机场摸爬滚打了几十年，吃过苦，也栽过跟头，好不容易有了今天的光景。我也不瞒你，我是想当航代的总经理。也许人家觉得，我想当总经理是为了往上爬。也对，是男人谁不喜欢权力呢？但我跟你讲，就我内心而言——我在航代待了二十来年了，是看着它一点点壮大起来的。我对它感情比谁都深。我是想为公司做些事情，尽我所能地，让它成为一流的代理公司。"

"明白，"袁轶一脸正色，"为了民航事业腾飞而奋斗终生。"

"想笑就笑吧，别憋着，怪辛苦的。"袁啸腾朝他看。

袁轶扑哧一声，没忍住，终于笑出来："对不起对不起——我知道这是叔叔您的真心话，可没办法，听着就是想笑。"

"像喊口号，是不是？"

"没错。"袁轶点头。

"也难怪你，"袁啸腾叹道，"这话听着是挺像喊口号的。尤其是在机场这种国企，混日子的人多，真正想做些事情的人少。我承认，机场是个很容易混日子的地方，收入稳定，只要不犯什么大错，铁饭碗可以捧一辈子。当初你跟我说想来机场上班，我觉得也蛮好，至少你爸妈会放心——后来才知道是另有目的。你啊，这么大的人了，还把前途当儿戏。虽然现在不像过去，做得不开心了，过个一年半载就可以辞职，再找别的工作，可浪费的时间是你自己的，人生就那么几十年工夫，一寸光阴一寸金。你不可惜？"

"不会浪费的。"

"哦，"袁啸腾看向他，"那女孩搞定了？"

"我不是这个意思，"袁轶嘿的一声，"——叔叔你说得没错，我的确没想过会在机场待一辈子。但不管怎样，一年也好，两年也罢，总归是我人生的一段经历。女孩追不追得到，那是两码事。反正我在机场一天，就会好好过一天。叔叔你放心，我这个人啊，小洋相不断，大洋相不出。我保证当好你的兵，为你保驾护航。"

袁啸腾摆了摆手："我对你要求不高，至少别给我惹麻烦——你要真犯了什么错,那么多双眼睛看着,处理不是,不处理也不是。说句老实话,我不想在这些事上分心。"

"明白,"袁轶点头,"完全明白。"

"嘴上明白不行,还要记到心里,"袁啸腾换个话题,"——待会儿什么节目?"

袁轶想说"本来说不定还有节目,被你这么揪过来,什么节目都没了",嘴上道:"我哪有什么节目啊,回家睡觉。"

"反正也上车了。直接到我那里,晚上吃完饭再走。让你婶婶做几个你爱吃的菜。"

"嗯哪!"袁轶一口答应。

(六)

不久,调令便下来了。袁啸腾正式升为航代的总经理。秦总调去集团,级别上升了半级,转为调研员。公司大会上宣布后,袁副总就成了袁总了。

夏梅没有食言,请了柳婷婷姐妹俩过来吃饭。除了这个,还落实了柳晶晶的工作——在虹桥的候机楼管理部,算是给了袁轶一个惊喜。婶婶就是婶婶,成人之美,热心肠,做事也漂亮。当然她与袁轶打了招呼了:"现在只是合同工,能不能转正,要看她自己——"袁轶晓得婶婶的心思,袁啸腾叔侄俩都在浦东,她还是在虹桥的好。清爽,省得麻烦。

袁轶千恩万谢。打电话给柳婷婷报喜时,感觉与秋香姐又近了一步。果然,柳家那边欢天喜地,反倒是柳晶晶自己,说话有些不上不下:"我喜欢自己当老板,你们这是多此一举——"连她妈妈都说她了:"省省吧,你以为人人都能当老板啊,别好高骛远,要脚踏实地。"小姑娘电话里对袁轶道:"我知道你这是为了讨好我姐姐,所以,我不欠你人情。"袁轶只好苦笑:"不欠不欠,是我欠你的。你给我机会讨好你姐姐,应该我谢谢你。"

虽然如此,小姑娘骨子里还是懂事的,上了一周的班,虹桥那边反馈过来,说她手脚勤快,性格又开朗,同事们都挺喜欢她。夏梅听闻,放心不少。放在这时候请姐妹俩吃饭,袁轶那层意思自然不能明说,只说是袁轶的好朋友,过来玩玩。袁轶向柳婷婷提出邀请时,感觉到她迟疑了一下,但最终还是答应了。自然是因为柳晶晶的关系。袁轶心里叹了口气,想,又何必让你为难——索性连温世远也一起叫上,更加冲淡了这顿饭的意思。

柳家姐妹带了些礼物,有酒有烟还有补品。夏梅道:"只是过来吃顿便饭,怎么还破费?"柳婷婷说:"一点心意,请袁总和阿姨笑纳。"很官方的口气。温世远也买了一盒猕猴桃。袁轶不好说柳婷婷,便说温世远:"谁让你买东西了?早知道不叫你了。"温世远说第一次过来,不能空手的,"这是做客的礼节"。

袁啸腾只打了个招呼,便进书房了,免得他们拘束。

袁轶到厨房帮婶婶的忙。夏梅数落他:"我好不容易说服了你叔叔,你倒好,又叫了个电灯泡过来。"袁轶笑道:"都是朋友——"夏梅朝他看,叹道:"你啊,表面上看着咋咋呼呼的,其实是个老实孩子。弄不好要吃亏。"袁轶说这叫"缓冲":"一下子太那个了,怕人家接受不了。"

正说着，柳婷婷也进来说要帮忙。夏梅打趣道："那干脆我出去坐着休息吧，留你们两个在这里帮忙。"袁轶怕柳婷婷尴尬，打个哈哈便出去了。夏梅与柳婷婷随意聊了几句，诸如家住哪里，工作习不习惯之类的。柳婷婷一一回答。夏梅又道："你妹妹看着挺小，像个孩子呢。"柳婷婷笑笑："她本来就是个孩子。"夏梅将切好的水果装盘，倒上千岛酱和酸奶，要拌沙拉。柳婷婷抢过，说："我来吧。"夏梅便由她。见她微微低头，长发在后面扎一个松松的马尾，两侧刘海披下来，遮住了小半张脸，皮肤与头发黑白分明——真是很秀气呢，举手投足也是娴静得很。夏梅看了一会儿，心想，这样的女孩没有男人不喜欢的。

客厅里只柳晶晶一人坐着看电视。温世远大约是去了厕所。袁轶走到她旁边坐下。

"从日本回来，也不带件礼物给阿哥。"他伸出手，在她头上轻轻拍了一记。柳晶晶说："忘了，下次补。"袁轶觉得，一阵不见，这丫头对他似乎生疏了许多。从进门到现在，除了打个招呼，便没别的话了。这可不像她。

"上班好，还是自己当老板好？"他逗她。

她嘿的一声："没什么可比性。"

"那是什么意思？我不懂。"

"当老板自己开心，上班大家放心。"她飞快地道。

袁轶笑起来："那说明还是当老板好。"

柳晶晶朝他看看，忽然叹了口气："你这人怎么总是傻不拉叽的。"

袁轶一怔:"怎么了?"

她摇头:"没什么。"

袁轶提醒她:"跟我叔叔婶婶道了谢没有?"

"我姐姐不是谢了好几遍吗?还不够?"

"你姐姐是你姐姐,你才是当事人,"袁轶一本正经把自己当成姐夫,教育未来的小姨子,"你不小了——今年几岁?"

"二十岁了。"

"就是,都二十了,早就成年了。我像你这么大的时候,都跟我爸出去谈生意了。"

"吹牛。"柳晶晶白他一眼。

袁轶一本正经道:"待会儿等我叔叔婶婶出来,好好跟他们道声谢,郑重些。小姑娘嘴巴甜些,不吃亏。你将来的路还长呢,阿哥在教你做人的道理。"

"管好你自己再说吧。"柳晶晶撇嘴。

小姑娘嘴上死犟,好歹还是识的,吃饭时,主动拿起酒杯,向袁啸腾和夏梅敬了酒:"袁总、夏阿姨,我敬你们。这次太谢谢你们了,我一定好好工作,不会让你们失望的。"——相当郑重了。袁轶趁大家不注意,偷偷朝她竖了竖大拇指。柳晶晶只当没看见。

温世远也向袁啸腾夫妇敬了酒:"袁总,谢谢您和夫人邀请我。我很荣幸——我祝你们身体健康。"他应该是有些紧张,音调干巴巴的,语速却又很快。袁轶听到他的祝酒词,忍不住好笑,想,这家伙原来也会说场面话。

袁啸腾向妻子介绍:"我以前跟你提过的,湖北的高考状元。"

"不得了啊,"夏梅啧啧道,"有了这样的人才,航代不兴旺都不行了。"

"您过奖了。"温世远道,随即把杯中的红酒一饮而尽。

夏梅受了袁轶的嘱托,特意做了红烧狮子头,临走时,又装起一盒给温世远。温世远坚决不肯要:"怎么能又吃又拿,不行的。"袁轶道:"吃不完打包,环保。"温世远推辞不过,只得收下了。

袁轶问夏梅拿了车钥匙,说要送送三人。柳婷婷说不用:"小区门口就是地铁站,近得很。"夏梅道:"地铁再方便,总归没有专车方便。"柳婷婷这才不坚持了。

温世远住在普陀,柳家姐妹住在浦东。从这里过去,两头距离差不多。袁轶故意说先送温世远。温世远还要客气,说女士优先。袁轶涎着脸说:"她们两个人,你一个人,先照顾你。"

袁轶开车,温世远坐在副驾驶座。柳家姐妹坐后座。内环上有车抛锚,排起了长龙。三公里不到的路开了近半小时。柳晶晶咕哝了一句"早晓得就先送我们了",袁轶想,小丫头又口无遮拦了。见柳婷婷没反应,忍不住有些奇怪,想,她竟不出来打圆场。后视镜里瞥见她面无表情,坐着一动不动,便道:"听听音乐吧。"按下收音机开关。本来有些沉闷的车厢顿时被音乐声充斥着。袁轶从后视镜里又见她皱了皱眉头,应该是嫌吵——忙不迭把音量关小些。

好不容易把温世远送回家,他下车后,袁轶故意转过头,道:"你们两个派头太大了吧,都坐在后面,搞得我像出租车司机似的。"柳婷婷朝妹妹看,努了努嘴,示意她坐到前排去。袁轶朝柳晶晶瞪眼,想,你吃我的那些冰淇淋烊掉都可以洗个牛奶浴了,关键时刻不会拆我台吧。谁知她竟真的打开车门,大剌剌地坐到前排,手一挥:

"开车。走复兴路隧道,快些。"

袁轶不吭声,用力踩下油门,方向盘朝外一打。柳晶晶整个人往右边倒去,啊的一声,叫出来:"喂,你怎么回事?"

袁轶没好气地回答:"系安全带呀——这点常识都没有?"

复兴路隧道果然很畅通。一会儿便到了浦东。柳晶晶说也想学车。袁轶泼她冷水:"你学车干吗?开车上班啊,从浦东到虹桥,一个月的工资还不够抵油钱的。"柳晶晶道:"先学着呗。你早就拿到驾照了,不也没买车?"袁轶道:"我不是买不起,是没这个必要。再说了,我有我婶婶的车,想开就开。你要是学了不开,早晚变成本本族,马路杀手。"柳晶晶听了有些不爽:"知道你有钱,你最厉害了,全世界就你最牛。傻乎乎的,怪不得——"话没说完,便被柳婷婷拦了去:"好了,别争了,又不是小孩。"她这才闭嘴。

袁轶也有些后悔,竟当着柳婷婷的面,和她妹妹拌嘴。看见旁边有家便利店,便把车停在路边,买了两个哈根达斯甜筒上来,算是赔罪。亲自递给柳晶晶:"喏,是我不好,你别生气。"柳晶晶哼的一声,接了。另一个甜筒给柳婷婷。柳婷婷说声"谢谢",接过。

到了柳家楼下。袁轶故意拿手当扇,扇了两扇,又打个哈欠,装出很累很热的样子,想着柳婷婷会不会让他上楼坐一会儿——结果没有。姐妹俩一前一后地下了车。柳婷婷走近了,弯下腰,对他道:"今天麻烦你了。回去开车小心。"

袁轶有些失望，但仍挤出微笑："不客气。"

回去的路上，袁轶想着辛苦达成的饭局竟落得这般光景，不由得唉声叹气起来。他在婶婶面前兀自硬挺，其实心里后悔得要命，不该把温世远也叫来的。看似宾主尽欢的情形，竟像极了航代新员工在领导家聚餐。性质完全变了。这次落空，下次便更没借口了。白白辜负了婶婶的苦心。

袁轶回到叔叔家，袁啸腾和夏梅在沙发上看电视。袁轶把车钥匙往茶几上一放："我回去了。"垂头丧气的神情。夏梅见了，问他："狮子头还有剩下的，要不要打包？"

"不用了。"

袁轶走后，袁啸腾向妻子说起温世远："刘大脚最赏识这小子了，当初为了弄他进来，差点和秦总闹矛盾——高考状元就一定适合留在机场吗？高分低能的人多的是。"

夏梅笑笑，没说话。

袁啸腾瞥见妻子的目光："我晓得你在想什么。"

夏梅反问："我在想什么？"

"你以为我是小心眼，才这么说的？"

夏梅心想，难道不是？嘴上道："他自己不是上海人，晓得外地人在上海不容易。这叫惺惺相惜。其实也没错，与其把名额给那些混日子的关系户，是该招几个真正有实力的。"

袁啸腾嘿的一声："混日子的关系户——你是说袁轶？"夏梅笑了笑："关系户不见得都是混日子，我们袁轶属于有实力的关系户。"

袁啸腾说温世远看着有些城府："袁轶和他做朋友，弄不过他的。"

夏梅不同意:"什么弄得过弄不过的,人家两个孩子好好的交朋友,又不是搞无间道。你啊,领导做大了,总是往坏处想事情。"

袁啸腾说刚才他一个人下象棋,温世远过来看,便邀他下一盘。"下棋跟做人差不多。看他棋路我就晓得,这人不简单。不是那种直来直去的——"

夏梅嘿的一声,说他:"一个人下棋?周伯通啊,左手跟右手下?"

"都是我的兵,我在那边,他们不自在。"

"你倒是体贴。"

夏梅嘴上不附和丈夫,心里却想着有空是该提醒袁轶一声。倒不是嫌贫爱富,但阶层差得太远,从过来人的角度看,总归是有些那个。孩子涉世未深,别让他吃亏了才是。

袁轶回到家,便接到温世远的电话,又说了狮子头的事,再三道谢:"你婶婶很和蔼,做的菜也好吃。"袁轶随口说了句:"那以后就常来玩呗。"以为他会客气谢绝,谁知他竟爽快答应下来:"好啊——真的可以吗?"袁轶只好说:"当然,我叔叔婶婶都很好客的。"

柳婷婷那边则是一点下文也没有。吃了饭,送了礼,该做的都做了,该尽的礼数也到了。袁轶猜她必然是这么想。有些气不过,感觉别扭得很,有苦说不出的那种。却终是心不死,想来想去,突破口还是柳晶晶。一封短信发过去:

"你不是要学车吗?我有认识的驾校,价格从优。"

柳晶晶回过来:"好啊。我下个月就想学,行吗?"——意料之中的答案。

欧阳爱靖打电话催了几次,问托他办的事情如何了,袁轶便又去找吴小梦,请她吃香格里拉的自助餐——总算是办成了。电话里,欧阳爱靖千恩万谢:

"我后半辈子的幸福有着落了。"

很快,欧阳爱靖带着大娘子进驻机场。袁轶去看过他们几次,人五人六的,胸口吊着通行证,到处打转,时不时向工作人员询问,做笔记。

袁轶提醒他们:"多描写正面的,少搞些消极的。"

欧阳爱靖说他:"你可以去当机场的宣传部长了。朋友现在调子很高啊。"

"要不是我叔叔,"袁轶老老实实道,"就算你把机场写成黑社会,我都不管。我是烂泥扶不上墙,可我叔叔是祖国的栋梁,不能害他老人家。"

"明白。"欧阳爱靖一口答应。

袁轶冷眼旁观,好不容易逮着不用上班也能拿工钱的机会,欧阳爱靖像脱了缰的野马,并不怎么上心,喝咖啡看美女,到处混。大娘子却完全不同,真正是兢兢业业,每天游走于机场的各个角落,收集资料,挖掘素材。

"你小子看着将来要吃软饭了。"袁轶说欧阳爱靖。

"没关系,"这家伙心理素质倒也好,"夫妻俩只要一个能干就行了,我这种烂人就是拿来配女强人的。"

这天欧阳爱靖和大娘子来到安检。因为安检不属于航代，袁轶事先找了个朋友的朋友，打了招呼，让两人在那边游晃。袁轶送了朋友一条烟，又送了朋友的朋友一条烟。他问欧阳爱靖这钱能不能报销。欧阳爱靖很无赖地表示，可以让他到靖靖那里再喝两个礼拜的靓汤。袁轶说也行："烟钱我先垫，等你结婚时我红包就不送了。"

正说话间，袁轶远远地看见刘宇航走过来。

上次蜈蚣的事情，袁轶对这个刘副总一直有些发怵，不晓得他是什么路道。再说刘宇航是出了名的"铁面刘公"，尤其看不惯那些凭关系进来的人。袁轶有自知之明，晓得自己肯定在他的黑名单上。何况还有叔叔那层。袁轶并不是时时刻刻都马大哈的，有时甚至还比较敏感。叔叔每次提到这个"刘大脚"，都有种不易察觉的敌意。一次袁轶问他为什么叫刘副总"刘大脚"。叔叔回答，乡下人的脚都大。这种话从一向稳重内敛的袁啸腾口中说出来，着实有些突兀。袁轶由此猜测这两人肯定不对路，而且应该不只是官场争斗那么简单。袁轶大胆假设，大胆求证，竟跑去问婶婶："刘副总是不是追过你？"夏梅吓了一跳，反问："你叔叔告诉你的？"——这便是承认了。袁轶无意间捅破一段陈年三角恋，兴奋不已。后来才知道，夏梅以前和刘宇航是高中同学，曾有过那么一点朦朦胧胧的意思，后来各自上了不同的大学，便渐渐淡了。夏梅再三关照，不许他宣扬出去。袁轶一口答应。其实就算婶婶不说，他也不会不懂分寸。又想，刘大脚到底不及他袁轶痴情，秋香姐与他也是各上各的大学，可他照样百折不挠。

"刘副总。"袁轶恭恭敬敬地打招呼。

刘宇航应该已听说了两人到机场找素材的事情，问袁轶："这就是你那两个朋友？"

袁轶说是，为他介绍了欧阳爱靖和大娘子。两人叫了声"领导好"。刘宇航点头示意，朝旁边的几个安检人员看了看："创意挺好——就是尽量插空，别打扰人家工作，安检这块可不是开玩笑的。"

两人连声说"明白"。

"有点进展没有？"刘宇航又问。

"基本上主人公的形象已经定了，"大娘子笑笑，"是个刚进机场不久的新员工，给人的印象有些懒散，状况出个不停，喜欢和女员工打情骂俏，属于上班一条虫下班一条龙的那种。但本质上是个好青年，在领导和同事的带领下，渐渐对工作产生了热情，很努力很上进，后来成了一名优秀员工。"

"哦，是这样啊？"刘宇航说着，有意无意地朝袁轶瞥了一眼。袁轶给他看得有些心虚，想你个刘大脚，看我干什么？我是上班下班都是龙，由始至终都是一名优秀员工。

"高大全似的那种主人公现在已经不流行了，"大娘子解释，"要人性化一些，可爱一些，甚至要犯一些小错误，更贴近现实，读者和观众才会喜欢。"

"有道理。"

刘宇航随意聊了几句，离开了。欧阳爱靖对袁轶道："你们领导好像没什么架子。"袁轶厚颜无耻地道："那是我叔叔管教有方。"

回到服务组，见众人在那里议论纷纷，袁轶凑近了听——原来不知哪里传来的内幕消息，说EK有意离开航代，投入东沪航代理。

"这下好了,晚上能睡囫囵觉了。"众人都是欣喜不已。

袁轶却高兴不起来。睡囫囵觉事小,叔叔新官上任便吃这当头一棒,麻烦着实大了。目前航代代理的外航里,就属 EK 是个大户,代理费足足是普通航空公司的十几倍。公司历来也最看重它,大爷似的供着。本来这两年公司的运营就有些不顺,万一 EK 真被东沪航挖走,那航代就岌岌可危了。

"你怎么了?"温世远看他脸色不对。

"没啥,"袁轶掩饰道,"大概是刚才吃坏了,肚子不太舒服。"

"担心袁总?"到底是高考状元,思路清楚。

袁轶嗯了一声:"有一点。"

想着给叔叔打电话求证,总觉得不妥,亲自去一趟好像也不合适,叔叔早就有言在先,公司里叔侄关系尽量淡化,少见面为好。想要去问婶婶,也不妥。叔叔未必什么都告诉婶婶,怕她担心。还是先等一等的好。

闲暇时,袁轶踱到值机办公室。高莹见到他:"串门来啦——"袁轶回答:"给姑姑请安来了。"高莹嘿的一声,也跟他开玩笑:"别叫我'姑姑',你已经离开古墓派了,我不是你师傅了。"

"一日为师,终身为父。"袁轶朝旁边一瞥,才发现慕经理也在,怔了怔,叫了声"经理"。猜这两人刚刚应该在说话,自己这么冲进来,弄不好是打扰人家了。慕经理嘿的一声,嘲他:"好像挺有空?"袁轶道:"再忙也要挤出时间看师傅,这是做人的道理。"慕经理又嘿的一声:"你师傅不缺人看。"这话听着有些别扭,人对着袁轶,话却似是说给高莹听的。袁轶见惯了这种场面。高莹是客运一枝花,性格又好，追求她的人数不胜数。琼瑶片男主角为此很不舒服，但这事又不好对谁发火，便时常冷不丁地甩个一句半句出来。其实是很没名堂，小女人似的。袁轶心里说了句"戆巴子"，又问高莹：

"姑姑，EK 真的要走啦？"

高莹还未回答，慕经理已先道："你怎么晓得？"

"全世界都晓得了。"袁轶道。

慕经理吃了个软钉子。"那还跑来问你师傅干吗？"

"我姑姑有内部消息呀，"袁轶故意气琼瑶片男主角，"——001 都没她消息灵通。"

慕经理眉头一皱，还未说话，高莹已叹了口气："天下事分久必合，合久必分——这也是没办法的事。"

"姑姑现在不得了啊，讲话像得道高僧一样。"袁轶凑近了，"EK 真要去东沪航了，见不到面，副站长同志更没机会了——干脆让他跳槽到航代来算了。"

"好啊，我让他来找你，你给他搞定。"高莹一本正经地道。

"哎哎哎，上班呢，别讨论这种乌七八糟的事情。"琼瑶片男主角在一旁抗议。

聊了半天，套不出什么来。袁轶猜高莹应该也是吃不准。毕竟是两个公司之间的大事，多半还牵涉到 EK 总部。副站长充其量也只是个大喽啰，插不上嘴。

温世远说他有个师兄分在外场处，或许可以打听一下。外场处是不折不扣的"朝南坐"，权力不大，细细碎碎的，但实用。比如，决定航班靠廊桥还是停远机位。机场那么大，靠桥不靠桥有天壤之别，如果不靠桥，则要准备摆渡车，旅客不方便，航空公司也麻烦，而且这么一折腾，很容易影响航班正点率。另外，同样靠桥，停哪个桥位也大有讲究，中间的桥位离安检口近，旅客不用走几步就到了。而两边的桥位，耗时耗力，一样影响正点率。所以航空公司不论大小，都要讨好外场处，逢年过节的应时礼物少不了，大爷似的供着。外场处进进出出的人多，各种消息也多。

温世远师兄那边传过话来，说"八九不离十"。袁轶听了，更是担心，脸上却不敢表现出来，怕显得过于"忧国忧民"，被人见了笑话。

袁轶吃饭时遇到机务徐杰。这家伙向来脑子缺根筋，说话喜欢往大里夸，也不顾袁轶"衙内"的身份："——航代现在只剩下价格优势了，可人家 EK 不在乎钱啊。东沪航要经验有经验，要专业有专业，人家做航班的时候，我们还在田里坐地收租呢。理念不一样，档次不一样，怎么跟人家比？我们就是靠傻笑，人家拳头过来，我们送脸过去让人家打。人家打舒服了，丢根骨头给我们。我们摇两下尾巴——再赔小心也没用。要走的总归要走，留不住的。"

另一个机务道："不过 EK 也傻，东沪航那里什么大腕没见过，我们这边把它当宝贝似的捧着，打不还手骂不还口的，到那边充其量只是个二流角色，理都没人理它。宁做鸡头，不做凤尾，EK 连这个道理都不懂。"

"人家才不要虚名呢，"徐杰道，"实惠最要紧。EK 起初找我们，无非就是看中我们是机场，跟外场处是一家人，弄个桥位什么的方便。现在人家想开了，这点好处人家自己也搞得定，中秋节送几盒月饼，过年丢几张卡过来，不就行了？EK又不是傻子，走是早晚的事。看着吧，不止它一家，接下来走的多了——蛮好，走吧走吧，统统走光，我们就轻松了。"

"统统走光，航代也就没了，大家全下岗了。"一人道。

"下个屁岗！"徐杰道，"我们是正式工，又没犯错，东家不做做西家，机场那么多单位，哪里不能安插下我们这些人？机场最苦最累的就是航代，到哪里都比它强。"

袁轶一旁默默吃饭，不说话。徐杰偏偏还要惹他，一拍他的肩膀："朋友，你肯定有内部消息，说来听听？"

"我有啥内部消息，"袁轶道，"你们人人都比我消息灵通。我是傻瓜一个，什么都不晓得。"

"你叔叔不跟你通通气？"

袁轶嘿的一声，半开玩笑："我叔叔只跟我婶婶通气。"

"听人家说，你叔叔有点妻管严，"这个愣头青居然问他，"是不是真的？"

"今天我叔叔值班，"袁轶学高莹的口吻，"你直接对讲机问他，1201。"

（七）

开完会出来，袁啸腾觉得有些累。

公司领导临时召开的紧急会议，为的便是EK那件事。总经理、党委书记，还有几个副总全部参加。EK的正式函都发去股份公司经理办了。股份公司的甄总一早便给袁啸腾打了电话，意思很明确，要竭力留住EK。如果留不住，那航代也就可能留不住。上面关于航代的去留问题，争议也不是一天两天了。现在出现的任何状况，都有可能是导火索。

会上，袁啸腾一直眉头深锁。大家相继发表了自己的看法。在袁啸腾看来，都是不痛不痒，没什么建设性。李副总说要提高服务质量，这话放在此刻提起，委实有些晚了。江书记说在代理费和代理条款上给予EK优惠，其实是清政府那一套，别说EK未必接受，就算接受了，航代凭空少了一大笔收入，纯粹是饮鸩止渴，勉强过了这一关，麻烦事还在后头。徐副总倒是独到，说东沪航那边已臻饱和，EK就算过去，发现服务跟不上航代，早晚还得回来，不用急。徐副总临近退休年纪，平常不怎么管事，闲来喜欢弄些花草虫鱼，很雅致的一个人，性情也是温和，走的是老庄那套。

刘宇航一直没说话。袁啸腾问他："你怎么看？"他皱了皱眉："这事比较麻烦。"

袁啸腾想，当然麻烦了，你这是废话。

"我们在这里说再多都是假的，关键要找个机会，跟EK谈谈。"刘宇航道，"他们老是跳过我们，直接跟股份公司联系，这不行。要谈就跟我们谈。各个部门各个岗位都派代表，实打实，就事论事地谈，哪里对我们不满，我们哪里做得不好，大家摊开来谈。死也要死得明白。"

"对，有道理。"江书记同意。

"那他们要是不愿意谈呢？"徐副总问。

袁啸腾沉吟了一下，继续说道："我去找甄总，让经理办出面跟EK交涉，双方坐下来好好谈一次。如果他们不答应，礼节上是他们欠缺。应该不至于。"

散会后，袁啸腾叫住刘宇航："刘副总，麻烦你留一下。"

偌大的会议室，只剩下他们两人。刘宇航端起茶杯，到旁边的饮水机加了点开水，重新坐下来。袁啸腾两手交叉放在桌前，沉吟着，一直没有开口。刘宇航也不催促，自顾自喝茶。大约过了几分钟，袁啸腾抬起头，朝他看：

"EK那个姓黄的站长，是不是你以前的战友？"

刘宇航先是一怔，随即眉宇间闪过一丝不易察觉的嘲弄："对啊，怎么了？"

袁啸腾犹豫了一下，似是有些为难，但还是说出口："这个——你方不方便去和他谈谈？"

刘宇航没有马上回答，而是把手中的茶杯转了个圈。只几秒钟的工夫，对袁啸腾来说已是煎熬了。他倏地站起来，丢下一句"算了，当我没说"，便离开了会议室。

自取其辱。袁啸腾一下午想的便是这个词。倘若不是走投无路，他死也不会开那个口。换了别人都好些，偏偏又是这人。甄总的话，几乎已经是最后通牒了。EK在，航代在，EK走，航代走。这几天，他查遍了所有与EK有关的人脉，唯独刘宇航这条线是最过硬的。同一年入的伍，同一年上的机，又是同一年复的员。黄站长与他是铁哥们儿。

自从刘宇航进航代以来，袁啸腾与他讲的话，除了会议上的公事公办，加起来也不到十句。两人都不是嘴快的，夏梅那边也是只字不提，所以除了当事人，其他人都不知情。否则两个副总竟然是情敌，这个八卦也足够震惊公司了。

两人早在二十年前便认识了，那时袁啸腾刚与夏梅交往，某天撞见刘宇航将夏梅堵在小区门口。再一问夏梅，便清楚了。刘宇航是她的初恋。夏梅说她不喜欢当兵的男人，太棱角分明了。她说她喜欢袁啸腾的个性，用了"优雅宽厚"这个词。那阵子三个人着实折腾了几下，说到底两个男人并没有正面交锋，因为夏梅不像港台片里的女主角那般优柔，而是很果断地选择了袁啸腾，省了不少麻烦。不久，刘宇航和平退出，本来也没什么，问题出在他最后对袁啸腾说的那番话——"夏梅跟了你，迟早会后悔。你不是做大事的人。"袁啸腾初时并没把这话放在心上，一个失败者的牢骚而已。他很有风度地不予理会。可世事就是这么难料，隔了十几年，他已是航代的副总，偏偏刘宇航复员回来，也进了航代，先是地面运输部经理，很快便升副总。两人站在了同一个层面。袁啸腾当然不至于自卑，但平心而论，他有如今的地位，老丈人的关系占了大半。相比之下，刘宇航在机场无亲无故，倒是被他硬生生闯出一条血路来。有些见绌了。这时再忆起当时刘宇航那番话，袁啸腾便生出些别样的感觉来。这层意思袁啸腾连夏梅都没提过，怕她看轻。后来的总经理之争，袁啸腾使出了全力，明里暗里，拼老命了。刘宇航比他小了四五岁，倘若再先他升了正职，那真是无颜了。

袁啸腾晚上回到家，饭菜已摆好。虹桥机场离市区近，每天都是夏梅先到家，买菜煮饭。袁啸腾一直劝她找个保姆，说家里又不缺这点钱。夏梅不肯,说不是钱的问题:"亲手烧菜给老公吃,是一种享受。"这话让袁啸腾感动得差点掉下泪来。老丈人早就是局级了,可夏梅身上没有一丁点娇生惯养的味道,是个好女人。袁啸腾有时候觉得凭自己,能找到夏梅,真是非常幸运。他那早就去世的老母亲,当初见到夏梅,便把儿子拉到一边,问他:"你说,这样的好姑娘,看上你哪一点了?"

两菜一汤。白灼基围虾、西蓝花炒鸡柳、冬瓜开洋汤。袁啸腾本来吃口重,喜欢浓油赤酱,自从去年体检查出有脂肪肝,夏梅便开始控制他的饮食。晚饭尽量清淡些。

夏梅说袁宁与她网上聊天,说想要买辆二手车,出入方便些。"福特,两千英镑,小姑娘说已经很替我们省钱了,她们同学里好多都是买的宝马奔驰。"

袁啸腾摇头:"中国留学生在国外还是低调些好,容易出事。"

夏梅问丈夫:"买不买?"袁啸腾嘿的一声:"你肯定都答应她了,还来问我,恶人我来做。"夏梅笑起来:"我对她说,爸爸最心疼你,一使劲,卡里划个两万英镑过去,直接买一手的了。"

"我没那么多钱,让她打电话给外公——"袁啸腾说到这里,顿了顿,想怎么说这个了,忙刹住车,"让她有空打电话给外公,问问病情。嘿,外公外婆都白疼她了。"

袁啸腾一边吃饭,一边偷瞥夏梅的神色。EK的事,她肯定是知道的,他不提,她也不提,没事人般的。他又想起下午与刘宇航的对话,更觉得羞愧难当,甚至冒出这样的念头,想,刘宇航不会告诉夏梅吧——自然是不会,刘宇航那个人他了解,这点硬气还是有的。当初追夏梅时,也是明刀明枪,没出过一点阴招。反倒是袁啸腾自己,那时找了个夏梅的高中同学套近乎,把刘宇航和夏梅的过去问了个一清二楚,连刘宇航的家世背景也查了一遍,想的是"知己知彼,百战不殆"。当然最后也没怎么样。夏梅都百分百站在他这边了,他也没必要搞什么小动作。他曾经装作无意间问起夏梅,为什么会和刘宇航分手。夏梅的回答是,刘的性格太冲,与她不搭拍,而且爸爸也不喜欢她找个外地人。后面这句让袁啸腾听了心里咯噔一下,原来是爸爸不喜欢。但再一想,又有些得意。老丈人当初也不怎么待见他,但经不起夏梅坚持,终是妥协了。可见关键还是当事人自己的态度。

吃完饭,夏梅问他要不要一起去散步。他其实是没什么心情,但见夏梅似乎挺想去,便答应了。夫妻俩先洗了澡,换了身干净衣服,出门了。

并不走远,就在小区里绕圈。两人缓缓走着,夏梅挽着丈夫的胳膊,紧依着,像一对年轻夫妻。每当这个时候,袁啸腾就会觉得,自己是世界上最幸福的男人。他握住妻子的手,轻轻拍了拍。夏梅说女儿不在身边也好:"要是小姑娘在上海,每天还得服侍她的衣食住行,哪有这么惬意?我们这是提早过二人世界了。"

"女儿一个人在国外吃苦,老爸老妈潇洒,我们比老外还想得开。"袁啸腾笑。

夫妻俩绕了几个圈,回到家。刚换了鞋,夏梅手机便响了。她走到旁边听电话。袁啸腾听出是她父亲。放在平时,他是不会留意妻子的电话的,但这两天情况特殊,便格外多了个心眼。夏梅的音量也比平常要小些,似乎也不想让丈夫听见。

袁啸腾坐在沙发上看报纸,其实是一个字也没看进去,隐约听见夏梅那边漏出"伤脑筋""怎么做""不找您找谁"——便猜测夏梅在求他父亲。他心里酸了一下,想妻子表面装着没事,暗地里却在出力,是怕伤了他的自尊。新官上任没几天便碰上这档子事,袁啸腾都不敢去老丈人那里了。老丈人说话还含蓄些,丈母娘是个牙尖嘴利的,说话不怎么顾人,动不动就说我们夏梅年轻时条件多好啊,追她的人从浦西排到浦东,连副市长的儿子都给她写过情书。言下之意就是我女儿嫁给你是委屈了。袁啸腾每次都只当没听见。其实丈母娘人不坏,想到什么就说什么,是个直肠子。那些话也只是发发牢骚罢了。两人结婚后,丈母娘唠叨归唠叨,却是一门心思为他的。袁啸腾从科员到科长,再到副处、正处,丈母娘没少出力。嫁出的女儿泼出的水,对女婿好,也就是对女儿好。丈母娘拎得清。

夏梅那通电话直打了十几分钟才挂。袁啸腾问她什么事。她说父母想去美国加拿大旅游,加拿大规定年过七十岁的人必须体检合格才能批签证。"麻烦啊——"她夸张地叹了口气。

袁啸腾停了停,拉她坐下,却不说话。夏梅问他:"怎么了?"

"没什么,"袁啸腾道,"我在想,哪天抽空陪两个老人家一起出去玩玩。"

"您是大忙人,哪敢劳动您啊?"夏梅笑道。

袁啸腾也笑了笑,随即揽过妻子,倏地,把头靠在她肩上。夏梅怔了怔,想说话,忍住了没开口。袁啸腾闻到她衣服上淡淡的洗衣粉的清香,"累啊,"他忽道,"好累。"

夏梅迟疑了一下，伸出手，在他背上拍了两拍："那就睡吧，睡一觉起来，就好了。"

这一晚，夫妻俩睡得很早。躺在床上，其实是睡不着，却各自都不敢动，怕吵着对方。

夏梅想着父亲电话那头的语气，是没什么把握的。退休那么多年，人脉也是老人脉了，EK 是前两年才开的航线，父亲不晓得要绕多少弯才能绕到那边。夏梅不敢催父亲，倒不是怕父亲嫌烦或是恼火，而是怕惹出父亲的感慨，今非昔比，到底不是在位时的光景了。父亲也在求人。有时听父亲给熟人打电话的口气，夏梅都觉得心酸，不好意思再逼得紧了。丈夫是亲的，父亲更是嫡亲的，夏梅晓得为了袁啸腾，父亲已经是用尽全力了。

袁啸腾听着妻子的呼吸声，心头被内疚充满着。有时候他回想前半辈子，把彼此为对方所做的摆上天平——夏梅那头要重得多。他并没为她做过什么，而她却老鹰护雏般将他揽在羽翼下，像妻子，也像母亲。他一点点成就的梦想，若没有她，其实都是空想。想到这些，袁啸腾便生出无限的愧意来，却还不好对她明说，是因为男人那点可怜的自尊。而她也从不提及，好像他真是白手起家似的。女儿一天天长大，袁啸腾也越来越能体会老丈人和丈母娘当初的心情，如果袁宁找个各方面都比她差的男人，他肯定也不会答应。

第二天上班，袁啸腾在公司门口与刘宇航相遇。两人分别下了车，微一点头，算是打招呼。袁啸腾大踏步，抢在他前面上了楼。来到办公室，刚坐下，高秘书便拿来股份公司经理办传来的文件——定了与 EK 开会的时间，后天下午。

袁啸腾当即吩咐下去，各个部门都派代表参加会议。他自己当然是参加的，想着公司领导层最好再叫一个，江书记通常不管行政，徐、王那几位副总应付自己人还行，对外打交道都有些怯场。袁啸腾想来想去，好像只剩刘宇航一个。做大事不能有小心眼，他当即便打电话过去，公事公办的口气："刘副总，后天下午跟 EK 交涉，你参加一下，啊？"

"好，没问题。"那头一口答应。

挂掉电话，袁啸腾想这事必须慎重，不能打无把握的仗，便又交代下去，各部门都要好好总结一下，平常哪些地方做得不地道，有可能被人家抓小辫子的，先想在前头，要么拿出改进措施，要么死不承认淘糨糊，总之不能被动，被人家一棍子打死，必要时还可以找些 EK 的碴儿，倒不是为了反将人家一军，而是有备无患，关键时刻消消对方的气焰，对谈判有好处。这番话自然不能明说。高秘书从袁啸腾当上副总便跟着他了，复旦双料博士，有学识也有经验，反应快做事漂亮。袁啸腾只需露个意思，他自然心领神会。

袁啸腾想来想去，还是不放心，决定次日下午先开个预备会议，除了 EK，所有开会的人都到场。讲什么，怎么讲，统统演习一遍，免得到时出岔子。

第二天约在下午两点。袁啸腾站在办公室往窗外看，远远见到客运部的面包车到了，应该是开会的人。慕经理和海书记先下来，后面跟着几个值班主任，最后竟然是袁轶。袁啸腾一怔，想这小子怎么也来了。

去厕所方便，恰恰遇到袁轶也在，袁啸腾见旁边没人，问他：

"你也来开会?"

袁轶回答:"是啊。"

"胡闹,你才来几天啊?"袁啸腾摇头,"我待会儿就跟慕思晨讲,让他明天派个有经验的来。"

"叔叔,你这是歧视新同志,"袁轶一本正经地道,"现在需要的是智慧和胆识,不是看谁资格老。否则我们那里扫地的阿姨进机场最早了,都七八年了,叔叔你怎么不让她来开会?"

袁啸腾皱了皱眉,正要开口,见有人进来,便忍住了不说。

开会时,袁啸腾见刘宇航也拿着笔记本进来了。他没让高秘书通知刘宇航,一是想着他是副总,未必要参加这种预备会议,二来也是怕他笑话,看穿自己紧张过了头。

各基层部门分别从自己的岗位出发,多半先是背一遍工作流程,再搬些过去的失误出来,表示现在加以改进,已经取得了一定成绩。机关这边,业务科用数据说话,近一年来,EK的准点率提高了十几个百分点,客货载运率也较去年有所提高。

袁啸腾听了一遍,觉得可以,但谈不上十分出色,想来想去,好像目前也只能做到这一步了。他瞥见袁轶坐在角落里一言不发、目光游离,想,这朋友的智慧和胆识不晓得跑哪里去了。

散会后,袁啸腾对慕经理说,明天的正式会议,有些经验不足的同志就没必要来了。他没直接点名,但猜慕思晨应该懂他的意思。刘宇航一旁听了,冷不丁地道:

"彩排了再换人,小心出乱子。"

袁啸腾朝他看。这家伙用"彩排"两字,似乎有点讥讽的意思。

心里哼了一声，没理他，正想着逮住袁轶数落几句，再一看，这小子已开溜了。袁啸腾忍不住又有些感慨，小孩就是小孩，这边都火烧眉毛了，他那边还当玩似的。

第二天开会依然是在公司会议室。EK 来了四个人，正副站长，还有两个资深的商务人员。公司这边人没变。袁轶依然是来了。袁啸腾想应该是碍着自己的面子，慕思晨不好意思不让他来。这当口也顾不得他。刘宇航与 EK 的黄站长一见面，便互拍了一下肩膀，很是亲热。

彼此寒暄几句，会议便正式开始。

黄站长说了些客气话，什么这些年你们辛苦了，不胜感激之类的，又把责任往总部推，说总部决定的事，他们只能从命。袁啸腾心想，总部又没长千里眼顺风耳，还管这种事？使了个眼色，各部门按照昨天的程序，陆续讲了一遍。有个机务的男生还临时加上一段，说上周 EK 机械故障，大家熬了整个通宵，其中一位同事出生不久的女儿发烧，他都没顾上回去，一门心思扑在抢修上，等他天亮回家，女儿已经吊了整晚的盐水，他妻子还为这事嚷着要和他离婚。这男生讲话抑扬顿挫，很是煽情。现场的气氛被他调动了起来，客运、地面运输都纷纷讲述以往工作中的感人场景。

"换作东沪航，肯定不到两个小时就修好了。根本不用熬通宵。"一个 EK 商务硬邦邦地道。

"我们也不想你们熬通宵的呀，是你们自己搞不定。"另一个女商务撇了撇嘴。

"所以呀，我们才要换公司，也省得麻烦你们了。"

"嗯，这个，"黄站长意识到手下讲话有些冲，出来打圆场，"大家为EK所做的辛勤劳动，我们还是很感激的。不过，站在我们的层面，我们有我们的考量。请你们原谅。"

黄站长话音刚落，两个EK商务便如同约好似的，开始指摘航代以往的一些不足，比如值机柜台开得少，牵引车到位迟，服务人员态度生硬，地面搬运野蛮装卸，等等。一条连着一条，掷地有声。

两个商务居然还拿出记录，白纸黑字，时间地点清清楚楚，交给袁啸腾。袁啸腾接过，粗粗看了一遍，又交给刘宇航。刘宇航只看一眼，便放下。

副站长沉默不语，傻子似的坐在一旁。高莹也在，他应该是不好意思。

慕经理坐着不动。高莹推了推他，轻声道："说呀，愣着干吗？"

"人家讲的也不是没道理。"琼瑶片男主角有气无力地说。

"你就是窝里横。"高莹冲他一句，"——这个时候，没道理也要发几句声音，否则就成痛打落水狗了。"

"要么你来？"

"我来就我来。"高莹咳嗽一声，大声道，"——去年你们上海站还被评为EK亚太区最佳航站，这里头多少有我们的功劳吧？那时候还把我们夸得花好稻好，现在一下子来个180度大转弯，是不是有点讲不过去？"

"那是去年，你们刚代理EK，是挺认真的，现在都成老油条了。"一个商务道。

"嘿，我们是老油条，"客运部一人道，"你们自己去东沪航看看——"

"人家业务能力比你们强。"

"你怎么知道？你拿卷子考过试了？"

"不用考也知道，明摆的事——"

黄站长一挥手，示意商务闭嘴："讲重点，不要越扯越远。"

很快安静下来，双方都不说话，气氛变得有些僵，对峙着。

袁啸腾把手摆在桌上，用食指关节轻轻叩击桌面，一下，两下，发出有节奏的砰砰声。他瞥过黄站长的脸，一副听之任之的神情，看了几次表，漫不经心似的。他顿时便有些没信心，觉得这次谈话终究只是流于形式，人家早打定了主意，反而是自讨没趣了。

"我们是存在许多不足，你们觉得东沪航好，是不是？"冷不丁的，一人打破了沉默。正是袁轶。他从口袋里掏出一堆东西，啪地扔在会议桌上："——你们自己看吧。"

众人都是一愣，再看桌上那些，原来是厚厚一沓照片。

"全是东沪航的，值机、服务、机务、地面——各个部门都有，多角度全方位，时间是最近一个月，很新鲜，不信你们可以对着照片上的人和航班去查，绝对真实可靠。"

黄站长和两个商务犹犹豫豫地拿起照片翻看。都是一组组的照片，应该是连拍，有摄像的效果：值机员嬉笑着在柜台上吃东西、聊天；服务员跷着二郎腿坐在问询台上，对旅客爱理不理；地面搬运工狠狠将行李扔到货舱，结果翻下来，箱子破了，里面东西掉了一地；机务员若无其事地在发动机边上抽烟……

"这朋友更夸张，"袁轶指着一张照片，某服务员在廊桥上等轮椅旅客时，或许是无聊，居然自己坐上轮椅，来回地转圈，还表演单手掌控、前翻后翻等惊险动作，"熟能生巧，这朋友肯定是平常练多了。啧啧，残奥会不找他参加体操比赛，亏了。"

众人也纷纷拿过照片翻看，都忍俊不禁，议论纷纷。会议室顿时热闹起来。

"这就是东沪航代理航班的真实写照。"

"店大欺客，人家是大航空公司，才不把客户当回事呢。"

"嘿，在我们这里是大爷，到了那边，就是小三子的小三子。我们是捧在手里怕摔，含在嘴里怕烊，两只手抱得紧紧的，人家伸一根小指头，就随随便便应付你们了。"

机务部的人也忍不住发牢骚："说我们水平差，东沪航能强到哪里去？好，就算我们真的差，十七八个人服侍你一个，勤能补拙，一晚上总归也搞定了。人家呢，扔个小猫两三只陪你耗，航班延误反正是你的事，飞机趴在那里一个月都没关系。这边你还能投诉，那边呢，先别说睬不睬你，就算睬你了，一个个航空公司轮下来，也不晓得要等多久才有处理意见。你高兴就留着，不高兴就走人，多你一个不多，少你一个也绝对不少。"

"拎不清——"有人轻声道。

黄站长那边几个，拿着照片，看也不是，不看也不是，显得有些尴尬。

袁啸腾咳嗽一声，手一挥，示意大家安静，又问黄站长："要不，今天就先散会吧？"心想着这样戛然而止，看似是给对方面子，其实最有效果。像文章最后留个省略号，让人家去琢磨，很有余味。

又想会议记录要尽快给股份公司,要花些心思写,自然不能明说后面照片那段,怎么提一笔,画龙点睛,就要高秘书去动脑筋了。袁啸腾其实是有些悲凉的。他想不到自己竟沦落到这种地步,光顾着纸面文章,好向上面交差,至于能不能真的留住 EK,反而是次要的了。

散会后,袁轶伸手去整理那些照片,瞥见旁边袁啸腾的神情,动作顿时慢了半拍。"叔——这个,袁总。"说完摸了摸头。袁啸腾没吭声,拿着会议本站起来,朝门外走去。袁轶也跟了上去。叔侄俩一前一后,隔着半条手臂的距离。

"整天搞这些乱七八糟的,做航班倒没见你怎么用心。"

袁轶琢磨叔叔的语气,听不出是贬是褒,只垂手跟着。他想起吴小梦说他是贾宝玉见了贾政,还真有几分像。过了一会儿,袁啸腾又加了句:

"晚上过来吃饭,让你婶婶加个菜。"

袁轶顿时轻松了,响亮地答应一声:"嗯哪!"

转过身,他又撞上刘宇航。

"照片拍得不错啊,"刘宇航对他道,"小心东沪航告你侵权。"

领导当着大家的面,跟他开玩笑,袁轶自是得意。"东沪航怕这些照片流传出去,影响不好,说要高价收购,我不肯。据说他们在买凶,要杀人灭口。我预备请个保镖,费用要找公司报销。"他涎着脸。

一旁的高莹在他肩上打了一下:"少嘚瑟!"

刘宇航又问袁轶:"照片的事,昨天怎么没说?"

"没确定到底要不要拿出来。想着要是大家客客气气，就算了。可他们一本正经地一条条数我们的罪状，我们也不能任人宰割啊。"

黄站长走过来，拉着刘宇航聊了几句。副站长偷瞥高莹，想过来打招呼，又不敢，小媳妇似的，抖抖豁豁。袁轶看在眼里，想男人都是一样的可怜，他自己比这人也好不到哪里去，又想今天的情形，也不晓得那些人会怎么向柳婷婷阐述。平衡室来的那两个都是平常不怎么待见他的，估计不会往好里说。

回到休息室，袁轶给欧阳爱靖打了个电话，谢谢他的那些照片："你小子整天在机场喝咖啡看美女不务正业，总算也干了件好事。"

"有用没？"欧阳问他。

"没什么实质性用处，"袁轶实话实说，"人家该走还是要走，不过气势上不能被人家按着打，适当时候也要回击一下。你走可以，可别全说成是我们的责任——这是道理。"

"照片拍得还可以吧？"欧阳爱靖神秘兮兮地道，"还剩下几张其实效果更好，不过有些儿童不宜，怕你被你叔叔打屁股，所以没给你。"

"待会儿发我邮箱，"袁轶道，"我鉴定一下。"

（八）

EK 到底是留了下来。

袁啸腾到股份公司开会，会后甄总特意留下他聊了一会儿，应该是考虑到袁啸腾这阵子心力交瘁，新官上任便碰到这样的事，着实安抚了几句,又说了些鼓励的话。

回到公司,袁啸腾立刻召集所有基层干部开会。EK的事一笔带过,他着重说整顿。各部门都要自查,查安全隐患,查服务漏洞。

"前几天是一致对外,把自己吹上天都没事,可关起门来,我们要清醒,不能夜郎自大。要知道,跟那些大航空公司相比,我们的确还存在许多不足。如果我们真做得十全十美,就是拿扫帚赶,人家都不会走。所以我们要从自身找原因,哪里做得不够好,哪里还可以改进,哪里必须更上一层楼。整顿报告下周一之前交上来。我希望看到切实可行的意见,而不是走形式说空话。"

会议很短,半小时不到便结束了。以前秦总开会动不动就三四个小时,下面听得累,又浪费时间,要紧事也成了老太婆的裹脚布了。袁啸腾不喜欢这样。事情交代清楚便散会,干净利落。

刘宇航拿了会议本要离开,袁啸腾走到他跟前,两人互望一眼。停了停,袁啸腾道:

"我知道,你之前去找过黄站长。"

刘宇航嗯了一声。

"谢谢。"袁啸腾飞快地说道。

"不谢,反正我也不是为了你。"刘宇航回答得也是飞快。

袁啸腾心里哼了一声。股份公司拍板,为EK减了一成的代理费。EK像个撒娇发嗲的小孩,得了甜头,闹一阵便不闹了。有便宜占才是最大的原因。私交关系只是很小的一部分。况且就算论私交,也不止他这一条。老丈人那边也是全力以赴,好几条线呢——当然这话不能说出来,否则就小儿科了。

午休时，袁轶打来电话："叔叔，平安无事咯。"

袁啸腾晓得这孩子是凑趣："怎么平安无事了？东沪航那边人家抗议了，说你没经允许擅自拍照，侵犯了肖像权，都闹到股份公司了。上午我开会，甄总为这件事很不开心，让我回来严肃处理，要重罚。"

"明白，这礼拜六罚我晚饭以后洗碗，加倒垃圾。"袁轶很少见叔叔编这么长串的玩笑话，晓得他心情不错，道，"叔叔，请客。"

"又不是多代理了一家航空公司，请什么客？"

"留住熟客也要本事的，"袁轶说得暧昧无比，"叔叔你很有手段——功夫不错。"

"话一到你嘴里，味道就变了。"袁啸腾皱眉。

晚上回到家，袁啸腾看见桌上放着两只蒸好的大闸蟹，雌的，一只足有半斤重。旁边是一瓶年份不错的红酒。夏梅说要庆祝一下："阳澄湖大闸蟹，今天大出血了。"

"吃蟹应该配黄酒。"袁啸腾放下包，去厕所洗了手。

"都一样。"

夏梅到厨房调醋，镇江醋里配上切得极细的姜丝，还有白糖。灶上还炖着红烧猪手。袁啸腾向来喜欢这个，但因为胆固醇高，平常不能多吃。今天是破了戒了。夏梅拿勺子舀汤尝了尝味，这时听到客厅里手机响。

"短消息！"袁啸腾大声提醒她。

夏梅想说"帮我看一下"，心念一转，只说声"知道了"。她走出去，拿手机看了，是同事发的，无关紧要的消息，随即调到"收件栏",把之前的记录全部删了,放下手机,不自觉地朝袁啸腾看了一眼,见他孩子似的,伸手指去蘸醋尝味。"不卫生——"她道。他抬头笑了笑:"不干不净,吃了没病。"

夏梅是怕丈夫发现刘宇航几天前给她发的短信:

"我去找了老黄。当然不一定有用,老黄也是公事公办的人。不管怎样,能为你效劳,是件很开心的事。"

夏梅没有回短信。之前她给刘宇航打了电话,十几年没联系了,说话都有些结巴了。刘宇航与黄站长的关系,是袁啸腾平常断断续续漏出来的。夏梅记在心里。关键时候,该豁出去就得豁出去。夏梅听得出,电话那头也有些惊愕。夏梅怕他多心,一开始便绝了他的念头:"我是为了我家老袁,别说是你,就是杀父仇人,这个电话我也打了。"

夏梅没有关照刘宇航保密。一来是因为这人的人品信得过,二来她也怕过分强调,反而显得那个,没事也成有事了。

袁啸腾不怎么会吃蟹,嘴里一阵胡嚼,肉与壳混成渣吐出来,吃甘蔗似的。夏梅说他这个人看着精细,吃东西竟是这般粗陋,便拿自己的蟹,掰开蟹壳,剔去"法海",倒上姜醋,拿勺子满满舀了一勺黄,送到他口边:"张嘴——"

袁啸腾孩子似的张嘴,吃得咂咂有声,叹道:"还是有老婆好啊,那些光棍都是前世作了孽才娶不上老婆享不到福——"

"那还要看是什么老婆,"夏梅一本正经的,"不是每个老婆都够得上这种级别的。"

"那是,"袁啸腾点头,"我老婆是特级上品,绝对没话说。"

夏梅拿起酒杯，与他的一碰："祝贺你——有惊无险。"

"谢谢。"袁啸腾将杯中的酒一饮而尽。

这天晚上，袁啸腾早早便上床睡了。本来硬撑着，现在一下子松了，睡意便铺天盖地地袭来，像被人打晕过去那样呼呼大睡。夏梅和衣坐在他旁边，翻一本杂志。橙黄色的灯光落在袁啸腾的脸上，像舞台上的聚光灯陡然围绕一个人，连细微的毛孔都看得清清楚楚。夏梅伸出手，轻轻抚过他的脸，耳边响起下午父亲的话："航代就像后四十回的贾家，一个大烂摊子，不是这就是那，早点晚点的事——"父亲年纪大了，说话便不像过去那样留情面，很有些剥皮拆骨，"太太平平在机关谋个差事不是蛮好，偏要留在下面，自讨苦吃——"夏梅知道父亲是个多一事不如少一事的人，早几年在位时便是"不求有功，但求无过"，她若替丈夫辩白几句，到头来父亲必然又是那句老话："别说大道理，他要真想干一番事业，让他先同你离婚，白丁一个，从头开始。别占了好处还卖乖。"夏梅只能老老实实听父亲发牢骚。说到底父亲也是怕麻烦，年纪一把还要替女婿奔波，老人家有些气不顺，也正常。

袁啸腾翻了个身。夏梅替他把被子掖紧，这时手机响了。没来由地，一颗心竟不自觉地跳了一下，她想，不会是刘宇航吧。拿过手机看了，是袁轶发来的短信：

"婶婶，我想再约柳婷婷一次，替我想条借口。"

夏梅嘿的一声，回过去："知道了，下周日让她来吃饭。"

很快，袁轶回过来："婶婶，请问，您是不是有颗七窍玲珑心？"

夏梅忍不住好笑，想这种普普通通的翎子要是都接不牢，这把年纪也算是白混了。正要关灯睡觉，想了想，又回了条短信过去："机灵点，这次别再拉上电灯泡了。"

袁轶收到短信时，忍不住朝对面床铺的温世远看去。温世远醒着，见了便问他："怎么了？"袁轶忙摇头，说："没事。"这阵子，他去叔叔家的时候都带着温世远。不知从几时起，袁啸腾变得很喜欢与温世远下棋，说这小家伙棋艺不错。起初袁轶怕叔叔嫌烦，还要替温世远编些借口，诸如"一个人住，没人做饭很惨""多个人多双筷子""我是替您开展亲民政策"——后来反而是袁啸腾有阵子见不到温世远，便会催袁轶把人带来。夏梅私底下里对袁轶说，温世远这小家伙不简单，棋艺高低还在其次，他三下两下，便能把你叔叔的瘾勾起来，这是什么道行？袁轶便说，人家是高考状元，智商当然不同。夏梅说的其实不完全是智商，但见袁轶这样，也不好多说什么。

这一阵，温世远基本上每周都会来袁啸腾家。夏梅与他也熟稔了，便问他有没有女朋友。他回答没有。夏梅说要替他介绍。袁轶便抱屈："我是你亲侄子，你怎么从来没想过替我介绍？"夏梅道："你这种材料，我跟人家提起来都底气不足，不像小温，成或不成，我脸上都有光。"袁轶便嘿的一声："你侄子不用你介绍，小姑娘手里一大把。"夏梅点头道："那好，这周日的饭取消——"还未讲完，袁轶便讨饶："婶婶，我错了——"

这天晚上，轮到袁轶做 EK 问询，他看时间差不多了，爬起来洗漱，换上制服，坐摆渡车去候机楼。摆渡车每小时一班，专门为做晚班的员工所设。车上人很少，零零落落缩在各个角落，使得车厢里越发冷，袁轶都忍不住索索发抖了。

袁轶站在司机后面的位置。车子开到半途避让飞机，停在"STOP"线外。司机是面熟陌生的，趁着空当，与袁轶断断续续地聊天，说他是征地工，1999年浦东机场刚成立那阵便来了："都以为机场好，其实钱还不如我搓麻将挣得多。"

袁轶说他："那就回去搓麻将吧，何必在这熬夜？"

司机说到底是铁饭碗："讲起来总归是在国际机场上班，听着不一样的。"

他的手指在夜空中随意划动："那儿，本来是一片农田——那儿是一个大湖，被填上了——还有那里，以前是个很大的养鸡场，所以到了晚上，机场里就弥漫着一股鸡屎味——"

袁轶打着哈欠："没错，是一股鸡屎味。"

一架飞机从前面滑过，伴着巨大的轰隆隆的发动机声。很快，摆渡车启动，以二十码的规定时速行驶，缓缓进入薄雾笼罩的候机楼。

袁轶的手藏在问询台下——iPhone正在放《绯闻女孩》。他控制着目光，既能留意穿梭往来的旅客，又能基本完整地掌握剧情。蓝牙耳机是另配的，戴着不易被发现。

旅客大多坐着昏昏欲睡，间或有人上来询问航班情况，几时登机、会不会晚点等等，袁轶一一回答。这时，电话响了，他按下通话键：

"喂？"

"我就知道你没睡。"柳晶晶的声音清脆爽利。

"睡过了，现在刚醒。做航班呢。"袁轶有些意外，和这女孩的关系似乎还没好到深更半夜打电话的地步。

"真辛苦啊。"她道。

"为人民服务嘛。"袁轶胡乱答着，同时揣测她的意图，多半是又要出门旅游，行李超重，要不就是嘴馋了，想敲他竹杠。后者袁轶倒是不在意，只要带上她姐姐，就算是"外滩三号"也没问题。

"你猜我现在在哪里？"她忽道。

袁轶一愣，下意识地朝身后四周看去，想这丫头不会突然出现在这儿吧："——你在哪里啊？"

"我在我家阳台上。"

袁轶哦的一声："这么晚不睡觉在阳台上干吗？"

"我失恋了。"这丫头有些涩涩的声音。

袁轶怔了怔，倒有些意外。"哦——"

柳晶晶说她一直暗恋中学里的一个学长，两人关系不错，但从来没有捅开过那层窗户纸。直到昨天，她突然发现他有女朋友，双方还见了家长，已经到了很亲密的阶段。

袁轶叹了口气："你应该早点告诉他。"

她沉默着，忽然用一种幽幽的口气问他："你说，如果我现在从阳台上跳下去，会怎么样？"

袁轶吓了一跳，忍不住朝旁边看，想着问谁借个手机打给柳婷婷，让她拿根绳子去阳台上把这丫头绑下来。"——你别冲动，这个，你千万要冷静，你才几岁啊，好男人还没见过几个呢——阿哥改日帮你介绍个好的，甩你那个什么学长十七八条马路——"袁轶嘴上胡言乱语，想先把她稳住。

"不许告诉我姐姐！"这丫头忽然叫起来，似是看穿了他的想法，"实话说吧，我就是想找个人倾诉一下，不见得真会怎么样，可你如果告诉我姐姐，哼哼，那我就真的从阳台上跳下去——明白吗？"

袁轶只好说"明白"。电话很快被挂断，急促的嘟嘟声。袁轶怔了足有十来秒，想，这算什么名堂。

做完 EK，差不多已经凌晨五点，袁轶想想不放心，又给柳晶晶打了个电话。是关机。袁轶迟疑着是不是要通知柳家一声，又想如果真的有事，这会儿也老早出了。提心吊胆到了七点多，这丫头的手机才开，打过去，一副隔夜声音："喂？"

"是人是鬼？"说实话，袁轶是有些窝火的，莫名其妙接到她的电话，又莫名其妙担了大半夜的心，"还活着吧？"

"是鬼，"电话那头咯咯笑起来，"美丽的小女鬼。"

"是讨债鬼才对！"袁轶没好气地扔下一句，"下次跳楼别告诉我，直接往下跳！"

"下次就不跳楼了，"她道，"跳楼太难看，吃安眠药好一点。"

袁轶摇头，停了停，还是忍不住问她："真的没事？"

"暂时没事——等你给我介绍更好的。"

"为失恋跳楼，不值得。不是我小看你，那个什么学长的，素质肯定好不到哪里去。"袁轶说着，又问她，"——昨晚为什么打给我，没别的朋友了？"

"不知道，反正就是想起你了。你长了一张能让人倾诉心事的脸，袁轶哥哥。"她嗲嗲地道。

袁轶嘿的一声:"少戴高帽。其实我是长了一张好欺负的脸。"

他趁机问柳婷婷的情况:"你姐姐最近怎样,有没有背后说起我?"

"没有。"回答干净利落。

"想请她吃饭,找不到借口,"袁轶实话实说,"你给想一个?"

电话那头停了停:"照我的意思,你还是原地掉头吧——我姐不太适合你。"

"为什么?"袁轶不太满意,吃了他那么多哈根达斯,现在却泼他冷水,"你姐姐说什么了?"

"我姐姐什么都没说,是我自己这么觉得。"

"嘿,怎么不适合了?"

"不知道,反正就是不适合。"

电话聊到这里,气氛忽然变得有些压抑,不像两人平时说话的风格。袁轶忽然冒出个念头,这丫头不会是暗恋他吧,才故意这么说。什么学长云云,跳楼云云,只不过是找借口与他套近乎——嗯,一定是这样。姑娘大了,想法多了,那些九曲十八弯的心思,不机灵点还真是猜不透。

"那个学长帅,还是我帅?"袁轶丢出一句,调节气氛。

"你帅个屁!"随即啪的一声,柳晶晶把电话挂了。

袁轶先是一怔,随即更加印证了自己的假想,又骂自己迟钝,居然刚刚才察觉。自己为了追人家姐姐,老是接近人家,妹妹长妹妹短,却忘了人家也是女孩子,心心念念惦着那个,留下这个独自心伤——不公平,也不厚道。袁轶都有些内疚了。

"乖，阿哥改日请你吃哈根达斯。"袁轶给她发了条短信。半天没回音。袁轶又发了条："不劳您出门，我叫快递送到府上。"过了两分钟，回信来了：

"我要抹茶味。五盒。"

袁轶笑了笑，回道："收到！"

下班前，袁轶被慕经理叫到办公室。琼瑶片男主角问他："喜欢在服务还是值机？"袁轶表示坚决服从领导安排。心想怎么叫"喜欢"，我要是喜欢你这个经理位置，你让不让？——必然是叔叔那里有了交代，走形式罢了。袁轶自己倒是无所谓，只要在航代，哪里都一样。可就是有人会替他安排。海书记私底下都和他谈了 N 次了，说你不能老待在服务组，还是国际值机好一些，津贴高，评职称也方便。海书记真是全心全意为他考虑了，说趁年轻在下面多磨炼磨炼是好的，可眼光还是要远一些，心气要高一些，闲着的时候多学习，读读英语，考个证书什么的，将来总归用得着——叔叔都不及他这样贴心贴肺。袁轶除了"谢谢"，也不知说什么好了。

"服务，还是值机？"慕经理又问了一遍，语气明显不耐烦。

"听您的。"袁轶一脸温顺。

"那就值机吧！"琼瑶片男主角好像有些气不顺，吃了夹生饭似的，话说得不情不愿，好像依他的本意，把袁轶调去扫厕所才最开心。袁轶忽然觉得这样的领导也挺有意思，心里想的都在脸上写着呢——纨绔子弟、衙内、靠裙带关系、不学无术、浪费资源……袁轶几乎都能听到他肚子里的牢骚声了。

慕经理把袁轶安排在王力深那个组，说高莹这组人数本来就多，两边要扯平:"再说你也应该各个班头都轮一下,熟悉不同的工作方式和工作理念,有好处的。"琼瑶片男主角都快掩不住他促狭分分的本意了。袁轶完全不介意,反正柳婷婷做一休一,他做二休二,怎么样都能碰到一天。"明白,服从领导安排。"

袁轶出来时,海书记陪他到门口,轻声告诉他年后有去香港培训的机会:"公司一共五个人,机关占一个,剩下都是基层的,客运无论如何都能轮到一个——为期半年,这可不是普通培训,说白了,就是培养后备干部,出去镀层金,回来就不一样了——"

袁轶连连点头,"明白明白——"心想这和他有什么关系,出去半年再回来,秋香姐弄不好都不认得他了。

来到值机办公室,虽说换了班头,但一多半都是相熟的,见到他,便拍一记肩膀:"朋友又杀回来啦?"袁轶嬉笑着,说:"又向兄弟姐妹们学习来了。"发了一圈烟。王力深坐在电脑前排班,见他来,也不打招呼。袁轶上前叫了声"王主任"。他嗯了一声,径直对他道:"晚上排你EK,没问题吧?"袁轶怔了怔,想第一天就排我红眼航班,你倒是不客气,嘴上道:"没问题,服从命令。"

温世远跟他说恭喜:"真好啊,又回值机了——"袁轶听出他口气里的一丝落寞,忽然觉得有些不好意思,论真本事,他连温世远的脚指头都及不上,仅仅因为总经理是他叔叔,所以便有人替他抬轿子。的确是不公平。袁轶咽了口唾沫,把客套话说得结结巴巴:"哪里哪里,这个,你早晚也能回值机,不光值机,将来你肯定能走得更高,这个更远——你是人、人才嘛。"

温世远摇头:"什么人才呀,看样子这辈子服务员要当到老了。"

"不可能!"袁轶说,"你要是当一辈子服务员,等你退休了,我给你当家政保姆,一分钱都不收你,到你离开人世为止。"

"那也挺好,"温世远笑了笑,"想着退休后有免费保姆,现在辛苦也认了。"

"想都别想。你不可能一直当服务员,所以也别指望我当你的免费保姆。"袁轶忽然觉得纠结这个话题有些无聊,"这礼拜天有空吗?到我叔叔家——"一个激灵,总算是悬崖勒马,"嗯,这个,到我叔叔家旁边的羽毛球馆打球怎么样?"

"好的!"

袁轶舒了一口气。他越来越觉得自己有脑老化的先兆,尤其在情绪波动时,比如兴奋、悲伤,或是内疚的时候,这种情况就格外明显——记性差,张口便来,完全不经大脑,容易做让自己后悔的事。

"我订好场子告诉你。"

回去的班车上,袁轶琢磨该找个什么借口邀请柳婷婷,如果单纯说是叔叔婶婶让她来吃饭,那样肯定吓坏她,死都不会来。搬他自己出来,更是想都别想。秋香姐和华安目前还处于初级阶段。他想来想去,竟只剩下打羽毛球这一招了——先打球,差不多到了饭点,装作无意地问道:"我叔叔家就在旁边,要不,上去随便吃点吧?"

说干就干。袁轶给柳婷婷打电话,说了打球的事情,说温世远也会来,又说让柳晶晶也来:"两男两女,正好凑个双打。"柳婷婷答应了。

挂掉电话,袁轶觉得这事到底还是被自己搞砸了,莫名其妙又招了两个电灯泡,而且这一切竟像是自己煞费苦心达成的。先邀请温世远打球,再叫上柳婷婷,水到渠成天衣无缝,仿佛秋香姐才是陪衬。要命,彻底乱七八糟。婶婶那边该骂人了,老公的侄子怎么蠢得像猪一样。

"连着两次犯相同的错误,就不值得同情了。"夏梅听了他的汇报,这么评价。

"我想过了,"袁轶继续出着馊主意,"我带他们上来,按门铃,你死都别开门,我就说家里没人,再赶他们走。"

"我不是心疼一顿饭。"夏梅朝他看。

"明白,"袁轶点头,"是心疼这么多年饭都被猪吃掉了。婶婶,我对不起你。"

袁轶打电话到羽毛球馆订了场地,周日下午三点,两个小时。除了这个时段,别的都订满了。三点到五点,整理整理出来五点半,还有比这更好的蹭饭点吗?——袁轶都忍不住苦笑了。

周日,袁轶最先到球馆,换好衣服,在一旁坐着。三点差两分时,袁轶远远见他们三人走过来。柳婷婷穿了条浅绿色的网球裙,头发高高扎起,看着很养眼。袁轶猜她应该不怎么打羽毛球。通常打羽毛球很少有女孩穿成这样,捡球不方便。但无论如何,女孩精心打扮赴你的约,总归是件愉快的事。

"嗨!"袁轶朝他们挥手,"这边。"

双打。每边一男一女。袁轶还在想怎样把柳婷婷弄过来,柳晶晶已拿起球拍,对温世远努嘴:"我们一边,过去吧。"袁轶偷偷朝她竖了竖大拇指,她只作没看见。

柳婷婷果然球技很差，除了刚好落到她手边的球，其余基本接不到。柳晶晶要比她厉害得多，但好在温世远没袁轶强，所以差不多是势均力敌。很多情况下，都是柳晶晶和袁轶在互搏，像是两人单打。

"是不是练过？"休息时，袁轶问柳晶晶。

"没有，就是打得多。熟能生巧。"

"和你那个学长？"袁轶凑近她，轻声道。

柳晶晶瞪了他一眼："我的哈根达斯呢？"

"别急，少不了你的。"

柳婷婷和温世远坐在一旁，小声聊着天。袁轶从包里拿出矿泉水，给两人。"最近忙吗？"他问柳婷婷。

"还好。"柳婷婷说她下周一就要去行李查询报到，"平衡室都待了几个月了，也该换地方了。"

"你师傅这下郁闷了。"袁轶笑得贼忒兮兮，忽然想起什么，问她，"你哪个班头？"

"周一上班的话，做二休二，和你们一个班头。"

袁轶哦的一声，转过头，与柳晶晶目光相接。柳晶晶揶揄他："想笑就笑出来吧，忍着多辛苦，肌肉要摒伤的。"

打完球，袁轶还来不及搬出早准备好的说辞，柳婷婷便说晚上有事，要走。见她这样，袁轶便也懒得邀请其余两人了。温世远也说要走，与柳婷婷一起去坐地铁。剩下柳晶晶，一副无所事事的样子，朝袁轶看。袁轶问她："不跟你姐姐一起走吗？"

"我姐姐有她自己的事，我干吗跟着？"

"好吧,那我先走了,拜拜。"——袁轶很想这么说,但到底拉不下脸对一个小女孩不管不顾,"晚上想吃什么,我请客。"

饭店里,袁轶给夏梅发了短信:"晚饭不过来了,抱歉婶婶。"放下手机,见柳晶晶盯着自己看,"怎么了?"

"我姐姐走了,是不是特别失望?"

袁轶嘿的一声,没理她。"管好你自己再说吧。"

菜上来了。柳晶晶也不客气,拿起筷子便吃,转瞬面前那盘菜便被消灭一半。袁轶没心思吃饭,兀自想着刚才柳婷婷的一颦一笑,忽然,没头没脑地问柳晶晶:

"你姐姐说晚上有事,不会是约了人相亲吧?"

柳晶晶朝他看,随即叹了口气:"袁轶哥哥——有时候我发现你真是傻得可爱。"

袁轶又问起那天晚上"学长"的事情:"有没有那家伙的照片?"他以为柳晶晶应该拿不出来,谁知柳晶晶竟真的翻出手机,给他看"学长"与她的合照——小男生长得挺精神,比柳晶晶高了一个半头,格子衬衫牛仔裤,笑得很斯文。袁轶看完,把手机还给她。

"嗯,看着还不坏。"他嘴上说着,猜想这人应该不是真的"学长",小姑娘多半在淘糨糊。作为一名绅士,袁轶当然只能陪她装傻。

"首先,你还太小,过早谈恋爱没好处,"袁轶开始教育她,"其次,就算谈恋爱,也没必要太投入,你这个年纪,最起码再谈三四个才有可能碰见结婚对象。最后一条,也是最重要的一条,要珍惜自己,永远不要为了别人而伤害自己,那样不值得。"

柳晶晶沉默着,夹了一只酱鸭舌放进嘴里,一通咀嚼,吐出几根小骨头。她看向袁轶,半晌,缓缓地道:

"说得对——这些话我替你收着,总有一天会还给你,袁轶哥哥。"

(九)

各部门的整顿报告很快收集上来。袁啸腾一一过目,并在周例会上表示满意。

"我把这些看作是大家为航代进步所准备付出的努力,而不仅仅是一些空话。如果谁觉得有难度,现在请说出来。否则接下去的工作里,我将会以报告上写的这些来要求大家。"

袁啸腾说得很慢,神情凝重。话有些拗口,很书面,但现场效果很好,非常有威慑力。与其长篇大论,不如短短几句话,反而可以让人记牢。

没人吭声。袁啸腾宣布散会。从众人的表情上看,应该没人会认为他只是随口说说。当副总时,袁啸腾不算话多,不严厉也不稀松,走的是平和路线。顶着前老总女婿的头衔,袁啸腾尽可能低调,至少不抢表面风光。像顺水划船,不用太多动作,自然会慢慢到达目的地。这种处事态度适合当副总——现在是时候换风格了。

袁啸腾扫视了周围一圈,把目光停留在机务部的顾经理身上——他正在和江书记聊天。袁啸腾等两人聊完,对他道:

"老顾,麻烦你到办公室来一下。"

袁啸腾径直回到办公室,坐下。门开着,顾经理轻轻敲门:"袁总。"

"进来——请坐。"袁啸腾指了指面前的椅子。

顾经理说了声"谢谢",坐了下来。他下意识地摸了摸头,咳嗽一声。袁啸腾没有马上说话,而是给他倒了杯茶。顾经理又说声"谢谢",恭恭敬敬地接过,脸上是客套的笑容。袁啸腾朝他看:"老顾。"

"是,袁总。"顾经理直起腰,朝前坐了坐。

"上次与EK开交涉会,你也在场,应该知道他们对目前机务工作很有些不满意。当然了,他们要走,肯定会把我们往差里说,这也是难免的。当着外人的面,我们要把这些指责狠狠地弹回去,让他们唾沫吐在自己脸上。可现在只有我和你两个人,老顾啊,你是老机务了,我也在航代待了十几年了,自己人不要强调理由,也不说那些没用的,你说——我们现在的业务水平和东沪航比起来,差多少?"

顾经理想了想,伸出一根手指,又伸出一根手指,做交叉垂直状:"十年。"

袁啸腾点头:"很中肯。"

"袁总啊,"顾经理咽了口唾沫,"东沪航成立得早,我们起步的时候,他们早就颇具规模了,起跑线不同,十岁跟二十岁比,不管怎样……"

"那就展开魔鬼训练、吃兴奋剂、打强心针,"袁啸腾不客气地打断他,"我说过——这里只有我和你两个人,不要强调理由,也不必说那些没用的。明白吗？"

顾经理愣了愣，随即道："明白——我知道了，袁总。"

"还有一件事，"袁啸腾接着道，"有商务跟我投诉，说我们航空机油用得很费，超出了正常范围。我曾经听说过有机务员拿航空机油给私车加油，甚至还说这都是公开的秘密了。不管是真是假，反正你替我钉一钉。你也知道我这个人，小事情一笑了之，真要过了度了，也不会客气。刚才会上的话你都听到了，不止你机务部一个，各部门我都不会放松。你机务部的报告我看了，写得很好，希望你能够尽快让我看到成效。"

顾经理脸色有些尴尬："好的，袁总。"

"没别的事了，你可以走了。"

袁啸腾低头看文件，余光目送顾经理出去。顾经理五十三岁，比他还大了两岁。背影微微有些佝偻。通常袁啸腾对待年长的下属，都是比较客气的。撇去顾经理的为人不说，一门心思往上爬，吃相太差，送礼都送到夏梅那里去了。倘若是些小东西倒也罢了，偏偏竟是一尊手臂般高的金佛，怎么退回去都让袁啸腾伤了半天脑筋。除了"媚上"，还有"欺下"，机务部被他搞得人心涣散。航空机油的事，袁啸腾早就火大了，给私车加油什么的，只是找个台阶给他下，其实他是偷偷运到外面卖，赚外快。情节相当恶劣了。没有在会上点名批评，已经是很给他面子了。

袁啸腾猜顾经理此刻肚子里必定将他骂得狗血淋头。除去刚才那段，主要还是因为副总的事情。顾经理想当副总的心，路人皆知。据说方方面面也都摆平得差不多了，只差一纸调令——最后到底是落空了。这里头袁啸腾使了些反作用力。航代要想更进一步,领导班子是关键,不能被老顾这种人扯了后腿。袁啸腾驰骋官场十几年,平滑的时候像水里的肥皂,脾气上来的时候也是很厉害的,眼里揉不下沙子,硬生生把老顾扯了下来。为这事夏梅都替他担过心,说宁得罪君子,莫得罪小人,又说为官之道是要天下太平,他这样可不对。袁啸腾说他就是不想太平:"一团和气你好我好大家好,公司业绩却上不去,那有什么用!"

袁轶到值机的第二个班头,就吃了个下马威。因为错过了一班地铁,袁轶到办公室有些晚,偏偏又安排他做早上的 NW(美国西北航空公司)。他匆匆忙忙收拾停当奔到柜台,错过了 briefing,被王力深叫到一边。

"晚了五分钟。"王力深其实不难看,一米八几的个子,称得上健硕,问题主要出在看人的眼神上,喜欢斜眼看人,白多黑少,就显得小家子气了,"早上起晚了?"

"不是起晚了,是地铁的时间跟平常不大一样,平常都是七点四十到我家那站,今天不知道怎么搞的,七点三十八分就开走了。错过一班,所以晚了十来分钟。"袁轶解释。

"哦,"王力深点头,"今天大概换了个司机,忘记跟你打招呼了。"

袁轶肚子里嘿的一声。这小子,讲话这么促狭,怪不得一直升不上去,被姑姑踩得牢牢的。"对不起哦,王主任,"袁轶便也换了声气,"是我的错。我猜地铁司机大概跟我们一样,都是做二休二,第一次轮到这个班头,欺生。"

王力深扶了扶他的无框眼镜，从口袋里掏出一张纸，交给袁轶。

"这是部里刚制定的赏罚条例，好好学习一下吧。第一次迟到，二百块，第二次，四百块，第三次，六百块，以此类推——袁总刚开过会，现在整个航代都展开了轰轰烈烈的整风运动，小朋友，不是我要针对你，谁叫你自己撞在枪口上。"

袁轶顿时吃瘪——这下马威原来是叔叔给他的。

做 NW 时，袁轶看见慕经理、海书记陪着袁啸腾过来。袁啸腾的目光在袁轶身上只逗留了一秒，便移到别的地方。虽是一秒钟，袁轶却读懂了叔叔目光里的意思："小子，夹牢尾巴，别给我惹麻烦。"袁轶只能报以苦笑——"苦笑"的含义便是："叔叔，我对不起你，已经扣了两百了。"

吃午饭时，袁轶与温世远和柳婷婷一起。温世远说服务组早上也抓了两个迟到的，其中一个只晚了一分钟，也给逮个正着。茅宁平常不是那么苛刻的人，这次居然掐着秒表抓迟到，可见整风运动声势浩大。还有一个在办公室睡觉，其实只是趴在桌上打了个盹，也被记了下来。还有一个倒霉蛋，做外场时把对讲机落在机舱里，对讲机被带飞去了厦门。"虽然最后是找了回来，但现在属于非常时期，肯定要严打。"

"行李查询抓了好几个，织毛线的、吃瓜子的、看报纸的。"柳婷婷说，"有一个老阿姨还不服气，说现在又没航班，织一下毛线有什么啦，她们平常都是这样的。这话正好被袁总进来听到，说如果她愿意，可以回家织毛线，以后都不用来机场了。"她拍着胸口，对袁轶道，"我还是第一次看见你叔叔这么凶，把我们大家都吓坏了。"

"看样子，以后在行李查询养不成老了。"温世远叹道。

晚饭前，部里把一天的违纪名单贴出来，袁轶去看了，自己首当其冲，排在第一位。"袁轶"两个大字，不知是心理作用还是怎的，像是用了粗体字，甚是醒目。他猜这是琼瑶片男主角的杰作。不知道是按什么排的顺序——时间？情节恶劣程度？年龄？学历？袁轶左算右算，好像都轮不到自己排第一。要命的是，这种事还没啥好理论的，越抹越黑，越理论就越丢脸，袁总的侄子顶风违纪，如果航代有本八卦周刊，那肯定是头条。

袁轶只好打落牙齿和血吞，只当作没看见。反正排第一是两百，排倒数第一也是两百。为这种无谓的事情生气，不值得。

袁轶做半夜的EK，在手机上连着调了两个闹钟，怕听不见，特地把闹铃声音换成舞曲，音量调到最大。闹钟响的时候，整间宿舍的人都醒了，有脾气不好的，顿时便骂起娘来："妈的，调这么响，聋子啊——"袁轶只好连连抱歉，狼狈地穿上衣服，匆匆逃离宿舍。

EK倒是平安无事。送完旅客名单报，袁轶踱到旁边机务的车里聊天，看见徐杰抱着一本IATA的机务培训手册在啃。

"朋友用功的呀，"袁轶叫起来，"半夜里读书，考状元啊。"

"考个屁状元！"徐杰白眼一翻，"老顾下命令了，从现在起，每半个月进行一次业务考试，倒数三名扣奖金——这下跟你们客运部接轨了。"

袁轶吐了吐舌头，不吭声。

"你叔叔搞变法，当心变成王安石，给人家骂。"这家伙说话永远不看对象。

"我叔叔有他的考量。他这样做,是为了航代。"袁轶觉得自己好像是第一次在外面为叔叔说话,"航代要是真不行了,大家都跟着倒霉。"

做完 EK,有些腿快的朋友通常会先开溜,这天却是破天荒一个也没有,老老实实地等到九点下班。办公室有打卡机,但互相帮忙打个卡,也很平常。部里开会说过好多次,这次是动真格的了,把各岗位的打卡机统统搬到经理办公室,上班下班都要先过去打完卡再说。彻底作不了假。经理办公室除了琼瑶片男主角和海书记,又新来一个女的副经理,三十七八岁年纪,嗲叽叽娇滴滴。打卡机离她办公桌不远。她发牢骚,说自己像门房大婶:"一个个排队到我这边,卡放进去,哒的一声,跳出来,一天要哒哒哒多少次啊,闹得我头都要涨开了,不行不行,这样下去我非要神经衰弱不可。"

女经理的公公是股份公司人力资源部的,也算小有背景。海书记听了一笑了之。琼瑶片男主角依然走愤青路线,对这位整天不管正事,只晓得对着镜子修眉涂口红的女同事很是看不过眼,忍不住问她:"要不,我问公司申请一张床?"

女经理是个实心人,并没听出话里的讥讽之意,反而惊讶:"怎么,一张床都要向公司申请啊?这么可怜?"

这时袁轶刚好进来打卡,琼瑶片男主角顿时来了劲,对女经理说:

"直接跟他申请也行,这位是袁总的侄子——我们的'客运之宝'。"

袁轶心里哎哟一声,想怎么会碰到这种极品领导?听说高莹跟他的事之所以一直没下文，主要是高莹爸爸反对得比较厉害，所以搁浅了。对此袁轶完全理解，没哪个父亲会把女儿嫁给这种十三点。其实他自己也是民航子弟，无非念书好些，名牌大学毕业，便清高起来。袁轶想，有骨气你就别进机场啊，全世界又不是只有机场一个单位，五十步笑百步。比你强的人多得是，不靠关系，你未必当得上这个客运部经理！

袁轶肚子里愈是骂得凶，脸上便愈是谦卑。

"'客运之宝'是慕经理，我只是'客运之宝货'，多一个字，档次就完全不同了。"袁轶点头哈腰，"慕经理，要是没别的事，小的就先告退了。"

"小袁比较幽默。"海书记笑着向女经理介绍。

"跟袁总长得很像哎，"女经理对袁轶来了兴趣，"——是亲叔叔吗？"

"是，"袁轶点头，"我爷爷生了两个儿子，他是我爸爸的亲弟弟。"

"嘻嘻——"女经理笑得很欢，"真的很幽默哎，多大了？"

"二十三。"

"有女朋友了没？"

"有了。"袁轶回答得很快。他猜如果说"没"，这女人多半要替他介绍。似乎客运部的女人两极分化得很厉害，除了姑姑、秋香姐那样才貌双全的，剩下的全是阿姨妈妈。

袁轶把卡放进打卡机，哒的一声，卡跳出来。

"再见了，三位领导。"

袁轶走出来，远远看见欧阳爱靖坐在星巴克里，一动不动拿着手机，应该是在看片子。这个时间点能悠闲地坐着喝咖啡，而且工资照拿，天底下没几人能做到。袁轶上前，在他肩上重重一拍。他一颤，手里的咖啡洒出来：

"朋友，帮帮忙好吧？"

"你才帮帮忙呢，"袁轶坐下来，"我明天就给你们领导写检举信，说你小子打着搜集素材的旗帜，整天混日子，不务正业。上午九点一刻，一边喝咖啡一边利用我们机场的免费 Wi-Fi 玩手机，情节相当恶劣——你老婆呢？"

"到处逛呢，搜集素材，"这家伙笑得厚颜无耻，"她主外，我主内，分工明确。"

"你主个屁内！"袁轶朝他白眼，"她内衣内裤你洗的？"

"是啊，还倒洗脚水，有时候也帮她搓背、剪个脚指甲什么的。"

"完了，"袁轶摇头，"你这人彻底没救了。等一下我就告诉靖靖，她亲生儿子一塌糊涂一天世界，让她认我当干儿子算了。"

欧阳爱靖嘿的一声："我妈的豆腐你也要吃，你才彻底没救了。"

午饭是与大娘子一起吃的。欧阳爱靖说没带钱，袁轶便带他们去候机楼餐厅，用的饭卡。四十块钱，六份菜三份饭，外加一个汤。吃饭时遇见好多同事，都说袁轶真积极，休息了也不回家，还留在机场吃饭。

"慕经理说了，今年部里的先进评我。"袁轶笑着朝他们挥手。

"你人缘不错啊，"大娘子说他，"我看这里每个人都跟你打招呼。"

"表面现象,"袁轶嘿的一声,"其实心里都把我骂个半死。"

"为什么?"大娘子靖问。

袁轶便说了叔叔"变法"的事。"光这两天,客运部收的罚金加起来都足够买你这个玩意儿了——"他指着大娘子身边的尼康D7000,问她,"今天又拍了什么?让我欣赏欣赏。"

大娘子把相机递给他。袁轶看了,照片拍得挺细,有人有景,镜头拉得比较近,看得很清楚:"有点中央台纪录片的味道——差不多了吧?"

"嗯,"大娘子笑笑,"应该快了,最多再有一礼拜,否则经理要急了,想你们这两个家伙到底要磨洋工到什么时候?"

袁轶朝欧阳爱靖看了一眼,幸灾乐祸地说:"好日子要结束了。"

回家的机场巴士上,袁轶坐靠窗的位置,一路似睡非睡,看窗外的街景。树叶透着微黄,在风中抖抖索索。车上的广播说今天是立冬。"听众朋友们,不觉已经到了冬季了,要注意气温变化,不要着凉,小心感冒——"播音员的声音轻轻柔柔,压得眼皮一阵阵发沉。袁轶心里算算,到机场已经四个月了。日子过得不紧不慢,昨天、今天、明天,相差不大。像一汪湖水,秋香姐是湖心岛,围着她一圈圈地漾,激起些涟漪,还有水泡。昨天看,离她那么远,今天还是,估计明天也差不多。袁轶这么想着,竟有些感慨。

广播里放起了二十年前的老歌《壮志在我胸》——

> 嘿哟嘿嘿嘿哟嘿,管那山高水又深;
> 嘿哟嘿嘿嘿哟嘿,也不能阻挡我奔前程;

嘿哟嘿嘿嘿哟嘿,茫茫未知的旅程,

我要认真面对我的人生。

成龙的歌声单调而充满激情。比起时下的流行歌曲,老歌往往更令人感触。袁轶先是一阵激昂,紧接着,竟凭空被它勾出些惆怅来。几月来,袁轶第一次想起"前程""人生"这样的问题。袁轶问自己,难道真打算在机场泡一辈子吗?——从未想过的问题,让他不禁蹙起眉头,陷入了沉思。

好在感慨与惆怅只持续了一个小时左右。班车快到的时候,袁轶收到母亲从美国发来的彩信,打开来,便见到一辆银灰色的奥迪TT——忍不住吓了一跳。随即见到彩信后面的文字:"宝贝儿子,拿这个做你的生日礼物,怎样?"

袁轶先是发了一会儿愣,随即长长地叹了口气,回道:

"人家说,妈妈是儿子前辈子的情人。我前辈子不晓得有多宠你,你这辈子才会对我这么好。"

"你爸也在。要吃醋了。"一会儿,袁母回过来。

"让他吃醋去,我只喜欢妈妈。"

下半日的好心情由此开始。袁轶回到家,哼着小调,屁颠屁颠把那张奥迪TT的照片设为电脑桌面。他给自己泡了杯咖啡,碟子里放了几块曲奇,坐在阳台上,趁着快落山的太阳,美美地吃着下午茶。当然,好心情并不完全因为新车,而是想出了堂皇的理由邀请秋香姐——两周后是他的生日。人一年只有一个生日,还有比这更让人难以拒绝的邀请吗?

想到生日派对也许会在家里开，袁轶顿时有了打扫房间的冲动。拖地、抹桌。一年多没洗的窗帘、一月多没换的床单被套，统统拆下来扔洗衣机。书架上堆得乱七八糟，重新整理一遍，那些花花绿绿的成人杂志，统统扔到床底，改而把一些精装版的名著放在显眼位置。A片是绝对见不得人的，装进纸箱塞到床底下，又从床底找出几百年不听的世界名曲，抹去厚厚一层灰，郑而重之地放在CD架上。

晚饭通常是拿些速冻食品对付。可今天再这样，似乎与之前的气氛不甚相符。该吃顿大餐才是，至少也要避风塘、港丽、代官山那种档次。

傍晚五点出头，袁轶骑着他那辆买了三四年的捷安特山地车，晃晃悠悠过了两条马路。那里有一家避风塘。袁轶走进去，还没到饭点，人不多，轻轻松松便找了个靠窗的位置，点了碗干炒牛河，外加一个菠萝油面包。

袁轶从书报架上拿了份杂志，随意看着。一会儿，干炒牛河来了，他拿起筷子便吃。与此同时，他的目光扫过门口——刘宇航和夏梅一前一后地走了进来。

袁轶先是一怔，随即惊得张大了嘴巴，总算是反应快，没有让错愕战胜理智，而是赶在两人可能发现他之前，飞快地低下头，埋头吃那盘干炒牛河，心里默默祈祷着：坐得离我远一些，远一些，阿门。

靠窗位置总是吸引人的。两人齐齐地走了过来。袁轶一颗心倏地提起来——两人竟然在他相邻的位置坐下。袁轶不由得叫苦迭迭。

头越发垂得低了,鼻尖几乎碰到那盘干炒牛河。他听见隔壁刘宇航的声音:"你来点吧。"婶婶说:"还是你点。"刘宇航问:"你想吃什么?"婶婶说:"我随便。"

——像极了一对相亲男女初见时的对白。

一会儿,菠萝油面包上来。袁轶压着喉咙招呼服务员:"埋单。还有,菠萝油面包帮我打包。"

"打包盒一块钱一个。"服务员小妹清脆响亮的声音。

"知道,知道,"袁轶拿手蒙脸,做贼似的声气,"快一点,我还有事。"

(十)

夏梅是无意间遇到刘宇航的。老部下送了一筐螃蟹给夏父,夏父让夏梅拿了半筐去,说这东西胆固醇高,不能多吃。夏梅知道袁轶喜欢吃螃蟹,准备送几个到他家。谁知路上车子爆胎。女人通常都不会换备胎,夏梅也不例外,正焦头烂额时,刘宇航突然出现了。事情就是这么巧,像拍电影——女人出点小意外,无助,然后,老情人适时地出现。

刘宇航很快替她换好了备胎。"其实不难,你应该学学。"

"小概率事件。实在不行可以打电话给车友会。"夏梅瞥过一旁他的白色奥迪Q5,"现在很潇洒啊——我记得你以前自行车生满了锈都舍不得扔。"

"女人不喜欢男人太抠门。自从你和袁啸腾结婚后,我就开始反省自己。第一件事就是把那辆破自行车扔掉。"

夏梅朝他看:"除了潇洒,还比过去幽默。"

"谢谢夸奖。"刘宇航笑笑,问她,"——找个地方坐下来说说话,好吗?"

夏梅想拒绝,但不知怎的,选择了默许。或许是好奇心,这个多年未联系的前男友,又是现任丈夫的同事,想听听他的声音。袁啸腾打过电话回来,说晚上大学同学聚会。她本打算随便煮点面条对付的。如果不是给袁轶送螃蟹,她也不会到这边来,不会爆胎,不会遇到这人。好吧,那就说说话吧,夏梅想,就当是老朋友碰头。

两人就近进了避风塘。夏梅把那袋螃蟹放在脚下。刘宇航点了咖喱牛腩、脆皮烧肉、艇仔粥。自己叫了杯啤酒,替她点了红豆冰。

"过得好吗?"他问她。

"非常好。"夏梅为 EK 的事情向他道谢,"谢谢你去找了黄站长。"

"不用谢,只是约他出来吃了顿饭。我知道也没帮上什么忙。"

"还是要谢谢你。如果 EK 离开,航代就危险了。那样啸腾会很难过——谢谢你。"

"你答应坐下来聊天,就是为了不断地谢谢我?"刘宇航朝她看。

夏梅笑了笑:"你怎么样?家里人都好吗?"

"我离婚了。"他回答。

夏梅哦了一声。她有所耳闻。他的前妻也是军人,搞文艺的,转业后在电视台工作。关于两人离婚的原因,陆续有人告诉过她,版本不见得完全一致,但基本上是因为女方。电视台那样的花花世界，容易滋生些粉红色的东西。两人离婚后，女儿判给刘宇航。

"女儿快读高中了吧？"她问。

"嗯，明年中考。"

"你出来吃饭，女儿怎么办？"

"我请了保姆。你女儿呢？还在英国？"

"是啊。"

两人随意聊着，聊彼此的儿女，聊天气，聊机场，聊最近的电视，像一对久别重逢的老朋友。夏梅几次瞟过他——容貌改变不大，依然是从前那个爽朗的大兵形象。与当年相比，他说话方式委婉许多，往往是点到即止，还不时停顿一下，留意她的反应。也更有幽默感了，时不时地会逗她笑一笑。如果当年他是这样的个性，说不定那场恋爱不会有始无终。夏梅为自己这么想而觉得惭愧。不应该。夏梅看见他夹克衫里的衬衫袖口，洁白无瑕，还有熨过的痕迹——看来机场是个改造人的地方。机场闲逸、笃定、稳健的企业文化，造就了一批四十多岁风度翩翩、气定神闲的中层干部。

彼此的配偶，包括现任和前度，是绝口不提的。否则容易影响聊天的性质。整个过程平静而有些无聊。刘宇航埋的单。他送夏梅到车前，礼貌地为她开了车门。不知怎的，夏梅竟有些好笑。总的来说，这次见面也有些好笑，与一般人想象中的初恋情人重逢的场景，完全不同。直到最后，刘宇航的一句话，使氛围倏地有些变化：

"还记得当年我们第一次约会的地方吗？"

夏梅先是一怔，继而朝周围看去，忽然意识到——这里便是他们第一次约会的地方。二十多年前，这里还只是一家小吃店，逼仄的空间里，横七竖八摆着方桌和长凳，收银台就在门口，墙上贴着价目表。那时，两人垂着手，有些拘谨地朝价目表看，一人叫了碗面条。刘宇航从裤袋里艰难地数着毛票，好像还差一点，是夏梅补上的。吃完面条后还有一场电影。尽管两人竭力做出成熟的样子，譬如把手插在裤袋里，走路外八字，对周围的风景显得漫不经心，但青涩的神情是作不了假的。那时他们才十七八岁啊，像两棵才露出嫩芽的小草。拆迁后，这里建了大型商场，众多商铺一一涌入。如果不是他提醒，夏梅完全想不起这里的前身便是那家小吃店。

"往事如烟哪。"刘宇航感慨。

夏梅停了停，心头隐隐闪过一丝怅然。但她没有让任何异样停留在脸上。"我们都老了。"她道。车子很快发动。两人挥手告别。夏梅从反光镜里看到他的身影，站了许久。她忽然想他带她来这里会不会是有意为之。说是就近，但市中心地段，附近大商场有好几家，他偏偏选了这家。读书时他地理就比她好得多，尤其擅长通过坐标找地名。她猜避风塘的位置如果用经纬度来标示，说不定正是那家小吃店。

螃蟹送到袁轶住所时，已经快晚上八点了。"放冰箱，塑料袋留条缝，两三天不会死。"夏梅指导道，"煮的时候，水不要没过蟹身。姜末我替你准备好了，到时醋里多放点糖。"

"知道了。"袁轶加了句，"——谢谢婶婶。"

"今天这么客气?"夏梅瞟了他一眼。

"部里下周有礼仪培训，我先做起来，省得到时候经理说我不可救药。"

"培训不少啊。上次才听你说有什么危险品培训。"

"我们经理喜欢当小老师，最爱批考卷，错别字还拿红笔给我们圈出来。"袁轶开着玩笑，装着不经意间问起，"——婶婶，晚饭在家里吃的啊？"

"不在家里吃，难道你请我？"夏梅反问，"你呢，晚饭吃什么？"

"速冻水饺。"袁轶撒谎不眨眼。

一小时后，夏梅回到家，见袁啸腾躺在床上看报纸。"这么早？"她问。

"女朋友说让我早点回家，省得被发现。"

夏梅哦的一声："每个小三要是都这么懂事，天下就太平了。"她猜他心情不错，虽然玩笑有些不伦不类，"——有什么好事？"

"大学里有个同学，当年读书很不怎么样，现在竟然是一家报社的副主编，"袁啸腾介绍今晚的收获，"他答应会写一篇关于航代的报道，用整版篇幅。"

"你以前不太看重这些虚名的。"

"不是我看重，是有人看重，"袁啸腾叹了口气，"你晓得有多少人希望航代关门？——不管是有用的、没用的、实的、虚的，我都要做些出来，给那些头头脑脑看。"

"航代不赚钱。"夏梅也叹了口气。

"现在不赚钱，不代表将来不赚钱。机场这么大的集团，哪里还养不起个小公司？"袁啸腾愤愤然，"现在的人啊，太功利，只晓得抓现钞，那么大的航空市场，上海又是整个中国的空运中心，这里头有多少潜力可以挖？他们全看不见。"

"你也得承认，东沪航的代理能力是比我们强。大航空公司都找他们。"

"真恨不得冲到那些航空公司跟前，提着脖子把他们拉过来。"袁啸腾感慨。

他问夏梅晚上吃的什么。夏梅说："方便面。"袁啸腾摇头："女人吃方便面容易老。"夏梅说："我里面搁了青菜和肉圆，还有一个荷包蛋。"

"刘宇航那家伙，"袁啸腾忽然提到这个名字，吓了夏梅一跳，"——居然请我一起去打高尔夫，你说奇怪吗？"

"哦，是吗？"

"亏得他离婚了，否则大家携眷过去，倒有些尴尬了。"

"就算他没离婚，"夏梅停了停，"我也不会去。我又不会打高尔夫。"

"谁天生会打的？我也是才学不久——要不，替你报个学习班？"

"算了吧，我才没这个兴趣。我又不是你们领导同志，没那么高级，打乒乓球还差不多。"夏梅撇嘴。

夫妻俩和衣躺在床上。袁啸腾揣测刘宇航约他打球的用意——凭两人的交情，球伴无论如何都不该找他。若论公事上的沟通，机场里还怕没机会说？两家住得也不近，他也不是多么喜欢打高尔夫的人。至于拍领导马屁，联络感情之类，那就更不可能了。本就只差个半级，刘宇航又是那样性格的人。袁啸腾有自己的信息网，隐约听到些风声，说上头有人在捧刘宇航，至于捧成什么样，那就难说了。刚刚换届,如果真有什么举动,那就是大事了。在上头眼里,航代是个尴尬的小玩意儿,留有留的好处,弃有弃的考量。有人保有人踹。传闻听得多了,有些版本真是让人心惊肉跳的。袁啸腾也算是有些根基了,但将来的事情谁又能说得清呢?要命的是,这番顾虑连夏梅都不能说。妻子的旧情人,又是事业上的竞争对手,都不晓得该怎么开口。晚饭时那老同学肯写文章捧航代,袁啸腾是真心欢喜的,还关照人家不要太低调,大胆些——放在过去,这种话都不好意思摆在台面上说。

袁啸腾说声"睡觉了",脱掉外衣,躺下来。夏梅在旁边看杂志,见他睡了,便把台灯调得暗些——夏梅其实是有些内疚的。袁啸腾这阵子像绷紧弦的弓,她又怎么会不知道?下午真不该接受刘宇航的邀请。初恋情人见面,正襟危坐、拘谨、顾左右而言他——真是乱七八糟啊。临走时,他居然还问她:"我最近在练书法,你要是不嫌弃,过年时送你一幅如何?"她只能打哈哈,说好不是,说不好也不是——夏梅懊恼得要命,像凭空扯开一段线头,天晓得后面会是怎样。手机就放在旁边,她调成静音,生怕接到刘宇航的电话或是短信,惊动了袁啸腾——这是她自找的。夏梅下定决心,不再跟这男人发生任何交集。

手机闪烁了一下。她拿起来——果然是他的短信:"今天聊得很开心。谢谢。"

夏梅怔在那里,想怎么回复才算是彻底画下句号。考虑了半天,觉得还是不回复比较好。一来一去,容易没完没了。于是关上手机,躺下,睡觉。

第二天，袁啸腾起床，见夏梅已在厨房忙碌。一会儿早饭端上来，皮蛋瘦肉粥、炒蛋、水果沙拉、煎馄饨。摆了满满一桌子，香气扑鼻。

"中西合璧啊，"袁啸腾啧啧道，"我夫人真是心灵手巧。"

"早饭吃得丰盛些，一天都有精神。"

"那是。"

早上九点，袁啸腾准时到办公室。一会儿，接到副主编的电话，说会派一个小记者过来采访，需要办一张禁区通行证。袁啸腾记下名字和身份证号，交给高秘书去办，心里比较满意，想这家伙办事效率倒高，没沾着官场腐气。

桌上摆着两封投诉信。一封是 QR 投诉牵引车来得迟，还有一封是 AA 投诉客运部行李错运。类似的投诉隔三岔五便有，对外无非是回函赔不是，对内就不一定了，要依据事情的严重程度，还有其他方面的考量。袁啸腾看了，觉得第二封投诉不必多加理会，倒是第一封，要好好地琢磨琢磨。

顾经理接到袁啸腾电话的时候，正在给下面员工发考卷。题目是他亲自出的。考试分两场。做航班的同志第二场再考，题目是相同的。所以顾经理再三叮嘱，考完试就待在办公室，等第二批同志来了再离开，免得泄题。

他还让大家关掉手机，保持考场安静。这时，袁啸腾的电话便来了，铃声是凤凰传奇的《月亮之上》，听着十分提神。

"老顾，过来一下。"袁啸腾说完，便挂了电话。

一刻钟后，顾经理匆匆赶到总经理办公室。他有心理准备，肯定是因为那封投诉信，QR 商务一个个精精瘦，人生得促狭，做事也促狭，掐着秒针算时间，牵引车其实只晚了两分钟不到。顾经理想好措辞，就说是连着两个桥位都要牵引车，所以晚了少许。这事不大，所以他并不十分紧张。

谁知情况并非如此。袁啸腾拿出一本簿子，翻到一页，上写着：某月某日，某个航班，牵引车晚了多久；某月某日，某个航班，牵引车又晚了多久——差不多都是半年内的事情，一笔笔记录得很详细，时间地点人物事件，像剧本提纲。顾经理看得有些发愣，还从没见过哪个领导做笔记，连辩解的话都想不起来了。

从总经理办公室出来，顾经理有些胸闷。连着两天被叫过来，门又是开着，走来走去那么多人，话都往人家耳里飘呢。袁啸腾倒是没说太多，都是点到为止，颇有让他自我反省的架势。但顾经理自己脸上下不来，五十好几的人了，老民航老资格，就这么呼之即来挥之即去，算什么名堂？

顾经理转身进了隔壁江书记的办公室。

"看这情形，明天多半还要让我过来。"顾经理向江书记诉苦，"我现在就像个小学生，动不动就被老师叫到办公室挨训。书记，他明知道我是您提拔起来的，您在虹桥机关的时候我就跟着您了——他这是存心下您的面子啊。"

江书记正在给墙角的盆栽浇水，只是默默听着，脸上并不带任何表情。

"要不是靠他老丈人撑腰，他能这么跩？什么玩意儿！自从当上总经理后，就像打了鸡血，把公司弄得鸡飞狗跳，天怒人怨。我不懂，他到底想干吗？"

"想干吗？——想把毒草都拔掉，给航代来个大换血。"江书记不无嘲弄地看他，"你就是一棵大毒草，明白吗？"

顾经理愣了愣。江书记不待他开口，接着道：

"有工夫发牢骚，不如回去好好反省反省。你争气了，我脸上才有光。嘿，袁啸腾没下我的面子，是你在下我的面子啊。"江书记说完了，继续浇盆栽，不再理他。

顾经理灰溜溜地退出来。连着碰了两个钉子，心情降到谷底。他回到办公室批卷子，手下丝毫不留情，红笔挥了又挥，没几个及格的。下午便开了个会，把卷子雪花似的扔到那些不及格的人脸上。有人抱怨说工作太忙，根本没空看书。还有人说机务是经验大过理论，纸上谈兵没用。顾经理没什么威信，直接冲撞无人敢，但大家发牢骚叹苦经触霉头，这是经常的事。顾经理越听火越大，一肚皮气全撒在他们身上：

"客运部一天到晚考试，那帮人服服帖帖，连个屁都不敢放，见到领导像老鼠见了猫。我就是对你们太客气了——给我生性（懂事）点，你们争气了，我脸上才有光，知道吗？"顾经理学江书记的口吻，"有工夫在这里废话，还不如留点精神钻研业务！"

袁啸腾吃午饭时，江书记过来与他坐在一桌。江书记主动说了顾经理的事："老顾有些情绪，也正常，老民航了，做事都是老一套——我说过他了，他会改的。"

袁啸腾上午见到顾经理进了江书记办公室，便想着有机会要找江书记谈谈。毕竟顾经理是他的人。当初提拔顾经理当副总，江书记没少出力。被袁啸腾横插一杠，江书记表现得很淡然，依然是没事人般，笑容可掬。顾经理偷卖的那些机油，这些蝇头小利江书记应该看不上——这是小事。顾经理在外面跟人合开货代公司，靠着内部便利，赚了不少。货物早走一天晚走一天，是直航还是中转，这里头名堂太大了。有门路的，当天来当天就能发货；没门路的，借口舱位紧张，让你等上个把月都是小意思。顾经理钱也要，权也要，外面发财，里面想升官。他送袁啸腾手臂高的金佛，送江书记自然更不会少，金佛该有大腿那样高吧。袁啸腾听人说过，江书记的侄女婿就在顾经理的货代公司当副手。这公司等于便成了江书记的"三产"，人不在那儿，耳报神都替他听着看着呢，不用他费心，每月的孝敬银子自会乖乖送上——这层关系袁啸腾自然知道。江书记那人，在机场里盘根错节，是个能说得上话的人物。有些事情，对股份公司也好，集团也罢，他都是跳开袁啸腾，单线联系。袁啸腾睁只眼闭只眼，只当作没看见。

"我是对事不对人，"袁啸腾打个哈哈，"江书记你是知道我的，现在是豁出去了，要是再来个 QR 或是 AA 什么的嚷着要离开航代，我就彻底干不下去了。也不用别人赶，直接把官印往梁上一挂，下乡种红薯去算了。"

"明白，明白，"江书记一脸正色，"完全理解。"

正说着话，刘宇航也托着餐盘过来坐下。江书记瞥过他餐盘里的菜，一份虾皮白菜，一份青瓜肉丝，外加半碗白饭："吃得这么少？"

"最近胖了不少，要控制一下。"刘宇航说。

江书记问刘宇航要不要介绍对象，说自己手头有一个，四十来岁，离婚未育，也在机场工作。"有房有车，长相姣好，显年轻。"像征婚启事的广告词。

刘宇航嘿的一声："现在连女人都要求有房有车了。"

"不是说要男女平等嘛。现在的女人啊，不在乎男人有房有车，反而喜欢男人长得好够体贴。"江书记笑道，"不过刘副总你完全没问题，要房有房要车有车，长相、性格，样样拿得出手，绝对是钻石王老五。"

"什么钻石王老五啊，早不是原装的了。"刘宇航摇头。

"不是原装才好啊，更值钱有味道——是不是啊袁总？"江书记笑着看向袁啸腾。

"这个我没有发言权，"袁啸腾道，"我不当王老五很久了。原装倒是原装，不过不值钱。跟刘副总没得比。"

"袁总太谦虚了。谁不知道您的贤内助才貌双全，里外兼修，真是羡煞旁人啊。"江书记笑着，又去问刘宇航，"是不是啊刘副总？"

袁啸腾嘿的一声，想这老狐狸说话挑啊挑的，又何必一直被他牵着？便主动问刘宇航打高尔夫的事，亲亲热热的口气："时间定了没有？这两天我在家里一直拿游戏机来练习，生怕那天跟你比差太多，面子上过不去。"

"就这礼拜天下午两点。"刘宇航道，"我也是偶尔打打，一张卡快到年底了还没打过几杆，谁把谁比下去还不知道呢。"停了停，"袁总夫人要是有兴趣，也一起来啊。"

袁啸腾心里嘿了一声，脸上不动声色："你呢，带不带女朋友？"

"袁总要是带夫人,我就带女朋友。"

袁啸腾便笑笑,后悔刚才不该接他的口,弄得骑虎难下:"为了看刘副总的女朋友,没法子,只好让我夫人出马了。"

江书记吃完,说有事先走了,留下袁、刘二人。很快,袁啸腾也吃完了,停下来朝刘宇航看:"为什么约我打球?"刘宇航想了想,回答:

"不知道——好像玩这种竞技类的游戏,第一个想到的就是你。"

"你比以前幽默。"袁啸腾评价道。

"你夫人也这么说。"刘宇航很想把这句话说出口——当然没有。他停了停,道:"真舍得把夏梅带出来?"

"带出来又不会少块肉,"袁啸腾把语气放得很轻松,"老朋友见见面,也蛮好。"

周末时,奥迪TT的车钥匙准时送到袁轶手里。袁轶兴冲冲地带上叔叔婶婶出去兜风。后座位置有些小,夏梅那样娇小的个子,也直嚷太挤。

"这车不实惠。"

"你不懂,这种车是给小两口开的,不适合拖家带口。"袁啸腾说。

"还小两口呢,我只看到一口,还有一口呢,在哪里?"

袁轶有些幽怨地看了夏梅一眼:"婶婶,你这是存心让我难过。"

"那女孩我看不怎么样,"袁啸腾说,"明知道你在追他,不说好也不说不好,就这样不明不白拖着你。心态有问题。"

"你不懂,"夏梅学他刚才的口吻,"心仪自己的男孩一直在身旁打转，这点虚荣心每个女孩都有。这叫一个愿打，一个愿挨。要是她很快就点头了，你问袁轶，是不是很没劲？"

"婶婶说得有道理。"袁轶承认。

"讲得男人都跟贱骨头似的。"袁啸腾摇头。

袁轶问夏梅："袁宁在英国有没有交男朋友？"

"就算有，也不会告诉我们。离开十万八千里呢，我们哪里还管得了她！"

"搞不好，"袁轶贼忒兮兮地道，"下次回来，就有个小把戏叫你们外公外婆了。"

夏梅在他后脑勺打了一下："管好你自己再说。等哪天有个小把戏叫我婶婆，我再等着做外婆也不迟。我们家袁宁跟你不一样，今天我让她结婚，明天她就能带个男生回来见家长，后天马上去登记——你行吗？"

"婶婶，打人不打脸，骂人不揭短。"袁轶愁眉苦脸地道。

夏梅给袁轶出主意："买了新车，与其带我们老头老太出来兜风，干吗不去找她？——现成的理由，也不晓得利用。"

话音刚落，袁轶方向盘一打，便掉头往回开去，嘴上道："叔叔婶婶，马上送你们回家。"

袁啸腾闻言朝夏梅看，摇头叹道："早晓得这样，那些狮子头还不如被狗吃掉呢，还养得家些。"

"是你侄子，我不方便发表意见。"夏梅也叹气。

半小时后，袁轶驾车来到柳婷婷家楼下，给她发了条短信："你在家吗？"——想象着她看到靓车的神情，不禁有些兴奋起来。

一会儿，柳婷婷回来短信："在啊，有事吗？"

袁轶在屏幕上打下："我在楼下等你。"想了想，删了，重新发了条："我买了辆新车，想带你和晶晶一起去兜风，好吗？"刚发出，随即又给柳晶晶发了条："今天给我待在家里，你姐姐让你去哪里都别去，哈根达斯管够，要多少有多少。"

手机安静了一阵子。袁轶等着等着，便有些忐忑起来，不晓得柳婷婷会不会答应。自己已经给了她拒绝的余地了。袁轶很想向高衙内学习，冲上楼，直接把人架了就跑。可问题就在这儿，"袁衙内"始终在绅士和俗人之间游离。俗人的素质，偏偏要学绅士的礼仪。袁轶看表，已经过去三分钟了。他猜柳婷婷或许在与柳晶晶商量。他担心起来，如果柳晶晶不去，她还会去吗？——好像有点悬。

正彷徨间，袁轶远远看见柳婷婷与一个男人从楼洞里出来，不禁一怔。

走近了，看清那男人的脸——竟是温世远。两人并肩走着，温世远一手替她拎着包，一手搭在她背后，完全是一对恋人的模样。柳婷婷拿着手机，边走边发短信。袁轶怔在那里，还不及反应，手机已响了。拿起来看，正是柳婷婷发来的：

"抱歉啊，我今天有事。你问晶晶吧，她或许有空。"

两人经过车子旁边，下意识地往车里看去。袁轶头一缩——其实完全没必要，玻璃贴了反光膜，外面根本看不到里面。袁轶觉得胸口那里有些闷，像被人打了一拳。脑子兀自有些回不过神来，晕晕的，像做梦。不停地想，这是怎么回事？

手机又响了。他下意识地拿起来，手不自觉地有些发抖，耳朵嗡嗡的。

是柳晶晶的短信：

"傻子！"

(十一)

周日下午两点，袁啸腾夫妇准时来到市郊的高尔夫球场。走进去，刘宇航已先到了。袁啸腾朝四周看："怎么，女朋友没来？"刘宇航耸耸肩："女朋友还在丈母娘肚子里。"

袁啸腾心里骂了声"无赖"，想，这家伙现在改走厚颜无耻路线了。嘴上还不好发作。"刘副总食言哦，说话不算话。"他开玩笑的口吻，"我倒是没什么，就怕夫人失望了，专程来看刘副总的女朋友，结果落了空。"

"看看老朋友，也是好的，"刘宇航道，"——这可是你自己说的。"

夏梅在旁边看两人说话，并不插嘴。打招呼时，她只是淡淡地对他说声"你好"，他也做出许久不见的样子，夸她"没什么变化"。夏梅心里是有些紧张的。那天袁啸腾回去，问她"打不打高尔夫"，她说，不合适吧。袁啸腾劝她去："都跟刘大脚说好了，不去倒显得我们心里有什么。"夏梅这才答应了。

夏梅没打过高尔夫，整个过程只是跟着丈夫，寸步不离，也不怎么说话。刘宇航说："夫唱妇随，袁总，我好羡慕你。"袁啸腾道："这点我倒也不必客气，凡是看到我们夫妻的，十个有九个都会这么说。"刘宇航嘿的一声:"袁总前世烧了高香。"袁啸腾点头:"还不是一般的高香。"刘宇航说下去:"我前世应该也烧了,差一口气。"说着,有意无意地朝夏梅看了一眼。夏梅只当没看见。袁啸腾在他肩上拍了拍,没说话。

温世远又调回国际值机了。是慕经理亲自点的名,也分在王力深这组。温世远对袁轶说,绕了一圈再回来,好像也没什么感觉,都麻木了。袁轶听出这话里的沧桑,一时间也有些感触。高考状元和他这个二流子居然分在一个岗位——这情形被那些逼着孩子读书的家长看见,只怕是要吐血的。这世上不公平的事情本来就多。

去香港培训的事,海书记又向袁轶说了一次。袁轶本来是万万不肯的,但自从那天目睹柳婷婷和温世远之后,便有些心灰意冷,抱了可去可不去的态度。没几天,袁啸腾也找袁轶谈了,说:"你是我侄子,要替我站好岗,当好我的兵。"袁轶说:"我现在就是你的兵。"袁啸腾说:"不想当将军的兵不是好兵。出去一趟再回来,你就不是小兵了,至少能升个班长什么的,就能替叔叔我保驾护航了。"袁啸腾半开玩笑的口吻。

香港培训是年后的事情,还有三四个月。袁轶没给叔叔准话,是想着,要是秋香姐在这几个月里改变主意,那他就不去了——当然这可能性实在不大。袁轶不是傻子,也不是没谈过恋爱,那天两人的神情他都看在眼里,九成九是有的。原来秋香姐谈恋爱时的眼神是那样的,手势又是那样的,与别的女孩并无太大分别。只是,秋香姐毕竟是与众不同的,举手投足有她的韵味,可爱,不扭捏,不造作,不咄咄逼人。袁轶曾经无数次在梦里(包括半梦半醒间)

想象，如果她和他谈恋爱，会是怎样一番情形。现在完全不必了。像美剧里经常出现的镜头，一男一女亲热，突然间方位一转，男人（或女人）竟变成了另外一个，硬生生从香艳变成了惊悚。至于那个人是温世远，比起别人，袁轶倒还气得过些。秋香姐就是秋香姐，挑对象不看门第背景，只看才华。倘若换了别人，这边是跨国公司小开兼总经理家属，那边只是一介寒门书生，十个有九个半都会选他袁轶——可见秋香姐不落俗套。他当初没追错人。

失恋没什么，只是失恋了还能有这番自我催眠的本事，袁轶觉得除了自己，全世界找不出第二个人来。休息天，温世远约他一起打羽毛球，又说叫了柳婷婷姐妹。袁轶很想拒绝，但不知怎的，又答应了。也许柳婷婷是块磁石，自然而然对他有吸引力。还有惯性。他已习惯了向有秋香姐的地方奔去。

又见到柳晶晶。袁轶直愣愣地问她："为什么说我是傻子？"

她似是没好气："你不傻吗？"

"我怎么傻了？"

"你怎么不傻了？"

袁轶只有闭嘴，再说下去就真成傻子了。这位妹妹似乎心情不好。袁轶照例又买了两个哈根达斯甜筒，姐妹俩每人一个。人人都有心情不好的时候，唯独他心情不好还要照顾别人的心情。闷气自然是有的，他只能在打球时发泄——一记扣球，正中温世远的头顶，力道很猛，打得温世远愣了半天。袁轶说声"对不起"，继续打，又是一记扣球，正中温世远的眉心。接着，一连几个球，都像是长了眼睛，统统都往温世远头上招呼。

"对不起对不起——"袁轶觉得自己演戏的本事有所长进。

"没事。"温世远应该是有些胸闷,但又不好说什么。打球嘛,正常损伤总会有的。

轮到袁轶发球。他把球高高抛起,落下时,对准温世远的鼻子,狠狠地打过去。随着温世远一声痛呼,袁轶在心里对自己说,可以了,差不多了。他读大学时有一段时间很喜欢打羽毛球,托熟人找了个国家队的退役队员当教练,着实练了一阵,用那位教练的话来说,就是"专业的你肯定没指望,但业余选手里你绝对是拔尖的了"。学校里几次羽毛球比赛,袁轶都是冠军。但他很少显露,平常跟朋友打只是玩玩而已。至于上次和温世远、柳家姐妹打球,也只用了一成功力——这次属于例外。好像完全不由自主的,远远看见温世远那张脸,便忍不住一记下去。袁轶心里是替自己难为情的,小儿科嘛。又有些悲凉,只能靠这些来出气了。最后那记打得最重。温世远疼得眼泪都快出来了。那瞬,袁轶不自禁地感到一阵快意,又似兜头一盆冷水浇下,周身都凉透了,却也清醒了。追了近十年的秋香姐,终究是被别人抢走了。故事接近尾声,温世远——真正的华安出现了。他最多只是华府里一个暗恋秋香的少爷,电影里常有的,不学无术肥头大耳,见到漂亮女孩就扑上去的那种。袁轶在心里干笑了几声。越是这个时候,越是要保持风度,跟秋香姐还有华安搞好关系。袁轶佩服自己这时候居然还能如此冷静,考虑问题四平八稳,好像他从初中起便暗恋的那个女孩根本不是柳婷婷,好像柳婷婷也没有投入别人的怀抱,好像他还有希望似的。袁轶鼻子一阵阵发酸,嘴巴却还保持着微笑的口型。痛的同时,好像,也有那么一丝解脱。

那天的事,袁轶只字不提。打完球,四人一起去海底捞吃火锅。温世远和柳婷婷依然是普通朋友般,丝毫不露。袁轶冷眼旁观,猜他们或许在找一个合适的机会公开,毕竟大家都是同事,怕处理得不好会尴尬。毕竟他追柳婷婷不是一天两天了,全公司没人不知道今年有个白痴为了追女孩才进的机场。

"这顿你请,"袁轶对温世远道,"庆祝你又回到值机。"

"你不也在值机?而且,"温世远朝他看,"——你似乎还有别的好事吧?"

袁轶知道他指的是香港培训的事。"我有什么好事?你先请,下次再我请。"

"好,"温世远道,"这次我请火锅,下次你请吃大餐。"

"嗯。"袁轶答应了。

"那天你找谁去兜风了?"柳婷婷问袁轶,"我没去,晶晶也没去。"

"找了个大学同学,我电话一打,她就出来了。"

柳晶晶忽然哧的一声。三人都朝她看。她若无其事地挑锅里的金针菇吃。

"男的女的?"温世远问。

"女的,号称是班花,我看一般,下巴太尖,蛇精似的,就身材好点,前面凸后面翘,气质马马虎虎,说话有很重的本地口音,第拜拜伊拜拜——"袁轶有些刻薄地杜撰着,瞥见两人诧异的眼神,顿了顿,"——这个,也没兜很久,一会儿就回去了。"

沉默了几秒钟,袁轶低下头扒饭。原来"若无其事"并不是那么好装的,一不留神就成了"莫名其妙"。袁轶飞快地扒着饭,忽然一粒米呛进气管,他剧烈地咳嗽起来,顺带着连眼圈也红了,鼻涕也跟着冒出来。有这样的掩护,他肆无忌惮地拿餐巾纸擦着眼睛鼻子,满脑子都是"不争气"这三个字,边擦边对着两人笑:"一塌糊涂一天世界——"

温世远说他父母这两天会来上海,邀请袁轶过去吃饭。袁轶欣然应允,停顿一下,忍不住还是问柳婷婷:"你呢,去不去?"

"去啊。"

袁轶想自己这是多此一问。未来公婆到了,毛脚媳妇焉有不去之理?他又生出些促狭的念头,想看看她那天会是怎样的表现,再藏着掖着,也该露出些端倪来才是吧。袁轶等着她向他公开的那一刻,虽然早就知道,但听她亲口说出来,羞答答,犹犹豫豫,带些愧疚或是遗憾——那会是怎样的感觉呢?袁轶想,画个圆满的句号当然是好,可又盼着,还是省略号算了,多少留些念想——袁轶觉得自己都快要疯了。

吃完饭,袁轶破天荒的没有提出要送女生回家,自顾自地走了。出租车上,他瞥见柳家姐妹和温世远缓缓走着,应该是去坐地铁。柳晶晶脖子上挂着耳机,与两人隔开一小段距离。袁轶忽然一下子想到,这两人谈恋爱,柳晶晶又怎会不知情——原来那声"傻子"便是这个意思。袁轶觉得自己实在是迟钝,居然刚刚才想明白。又有些愤愤然,想你早晓得做不成我的小姨子,竟还巴巴地吃了我那么多哈根达斯。袁轶想到这,又忍不住敲自己头,小儿科啊小儿科,袁轶你真是没救了,这当口还跟小女孩计较这个,都不像你了。

去温家吃饭的那天,袁轶提了些水果,又在花店买了一束香水百合,送给温世远的母亲。他还是第一次来温世远的家。租的老式公房顶楼,一室户,煤卫公用。两位老人正如袁轶想象中的模样,瘦小、穿着简朴、神情拘谨。温母几乎是有些惊惶地接过袁轶的花,"这个,真是的,"她求救似的看向温世远,"这个,怎么好——"

温世远替她收下来,找个花瓶插上。

"你吓坏我妈了,"他对袁轶道,"她一辈子都没收过别人的花,连束草都没有。"

柳婷婷给温母带了一套倩碧的护肤品。这礼物显然也有些不合时宜。袁轶听见温母唠叨说她年轻时也没往脸上涂过这些,更别说现在这把年纪。从她的神情中,袁轶猜她应该已经知道这漂亮女孩和她儿子的关系了,比起袁轶,她更把柳婷婷当自己人,说话直了许多。吃饭时,温母不断地劝柳婷婷多吃肉,说她太瘦了。温世远说上海女孩都不喜欢太胖。

"什么太胖?"温母不解地朝柳婷婷看,"你再胖一点才更好看呢。"

饭桌上有一碟温母自家腌的辣酱。袁轶吃了,赞不绝口。温母见他吃得香甜,便说带了好几瓶来,让他带一瓶回去:"不是什么好东西,你别嫌弃。"袁轶本来也是捧场随口说说,见她这样,倒不好意思拒绝了,做出欢天喜地的样子收下。比起一言不发的温父,温母的话还多些,她再三向袁轶表示感谢,说:"我们世远说了,在上海多亏你关照他,一直让他去家里吃饭,真是麻烦你了。"袁轶忙说:"不麻烦不麻烦。"

温父亲自给袁轶斟了杯酒,也是自制的米酒,站起来敬他。袁轶忙不迭也站起来。温父把酒喝干。袁轶见状,也只得把酒干了。米酒入口很甜很滑,但有了方才的教训,便不敢再赞米酒好味。"谢谢伯父。"他恭恭敬敬地把杯子放下。温父竟朝他连连欠身:"谢谢谢谢——"

这是一对纯朴至极的老夫妻。温母不停地让温世远给袁轶夹菜,温父则来回几次敬他的酒。敬酒动作十分生疏,说来说去也就是"谢谢",袁轶猜他应该是事先受了嘱托,否则以他这样的个性,应该不会主动敬人酒。袁轶不好意思总受长辈的敬酒,几次抢在前头敬他。这样你来我去,两人都喝了许多。米酒入口浅,起初几杯没什么,渐渐地,袁轶便觉得有些头晕。

吃过饭,温世远扶他到沙发上躺着。袁轶有些难为情,但脑袋晕乎乎的也确实想躺着。迷糊中,他听见柳婷婷抢着要洗碗,好说歹说,还是被温母劝了下来:"你坐着、坐着——"

温父温母与儿子小声聊着天,断断续续漏了些到袁轶的耳朵里,好像是温父的身体不太好,一直在吃药,温世远每月都按时寄钱回去,买药,贴补家用,还要给姐姐钱。袁轶这才知道他原来还有个姐姐,好像很早便出来工作了,已经结婚生子,家境也不怎么好。温母说温世远瘦了,问他在这里是不是过得很苦。温世远回答,其实体重一点没轻,肥肉变肌肉了。袁轶便在心里嘿了一声,想这家伙也会说笑了。

袁轶离开时,温父温母硬是要温世远送他。袁轶再三婉拒,但见两位老人家坚持，只得答应了。温世远送他下楼。"你爸妈真客气。"袁轶指着手里的辣酱。

"不是什么值钱的东西。"温世远道。

"手工制造，限量版，怎么不值钱？"袁轶笑道。心想世道变了，看见情敌不是一记老拳上去，而是这样谈笑风生。他袁轶年纪轻是轻，但修养真不是一般的好。

温世远问他："是不是第一次接触我们这样的阶层？"

"不要用'阶层'这样的字眼，社会主义大家庭，人人平等。"

"我爸妈说你这人很好，一点也没有架子。"

袁轶愣了愣："架子？我又不是领导，哪来的架子？"

"你是领导的侄子啊，皇亲国戚，"温世远笑笑，"在我们镇上，别说是镇长的亲侄子，就是镇长的表侄子、七大姑八大姨，走路都是横的——越是小地方，越是有这些毛病，像上海这种大城市，反而没什么门第观念。我每次去你叔叔家，袁总和夏阿姨都很随和的。"

"那是因为我叔叔喜欢和你下棋，怕凶了吓走你，下次你就不敢来了。"袁轶说着，忽然蹦出个念头，如果在温世远那样的小镇也不错，走路都是横的，当然也可以强抢民女了，唐伯虎点秋香不成，那就只好王老虎抢亲了——袁轶暗自摇头，猥琐，实在是猥琐。

温世远说他父母这次来上海坐的是慢车："动车只要几个小时，慢车要坐上一天一夜。亲戚朋友都想不通，他们觉得我在机场上班，肯定坐飞机不要钱，怎么会让爸妈坐火车过来。"

"以前铁道局的人坐火车是这样的，工作证晃一晃，哪班车都行。飞机就不一样。东沪航的人每年有一次免票，买自家公司的机票可以打折。我们机场就没这个优惠了。"

"知道我为什么会考民航学院吗？"温世远忽然问。

袁轶摇头。他是一直觉得纳闷，凭温世远的成绩，北大清华随便挑，没理由考南航的。

温世远告诉他："我爸年轻时候的梦想是当空军。据说差一点就当上了，体能、文化、政治审核都合格了，结果被哪个关系户走了后门，落空了。"

"横着走的家伙。"袁轶道。

"没错，讨厌的横着走的家伙——只是差了这一步，他就当了一辈子农民。"温世远叹息。

"想圆你爸的梦想，你该去考空军学院啊，考民航学院算怎么回事？"袁轶不解。

"看见这个了吗？"温世远指着自己的黑框眼镜，"空军能戴这个吗？"

"明白了。"袁轶点头，"空勤当不了，只好做地勤。"

"除了这个，虚荣心也是个原因，"温世远老老实实道，"我们那里的人，哪怕你在跨国公司当总裁，也没人懂。可在机场就不一样了，天上飞的飞机，那是人人都知道的。况且又是在上海。我在上海机场上班，左邻右舍都觉得温家的儿子有出息，我爸妈脸上也有光。"

"哦，是这样。"袁轶嘴上这么说，心里是一百个不理解。

"我替我爸妈买了返程的机票了，顺便让他们看看我上班的地方。免得别人问起,他们连机场什么样子都不知道。"

"这主意不错,"袁轶停了停,"——等将来再带个上海媳妇回去,让他们好好风光风光。"

温世远也停顿了一下:"这个,还早呢。"

从温家离开,袁轶约了欧阳爱靖去酒吧。一肚子的话,终是要找个人倾诉。不能是家里人,也不能与机场有关,还必须是信得过的哥儿们——只剩下欧阳爱靖。

欧阳爱靖说温世远不是东西。

袁轶很通情达理地摇头:"哎,不能因为他抢了柳婷婷,就骂人家不是东西嘛。不厚道。"

"谁说这个了?——柳婷婷又不是你女朋友,抢了就抢了,有啥了不起?小姑娘落到你手里,叫暴殄天物,谁帮忙接手,属于替天行道。"欧阳爱靖完全不理会袁轶的反应,"我的意思是,这两个人谈恋爱就谈呗,干吗偷偷摸摸?这小子抢了你的妞,却还藏着掖着,跟你套近乎,为什么?当然是怕跟你闹翻。可又为什么怕跟你闹翻呢?——嘿,用脚指头都想得出来。"

袁轶知道欧阳的意思。夏梅都说过好几次了,温世远下棋很勾人的瘾。叔叔这个几十年的老棋友,都不是他的对手。棋子是敲门砖,帮他一次次地敲开叔叔家的门。否则单凭袁轶,也不方便让他常去叔叔家——袁轶也有脚指头,这些自然明白。他从温世远的角度出发,觉得这也无可厚非。人跟人是不同的,你娇生惯养胸无大志,怎么就不许人家稍微用点心机耍些心眼呢?人家不偷不抢,也没有作奸犯科,靠的是脑子好使。袁轶中学里也学过围棋,现在已忘个精光了。人家读书比你强，棋也下得比你好。凭什么人家一顿只吃一个菜，你天天大鱼大肉？刚才见了温世远的父母后，袁轶更能理解他了。温世远说得没错，真是两个阶层。袁轶从来没见过衣服上打补丁的人，温父裤子后面那块巴掌大的补丁晃得刺眼，袁轶都不好意思看了。温世远应该是察觉了，所以先是挡着，后来又拿了条自己的裤子给父亲换上。问题其实不在补丁上，而在于穿着打补丁的裤子却毫不介意，仿佛这是完全正常的。在袁轶的记忆里，除了牛仔裤，父亲的每条裤子都是熨了再穿，两道笔挺的印子，硬生生地撑起裤管。还有温母的那双手，袁轶从没想过女人的手会粗糙成那样，沟沟壑壑，指甲嵌满了老泥，仿佛戴了一双灰黑的手套。柳婷婷送她护肤品，其实是不怎么妥当的，就好比送温父一条没有补丁的裤子，纯属哪壶不开提哪壶。倒不如送些烟酒水果，或是上海的土特产，还实惠些——袁轶猜想，温世远第一次进叔叔家的门，应该是有些震惊的。叔叔家不算十分豪华，但在他眼里，应该也跟皇宫差不多了。亏他那样内敛的性格，才没有表现出来。"阶层"这种字眼，若不是温世远提了，袁轶才不会去想。但无论想或是不想，它就是那样真真切切地摆在那里。

袁轶觉得，这番话还不能跟欧阳爱靖说，说了肯定被他骂做作，装大方。"你多了不起呀，眼里看见的全是美好，没有丑恶。性格好品德好，又善良又纯洁，背后插对翅膀就成天使了——"袁轶几乎可以想象欧阳爱靖翻着白眼唾沫横飞的模样。

"找个道上的朋友，把他做掉，怎么样？"欧阳爱靖出主意，"据说很便宜，两千块钱一条大腿，六千块钱四肢全部卸掉。对你袁小开来说，毛毛雨。"

"太贵，做不起。"袁轶摇头。

"我先替你垫上。不过我是穷人，只能一只脚指头一根手指头那样慢慢地做。"

"凌迟啊？——朋友，你脑子进水了。"

欧阳爱靖又问："将来他们结婚了，你去不去喝喜酒？"

袁轶朝他瞪眼。找这家伙出来是个败笔，还不如独自在家里喝闷酒。

"别瞪了，眼珠子要掉出来了——好了好了，不说了。"欧阳爱靖举手投降，"什么是朋友？朋友就是被你骂脑子进水而毫不介意，被你瞪眼，还坐在这边陪你喝酒。那些清汤寡水的安慰顶个屁用？要的就是我这种脸皮厚酒量又好的，能挨骂能陪酒。是不是？"

"有点道理，"袁轶与他碰杯，一饮而尽，"今天我心情不好，你埋单，朋友。"

"没问题。"

最后依然是袁轶埋的单，欧阳爱靖醉成了烂泥。他起初憋着忍着，后来还是说出来了——大娘子要跟他分手。一杯酒浇两个人的愁。袁轶除了酒钱，还倒贴"差头钿"送他回家。靖靖开的门，见儿子这样，很吃惊，问袁轶他是不是有事。袁轶说没事："好久没喝酒，一不当心就喝多了。这家伙酒量变差了。"

"你们以后少喝点酒。伤身体。"

"明白，"袁轶笑笑，"多喝汤，少喝酒。"

"这就对了，下次过来喝汤。"

"好啊。"

这么一番折腾,袁轶离开欧阳家时,已是凌晨了。出租车司机话很多,一路上嘴不停,一会儿聊十八大,一会儿又跳到昨晚的连续剧,絮絮叨叨喋喋不休。深更半夜还这么健谈,也是一种职业病。袁轶真想拿块橡皮膏药把他的嘴封上。摇下车窗,将头伸出去。初冬夜晚带些湿气的风,转瞬便将额头吹得一片冰凉。有些混乱的一天。袁轶觉得,好像并不只是混乱,还有疲惫,身和心都是。欧阳爱靖的酒量变差了,而他竟似好了许多,抱着把自己灌醉的念头,结果却是越喝越清醒。

"小朋友,失恋啦?"司机转过头来问他。

"你怎么知道?"

"喝酒喝到深更半夜,你这种屁大的小男人,除了被女朋友甩了,不会有别的事情。"

"你才是屁大的小男人。"袁轶这么想着,嘴上道:"你猜错了,我是在考虑美国大选的事,奥巴马和罗姆尼,哪个当总统好呢,我看还是奥巴马吧,罗姆尼帮的是有钱人,不喜欢他。还有十八大,新的领导班子会有哪些人呢,也不事先跟我商量,代表就要上京了。明年中国的GDP会涨到几呢,叙利亚局势会怎样,伊朗和以色列会不会打起来,国际油价是涨是跌——你看,我要操心的事情有很多,不要看我年纪小,人小志气高。"

司机有些惊恐地看了他一眼,别过头,不敢再说话,脸上的表情写着"这人大概是从精神病院逃出来的"。

安静了。袁轶靠着椅背,闭上眼睛,脑子里仿佛有什么东西,起初是一团团的影子,渐渐清晰了——是柳婷婷,微微蹙着眉,朝他看。袁轶在心里叹了口气。

"秋香姐啊。"

几天后,温世远的父母回家。这是他们第一次坐飞机,特意早到机场,好好参观一下。温世远做上午的 NW,说好结束后陪父母逛机场。结果还剩下半小时,他父母便已到了。应该是比较心急,所以比约定时间又早了一会儿。温世远便同袁轶商量,由他过来顶一顶。袁轶自然答应。

NW 人不多,袁轶接手后只做了两个旅客。王力深过来晃了一圈,见到袁轶,冷冰冰地抛下一句:"以后中途尽量不要换人,免得麻烦。"袁轶嗯了一声,想这有什么麻烦的,谁还没个急事。

结束后,袁轶出于礼貌去和温世远父母打了个招呼。两位老人家正拿着傻瓜相机在玻璃门外拍飞机,见到袁轶依然是客气得不知所措,"麻烦你了,谢谢谢谢——"温母对袁轶道,"以后还要请你多关照我们世远。"袁轶笑道:"我们是互相关照。"

正聊天间,袁轶的手机响了起来,是王力深,电话里语气很严肃:

"马上过来一趟。"

袁轶匆匆赶过去,除了王力深,慕经理和海书记也都在,脸色都不好。慕经理朝袁轶看一眼,幽幽的口气:"你闯祸了。"袁轶一惊:"怎么了?"

"刚才那个 NW,你输入行李重量的时候,后面多按了两个零,13 公斤变成了 1300 公斤。机长起飞的时候发现重心不对,特高频叫下来,我们才发现的。重新做了平衡表,实际重心位置已经超出后限了。你这是严重危及航班安全,懂不懂?"琼瑶片男主角提高了音量。

袁轶呆住了。但只是几秒钟的时间,他很快反应过来——刚才自己只做了两个旅客,而且都是没有行李的,显然,这个差错是温世远造成的。

"不是我——"他脱口而出。

"不是你是谁?我们查过了,是你的工号。"

袁轶又是一愣。温世远离开后,便把工号退出,袁轶重新切入了自己的工号。这是常规做法。所以航班结束后,最后显示的那个工号是他的。袁轶嘴巴动了动,这事解释起来并不复杂,只是当众这么把温世远说出来,有些出卖朋友的味道,不是他的风格。

"这个嘛,"袁轶咽了口唾沫,"你们自己再去查。"

"是温世远做的,对吧?"王力深在一旁道。

"反正不是我就是他,两个人里面总归有一个。"袁轶觉得自己有些莫名其妙,这当口把话说得这么不明不白的,天底下也只有他一个了。

袁轶一上午都过得有些恍惚。午饭时,远远看见柳婷婷端着饭盘过来,走到面前,坐下。他有些意外。秋香姐主动与他一起吃饭,似乎是从未有过的局面。

"一个人啊?"她问。

袁轶嗯了一声:"温世远应该在陪他爸妈吃饭。他爸妈下午的航班。"

"他还不知道吧？NW 的事。"

"应该是的。"

"他那么细心的一个人，怎么会犯这种错？"柳婷婷叹道，"听说连 NW 的投诉信都交到股份公司了，连集团领导也惊动了——这下他完了。"

袁轶听她说"完了"那个词时，声音有些异样，像是快要哭出来似的，忍不住朝她看去，见她脸色苍白，泪水含在眼眶里，嘴巴微微颤着。袁轶从未见过她这样，又是心疼又是吃惊：

"你怎么了？"

柳婷婷低着头，眼泪在眶里滚来滚去，终于嗒的一声，落到桌上。

"我——可不可以求你一件事？"半晌，她看向袁轶，颤声道。

(十二)

袁啸腾脸色沉重地望向桌上的文件，那是客运部呈上的关于 NW 的事故报告。几分钟后，他拿起电话，拨了袁轶的号码：

"到我办公室来一趟。"

"叔叔，现在我手头有点事情，再说部里的车都派出去了——"

"那就走路过来！"袁啸腾吼了一声，挂掉电话。

半小时后，袁轶到了。公司是在工作区，从候机楼过来，车程都要十几分钟。袁轶几乎是一路小跑。总经理办公室门开着。袁轶在门口停顿一下，深深吸进一口气，再吐出来。这么做了几次后，才敲了门。

"叔叔!"袁轶清脆响亮地叫了声。

袁啸腾做了个手势,示意他关门。袁轶走进来,关上门。隔着几米远,朝叔叔看。脸上的微笑都快遮不住内心的忐忑了。"叔叔,你找我哦?"声音越发轻快了。

袁啸腾指着面前的事故报告:"自己看吧。"

袁轶哦的一声,走上前拿起来,飞快地看完,放下:"看完了,叔叔。"

"你解释一下。"袁啸腾毫无表情的声音。

"前一天没睡好,手一抖,多打两个'0'——对不起,叔叔。"

袁啸腾朝他看:"你没有对不起我,你是对不起你自己——这里没别人在,只有我们两个人,说吧,把事情说清楚。"

"我不是都说清楚了?这种丢人的事情,有啥好多说的。"袁轶嘴巴撇了撇,想做出笑的样子,肌肉却有些不听使唤。他趁势从口袋里拿出烟,下意识地叼上,想想不对,又扔了。

袁啸腾朝他看了一会儿,把烟缸递过去:"想抽就抽吧。"

袁轶迟疑了一下,拿出打火机,点上烟,又问袁啸腾:"您也来一根?"

"不用。"袁啸腾摇了摇头。

两人沉默着。袁轶很快把烟抽完,在烟缸里掐灭,"叔叔,"他道,"你该就罚,千万不要手软。我晓得这事非同寻常。别为了我而让你难做。"

"做不做,都不是我能拿主意的了,"袁啸腾叹了口气,"这件事已经捅上去了。最后会怎么处理，我完全没发言权——你要有心理准备，处理结果可能会非常严厉。"

"明白。"

"为了讲义气，有可能丢掉饭碗，值得吗？"袁啸腾问他。

袁轶心里咯噔一下，嘴上道："这跟讲义气没关系——自己犯的错，总不见得赖在人家头上吧。"

"你叔叔不是傻子，也年轻过，知道年轻人容易犯的毛病。我再怎么替你着急，过一阵子也就没事了。最终吃亏的是你自己。你是成年人了，我也不想多说你什么，总而言之一句话——别做让自己后悔的事。"

"哦。"半晌，袁轶点了点头。

袁轶走后，袁啸腾随即给夏梅打了个电话："你跟他比较谈得来，想办法劝劝吧。"电话那头沉默了一下，说："我试试。"

袁轶依然是走回候机楼。没航班，他不想回休息室。人太多，空气压抑。他想找个地方清静一下。上班时间去星巴克好像不合适，他脱下制服，来到旅客候机区，挑了个角落的位置坐下，拿出手机玩游戏。一会儿就没劲了。袁轶索性把制服折成一团，靠着当枕头，闭目养神。然而广播的声音一直不断，还有周围嘈杂的人声，奔来奔去的孩子发出的嬉闹声——他塞上耳机，渐渐地，安静下来。

那天他答应了柳婷婷之后，很快，温世远便匆匆赶来，说不能这样，"不能让你背黑锅"。袁轶说："不能叫背黑锅，顶多只是江湖救急。你也晓得，我是为了什么进的机场，所以这个铁饭碗，我看得并不重，丢了也就丢了。你不一样，你是为圆你老爸的梦才进来的,像你这么好的人才,将来肯定有一番作为,为了这种小事耽误了就可惜了。"——基本上是照搬柳婷婷的原话,语气稍微变一变,显得更无所谓些。他第一次见柳婷婷哭,那一刻完全手足无措了。柳婷婷将她与温世远的恋情和盘托出:"对不起——"他拨浪鼓似的摇头:"没事没事——"柳婷婷把话说得很直:"你家里什么条件,他家里什么条件,退一万步讲,你就算不工作,这辈子都能过得很滋润。他要是丢了工作或是受了什么重大处分,凭他的个性,自尊心那么强,就像一棒子往死里打下去,以后再也难翻身了。"袁轶觉得她的意思就是——你皮厚,上班也是泡妞淘糨糊,怎么样都没关系,而温世远是有理想有自尊的人,脸皮又薄,无论如何不能受伤——袁轶几乎没怎么考虑便答应了她。还有什么比秋香姐哭着求他更令人动容的事呢?袁轶有些冒傻气地想,既然没办法让她爱他,那么,让她感激他,也是好的。

　　温世远翻来覆去地说不行。袁轶没与他多纠缠,转身便去找琼瑶片男主角"自首"了,说是一时疏忽,请领导从宽处理。海书记替他着急,说:"你上午不是说不是你吗?"袁轶说上午是因为太害怕了,所以语无伦次,现在清醒了,是福不是祸,是祸躲不过,还不如大大方方地承认。海书记应该也是慌了,怕袁啸腾那边不好交差,竟然直愣愣地问袁轶:"你跟你叔叔说了没有?"袁轶回答:"跟谁说都是一样,事实就是如此。"

　　袁轶回到休息室,给了温世远一个英雄就义似的微笑:"搞定了,没你的事了。"温世远说他是昏了头了,才会犯那种错,一个劲地向他说"对不起对不起",一会儿又说"谢谢"。袁轶猜想他去

"自首"的这段时间里，柳婷婷应该又跟温世远谈过了，洗过脑了——"谢谢"就是默许，意思就是"你去吧，我会好好照顾你的秋香姐的"。袁轶那瞬心口酸了一下。好像冥冥中注定的，这家伙做到一半的航班，偏偏由他来接手，而这家伙竟又是秋香姐的恋人，逼得他心甘情愿地做替死鬼。

王力深跑过来问他："怎么回事？"袁轶便把刚才对琼瑶片男主角的话又说了一遍。王力深看看他，又看看温世远，没说话。

下午做 AA 时，王力深踱到袁轶边上："替人顶缸啊？"

袁轶说："没有。"

"有还是没有，你自己心里清楚。"

"真的没有。"袁轶想，这人是出了名的汇报长，倘或自己一个不留神，嘴巴一松，被他宣扬出去，那就前功尽弃了。

"我不是关心你。不管是你还是温世远，总归是在我班头出的事，扣奖金写检讨，这些我都逃不掉——只不过，你是我的组员，从职责上我要提醒你一句，机场不是水泊梁山，不是逗好汉的地方。"依然是冷冰冰的声音。

袁轶哦了一声。他忽然觉得王力深这人并不是传闻中那样各色，除了说话腔调难看，其实人并不坏。出事那时，也是他主动问袁轶"是不是温世远"，说明这人思路挺清爽。袁轶平常对他态度不冷不热的，他倒也不记恨。可见行事做人，性格往往是第一桩。论学历、能力、经验，他都不比高莹差，唯独输在他那半死不活的性格，姥姥不疼，舅舅不爱的，所以一直被高莹压得死死的。据说他到现在还没有女朋友，估计这也是个原因。

"真的是我。"袁轶说得斩钉截铁,"不骗你。"

王力深眼镜背后那道光,在他身上足足打量了十几秒钟:"——知道了。"

事故报告呈到公司后,许多人对袁轶表达了慰问。一天里电话不断。倘若是好事也就罢了,倒霉的事情这么被人惦记,总归没啥开心。所以人缘好也麻烦。最绝的是高莹,居然在电话里臭骂他一通:"这种事情能这么快承认吗?就算拖也要拖一阵啊,你以为坦白交代会从宽处理吗?如果是一个人从头做到底,那叫没办法。你现在有多好的借口啊,就说不记得了,好像是温世远做的,又好像是你做的。这么糨糊淘一淘,说不定最后就不了了之了。顶多也是各人打五十大板,总比你这样一个人独扛好啊——"

"姑姑,温世远也是你徒弟啊。"袁轶都听不下去了。

"是啊没错,如果现在跳出来的是他,我保证也会这么教训他。可他现在平安无事,快要大祸临头的人是你。"高莹义愤填膺地道。

"问题是,"袁轶说得理不直气不壮,"这差错是我犯的呀。"

"原先还以为你机灵,现在才发现你傻得要命。"高莹恨恨地道。如果不是休息日,估计她老人家立刻便要冲过来,拎着他的耳朵去澄清事实。

打发了高莹之后,袁轶索性把手机关了。回去的班车上,他远远看见柳婷婷坐在窗口位置——猜她是特地在等他,道歉或是安慰,都有可能。袁轶迟疑了一下,径直去了地铁站。反正都已经决定了,又何必再耗精力在这事上呢?无论是道歉还是别的,都不重要了。

回到家,打开门,赫然看见夏梅在沙发上坐着,袁轶吓了一跳,拍拍胸口：

"婶婶，帮帮忙好吧？"

"我就是来帮忙的，"夏梅指着桌上的饭盒，"喏，刚做好的狮子头——帮你解决吃饭问题。"

"谢谢婶婶。"袁轶嘴上说着，心想，又来一个。

夏梅却并没有提那事，完全不知情似的，只是替他把冰箱整理了一遍，随意聊着天气，甚至还问他有没有收到居委会发的《城镇居民平衡膳食宝塔图》。坐了一会儿，便说要走。见她这个样子，袁轶倒憋不住了，反过来问她：

"婶婶，你真不知道还是假不知道？"

"不知道什么？"夏梅朝他看。

瞥见婶婶的眼神，袁轶知道自己终究还是入了圈套了。"我也不知道你不知道什么。"他往沙发上一靠，有气无力的。

"绕口令啊？"夏梅停了停，"——你要是真的不想说，那我也不提。保证。"

袁轶叹了口气。对着婶婶，其实他是很想和盘托出的。一整天都在说假话，想找个人吐吐心事。可袁轶也晓得，对婶婶说了，也就等于是对叔叔说了。今天说得痛快，明天叔叔就会去找温世远问个明白，事情水落石出，然后他被秋香姐怨恨一世——袁轶无论如何不会这么做。

夏梅朝袁轶看，半晌，道："你叔叔让我来劝你。我跟他说，我未必劝得动你。我们跟你是两代人，想法也不同。就像当年我要嫁给你叔叔，费了不知多少工夫才说服我爸妈。他们说我肯定会后悔的,可现在看来,我不是过得蛮好?——所以说,我们现在觉得你在做会让自己后悔的事,说不定再过几年,回过头来看,你倒是做了桩正确的事情。"

"婶婶——"

"我都认识你十几年了,跟你在一起的时间,比我自己亲生女儿还要长。你是怎么样的人,我再清楚不过。正因为这样,我和叔叔才担心你会吃亏,会受到伤害。人一辈子要做无数个决定,但真正会影响命运的,也就是那么几个。我这么说,不是想左右你的决定,而是提醒你要谨慎再谨慎。如果你真的决定了,那我也绝对百分百支持你。"

"真的?"

"婶婶什么时候骗过你?就算后来事实证明,你的决定是错的,因为这件事你下岗了,没饭吃了,放心,到婶婶这里来,保证饿不死你。"

袁轶叹了口气:"眼泪都要出来了,婶婶。"

"不后悔?"夏梅朝他看。

"不后悔。"袁轶点头。

"真的?"

"嗯。"

回去的路上,趁着等红灯,夏梅给袁啸腾发了条短信:"你晓之以理,没用,我动之以情,也失败了。"半天没收到回复。她猜想袁啸腾应该也是灰心了。

夏梅是上班时溜出来的,好在虹桥机场离市区近,一来一去也快。机关里上班就这点好,作息比较自由。再回到办公室时,已差不多是午饭时间。拿了饭卡去餐厅,迎头在走廊里撞上江书记和刘宇航。夏梅没想到在这里碰到两人,愣了愣,打了招呼。

"来办事啊?"她朝江书记笑了笑。

"是啊——好久不见,啧啧,越来越年轻了。"江书记寒暄两句,便匆匆离开了。刘宇航朝夏梅看了看,也跟了过去,按下大厅正中的电梯。集团大楼一共三层楼,通常坐电梯都是到三楼,也就是集团领导的办公区域。夏梅知道江书记是"鸽派",而刘宇航是出了名的"鹰派",这两人走得倒近,忍不住有些奇怪,但也不以为意。

在餐厅吃了饭,正要离开时,刘宇航拿了餐盘过来,在她对面站定:"我可以坐下吗?"夏梅下意识地朝四周看了一眼:"——请坐。"

"集团的伙食就是好啊,八块钱畅饮畅食,在我们那里,八块钱只能吃两个半荤。"刘宇航坐下来,朝她笑笑。夏梅撇了撇嘴,并不搭腔,出于礼貌不好马上就走,想着再坐几分钟。机场地大人多,传声筒着实不少,他和她这么坐着,实在不是明智的事。

"什么时候再出来打球?"他问她。

她嘿的一声:"那天你也看到了,我纯属陪练,一点也不会打的。下次你约啸腾吧,我这块料就待在家里,不出来现世了。"

"你不出来,跟他打有什么意思?"他飞快地说了句。

夏梅有些吃惊地朝他看去。刘宇航依然神情自若地夹盘子里的番茄炒蛋吃:"集团的番茄炒蛋也比我们那里的好,我们那里只有番茄,鸡蛋要拿放大镜才看得见。"

"——鸡蛋也不是什么值钱的东西。"夏梅停了停,还是回应道。

"我喜欢吃鸡蛋,你又不是不知道。"

夏梅一怔,顿时想起这人最爱吃茶叶蛋,高中时与他交往那阵,两人便常常去街口买茶叶蛋,两毛钱一个,他一吃最起码三个,有一次因为吃得太快,还差点噎到。

"蛋黄里都是胆固醇,我们这个年纪啊,还是少吃的好。"夏梅停顿一下,又把话题带到袁啸腾身上,"——我们啸腾的血脂有点高,一周也吃不了两个蛋。"

"那天看新闻,说吃得太清淡,容易得老年痴呆。"

"现代人,再清淡也清淡不到哪里去。"夏梅嘿的一声。

两人断断续续聊着天。

"你侄子这次有点麻烦啊。"刘宇航忽地说起袁轶。

夏梅一惊,忍不住问他:"会怎么处理?"顿时想起,他和江书记这次来集团,或许就为了这事。袁啸腾是亲属要避嫌,跳开他也不足为奇。

刘宇航没有马上回答,停了停:"会比较麻烦一点。"

夏梅心里一沉。

"其实小家伙人挺聪明,可惜了。"刘宇航叹道。

"坦白说吧,会不会开除?"夏梅径直问他,"你们不是刚从领导那里领了'圣旨'嘛。"

"那倒不至于——"他似是有些犹豫,"本来这事还没有最后定夺,我也不方便说,但你也晓得,我什么事都不瞒你——我只能说,死罪可免,活罪难逃。"

夏梅怔了足有几秒钟，拿起餐盘，说声"慢吃"，便匆匆离开了。

回到办公室，夏梅想着给父亲打个电话，犹豫了半天，终是没有。不能再给父亲添麻烦了，况且也未必有用。考虑了一会儿，她拨了袁啸腾的电话，也不知他听到了风声没有。铃声响了半天，依然是没人接。夏梅有些纳闷。短信不回，电话不接，好像不是丈夫的风格。便又打他办公室电话，也是无人接听。

午休时，夏梅趴在桌上睡觉。因为心里有事，其实只是趴着，并没真正入睡，迷糊中听到有人说"航代又出事了，飞机撞了个洞"，顿时一惊，整个人跳起来。说话的那两个同事见到她，都闭嘴不提，悄然退了出去。夏梅心怦怦直跳，正要再打袁啸腾电话，忽地，有人在旁边敲了敲桌子。她抬起头，竟看见袁啸腾站在眼前。

"你怎么来了？"夏梅惊道。

"我两小时前就来了。"袁啸腾脸色不怎么好，眼圈青黑着，嘴唇有些发白。

夏梅瞥见他的模样，一颗心顿时提了起来，也不知该如何安慰他才好。他必然是被领导叫来的。又想原来那两人与袁啸腾是一前一后来的，怎么刘宇航刚才竟只字不提。

"就是今天上午，升降平台车把 NW 的机翼撞了个洞。NW 这次是恼火了，连着两件事情，投诉信都不写了，直接说要走人。"袁啸腾有些涩然的声音，"领导也恼火了，训了半天——很久没被人这样训过了。"

"很严重吗？"夏梅知道是多此一问。

"维修人员已经从美国起飞了,明天凌晨能到。目前还不清楚损伤到底有多严重。除去维修费用,还有航班延误的赔偿,旅客住宾馆的开销,经济方面肯定是一笔大数目。这还是次要问题,关键是——给了那些想看航代笑话的人一个机会,也给了那些想我下台的人一个机会。"

夏梅没有再说,只是握住他的手,轻轻托了托。

连着两天,袁轶把自己关在家里,不闻不问,听天由命。第三天上班时才知道撞飞机的事,不禁吃了一惊。同时,他的处理结果也出来了——记大过一次,并调到地面搬运部工作。他没理会这个,径直跑到袁啸腾办公室。办公室没人,高秘书告诉他,袁总去股份公司开会了。袁轶等在办公室,许久,才看到袁啸腾从外面进来。"叔叔——"袁轶迎上去。

袁啸腾显得很累,整个人看着有些憔悴,只说句"你来啦",便坐在沙发上。

袁轶满肚子的话,见叔叔这样,竟不知说什么了,连句道歉的话都说不出口。当初叔叔让他当好他的兵,只是简简单单一句,他却没能做到,内疚得心都揪起来了。袁轶在叔叔身边坐下,低着头,等着叔叔训他几句,心里反而会舒服些。

袁啸腾坐着,长长地叹了口气,觉得自己像只待宰的羔羊,只等着上砧板了。刚才会上,甄总的话已经很明显了——他这个总经理当不成了。到这地步,袁啸腾反倒平静了,脑子也异常清醒。EK的事情刚结束,这两件事便出来,新官上任不久,便连着出事,老天爷都在跟他过不去。还有袁轶的事,地面搬运部除了经理和几个值班主任，剩下的都是些机场附近招的劳务工，纯粹是搬运工，干的是苦力。以前从未有大学生调过去的先例。这样处理，比开除更令人难堪——驳的是袁啸腾的面子。

"香港去不成了。"半晌，袁啸腾冒出一句。

袁轶没料到叔叔这当口会说这个："香港我都去过 N 次了，不在乎。"

袁啸腾朝他看，眼前浮现出这孩子缠着自己来机场时的情景。哥哥嫂嫂去国外后，这孩子与他的亲生儿子没两样。袁啸腾答应他时，并不知道他的目的是追女孩，但心里有数，他不会是贪图机场福利好，更不可能出于对民航事业的热爱，肯定是什么乱七八糟的理由。袁啸腾做好给他收拾烂摊子的准备，但并不十分担心。这孩子表面吊儿郎当，心里还是清楚的。海书记隔一阵便会向袁啸腾汇报他的情况，褒多贬少，这是肯定的。袁啸腾自己会甄别。NW 那件事刚出来没两天，便有人给公司官方邮箱寄了邮件，是个视频——袁轶做问询时偷偷在桌下看片子、玩游戏。视频拍得有些摇晃，但勉强能看清楚——这本来也算不得什么大事，但跟 NW 的事情放在一起，便很有些名堂了。有人要把他往死里整，也是要把袁啸腾往死里整。这些，袁轶并不知情。袁啸腾也不打算告诉他。年轻人有年轻人的想法，谁都年轻过，都是这么一路走来的。说到底，这些事情其实与他并没什么关系。不想让袁啸腾当总经理的人太多了，希望航代散伙的人也太多了。下面有人这样，上面也有。这是个历史遗留问题。没必要让这孩子心里背包袱。

"过几天去趟欧洲。"袁啸腾忽道。

袁轶一怔。

"好几年没放假了,这次是真的了,和你婶婶好好出去玩一趟。"

"叔叔——"

袁啸腾挥了挥手:"我有些累了,你出去吧。"

几天后,夏梅又一次在集团遇见刘宇航。他依然捧着餐盘,站在她面前:"我能坐下吗?"夏梅点头,示意他请坐。"最近很忙啊,老是往这边跑。"她说。

"有点事情。"他回答。

这次夏梅没有着急离开,而是坐着看他吃。他吃饭的习惯与普通人不同,先吃水果,再是汤,最后才是饭菜。据说先吃水果比较科学,而先喝汤能增加饱腹感,不至于吃得太多。他真是与过去不同了,非常懂得生活。

"和你一起吃饭,很开心。"他忽道。

夏梅迎住他的目光,瞥见他嘴角的微笑,似是挡不住的志得意满。女人强烈的第六感,让她没有多加思考,而是一下子开了口:

"问个问题——"

"请问。"

"啸腾下来以后,总经理是不是你?"

刘宇航一怔:"为什么这么问?"

"不为什么,纯属个人揣测,"夏梅又一次问他,"是不是你?"

刘宇航停顿一下,似是有些为难:"这个嘛,没有公布之前,谁都有可能……"

"好了,你不用说了,"夏梅打断他,那一瞬,心情变得十分复杂，声音涩得像秋天的落叶，"明白了——恭喜你。"

(十三)

袁轶去地面服务部报到的那天，淅淅沥沥下着小雨。他没有撑伞的习惯，雨虽然不大，但还是被淋得全身湿透。地服的设施相对其他部门来说简陋了些，因为人多，休息室造得很大，胡乱摆了些桌子和长凳。走进去便是一股呛人的烟味。众人坐得歪歪扭扭，竟还有人躺在桌子上，四仰八叉的。角落里摆着饮水机和微波炉。经理室就在休息室的尽头。见袁轶来了，所有人都朝他看，烟圈肆无忌惮地喷在他脸上。在众人的注目礼下，袁轶走进经理室。

地服的王经理倒是很客气，亲自给袁轶泡了杯茶："喝点热茶，小心感冒。"

袁轶说声"谢谢"，接过茶杯。

"我们这里都是些粗人，干的也是粗活，你过来，我倒真不晓得给你安排什么工作。"王经理讲话蛮实在，"这样——你就做常日班，帮忙听听对讲机、写写报告什么的。一般不用你干活，但如果航班真忙不过来了，也只好麻烦你出去顶一顶。你看怎么样？"

"好的。"袁轶连连点头。

走出去，百来双眼睛又齐齐地向他袭来。到一个新环境，又是百分百男人的地盘，袁轶开始发烟。因为是有备而来，所以他足足带了半条中华。"吃香烟吃香烟——"拆烟，发烟；再拆，再发。这么一圈下来，也费了不少时间。起初几人还有些客气，袁轶打个哈哈,"吃根香烟有啥啦",硬是塞过去,还点上火。后面的人一一点火是来不及了,也就不再客气,拿了便叼上,或是夹在耳后。袁轶感觉自己像是派糖的圣诞老人,跑到哪里都是笑眯眯傻呵呵,见者有份。

"朋友下放来啦?"有人在他身后道。

袁轶回过头,见是鲁绍元,地服的值班主任,在客运送航班时常碰到他,聊天抽烟,关系不错。这家伙貌不惊人,活儿却漂亮,在地服混了十几年,真正是凭本事一步步做上来的。那些大型的货机,像波音747、空客A340,集装箱搭扣千头万绪,结构复杂得让人眼花缭乱,新手上来完全找不到北。就是做了些年头的人,也不见得都能搞明白。唯独他是个中高手。一次AZ(意大利航空公司)的货机,有个集装箱位置出了问题,机务都请过来了,弄了半天都说不行,鲁绍元在旁边插着裤袋看热闹,实在看不下去了,就说"我来试试",上去三下两下,这边扳一下,那边踢两脚,位置顿时便活了,集装箱顺利放了上去。老外机长竖起大拇指,夸他"excellent"(出色)。英文他是不懂的,一口普通话到现在还是夹着本地口音。这是真正干活的人。

"鲁老板!"袁轶嘿的一声,"怎么是下放呢?到这里专程跟你学手艺来了。"

"我们这种粗手艺,怎么入得了您的法眼?"鲁绍元在他肩上一拍,"你来得正好——饭卡用完了,午饭就跟着你了。"

"My pleasure!"(我的荣幸!)袁轶一口答应。

"少放洋屁!我们这里有规定,说英文的人要扣奖金的。"鲁绍元笑骂。

午饭时，袁轶提议去当局楼餐厅，一来是因为鲁绍元有车，方便；二来也是不想碰到客运部那些熟人，免得打招呼尴尬。当然了，当局楼餐厅也有不便之处，就是离公司太近，容易碰到机关的人。果然，还没进餐厅大门，便见到江书记和刘宇航远远地走来。

袁轶只得站定："江书记，刘副——这个，刘总。"还不习惯新的称谓。

"过来吃饭啊。"刘宇航说着，便要往他肩上一拍。袁轶下意识地一让。刘宇航顿时扑了个空，但并不介意，只是笑笑。

"不过来吃饭，难道是来上厕所？"袁轶心里咕哝了一句，嘴上道："——是啊。"

江书记很亲切地问袁轶："怎么样，第一天报到，还习惯吗？"

"蛮好。谢谢江书记。"

"年纪还轻，不要太在意一时的挫折，路还长着呢，啊？"

"明白。"袁轶点头。

鲁绍元果然不与袁轶客气，要了两大荤三小荤，外加一个砂锅。"朋友钱还剩下很多嘛，"埋单时，他斜瞄袁轶卡里的金额，"我是两条烟一买，卡就基本上清空了，饭可以不吃，烟不能不抽。"

"那就用我的。兄弟过来，就是你的人了。鲁老板，以后就跟着你混了。"

鲁绍元说王经理是个好好先生，只要航班做好别犯错，上班打个牌玩个游戏什么的，做得低调些，都好说。"地服全是劳务工，条条框框太多没用，根本压不住他们，只能抓大放小。"

他又说那些搬运兄弟其实不难相处："你别看他们一个月才那么点钱，实话告诉你，其实没几个人是冲着那份死工资来的，这些家伙白天上班，晚上搓麻将，一副腊子就是好几百。上个月新招来一个小子，二十岁都不到，居然是开着宝马来上班的，人家老爸在南汇开工厂，身家有好几千万，怕儿子留在家里闯祸，才送过来的，压根不是为了那点破工资。"

袁轶啧啧道："开宝马的搬运工，不得了。"

"所以说，千万别小看地服这帮兄弟。外面看着穿得破破烂烂，工作服一脱，里面弄不好就是阿玛尼——上次升降平台车出事那家伙，"鲁绍元说起那起事故，"也是机场镇上的一个小家伙，前几年拆迁，光房子就分了五六套，关键不是钱，而是丢脸，镇上消息传得最快，今天你出事，明天大家都晓得你被开除了。忒刮三。"

袁轶看向不远处的江书记和刘宇航。这事出了没两个礼拜，袁啸腾便调往股份公司党群部当副部长，待遇还是享受正处级，但位置就是副的了。刘宇航接替他的位置。调令下来没两天，袁啸腾便请了长假，与夏梅到欧洲去玩。总说要去看女儿，这次是真的了。临走时，袁啸腾与袁轶谈了一次，没提之前那件事，也没说一句教训的话，只是问他想不想辞职。这个问题把袁轶问得有些发愣，一时没回答上来。袁啸腾说："你要是辞职，我完全支持，要是不想辞职，那就在地服好好干，把我们丢了的面子再挣回来。"语气很平和，但袁轶似乎听出了里面更深一层的含义。"我知道了，叔叔。"袁轶回答得很郑重。

听了一整天的对讲机，发过几次声音，外场要升降平台车，或是人手不够要加人，回答"收到"，招呼兄弟们去做便是。办公室门外有块黑板报，照理说每两周要换一次，已经几个月没换过了。袁轶义不容辞，用"安全百日倒计时"为主题出了一期，从电脑里找些照片贴上，花花绿绿配些图案，字体搞得花哨些，倒也有些意思。王经理见了很是欢喜，说："我到地服这么多年，就属这期黑板报出得最好。"

四点半不到，王经理便出来，朝他招手："小袁，走，坐班车去。"袁轶迅速换了便服，跟上领导的步伐，心想怪不得那么多人抢着做常日班，太阳还亮堂得很呢，已经下班了。

在班车上打了会儿盹，手机响了，拿起来看，是柳晶晶的短信："见个面好吗？"

说实话，袁轶很不想在这个时候见她——跟柳婷婷有关的一切人和事，他是想尽快忘却的。"我这几天比较忙。"他回了短信过去。接着，半天都没有下文，他稍有些诧异，想这丫头修养竟是变好了。

班车到了目的地。袁轶走下车，有人叫了声："哎，这里！"他听这声音，不用抬头便知道是谁，懒懒地望过去——柳晶晶在马路对面朝他招手。

袁轶心里嘿的一声，缓缓走过去："这么有空啊，接阿哥下班？"

"一起吃个饭？"柳晶晶直截了当。

"晚上我有约了。"他推托道。

"是吗？"她朝他看，"那也好，我们在这里说也行——袁轶，你是傻子吗？脑袋被枪打过了是不是？我姐让你干什么你就干什么，你不会动动脑子吗？她让你去杀人你干不干？还是你喝了我姐的洗脚水,分不清东西南北了?"

她这么大声地说来,引得周围人都朝这边看。袁轶忙不迭地拉着她离开。

"走,吃饭去吃饭去,你想吃什么就吃什么——"

两人到了附近的一家必胜客,走进去,挑个角落的位置坐下。袁轶有些恼火,想这世界老实人真是没法混了,谁凶谁是老大。"干什么?"他口气不是太好,"专程跑一趟,就为了教训人啊?"

"你不该被教训吗?"这丫头兀自说话冲人。

袁轶停了停,深深吸了一口气,又吐出来。不能跟小女孩计较,他提醒自己。"点单,吃完走人。"他硬邦邦地道。

柳晶晶坐着不动:"不点,心里有气,吃了也不长肉。"

袁轶被呛得竟有些好笑了:"那你想怎样?"

"袁轶哥哥,"她忽地叹了口气,朝他看,"你可不可以不要这么好说话?这个社会,人太好说话会被欺负的——柳婷婷虽然是我姐姐,可我很不赞同她的做法。太自私了。"

袁轶怔了怔,倒不知说什么好了。第一次见这丫头这样,他有些不习惯。"这叫一个愿打一个愿挨。"他有气无力地说了句,"你也不是不晓得,你姐姐是我的死穴,戳了就倒,一点办法也没有。"

"那也不能没原则啊。"柳晶晶一本正经地问他,"——你现在把真相说出来,还来得及吗?"

袁轶嘿的一声,觉得这丫头还是太单纯:"我都答应了你姐姐了,做人要信守承诺,怎么能随便反悔呢?——你以为是小孩子过家家啊?"

"信守个屁承诺！"她骂了句脏话，声音随即高了八度，"除了你这种傻子，没人会答应我姐那种无理要求。如果温世远犯的是死罪呢，你是不是也替他去送死？你用用脑子好不好？为了个女的，这样值得吗？你这样把自己的前途当儿戏，对得起把你养大的爸爸妈妈吗？对得起自己吗？"她竟是越说越激动，一张脸涨得通红。

袁轶喝了口水。被一个小女孩这样当众质问，实在不是件令人愉快的事。"没错，我是傻子，一塌糊涂无药可救。"他道，"那你呢，你老早就晓得你姐和温世远谈恋爱了，为什么不告诉我？你明晓得我喜欢你姐，为什么看我越陷越深，而不早点点醒我？我在你们的眼里老早就是傻子了，也不在乎多这一次。"

柳晶晶愣在那里，说不出话来。

"整天袁轶哥哥长袁轶哥哥短，搞得像我亲妹妹似的，现在还一本正经跑过来训我。那我问你，你早干什么去了？我就这点出息，你又不是今天才知道。我把自己的前途当儿戏，关你什么事？我对不起自己，对不起我爹妈，又关你什么事？你是我什么人，管得了吗？"

袁轶说完，拿起茶杯一饮而尽，余光瞥见柳晶晶脸上红一块白一块的，心里闪过一丝内疚。他很少把话说得这么狠，更何况是对着一个二十来岁的年轻女孩。有些过分了。这些天一直憋着忍着，肚子里的气也不是一股两股了，对自己的对别人的，说得出口的说不出口的，明的暗的——现在竟是一股脑全出在这丫头身上了。不应该。

袁轶停了几秒钟，换了声气：

"想吃什么,随便点。挑好的。"

她不动。沉默了一会儿,她摇头:"没胃口。"

"那就喝饮料吧,你想喝什么?"

"红豆冰。"

袁轶叫来服务员,点了饮料。一会儿,红豆冰来了,柳晶晶拿小勺挑里面的红豆吃。袁轶冷眼旁观,见她鼻尖似是有点红。

她兀自低着头:"——我是替你不值。"

袁轶嗯了一声。

随即便没了下文。两人沉默着,都只顾着喝面前的饮料。半晌,柳晶晶问他:

"听我姐说,你现在调去当搬运工了?"

袁轶哑然失笑:"差不多吧。"

"那你吃得消吗?"她有些担心地朝他看,"你这副身架,不会昏倒在机坪上吧?"

"不用担心,阿哥比你想象中结实。"袁轶笑笑。

"你自己要当心点。"

"明白。"

临分开时,柳晶晶说声"再见",转身便走。不知怎的,袁轶总觉得这次见面有些怅然,虽然聊到后面,气氛缓和了许多,但两人间似乎笼罩着些什么,说不清,像是忧伤之类的东西。袁轶猜想以后再见她的机会应该不多了,除去她姐姐那层关系,他和她什么都不是。不是邻居,不是同事,不是同学,甚至连朋友都称不上。"朋友"应该是那种志同道合的人吧,她只是同学的妹妹,一个小丫头而已。想到这里，袁轶心里叹了口气，做不成亲戚，那就什么都不是了。有时候人与人之间就是这么功利。

"哈根达斯吃不吃？"他脱口而出。

柳晶晶回过头，似是笑了笑："你总是把我当小孩。"

"不是小孩，是女孩——女孩都喜欢吃冰淇淋。"袁轶说着，奔到旁边的便利店，飞快地买了一只甜筒回来，递给她。她迟疑了一下，说声"谢谢"，接过。

袁轶想叫辆出租车送她，想想算了。有时候事情做得太道地，反而不好。

"再见。"他对她道。

"再见。"她挥了挥手中的甜筒。

袁轶回到家，上个厕所，换身衣服又出门了——去帮欧阳爱靖挽留大娘子的芳心。这小子电话里都快哭出来了："我是不能没有她的，要是没她，我宁可去死。"

袁轶想不通，之前也没觉得他对大娘子有什么了不得的感情，怎么一下子就要死要活的了。都说女人痴情，其实男人痴起情来，更加痴头怪脑。

三人约在巴国布衣。地方是他订的，单估计也是他埋。所以袁轶更加想不通，大家都在失恋，怎么就他这么苦命，出钱出力，也不见这小子说要把秋香姐约出来谈谈。袁轶先到的那里，坐了一会儿，没见欧阳的影子，大娘子竟先到了。袁轶忙不迭地请她入座，亲自倒茶，赔笑说："大冷的天，让你跑一趟真不好意思。"大娘子很客气："别这么说，让你跑一趟才不好意思呢。"袁轶心想，年纪大些果然更通情达理，稳重得多。

因为欧阳没到，两人便随意聊着，说起那个关于机场的动画片，大娘子说内容已经构思得差不多了，马上就要进入制作过程。袁轶问她主人公叫什么名字——纯属随口一问。谁知她竟笑着道："就叫袁轶好不好？"袁轶倒愣了愣，也跟着干笑了两声："那我要收税的哦，啊，哈哈。"

一会儿，欧阳爱靖到了，说路上堵车。袁轶问："你们不是一个公司吗？怎么下班时间不一样？"他有些讪讪地说："晚下班五分钟，路况就完全不同了。"袁轶猜想大娘子必然是找了借口早走，免得与他同行。

因为是卡座沙发，袁轶把欧阳爱靖往大娘子那儿一推："你坐这儿！"欧阳抖抖豁豁地坐下了，眼睛朝大娘子那儿瞟，一副做错事的小孩模样。袁轶看在眼里，想，就算帮你们复合了，你这副没出息的样子，将来也是个妻管严。

菜陆续上来了。袁轶使个眼色，欧阳立刻抢着帮大娘子夹菜。

"这个，哪对情侣不闹矛盾呢？"袁轶从来没做过两口子的和事佬，说话硬邦邦直来直去，没一点过渡，"——闹矛盾也是为了让大家更好地了解彼此嘛，慢慢磨合，才会越来越好，这个，越来越好，越来越好——"瞥见欧阳爱靖在朝自己翻白眼，意思就是怎么请了你这么个笨嘴拙舌的说客。

这顿饭吃得有些莫名其妙。大娘子应该是完全对欧阳爱靖没兴趣了，任凭袁轶再怎么鼓噪，她不说好，也不说不好，就那样笑笑。走的是"绵里针"路线。袁轶都泄气了，但欧阳爱靖一次次在桌底下踢他的脚，让他加大力度。袁轶不得已，只好继续胡言乱语，连"将来你们要是度蜜月，去马尔代夫，我挺账"这种话都说出来了。小开就是小开，钱多烧得慌，拉皮条也要冲上去埋单。

结束时，欧阳爱靖说要送她。她拒绝了，说不顺路。"不顺路也可以送嘛，没关系。"袁轶在一旁道。她依然坚持不用："天这么冷，快回去吧。"说完毫不犹豫地走了。留下两个垂头丧气的男人。

"关键还是你，"欧阳爱靖说袁轶，"很不给力。"

"还不给力啊？"袁轶气呼呼地掏出刚才吃饭的发票，在他面前扬了扬，"看到了吗？都往死里点了，一个月工资都耗上去了，还有这个，"张开嘴，凑到他眼前，"喉咙都肿了，看到没有？一个晚上不停说话，明天肯定开不了口了。我为朋友两肋插刀，朋友还说风凉话。"

"没了，肯定没希望了。"欧阳爱靖哭丧着脸。

"那就再找一个。天底下又不是只有她一个女人。"

"那柳婷婷呢？"欧阳爱靖反唇相讥，"天底下就她一个女人吗？"

袁轶顿时无语，心头涌上一阵隐隐的痛楚，这阵子已尽量不去想她了，试图将脑海里所有她的影子全部抹去。偏偏，刚才是柳晶晶，现在又是这小子，仿佛总有人无时无刻不在提醒他，他已经失去她了。

袁轶怕喝酒没开车来，便走到马路对面拦出租车。这个时段很难叫到车，等了十来分钟，正要打退堂鼓去坐地铁，忽然一辆出租车在面前停下，后座一人摇下车窗叫他：

"哎，上来！"

——竟是大娘子。

袁轶有些意外，打开车门坐了上去："怎么会是你？"

"这条路上饭店太多，叫不到车，我是走了两条马路才叫到的。正好看到你，就带你一段咯。"她笑笑。

袁轶连着说了两遍"谢谢"，屁股朝旁边挪了挪。

"先送你回家吧。"她道。

"不用不用，不顺路。"

"不顺路也可以送的嘛，没关系。"她笑着搬出之前他说的话。

袁轶也跟着笑了笑。心里有什么东西拨拉了一下，像橡皮筋，噔！他敏感地觉出哪里似乎不太对劲。有人踩线了，正往他的领地进发。袁轶不是恋爱高手，却最是熟谙男女间的距离分寸。正如他当初一步步地朝秋香姐靠近，没话找话、借题发挥、往来接送——这些都是最最基本的。从她那句"就叫袁轶好不好"起，他便有些察觉了。倘若她是高莹那种个性，倒也罢了，偏偏不是。他又不是第一次见她。她应该是属于那种比较稳重的女人。当稳重的女人开始调戏男人，就很有些问题了。

她住浦东，走延安路隧道。袁轶很体贴地让她停在高架下："这里就可以了，我走回家才几步，要是送到小区门口，你还得绕个大圈，不划算。"

她欣然接受。袁轶暗暗叹了口气，想，自己这般体贴，难保又要加分，实在对不起欧阳爱靖。

回到家上微博，见到婶婶上传的照片——袁宁搂着爸爸妈妈的脖子，笑得门牙毕露。婶婶上周刚注册的微博账号，目前属于人来疯阶段，连外国人上厕所给小费都往微博上写。"看厕所的人面前有个小盒，是装小费的，我往里扔了个五角硬币，再一想，五角英钞就是四块多人民币啊，在上海够上十来次了。"她给自己取了个微博名"人微言轻"，自觉很有深意，袁轶泼她冷水："戆得一塌糊涂——"

正看着照片，有人新加他粉丝。袁轶点开一看，是个叫"坐等缘分到"的女人。再点，发现这人与欧阳爱靖是互相关注。看了几段她的微博，袁轶立刻便知道了她是谁。

"猜猜看，我是谁？"这人给他发私信。

"不知道啊，您哪位？"袁轶装糊涂。

"刚刚才分开，就忘了？"

"哦，明白了。这么快就到家了？"

"住在浦西的人是不是都把浦东看成乡下，开车要一整天？"

"不是不是。现在住浦东的都是上等人，乡下人才住浦西。"袁轶忍不住贫嘴。

"你真逗。"

袁轶随即下了线。不能再理她了。这么你来我往的，容易出事。要是被欧阳爱靖知道，朋友就做不成了。袁轶在浴缸里放满水，泡个澡。心想这女人是什么时候开始的呢？他是很幽默很有风度很吸引人没错，可当着朋友的女眷，他向来注意分寸。是因为钱吗？有这可能，欧阳爱靖那小子说话夸张，一口一个"小开"，是容易让人多想。奥迪TT也让她见识过，上月开车一起去的佘山。还有就是时时刻刻抢着埋单。袁轶承认这个习惯不太好,容易被人当冲头,也容易让人误解。明明只是民营小企业家的家属,派头却十足是跨国大公司的小开。一般女人还真挡不住。除了秋香姐。

又是秋香姐。袁轶重重一拍,水花哗哗地向他脸上袭去。与此同时,旁边的手机响了。他用两根手指轻轻挑起来,上面的号码让他惊得差点把手机掉在水里。

"喂?"他有些发抖的声音。

"说话方便吗?"柳婷婷在电话那头道。

"方、方便,你说——"

"我和温世远分手了。"她飞快地说道。

袁轶听见嗡的一声,应该是自己大脑里有根东西震了一下,还来不及反应,便听她说下去:

"我来找你,好不好?"

"好,好,这个,当然好!"袁轶整个人跳了起来,想去拿旁边的毛巾,却怎么也够不着,正纳闷间,脚下一滑,啊的一声叫出声来。眼睛霍地睁开,看见浴室的天花板,自己四脚朝天地躺在浴缸里,水都有些凉了。手机静悄悄地摆在旁边。

——原来是个梦。

袁轶呆了半晌,随即沮丧到极点,连梦也来寻他开心。秋香姐的声音在梦里微微颤着,透着金属音,还有回声。现在想来,是那样地不真实。他竟连掐一下大腿那样的老招数都忘了——秋香姐又怎么可能会说那样的话?即便她真和温世远分手了,也不会直直地给他打电话,什么"我来找你"云云,完全不是她的风格。

袁轶腰一挺，把整个脑袋埋进水里。当水灌进耳朵里的那瞬，整个人感觉到一种从未有过的空虚和难受，仿佛介于生与死之间。

第二天上班，依然是坐着，接电话，听对讲机，领劳防用品，负责一切杂务。电脑能上网，当然只是机场内部网。袁轶穷极无聊，便随意看着，忽然见到论坛上一条名为"还原事实真相"的帖子，点击率很高。他点开一看，顿时大吃一惊，只见上面写着："十一月八日的 NW 行李错输事件，当事人其实是冤枉的，真正的始作俑者另有其人。请你站出来吧，别让无辜者做你的替罪羔羊，为你承受你该承担的一切。你良心过意得去吗？你吃得下饭吗？你晚上睡得着吗？不会做噩梦吗？"

袁轶看完了，倒吸一口冷气。只是一秒钟的时间，他立刻拿起电话，拨了个号码：

"喂？"

"你怎么回事？是不是吃错药了？"他兜头便骂。

电话那头沉默了一下。

"我是想帮你——袁轶哥哥。"

（十四）

温世远站在柳家楼下。很快，柳婷婷与柳晶晶一前一后从门洞走了出来。温世远对柳晶晶点头示意："早啊。"柳晶晶像是没看见，径直走了过去。柳婷婷挽住温世远的手臂，朝他轻轻摇头："——别理那丫头。"温世远问："吵架了？"柳婷婷停顿一下，又摇了摇头：

"被宠坏了。"

刚才在家里,姐妹俩确实吵了一架。柳婷婷问妹妹:"你到底想怎样?这事都已经过去了,你非要搅得大家都不好过,是不是?"柳晶晶回击:"现在谁好过了?除了你和温世远,还有谁好过了?"口气咄咄逼人。柳婷婷怕父母听见,扔下一句:"跟你小孩子讲不清楚。"柳晶晶不依不饶:"我是小孩子,可我至少知道不该仗着别人喜欢自己,就逼人家当替死鬼。"柳婷婷也气了,声音高八度:"谁逼他了?谁逼他了?"柳晶晶冷哼一声:"你当然不用逼了,只要掉几滴眼泪,人家还不替你上刀山下火海?"

柳晶晶的母亲出来,制止了这场争吵,数落了女儿几句:"别惹你姐姐生气——"柳晶晶扭头不理。柳父也过来,问柳婷婷:"出什么事了?"柳婷婷搪塞过去:"单位里的事,没什么。"柳父朝两个女儿分别看了看,不作声了。

柳晶晶给袁轶发短信,约他出来谈。袁轶没答应,给她发了条很长的短信:

"我承认,我不是个好青年,吊儿郎当,冲动,做事不计后果,尤其是为了心爱的女孩。可有什么办法呢?我不后悔。每个人都有自己追求的东西。讲得肉麻点,你姐姐就是我的女神,为她做什么我都愿意。现阶段我的人生目标,是想踏踏实实工作,老老实实做人。就算一开始我进机场的原因有些不太光明,但此时此刻,我只想做个称职的员工。我总不能老是吊儿郎当,对吧?所以,我理解你的好意,也非常感激,但请你为了我,也为了你姐姐,别再搞小动作了。退一万步说,这样做也没用。祝你愉快。"

袁轶发短信时，通讯录翻到姓"柳"的那块，看见"柳婷婷"，习惯性地按下发送键，发觉不对时已经太迟，显示"发送成功"。袁轶先是一愣，随即狠狠敲了一下自己的头："猪脑袋！"只得又给柳晶晶发了一遍。

网上那个帖子很快便被删除了。柳婷婷收到那条短信后，回了句"谢谢"，便没下文了。而柳晶晶则完全没回音。袁轶懊恼得要命，被自己搞得一团糟。简单的事也变复杂了。

捯了一天，到底是捯不牢，到了下班时候，袁轶给柳晶晶打了个电话。电话那头爱理不理的声音："有事？"

"你姐没说你什么吧？都怪我一时错手，短信发给她了。"袁轶抱歉道。

"理解。是有这种人，喜欢发文件时给领导也抄送一份——邀功呗。"这丫头说话挺刻薄。

"我不是故意的。"袁轶强调。

"是不是故意都不重要了，"她道，"反正这事怪我自己，多管闲事。跟你没关系。"

袁轶嘴巴动了动，想再说些什么，再一想，这事本来就是你不对，兜了半天圈子，怎么又是我低三下四在赔不是。真是前世里欠了这姐妹俩了。

"好吧，没事了。再见。"他恨恨地按下结束键。

天气预报说半夜里有雪。结果不到四点，机场就开始飘雪了。今年天气有些奇怪，没到冬至就下雪了。公司让各部门做好相关防护措施，以免因天气原因而造成事故。

王经理让袁轶晚上留下来："天气不好，你留着，看有需要就顶一顶——下次补你一天调休。"袁轶一口答应。

袁轶等到晚上十点，平安无事，便拿着对讲机去睡觉了。迷迷糊糊也不知睡了多久，听到对讲机里一阵忙乱，整个人霍地跳起来。再一听，原来是 EK，因为雪太大，货装得太慢，商务在不停地催，袁轶连忙穿上衣服，赶到现场。

机坪上白茫茫一片。集装箱散乱地摆在机坪上，搬运工们穿着风雨衣在操作，但由于雪大路滑，进展得很慢。袁轶把对讲机塞进裤袋里，二话不说，也上前帮忙。鲁绍元亲自在货舱内指挥，见他过来，不由得一怔："你行不行？"

"有什么不行的，别看我瘦，有的是力气。"袁轶眼看着升降平台车将一个货箱运进来，便过去与几个工人一起，按装机单上所示，将它推到指定位置。接着，货箱一个个陆续被送上来，外包装的塑料薄膜被雪水打得湿透，众人逐一将货箱推入各自的位置。商务还在对讲机里嚷着"快一点"，鲁绍元被催得心烦，没好气地回了句：

"已经是最快了，嫌慢你自己上来搬。"

袁轶是新手，动作不协调，货舱地形又不熟悉，一个箱子从旁边推过来，他躲闪不及，被逼到角落，脚下打滑，收势不及，当即便摔了个四脚朝天。其他倒没什么，只是手在地上撑了一把，不知被什么划了个寸许的口子，出了不少血。但见众人忙得不可开交，他不好意思说走，只得掏出纸巾随意包扎了一下。其间他还腾出空来，拿手机给众人拍了几张照。这么一忙便是半个多小时，好不容易装舱结束，升降平台车撤走。飞机关舱，驶离。

袁轶看表,已经是凌晨五点了,便不再回宿舍。手上的伤口还在流血,想着去通宵便利店买"邦迪",便上了廊桥,想抄近路,径直穿到候机楼。刚上廊桥,还没走几步,便看见刘宇航和几个值机员站在登机口。昨天是他值班,应该是现场视察。袁轶忙不迭地想原路返回,刘宇航已看见了他,远远地叫了声:

"袁轶!"

袁轶只得走过去:"刘副总——哦不,刘总。"

"刚刚看见你在搬货,很卖力啊。这么大雪,不容易。辛苦了。"

"谢谢领导。"袁轶觉得,这种夸奖令人哭笑不得,他已经完全以一个搬运工的标准来看待他了。袁轶把手插在裤袋里,生怕被他看见伤口,否则今年地服的优秀搬运工多半要落到他袁轶头上。正想着趁领导注意力转移的时候溜走,一抬头,与旁边温世远的目光相对。两人都顿了顿。自那次事情后,两人便再也没有打过照面。一半是因为换了部门,另一半自然是彼此都存了心,能不碰头最好不碰,免得尴尬。这阵子关于温世远,袁轶听了许多不利于他的话,比如"城府深门槛精""扮猪吃老虎""利用女朋友逃避责任嫁祸他人"等等——欧阳爱靖和柳晶晶骂起人来都不是省油的灯。袁轶也知道,那件事之后,两人再做朋友是不太可能了。倒不是对他有什么看法,说到底,替罪羊是袁轶心甘情愿做的,况且,也不是为了这个男人。

温世远有意无意地朝他身上看了一眼。袁轶下意识看去,才发现自己身上脏得要命,衣服湿透了不说,或许是刚才摔跤的缘故,又下着雪,沾了不少污泥,着实狼狈。若是不看脸,单从装束上,

完全是个搬运工人的形象了。袁轶心里嘿的一声,瞥见他递了块纸巾过来:

"脸上有点脏。"他拿手一指。

袁轶接过,说声"谢谢",胡乱在脸上抹了把,再一看,纸巾上一大块黑。

"最近好吗?"停了停,温世远问道。

"蛮好。"袁轶飞快地回答,朝他笑笑,"先走了,拜拜。"

"嗯。"温世远似是还想再说些什么,袁轶已别过头去。

旁边好几个值机、服务的同事,都是平时相熟的,袁轶向他们一一打了招呼。离开时,觉得后脑勺有些热,猜想汇聚在自己身上的目光应该不少。如果评选航代的焦点人物,除去叔叔和那个姓刘的,应该就轮到他袁小开了。

温世远和柳婷婷已经公开恋情了。袁轶人走了,可客运部的眼线不少,舆论一边倒地对他表示同情。其中不乏对柳婷婷有意思的人,都说一朵鲜花插在牛粪上了。温世远人缘向来普通,大家奚落起他来都是毫不留情。

去便利店买了邦迪贴上,袁轶又去吃了早饭。雪还没停,从候机楼餐厅的玻璃窗望出去,大片大片的雪花洋洋洒洒地落下来,青灰色的天空清远而深邃。气温不算低,因此地上积雪不多。虽是隔着窗,依然能感觉到空气中透着一股微凉的草木清香。

温世远悄无声息地在面前坐下。

袁轶见到他,一怔:"是你呀。"

"总想找个机会和你谈谈,"他单刀直入,"可又不知道说什么好——现在说什么都显得很虚伪，像做戏。"

袁轶摇头："我没这么想。"

"能说两句心里话吗？"

"好，你说吧。"

"就算你听了不开心我也要说——如果时间倒回去再来一次，我肯定还会选择这样。就算你看不起我，我也要说。我是个输不起的人，从小到大都是尖子里的尖子，不管是什么科目的考试，只能是第一，要是考了第二，我连死的心都有。像我这样的人，要是调到地服搬箱子，我从塔台上跳下来都说不定。不是都说八五后是草莓族嘛，外表看着光鲜，其实一戳就烂。我觉得我就是这样的人。"

袁轶耸耸肩，笑笑。他受不了别人说话太直截了当。

两人默默地吃饭，间或插上一两句随意的话。袁轶其实吃得差不多了，但只能配合他的节奏，把剩下那小半碗粥小口小口地啜着。先离开好像不太礼貌，而且也怕让他难堪。人家不都说了嘛，草莓族，一戳就烂，只能小心伺候着。袁轶觉得，一样是八五后，他应该属于老油条族，皮厚、粗线条，怎么样都好说。

"对不起。"离开时，温世远又说了一遍。

袁轶依然是摇手："没事，别放在心上。"

"我知道，我这样做很无耻，很卑鄙。"他道。

袁轶怔了怔："——也没到这个地步。你不用这么想。"

回到办公室，袁轶将手机里拍的照片整理一下，再配上一段文字，标题是"奋斗在雪夜"，拿去请领导过目。王经理感动得眼泪都要出来了。在地服这么多年，周围都是老粗，一篇通讯稿要像挤牙膏那样才能挤出一点，从没见过这么主动、干活这么漂亮的小伙子。

"做得好做得好，"王经理赞不绝口，当即便把这篇文章发去航空港报社，"就是要这样，以前我们地服就是吃亏在没有笔杆子，不会宣传，累死累活也没人知道——小袁啊，你来我们地服真是来对了，你真是个人才啊！"

人来疯发作的小袁并未就此打住，而是想效仿欧阳爱靖和大娘子，制作一段关于地服的动画。先是在纸上画，好久没操刀，手都有些硬了，拿铅笔像拿刀。在吞云吐雾的搬运兄弟们的注视下，一张张画了起来。有人问袁轶："是画漫画吗？"袁轶回答："差不多。"那些人便很佩服地朝他看："不得了啊，又会写文章又会画画，朋友，全能选手啊。"袁轶便笑笑，说："写文章是瞎写写，画画倒是专业的，谁要是想画张肖像什么的，找我，免费，而且还倒贴一根中华。呵呵。"

袁轶拿着一摞完成的画去找欧阳爱靖。一来是向他咨询些动画上的问题，二来也是想探探风，看他和大娘子怎么样了。大娘子后来几次在微博上跟他打招呼，袁轶都是冷处理，憋着没敢告诉欧阳。要是真的，就成电视剧里的情节了。要吃拳头的。

"我都去相过亲了，"欧阳爱靖老老实实地坦白，"我妈手里攒了一把女孩。要不是那边彻底没戏了，我也不会去。人家都说了，想忘记一个人最好的办法，就是找个人取代她的位置。"

袁轶表示赞成，压力顿时小了许多。只是有些纳闷，这小子前几天还是一副准备殉情的模样，现在已经可以平静地说着"想忘记一个人最好的办法，就是找个人取代她的位置"这么理性的话语。

袁轶如果愿意，婶婶手里的小姑娘怕是也不少，女人（尤其是四十岁后）天生都有做媒人的嗜好。婶婶说过几次，都被他回绝了。一是心理上没调整过来，二是也怕对人家小姑娘不公平。大学里袁轶谈过两次恋爱，都是不了了之。坦白说一开始便没投注太多的激情，只是找个玩伴罢了。秋香姐如影随形，无时无刻不在他眼前晃悠，看出去那两个女孩的脸都有叠影——着实不公平。大学里也就算了，恋爱本就带着几分不确定，工作后就是成年人了，是以结婚为目的来恋爱的，再这样就属于作风问题了。袁轶给自己定了个时间表——争取两年内把秋香姐淡忘，然后谈一到两场恋爱，差不多就结婚，生子。

"画得不错。"欧阳爱靖看了他的画，"老本行没丢啊。"

"想弄个迷你版的动画，讨领导欢心。"

"这可不像你，几时变得这么市侩？"

"这不叫市侩——我现在属于服刑阶段，讨好监狱长，争取减刑，弄个取保候审什么的。亲人们还在家里等着我呢。"袁轶拿起水杯，一饮而尽。

"朋友转性了。真打算在机场干一辈子？"欧阳爱靖朝他看。

"在哪里干都无所谓，关键是走的时候不能灰头土脸。"

"为名誉而战。"

"差不多。"

袁啸腾夫妇回上海那天，袁轶到廊桥口接他们。他们坐的 BA（英国航空公司），客人不少。袁轶等了一会儿，没见人，忽然，肩膀被人重重拍了一下，随即一个尖得刺耳的声音：

"袁轶！"

袁轶一回头，看到一张化着浓妆的少女的脸，黑色闪钻皮背心、粉色短裙，染成金黄的长发在头顶高高地扎个马尾，十来公分的细高跟皮靴往前一跨，比他整整高了半个头。

"哎哟！"袁轶做出被吓坏的神情，"你是——Angelababy？"

"讨厌！"女孩在他肩上重重地打了一下。

袁轶随即笑起来："Angelababy哪有你好看啊，完全没的比——欢迎回国，堂妹。"

袁宁是临时决定和父母一起回国的，向学校请了半个月假。整整三年没回来了，主要是知道父亲心情不好，她想好好陪他一阵。袁啸腾不肯，怕耽误她学业。袁宁说这阵子是圣诞假期，"本来也是淘淘糨糊的"——小姑娘人在外国，上海话的切口依然熟稔。她坚持要回来，加上夏梅也持赞成态度，袁啸腾拗不过她们母女俩，只得答应了。

晚饭是在叔叔婶婶家一起吃的。夏梅主厨，袁啸腾打下手。夫妇俩照着女儿的口味，把这顿饭弄得隆重至极。袁轶则在房间里一边看袁宁整理衣物，一边与她聊天。他看着她把一套套的衣服从箱子里拾起，放进衣柜挂好。"是住半个月，还是半年啊？"他忍不住问，"有必要带这么多衣服吗？不嫌麻烦吗？"

"女孩子的事，你不懂。"袁宁手里不停。

"我这辈子又不是只见过你一个女孩子。"袁轶咕哝了一句。

"见过不代表了解。"袁宁说着，朝他瞟了一眼。单这一眼，袁轶立刻敏感地意识到，婶婶必然是把柳婷婷的事情告诉她了。果然，很快，袁宁促狭兮兮地问他：

"失恋啦？"

袁轶没理她，岔开话题："在英国这些年，交了几个男朋友？"

"太多了，一个巴掌都数不过来，"袁宁继续不依不饶，"——那个姓柳的，很漂亮吗？"

"一般，没你漂亮。"袁轶回答。

袁宁呵呵一笑："这是肯定的。"

她说第二天会和老同学碰头，让袁轶也去。袁轶连忙拒绝，说你们同学聚会，我掺和进去干什么。袁宁说："就是要你掺和进去，她们老早就知道我有个又帅又棒的堂哥，都想见见你。你不能不给我面子。"袁轶被"又帅又棒"四个字捧得很是惬意，脸上还做扭捏状，骨头已是酥了。"少来这套，"他道，"我晓得，骗我去是要埋单的。"

"别这么小家子气，"袁宁说，"钱我会给你。面子里子都不让你吃亏。"

"算了吧，"袁轶手一摆，"把钱留着买衣服和名牌包包吧。好男不跟女计较。"

第二天到了那里，莺莺燕燕坐了一堆。袁宁逐个介绍，几句话一说，袁轶便明白了袁宁的真正用意。不是炫耀"又帅又棒"的堂哥，也不是为了让他埋单，而是给他机会结识女孩。清一色都是女同学，有在读大学的，也有已经工作的，环肥燕瘦，各有千秋。其中有两个是袁宁重点推荐的，一个是复旦在读研究生，另一个自己创业开公司，据说月收入在六位数。一个书卷气很重，说话细声细气,另一个则比较健谈,开朗些。长相、气质都不错。袁宁安排袁轶坐在两人中间,嘴上说"好好照顾我同学哦",暗地里朝他使眼色,做了个"上"的口型。袁轶只作没看见,嘴里插科打诨,不停地为两人夹菜、倒茶。一个女孩问他:"你在机场哪个部门工作啊?"袁轶如实回答:"地面服务部。"

"那是干什么的?"女孩不解。

"就是专门负责搬运的部门。"

女孩们安静下来,迅速交换了一下眼神。"红帽子吗?"一人问。

"不是,"袁轶笑笑,"红帽子是帮客人搬行李的,我这个是在机坪上搬货的。"

袁宁听不下去了,跳出来:"搬运工的部门不见得人人都是搬运工呀——是不是啊,袁轶?"她重重推了一下袁轶。

"没错。我基本不用搬货——主要负责出黑板报。"

袁轶上了个卫生间,出来时便看见袁宁气呼呼的脸。说实话,他是有些后悔的。倒不是存心跟袁宁过不去,主要是没把这次饭局太当回事,想什么就说什么,实话实说,不加工,不修饰。当然,是有些辜负堂妹的苦心了。

"咱不能骗人呀,是吧?"他嬉皮笑脸的,卷着北方舌音。

袁宁板着脸,没理他,转身就走。袁轶跟在后面,正要回到座位,忽地,目光停在相邻的一张桌子——柳晶晶和几个年龄相仿的男女坐着吃饭,应该是同学。袁轶只看一眼,便急忙把目光移开。可惜迟了一步,柳晶晶已看见了他。

"喂!"她向他挥手。

袁轶只好挤出笑脸,朝她挥了挥手,随即回到座位。

离开时,袁宁等在门口,袁轶去地下车库拿车。开车上来,却不见人影,估计是去卫生间了。等了一会儿,从反光镜里瞥见柳晶晶从里面出来。袁轶不动声色。很快地,有人敲车窗。看去,是柳晶晶。他只得把车窗摇下。

"车不错啊。那天本来是想开这车带我姐去兜风的吧?"她趴着车窗,问他。

袁轶嗯了一声。

"我姐晕车,坐不惯小轿车,会吐——不知道吧?"

"是吗?"袁轶摸了摸头,"不过现在都无所谓了。"

"来相亲吗?我看你那桌漂亮女孩不少啊。"

袁轶觉得这丫头说话不中听:"你相亲会找那么多人啊?又不是喝花酒。"

柳晶晶嘴巴一撇,像是笑了笑。

"最近好像混得不错,满面红光的。"

"回光返照。"袁轶傻傻地来了句。

她停了停:"那些女孩是谁啊?吃饭时候就听你们那桌热闹。"

"我表妹的同学,都是第一次见面。拉我埋单来了。"

"不错啊,洪长青,老鼠跌进米缸里了。"

这时袁宁走过来,两人才停下不说。袁轶简单介绍了一下。袁宁随即上了车。袁轶问柳晶晶:"送你一程?"

"不用。"柳晶晶让到一边。

回去的路上,袁宁问袁轶:"就是她?"

袁轶一愣，半天才回过神来："不是不是——是她的妹妹。"

"厉害啊，"袁宁哈的一声，"姐妹通吃。"

"胡说八道。"

"这姑娘喜欢你。"

袁轶手一滑，方向盘险些脱手："乱讲——"

"她要不喜欢你，我把头割下来给你当球踢。"袁宁轻描淡写的，"看她和你说话的样子就晓得了。大家都是女人，一看就明白了——你是当局者迷。"

袁轶把袁宁送回去，便径直回家。脑子里兀自想着袁宁刚才的话，有些恍恍惚惚的。袁轶也不是傻子。非但不是，有些地方还相当敏感。又有些好笑，先是大娘子，现在又是柳晶晶。东边日出西边雨，秋香姐落空后，自己反有些走桃花运的意思了。

车子开进小区，袁轶远远看见一个人站在树下。袁轶心里一动，不知哪里来的想象力，秋香姐？——当然不是。看身影完全不像，应该是个男人。温世远还差不多。但也不是。温世远没那么高的个子。袁轶最近看了几部韩剧，思路自然而然地往那面靠。月色很好的夜晚，独自一人回家，四周寂静无声，突然从树后走出一个人——应该是心上人吧。袁轶在心里叹了口气。做梦吧，还心上人呢，讨债的倒差不多。

那人走近了两步，朝袁轶点头示意。月光下看得分明——居然是刘宇航。

这比秋香姐还要令人吃惊，袁轶都有些诡异了。他啊的一声，嘴巴定格在那里，张得老大："刘，这个，刘总——"

"从人事科查到你的地址,还担心你会不会不住在这里。还好,没走冤枉路。"

"等了很久吗?"袁轶一边说着,一边揣测他的来意。深更半夜,公司一把手不期然地站在你家楼下,不只是诡异,差不多可以称为惊悚了。

"这边离你叔叔婶婶家不远啊。"刘宇航道。

袁轶心里咯噔一下,"婶婶"两个字迅速在脑子里打上红条。这家伙不会是找他套话吧?诸如"你叔叔婶婶最近关系怎样""你婶婶有什么兴趣爱好""有没有提到我"之类的。袁轶干咳一声:"是不远,当初我爸妈买这套房子,就是因为离得近,方便照顾。"

"谁照顾谁?他们照顾你,还是你照顾他们?"这老小子似乎兴致不错。

"互相照顾。"袁轶把"互相"两字咬得很重。

停了停,刘宇航指指楼上,问他:"能不能上去坐坐?"

袁轶先是一怔,随即道:"当然。请。"

开防盗门那一瞬,袁轶犹豫着是不是该给叔叔打个电话,或是发个短消息什么的。万一第二天他被发现横尸屋内,就有证据了,不至于枉死。世界上的事情谁说得清呢,无论从哪个角度来讲,于公于私,这家伙好像都没跟他亲热到能"上去坐坐"的地步。言不投机那是极有可能的,接下去就是大打出手,弄得不巧,太阳穴撞到桌角,或是花瓶碎片插到后脑勺,就比较麻烦了。论体力,这老小子虽然年纪大了点,可是当过兵,胜算还是有的。身高也是他占优势。

袁轶掏出钥匙,手不自禁地抖了一下,咣当!钥匙掉在地上。他再拿起来,开了门。

"请、请进。"他说话竟也结巴了。

(十五)

早上八点半,袁啸腾开车来到机场工作区。股份公司当局楼与航代楼离得不远,只隔了两条马路。多年的惯性作用,他差点就要转弯进去,打方向盘的那瞬,一下子想起——继续直行。到了当局楼,他停好车,往里走去。门卫见到他,恭恭敬敬叫了声"袁部长"。

袁啸腾点头示意。"袁部长"这个称谓听着不惯,目前还属于适应期。坐电梯时,碰到好几个认识的人,他一一微笑招呼——这又是一个不惯的地方。"封疆大吏"到底自由得多,现在搬到"天子"脚下,一块石头砸过来,便伤了两个老总三个部长四个调研员。管事的比干活的多。电梯里还不能乱说话,否则到最后,缩在角落那个闷声不响的突然出来,弄不好便是这个总那个总的。袁啸腾这才真觉出夏梅的不易来。相比之下,集团公司又高了一层,地方反而小了,股份公司当局楼有五层,集团楼才三层,面积小,人也少得多——着实是浓缩的精华。

袁啸腾来到办公室,泡了茶,当天的报纸摆在桌上,还有一堆文件。他随意翻了翻,某某公司开展行业树新风活动,某某公司组织乒乓球比赛,某某公司申报全国"工人先锋号"……"都是些锦上添花，与本职工作无关的东西。"袁啸腾心里这么想。党群与工会是连在一起的，他具体负责工会这块，更加烦琐细碎。一会儿，业务员小张进来，说下午航代有个会，本来是蒋部长参加的，可他临时要出差，交代下来，麻烦袁部长去一趟。

袁啸腾答应了。蒋部长早上已经亲自跟他打过招呼了，很客气，还说"辛苦你了"。蒋部长与他差不多年纪，也是老民航了，虽是正职，却一点不摆谱，很谦和的一个人。袁啸腾听到"航代"两字，本能地有些敏感。他猜蒋部长应该也是考虑到了这层，所以口气里有一丝歉意。当然这是刚调过来的缘故，等日子一久，这层便会渐渐忽略。

吃过午饭，袁啸腾在办公室稍事休息，便坐车来到航代。一点半的会。他还早到了一刻钟。越是这种时候，越要显得落落大方。袁啸腾不是刚踏上工作岗位的青涩小子了，有的是历练过的肚量和技巧，圆滑的时候跟老油条没什么两样，场面话说起来也是滴水不漏。先是走廊里碰到江书记和几个副总，老朋友似的寒暄起来。江书记问他："新地方适应了吧?"袁啸腾回答："不适应不行啊，人要学会适应环境，总不能让环境适应我吧。"江书记哈哈笑了两声，说袁部长看上去好像还胖了些，说机关是养人的地方，不像他们基层，吃的是猪狗食，干的是牛马活。袁啸腾也跟着笑，说现在流行减肥，吃猪狗食干牛马活那就对了，就怕反过来，吃牛马食，干猪狗事，吃得多干得少，那就麻烦了。

几人边聊边走，到了会议室，各自坐下。一会儿，刘宇航拿着记录本走进来，见到袁啸腾，点头招呼："你好。"袁啸腾微笑回应：

"你好。"

会议是关于航代最近排的一个话剧《我爱空港》，从戏剧学院请了导演和编剧，准备把航代的日常工作编成话剧，演员都是真实员工。股份公司领导都很重视，觉得有新意，值得尝试。这是第二次会议，编剧拿来了第一稿剧本。航代几位领导看过后，提了些建议。导演和编剧却都有些不太买账，缩在椅子里，爱理不理的。

"听听袁部长的意见。"刘宇航礼貌地朝袁啸腾看。

"两位都是行家，艺术上没的说，对白漂亮，故事也编得好，挺抓人的，"袁啸腾笑着看向导演和编剧，"要是放在外头演，肯定没问题。可我们这个话剧，主要是面向内部，演给自己人看。所以第一条，就是真实。大家都是吃这碗饭的，台上演的就是平常干的，剧本要是脱离实际，他们一眼就看出来了。这就不太合适了。所以我建议两位，有空的时候可以到机场蹲个点，搜集点素材。上次有个动画片工作室，想做个机场题材，特地派了两个小同志过来，一蹲就是一个月，这就比较靠谱了——这事江书记也了解，是不是啊？"

"没错，是这样。"江书记一旁连连点头。

会议结束后，江书记私下里对袁啸腾摇头："这些人，自我感觉太好，眼睛长在头顶，一点批评意见都听不得。"袁啸腾道："艺术家嘛。"江书记便嘿的一声："留撇八字须梳个小辫子，就叫艺术家了？这年头，越是三不像的人，越是煞有介事。"

刘宇航走过来。袁啸腾捧场说："刘总现在不得了啊，连话剧都排上了，高雅艺术啊，航代在您的领导下，越来越有声有色了。"刘宇航说："这个构想是江书记贡献的，机场里以前类似的小打小闹也有，但这样正儿八经地请专业导演编剧，还是第一次，股份公司的甄总都说了，要是排得好，就在东方艺术中心包个场，组织员工去看。"

"不得了不得了——"袁啸腾赞叹不已。

"等于替公司做个广告，扩大点影响，"江书记解释，"袁部长是自己人，航代的情况你也知道，难啊。没办法，我们只有在领导面前多露露脸，多发点声音，领导才不会忘了我们。我和刘总分过工了，他负责具体业务，干实事；我在后面弄点小动作小花样，实的虚的一起来，双管齐下。"

"这叫虚虚实实，武林中的最高境界。"袁啸腾啧啧道。

"见笑见笑。"

袁啸腾主动说起打高尔夫，说找个时间一起去，要挽回上次的败局。江书记笑说刘宇航现在球技越发精进了："刘总去得勤，每个礼拜都打，袁部长你可未必能扳回来哦。"

"过奖过奖，"刘宇航道，"江书记这是在骂我笨，去是去得勤，可水平还是老样子。"

三人都笑。

回到办公室，袁啸腾心情忽然变得不错，翻来覆去想的便是这句——"不过如此"。他本以为凭刘宇航的行事风格，新官上任必然会卷起袖管大干一场，谁知一个多月过去了，航代波澜不兴，倒是致力于搞那些花里胡哨的东西。关于航代分流的说法，最近又多了起来，应该是八九不离十了。这样的时刻，他不在正事上花心思，却剑走偏锋,排起什么话剧来。袁啸腾想,别说东方艺术中心,就算搞到人民大会堂,又怎么样呢?他猜刘宇航应该也是有所察觉的,所以刚才见面谈话时多少有些异样,七分尴尬三分惭愧的。旁人或许感觉不出,但两人明里暗里公事私事斗了那么多年,眼神一动,几句话一说,立刻便了然了。越是如此,袁啸腾便越是插科打诨,表面上没必要让人家难堪,再说也是自尊心作祟,有意要显得云淡风轻,丝毫不显出失败者的模样来——不管怎样,这回合刘宇航终是赢了。袁啸腾有时觉得,世上许多事靠的都是"运气"二字,跟努不努力没太大关系。这个话题太沮丧,不提也罢。

晚上到家,袁啸腾将白天开会的事情告诉夏梅。调到机关后,他还是第一次提及航代。夏梅听了摇头:"劳民伤财,有这闲工夫,还不如做些正经事。这样下去,航代早晚保不住。"

这个反应让袁啸腾很舒服。

"刘大脚改风格了。"他道,"包青天变成高俅了——每个礼拜都去打高尔夫,听说还拜了个师傅学书法,上个月机场书画大赛,他临摹米芾的《蜀素贴》,得了一等奖。下面还有人凑趣,建议他在'朵云轩'办一场个人书法展——啧啧,也是好兴致,越来越风雅了。"

夏梅朝他看了一眼,"问个问题,"她道,"你是希望航代在他手里变好呢,还是变差?"

袁啸腾怔了怔:"这问题很促狭。"

"老实回答。"

"那还是变好吧。"袁啸腾考虑了一下,"航代不是我的私有财产，他要真有本事把航代发展起来，是好事——我没那么小家子气。"

"我老公胸襟宽阔，是个做大事的人。"夏梅跷起大拇指。

"还做大事呢，"袁啸腾摇头自嘲，"天天喝茶看报纸，要不就是被拉去开那些乱七八糟的会。你老公早晚变白痴。"

"越是这种乱七八糟的环境，越能出做大事的人。"

"照你这么说，地服最乱了，我们家最能做大事的人就是袁轶。"

"那可说不准。"夏梅说着，开始摆碗筷，到厨房端来菜。依然是两菜一汤——白灼虾，清炒土豆丝，三鲜汤。

"袁宁呢？"袁啸腾问。

"找你那做大事的侄子去了。"夏梅笑道。

袁轶在班车上收到袁宁的短信："请我吃晚饭。"他回过去："来吧，床底下一箱方便面呢。"下了班车，袁轶远远看见袁宁站在小区门口，照例又是一身短打——黑色皮衣，豹纹超短裙，过膝长靴。眼圈涂成黑紫色，假睫毛迎风飘展，粉红色的口红把唇形勾勒得性感妖冶。长发染成金黄色，波浪似的滚落在肩上。回头率很高。

袁轶缓缓走过去，到她面前并不停步，而是径直往里走。

"袁轶！"她以为他没看见，大声叫他。

袁轶朝她做了个"嘘"的口形，示意她跟上。"轻一点，"他道，"你这副样子，人家看见了，会以为我赖皮不付钱，被小姐追债追到家门口了。"

袁宁伸出手，十个指甲涂成黑色，左右开弓，在他脸上作势挥落："当心吃生活。"

袁轶低头一躲："小姑娘这么野蛮，笃定嫁不出去。"

"这你完全不用担心，"袁宁嘿的一声，"在英国追我的人能排成一个小分队，上月还有个在剑桥留学的台湾人向我求婚，我觉得这人讲话太娘娘腔，没答应他。"

"说的是上海那个'建桥学院'吧？"袁轶故意逗她，"就在浦东外环线上，每天机场班车都经过的，像工地一样的地方，两层楼，外面都是灰土。"

"你大概不想活了。"袁宁朝他瞪眼。

袁轶煮方便面很有一手，火候恰到好处，面条软硬合适，放两棵小青菜，上面铺个荷包蛋，出锅时再扔一把开洋进去，色香味都很过得去。袁宁吃得哑巴有声，连汤都喝个精光。袁轶问她：

"说吧，找我什么事——你大小姐过来总不见得是为了吃我这碗方便面吧？"

"两件事，"袁宁先竖起一根食指，"——第一件，我后天回英国，我爸妈就托付给你了，麻烦你照顾他们。"

袁轶一口答应："这个当然。叔叔婶婶我一定照顾好，别担心。"

"不光是生活上的照顾，还有精神上的。"袁宁把"精神"两个字咬得很重。

"精神上？"袁轶一怔，"——这样，帮他们报个老年大学，学画画？摄影？唱京戏？或者给他们在附近公园办张月卡，每天去跳广场舞怎么样？"

"袁轶——"袁宁嘟起嘴，"不许淘糨糊。"

"不淘不淘，"袁轶重重地点了点头，"不开玩笑了——我明白你的意思。"

"真的明白?"袁宁朝他看。

"你是不是想说,叔叔这阵子情绪比较低落,让我在机场里安分老实一点,别惹是生非,别让他老人家担心,有空多陪他聊天,出去转转,替他排解排解,对不对?放心,就算你不说,我也有数的。我和叔叔婶婶是什么关系?说句让我妈吐血的话,在我心里,其实他们比我亲爹亲妈还亲——你就放一百二十个心吧。接受那个台湾人的求婚,娘娘腔就娘娘腔,人好就行,你们在英国落地生根都没问题,这里交给我了,不管是精神还是肉体,我统统搞定。"

袁宁看了他一会儿,忽然叹了口气:"袁轶,我发现你有时候其实蛮讨人喜欢的。"

"把'有时候'去掉就更好。"袁轶喝了口茶,"这是第一件事,那第二件呢?"

"第二件就更重要了,"袁宁正色道,"——袁轶,我要解决你的终身大事。"

袁轶一口茶差点喷出来:"啊?又吃花酒?"

"什么吃花酒!"袁宁嗔道,"——这次是来真的,撮合你和那个姓柳的,圆你十几年的相思梦。"

"什么意思?"袁轶被她说得头皮一阵发麻。

袁宁站起来,甩了甩长发,挤一下眼睛,做了个妩媚的动作,嗲嗲地说:"我打算吃点亏,牺牲色相去勾引你那个情敌,然后发几张照片给姓柳的,这下她还不乖乖回到你的怀抱?别说你妹妹我不关照你,临走前替你办成一件大事,将来你们结婚,红包就不送了。"

袁轶吓傻了，话都说不利索了："你、你——"

"怎么，不好吗？"她问。

"你、你、你——"依然是说不出话来。

袁宁哈哈笑起来："骗你的！看把你吓的——就算真要这么做，也不用我亲自出马呀，我才没这么傻呢。我好好跟你说，这女的就算送上门，你也不能要。我妈都告诉我了，先是让你给她妹妹介绍工作，后来又哄你替她男朋友顶缸。她这是标标准准在利用你。我跟你说，这种女人就是祸水，她不可能真的喜欢你。吃亏上当一次就可以了，你要是再色心不死，那袁轶你就是天字第一号傻瓜。神仙也救不了你了。"

"人家又没说要跟我好。"袁轶垂头丧气地道。

"那最好——袁轶我不是拍你马屁，你自己去照照镜子，长得是没有布莱德·彼特好看，可也算五官端正啊，人又不矮，气质也差不到哪里，再加上家境好性格好人品好，追你的小姑娘还怕没有？说句老掉牙的话，天涯何处无芳草，何必单恋一枝花？何况还是朵喇叭花——所以说，袁轶你千万别在这事上钻牛角尖，老天爷其实是在帮你忙呢，让你看清楚一个人的真面目。你将来肯定能找到一个比她强一千倍一万倍的小姑娘。这叫先抑后扬。看长相就晓得了，你小子有的是女人缘。"

"谢谢夸奖。"袁轶朝她拱手，"您还会看相？"

"不光会看相，还会算命。怎么样，帮你算一卦？"

袁宁要去抽屉里翻扑克牌，被袁轶忙不迭地拦下："省省吧，好好的命别给你算坏了。"

吃完饭，袁宁便离开了。袁轶要送她，她说不用："我自己走，路上还能逛逛。"临走还把一袋垃圾拿下楼倒了。袁轶觉得堂妹外表看着夸张，内心其实是个挺懂事的姑娘。什么照顾叔叔云云，反而不是主要的，她其实是专程过来安慰他的。袁轶在阳台上看见袁宁一个人慢慢走下台阶，两条裸露的大腿在路灯下白得发亮。他叹口气，拿了车钥匙，飞快地奔下去，把她拉进车："我这人绅士当惯了，实在不放心女孩子一个人走夜路——"

送完袁宁出来，已经快十点了。方便面到底是不顶饿，袁轶便想着到附近的茶餐厅吃点夜宵。刚坐下来，手机便有动静，一看，微博上有条私信，是大娘子发来的——"晚饭吃的什么？"很亲昵的一句问候。袁轶怔了怔，想起表妹说的"你很有女人缘"，忍不住苦笑。大娘子隔三岔五便会在微博上问候他一下，而且毫不介意他的冷漠反应。袁轶依然是不回，把手机放好，叫服务员：

"小妹，一份美极鸭下巴、一杯奶茶。谢谢！"

欧阳爱靖那边据说已经相过好几个女孩子了，其中有一个似乎还挺满意，目前正处于暧昧期，若有若无的那种阶段。关于大娘子，袁轶当然是只字未提。这事多少有些胸闷，为朋友两肋插刀，受他前女友的骚扰，还不敢说出口，怕挨朋友的老拳，而这家伙却自己先掉枪头了。真是天晓得。袁轶想着，要是大娘子再纠缠下去，他是准备实话实说了，讨人喜欢不是他的错，这么委屈好像没名堂，再说欧阳那小子也不会承他的情。一会儿，私信又来了："动画片做好了，有空给我指导一下。"

袁轶到底是皮薄，架不住人家女人这么死缠烂打，回过去："您客气了，有机会向您和欧阳学习。"他故意称呼"您"，还把她和欧阳放在一起，猜她应该懂他的意思。再不收手就属于不识相了。袁轶有些无耻地想，您要是长得像秋香姐那么美，或许我还会考虑一下。关键还是魅力不到家。袁轶想到这，忍不住咯楞一下，又是秋香姐。临近半夜，一个倒霉蛋独自坐在小饭店里啃鸭下巴，这形象已经够落拓了，脑子里还时不时蹦出个把不该想的人，这就更悲剧了。袁轶心里叹了口气，使劲晃了晃头，似是要把什么东西给晃出去。

黑板报没有白出。王经理开会时狠狠表扬了袁轶，说他是地服部不可多得的人才。袁轶坐在一堆搬运工当中，脸色潮红状似扭捏。上班后第一次在会上被点名表扬，有些不习惯。会后，王经理让袁轶再接再厉："你来了，地服部就看到希望了——"袁轶吃不消领导讲话这么夸张，背上湿了一片。他袁轶手不能挑肩不能扛的，只因为会涂几笔花花绿绿的粉笔字，会写几篇空头文章，突然之间就成地服的希望了。袁轶人来疯上来，问叔叔：

"我干脆就在地服干一辈子算了，怎么样？"

袁啸腾说好啊："干一行爱一行，不错。"

袁轶说他明天就去办张健身卡，地服那些兄弟一个个肌肉发达，他站在旁边像棵豆芽菜，营养不良似的。袁啸腾也表示支持："挺好，当搬运工挺好。谁说大学生就不能当搬运工？一样有手有脚，大家都是人，凭什么你坐办公室，人家就要卖苦力？没道理嘛。"袁轶朝他看："叔叔你好像在说反话。"袁啸腾摇头："没有的事。人各有志，三百六十行，行行出状元。——所以说袁轶，你境界很高。"

叔侄俩聊天的时候，夏梅母女俩在一旁听着。袁宁笑得前仰后合，说："袁轶你要是真当了搬运工，那就有趣了。"袁轶瞥见叔叔似笑非笑的神情，自觉停下。"开玩笑开玩笑，"他吐了吐舌头，"叔叔你也晓得我这个人，口气比力气大，不是干活的料。"

"那可不一定，不试试怎么知道？"袁宁在一旁还不依不饶，"说不定你天生就是干搬运工的好材料。"

"我自己倒是无所谓，反正烂人一个，到哪里都差不多，"袁轶讨好的口气，"就怕丢叔叔的脸。我是叔叔的人，不能给他老人家抹黑。"

"你叔叔已经黑得像块木炭了，"袁啸腾叹道，"再抹也黑不到哪里去。"

袁宁离开上海那天，袁啸腾夫妇送她上机，依然坐的BA。行李超了十来公斤，BA是东沪航代理的，袁轶找了认识的人替她搞定，还升了舱。公务舱座位宽敞，可以躺下来睡觉，餐食也好得多。袁宁笑称"朝中有人好办事"，袁轶说："你表哥就这点芝麻绿豆大的能耐，比不上你那个台湾娘娘腔，青年才俊，将来直接让你坐头等舱了。"

航班起飞后，夏梅坐在一边，眼圈红红的。女儿来去匆匆，虽然早做好了她一直待在国外的打算，但到底是舍不得。袁轶凑近了，卖乖的口气："婶婶，女儿走了，儿子还在呢。"夏梅嗤的一声："又没有血缘关系。"袁轶拍胸脯："血缘关系也不牢靠，明天就到民政局办手续，把我过继给你们算了，法律关系最牢靠了。"夏梅忍不住笑："那你妈还不过来找我们拼老命。"袁轶叹道："拼命也没用啊，谁让他们老野在外面不回来？我被你们养得家了，不认他们了。"

从候机厅出来，迎面撞上刘宇航。袁轶哎哟一声，有些慌。第一反应便是看表，一点十分，还好，属于午休时间。"刘总。"他叫道。

"这么巧？"刘宇航看向一旁的袁啸腾夫妇。

"送女儿上飞机。"袁啸腾回答。

"怪不得，"刘宇航笑笑，"夫妻俩都出动了。"

"倾巢而出，送老妈都没这么卖力。"袁啸腾摇头。

"宝贝疙瘩嘛，都一样。"刘宇航说着，又问夏梅，"——今天调休？"

"调半天，下午还要赶回去。"

"外环开过去，也就半小时车程。"

"没开车，"夏梅道，"两个人都开车，不环保。我现在都坐班车。"

"也对。反正机场一线也方便。"

"是啊。"

袁轶冷眼旁观，见这三人波澜不兴地聊着天，乍看还只当是普通朋友，其实却是情敌加上事业对头，远远看见便要血压飙升瞳孔收缩的那种。叔叔是多年历练出的人精了，婶婶也是干部子弟的风范，落落大方，不过分热情也不失礼。袁轶忍不住想起那次她与刘宇航吃饭的情景，一颗心不自禁跳了跳，想，叔叔若是知道，不晓得会怎样——袁轶想象着，两个五十来岁的男人在机坪上决斗，旁边就是一排排飞机，银鹰振翅，映着远处夕阳的余晖，场面蔚为壮观。

回到地服，袁轶下午闲着没事，继续做动画。王经理对这个项目寄予十二分的厚望，说："刘总和江书记那里都备过案了，就等着你大作问世了。"袁轶表示非常惶恐，又怕自己做得不好，对不起大家对不起领导。王经理很郑重地说："我相信你，你是相当有才华的人。"袁轶闻言，全身骨头顿时只剩下三两，脚底一股热气从涌泉直到百汇，整个人缓缓地升了起来，双脚腾空，在半空中飘啊飘的。

自带的笔记本电脑，装了套 flash 软件。旁边围着一圈搬运工看热闹。中华烟散在桌上。有烟抽，有西洋景看，袁小开的群众凝聚力指数与日俱增。有人问袁轶当初怎么想到读这个专业的，袁轶想也不想便道："女朋友喜欢看《美少女战士》还有《七龙珠》，说我要是会做这个，就嫁给我，没办法，为了抱得美人归，只好读了。"那人又问是不是行李查询那个。袁轶嘿的一声："兄弟帮帮忙，我女朋友多得可以从这里排到虹桥机场，横贯东西，不要老提那一个好吧？"又有人笑道："小姑娘喜欢看动画片，你就学动画专业，小姑娘进机场，你也进机场，朋友情圣呀！亏得你没有女朋友在废品收购站，否则你也跟着去捡垃圾，就难看了。"袁轶笑骂："放屁，我女朋友怎么可能在那种地方？"那人道："怎么不可能，学的是废品收购专业，所以就进去了呀。"

正说笑间，有人在外面叫："袁轶，有小姑娘找你！"

大家一阵嘻嘻哈哈："废品收购站的女朋友来了——"

"姓柳。"外面那人补充道。

袁轶一怔，霍地站起来，不知是激动还是怎的，说话都口吃了："出、出来了。"

他跑到外面，一看，竟是柳晶晶。袁轶嘿的一声，心头有什么东西直落下去，正要说话，瞥见她的工作服，还有胸前的通行证，不禁吃了一惊，说话都结巴了：

"你、你调到浦东来了？"

"我们现在是同事了，"柳晶晶似笑非笑地朝他看，"请多关照啊，袁轶同志。"

（十六）

柳晶晶说她之所以调来浦东，是因为打了报告："直接跟集团领导写信，说我热爱一线岗位，想调来浦东航代，领导觉得合情合理，就同意了。"

袁轶惊得下巴都要掉下来了："不会吧——你给集团领导写信？"

"当然，"柳晶晶一脸正色，"否则无端端的，我怎么可能过来？我性子上来，别说集团领导，就是国家主席，这个信也写了。"

"那，你到底为什么要来？"袁轶彻底服了这丫头了。

"不为什么，因为想来，所以就来了。"

"总归有个理由。"

"不是说了嘛，热爱一线岗位，想换个直接跟飞机打交道的工作。"

"瞎说,虹桥也有航代啊,你怎么不在那边?"

柳晶晶沉默了一下,忽地朝袁轶看:"我问你——你是真不明白,还是在装糊涂?"

袁轶顿时卡壳,把目光移开,两颊有些发烫。半晌,讪讪地说了句:

"你这样调过来,你爸妈都知道吗?"

"知道,全家人都知道。"柳晶晶说得飞快,"我姐姐也知道,她挺支持我的。"

袁轶想问"为什么支持",忍住了没开口。柳晶晶说她早上刚报的到,暂时分在客运部服务组,下午就跟着做 AA。袁轶说挺好:"你们家三位都在客运。姐姐、姐夫、小姨子,值机、服务、行李查询,一人一个岗位,三足鼎立。多好。"

"都说服务组挺辛苦的,是吧?"她问袁轶。

"那当然,一线岗位都辛苦——放着虹桥吹空调享清闲不干,非要过来自讨苦吃,"袁轶摇头,摆出大阿哥的姿态,"年轻人就是冲动呀——不过既然来了,阿哥总归想办法罩着你,有什么需要帮忙的地方就说一声,饭卡里要是没钱了,就过来,阿哥请你吃三鲜砂锅,外加一根可爱多。"他打着哈哈,依然是不敢与她对视。

柳晶晶离开后,袁轶着实恍惚了一阵,想来想去,终觉得有些不可思议。他猜她这次必然是先斩后奏,上班还没几天呢,就从虹桥跳到浦东,她爸妈肯定不会答应。小姑娘是有些野豁豁了。也不知是哪个集团老总这么亲民,一封信就让她换了地方。

袁轶晚上约了欧阳爱靖喝酒，向他咨询一些关于动画制作的事宜。他把初样拿出来，十分钟不到的一个片子，说的是搬运工在下大雪的夜里坚持工作，为了保证航班准点，通宵不眠不休。欧阳看了，表示还行，就是雪看着太假，又密又圆，像酒酿丸子，改天去公司用专业软件再加工一下，就很拿得出手了。"你现在是御用文人了，"他调侃袁轶，"又叫红色艺术家，专门歌功颂德的。"

袁轶顺便说了柳晶晶的事。欧阳说不错啊："老婆没戏了，当大姨子也好啊，总归是亲戚。"袁轶皱起眉头："别说得这么恶心。"

"其实你们俩挺像的，"欧阳爱靖道，"你为了她姐姐，追到机场，她为了你，又追到浦东。做事风格一模一样，你们两位相当般配。"

"胡说八道，你怎么晓得他是为了我？"袁轶摇头，"再说我对她也没那感觉——我一直拿她当妹妹。"

"明白明白——情哥哥，情妹妹，妹妹你坐床头啊，哥哥我炕上走——"这家伙笑得龌龊分兮。

袁轶把花生朝他脸上扔去："少放屁！"

第二天，袁轶在到达大厅看见柳晶晶在推轮椅，轮椅上的外国男人起码有两百斤，柳晶晶显然很吃力，脸都涨红了。两人一路聊天，看起来相谈甚欢，柳晶晶时不时地蹦出一串笑声。袁轶不知道她英文原来这么好，都能跟老外打成一片。一会儿，柳晶晶把客人送到行李提取处，走出来，与袁轶打个照面。袁轶问她：

"怎么让你推轮椅，服务组没男人了？"

"都在忙，腾不出空——没关系，反正是推，又不用我抬。"

"还习惯吧?"

她嗯了一声:"挺有趣的,很充实。"

"肯定充实了,看那男人的块头,再充实不过了。"

"傻不拉叽。"她撇嘴。

袁轶干咳一声:"现在是刚开始,时间一长你试试——有你累的。"

"这点累算什么,以前我开网店,又要进货,又要守店,没人帮忙,货全是我自己搬,没电梯,从一楼搬到五楼。网上一有消息就要回,还要时刻关注客人的评价,忙得连上厕所的时间都没有,一天只吃两顿饭——袁轶哥哥,你是糖水里泡大的孩子,没吃过苦。"

"是啊,你是旧社会来的,水深火热。"袁轶冲她一句。

正说着话,远远看见温世远朝这边走来,袁轶嘴一努:"你姐夫来了。"柳晶晶嘿的一声。袁轶朝温世远挥手示意,迅速离开了。听见身后温世远问柳晶晶"累不累?"柳晶晶回答"还可以",口气不冷不热。相比之下,袁轶觉得她刚才对自己冷嘲热讽似乎还显得亲热些。姐夫不遭小姨子待见,处境不会好到哪里去。袁轶这么想着,忍不住有些幸灾乐祸,朝天吹了记口哨。

吃饭时袁轶与徐杰等几个机务兄弟一起。徐杰照例是发牢骚兼散播八卦,跟这位仁兄吃饭永远有的聊,相当地开胃。徐杰说老顾这阵又开始嘚瑟了:"你叔叔一走,航代就是老江的天下了,老顾抱他大腿也不是一天两天了,正好那个副总位置又空着,这下他还不得偿所愿?"袁轶说这话不对:"怎么叫老江的天下,你当我们刘总是吃素的?"

"是傀儡，"这小子说话永远不计后果，语不惊人死不休，"老江一手扶持起来的傀儡。顶着个'铁面刘公'的虚名，其实就是个小三子，事事都得听老江的。整天打球练书法，白相人一个，倒也惬意。老江背景深啊，连你叔叔这样的高干女婿都栽在他手里，你想想，这是什么道行？"

袁轶咬着块排骨，笑笑，表情像在听说书。

"不过也有好处，"徐杰说，"你叔叔走了，这阵子老顾也不让我们考试了，轻松多了。嘿，本来就是做给你叔叔看的，现在人都走了，也不用做样子了。"

"别一口一个'走了''走了'的，听着不舒服。我叔叔还在，依然在为中国民航的崛起发光发热呢。"袁轶皱眉。

"他老人家没走，永远活在我们的心中。"旁边一人哧哧笑道。

袁轶嘿的一声，在他头上砸了个毛栗："瞎讲！"

放托盘时，看到茅宁和几个服务组的人在吃饭，袁轶走过去，笑吟吟地打招呼："茅组长好。"茅宁与他私交不深，只是微微颔首，并不多话。

袁轶拜托茅宁多关照柳晶晶："小姑娘人是机灵的，手脚也勤快，就是有时候有点搭进搭出，到底年纪还小。茅组长您是服务组的老前辈了，经验丰富，人也没的说，她分在您这个组，是她的福气，您多关照——"倘若换作高莹，揶揄的话立刻便会扔过来："她是你什么人啊，非亲非故的，就算要说也该是温世远才对啊——"亏得茅宁为人稳重，只是笑了笑："小姑娘挺好的，你别担心。"旁边有人悄悄问袁轶："还有戏吗？"袁轶知道他的意思，却故意装傻：

"有戏有戏——上次跟你说的那只股票,捂着吧,肯定还会涨。到时别忘了请我吃饭。"

袁轶顺道又去看望了高莹。高莹看见他,第一句话便是"黑了、瘦了,更帅了"。

"改走型男路线了。"袁轶自嘲。

"看来地服是好地方啊。"

"姑姑——"袁轶捏着鼻音,撒娇。

高莹竟然说要给他介绍对象:"我一个好朋友的表妹,刚大学毕业,分在银行,据说长得不错,要不要看看?"袁轶有气无力地回答:"姑姑,老女人才喜欢做媒——"高莹推了他一把:"别不识好歹!"袁轶嘿的一声,凑近她:"听说见过家长啦?"高莹斜他一眼:"消息倒灵通。"袁轶嘻地一笑:"我是身在曹营心在汉,人在那边,一颗心都记挂着姑姑您。"

袁轶说的是慕思晨上周去了高莹家,有些毛脚上门的意思。这些年两人若即若离好好坏坏的,这次算是有些靠谱了。高莹与袁轶关系自是与别人不同,便问他:"你觉得怎么样?"袁轶认真地评价:"姑姑你吃亏了。"高莹也摇头叹道:"都快三十了,否则怎么可能找他?"袁轶道:"姑姑就算到了四十,也是玉洁冰清神仙姐姐。"高莹哈的一声:"马屁拍得浑身惬意,继续。"袁轶跟着笑,瞥见慕思晨开门进来。琼瑶片男主角这阵有了爱情的滋润,脸色比身上的粉红色衬衫还要润泽。上次 NW 的事,琼瑶片男主角倒是对袁轶有了改观,"这小子挺仗义"——这话是高莹私底下透给袁轶的,"这人就那个脾气,以前倒也不是专门针对你。你出了事,客运部一大半都是替你抱屈的。嘴上不好说，心里都清清楚楚。"高莹半是替男朋友说话，半是替徒弟不值，"不过也没什么，你还年轻呢，吃一堑长一智，好好磨炼磨炼，塞翁失马焉知非福。"袁轶连声称是，掏出中华烟，恭恭敬敬地递给慕思晨：

"慕经理吃香烟——"

"戒掉了！"琼瑶片男主角眼一瞪，转向高莹，讨好的眼神。

袁轶讪讪地收起香烟，心里骂了一百遍"鲜花插在牛粪上"。

回到办公室，袁轶给王经理看了刚制成的动画片："是初稿，还要拿到专业公司去精加工，您先看看。"王经理总体表示满意，就是建议是不是可以把部门领导也加上去："没有规矩，不成方圆，做什么都离不开领导的指挥嘛——"他只露了个意思，袁轶便答应下来，立刻在纸上画了个形象，四十多岁年纪，圆脸、戴黑框眼镜、大鼻子，笑起来上唇微微拱起，完全就是王经理的翻版。王经理过目后，点头如捣蒜："不错不错，相当不错——"

作为报答，不久王经理便提议，让袁轶参加部门值班。除了王经理本人，另外只有两位值班主任有此殊荣，有津贴，有调休，对讲机代号是"1250"，地服的第一块牌子，代表部门领导。袁轶一下子被提到"准部门领导"的高度，惶恐得双手羊角风似的乱摇：

"不行不行——这个，我还差得太远。"

"我说你行，你就行。"王经理一锤定音的口气。

第二天就定了袁轶值班。袁轶怀里揣着对讲机，办公室坐坐，机坪上晃晃，一刻不停，看似敬业，其实是心里没底。鲁绍元让他别慌，说值班没什么大不了的，关键是对讲机不能离身，有什么事及时赶到现场就行了,淡定淡定。袁轶说他从小到大连个小队长都没当过,紧张得一直想上厕所。鲁绍元说没关系:"天底下最容易的事就是当领导,放一百个心。"

好在一天平安无事。晚上袁轶坐车去公司宿舍睡觉。部门值班有专门的单间休息。袁轶把对讲机放在枕头边,缩在被窝里打游戏。对讲机里动静不断,QR因为机械原因延误无时间,要将旅客拉到附近宾馆休息,让服务员联系大巴。"收到。"对讲机里冒出一个熟悉的清亮的声音,正是柳晶晶。袁轶看表,已经是子夜一点了。一会儿,QR商务气急败坏的声音:"怎么大巴还没到啊?旅客都开骂了。"袁轶嘿的一声,才过了几分钟啊,催个屁催。倒有些担心柳晶晶,想这丫头经验不足,脾气又急,别在对讲机里跟他干起来才好——亏得没有。柳晶晶只是回答"在路上了",并无多话。那商务兀自不罢休,又嚷了几句,口气很不好,估计也是被旅客逼急了。

依着袁轶过去的性子,多半又会捏着鼻子冒充"外婆"触触那商务的霉头,但现在到底不同,从客运发配来地服,承蒙长官看得起,待贼配军不薄,无论如何不该再惹事端。袁轶干咳一声,朝着黑乎乎的天花板骂了声"戇巴子"。一会儿,对讲机里渐渐安静下来,应该是旅客上了大巴。袁轶拿出手机,犹豫着,按了柳晶晶的号码。

"什么事?"电话那头打着哈欠。

"没事,就想慰问你一下。"

"有什么好慰问的?我又没生病。"

"累了吧?"他问。

"你说呢?"她反问。

袁轶顿时无言,深更半夜打这个电话似乎很不明智,送上门给人家冲。

"1250还没睡呢?"她嘲兮兮的口气,"领导同志辛苦了。"

"什么狗屁领导,你晓得的,我根本就不在乎这种东西。何况也不是真的领导。"

"都1250了,还不是领导?白天我看见你拿着对讲机在机坪上,双手抱胸走来走去的,样子不要太好哦。1201都没你像领导。"

"挖苦我是不是?"

"没错,就是挖苦你。"她不否认。

袁轶停顿了一下:"早点休息吧,晚安。"

她叫住他:"你打这个电话,就为了说这些?"

"是啊。"他道。

她嗤的一声。

"1250关心一下新同志,有错吗?"他兀自贫嘴。

"我又不归你管。"

"我不是管你,是关心你。"袁轶故意提高音量,"——你这小姑娘怎么傻乎乎的?"

"傻不过你。"她反唇相讥。

"好好好,我傻我傻——我要是不傻,也不会半夜打电话,自己给自己找不痛快。你快睡吧,我这个傻子不敢打扰——"话还未完,便听电话里传来忙音,对方已然挂了。

袁轶愣在那里,想这算什么名堂,我还没挂,你倒先挂了。狗咬吕洞宾——不识好人心。他把被子兜头一蒙，睡了。

第二天吃早饭时遇见柳晶晶，远远见她朝这边瞟，应该已是看到他了，袁轶却故意把目光移开。柳晶晶大大咧咧地走过去。袁轶便也装作没看见，埋头吃饭。吃到一半，手机响了，拿起来看，竟是柳晶晶发来的短信："饭卡没钱了，过来。"

袁轶又是好气，又是好笑，不能跟小女孩计较，只好慢腾腾踱到收银台，乖乖地把饭卡递过去。一会儿，柳晶晶端着餐盘来到他面前，也不打招呼，径直坐下。袁轶心里嘿的一声，瞥见餐盘里内容丰富：皮蛋瘦肉粥、煎蛋、烧卖，还有豆浆。心想，块头不大，胃口倒不小。她面无表情地把饭卡还给他："谢谢。"

"不客气。"他回答得硬邦邦。

两人不说话，演哑剧似的吃饭，故意把咀嚼、吞咽、喝水弄得动静极大，声音响得像是两头猪在刨食。旁边人都朝这桌看。柳晶晶意识到了，把动作收敛些。袁轶一旁摇了摇头。柳晶晶瞪眼："你摇什么头？"

"我头痒。"

"头痒就把头往墙上蹭啊，摇头有什么用？"

"个人习惯。你头痒喜欢往墙上蹭，我就喜欢摇头。不行吗？"

"那就离我远一点，到厕所去摇。"她凶巴巴的。

袁轶觉得，不能再说下去了，公共场合和女同事这么干嘴仗，实在不是件体面的事情。关键时候只能男人让步。他拿起餐盘，说声"再见"，转身便走，心里兀自有些愤愤的，想，你姐姐姐夫都在机场，饭卡没钱干吗不找他们？吃我的还跟我凶。真是没天理了。

回到办公室，袁轶正要换衣服走人，听那些搬运工在聊航代分流的事情。袁轶本来并不以为意，但听他们说得真切，某某某领导亲自拍的板，某某某领导还找谁谁谁谈过了，上半年航代就关门大吉，一小半去虹桥航代，一小半到安检、消防、候机楼管理部什么的，剩下的，有门路的去机关，没门路的就买断工龄，一次性拗断。这还是正式工，劳务工不拘多少，统统回家。于是那些搬运兄弟纷纷担忧起自己的前途来，多半是在南汇机场镇这边有房有产的，不至于生活没着落，但他们早习惯了做一休一的节奏，一天上班一天麻将，一天当苦力一天拼脑力，拿工资当赌本，活得倒也惬意。真要遣返回家，重新再找工作，也是件麻烦事。有人发愁：

"回去要靠老婆养了。"

"要当小白脸了。"另一人笑道，"可惜面孔不够白。"

"跟屁股倒一倒就好了。老张浑身上下就两爿屁股雪白粉嫩。"

鲁绍元坐在角落里看报纸，袁轶上前，给他一根烟，点上火。"真的假的？"他问。鲁绍元嘿的一声："早点晚点的事——要头疼也是上面的事，我们小老百姓，到哪儿都是一样干活，不搭界。"

"话是这么说，可像你鲁老板这么漂亮的活计，真要下放到候机楼去站柜台，那不是浪费？"袁轶一脸正色。

"我这张面孔，他们要是不怕吓走客人，就让我去好了。我无所谓。"

"衣服脱掉，光穿条三角裤，胸毛露出来，肱二头肌露出来，八块腹肌露出来，该露的统统露出来——往性用品商店门口一站，保管生意兴隆。"袁轶笑得不怀好意。

"胡说八道！"鲁绍元笑骂，"机场哪里有性用品商店？你家开的？"

两人正说着话，王经理走进来，招呼大家：

"该下班的都别走，下午一点半在当局楼开航代全体大会，除了做航班的人，一个都不能少。"

众人登时沉默下来。

下午一点半，当局楼小礼堂里座无虚席。航代楼没有容纳几百人的会议室，所以借了当局楼的小礼堂。台上领导还未入座，台下窃窃私语，嗡嗡有声。即便是消息再不灵通的人，一传十，十传百，此刻也猜到个七八分了。事关今后的生计，大家脸色都有些凝重。袁轶坐在后排的角落里。有人从后面拍了一记他的背。他转头，见是高莹。

"姑姑！"他清脆地叫了声。

"有啥内部消息？"她凑近了，问他。

他摊开手，耸耸肩，又吐了吐舌头。

"就买断工龄算了，"她叹道，"拿这笔钱去开个花店，自己当老板，也省得老是熬夜做航班，都熬成老菜皮了。"

"谁说的？姑姑你要是老菜皮，天底下就没有小菜心了。"

"算了吧，"高莹嘴一努，"——那她呢？"

袁轶知道这个"她"是谁——柳婷婷就坐在前排不远，与行李查询的同事们一起。她应该也知道他坐在后排，却一直没有回头，看来是不想打招呼。袁轶便也知趣地缩在角落里，胡乱翻看着手机。高莹嘿的一声，换了个话题：

"听说最近掉枪头了?"

"啊?"袁轶一脸茫然。

高莹便又嘴一努,朝向另一边:"——那个。"

袁轶顺着方向望去,见是柳晶晶,惊得双手乱摇:"没有的事。"

"是谣言?"她问。

"绝对是谣言。"他使劲点头。

高莹意味深长地看了他一眼,笑而不语。袁轶转移话题:"姑姑你呢,什么时候办喜事?"

"不急。"她嘿的一声。

"还是早点嫁了吧,否则那么多人为你吊着,多不厚道。早点安顿下来让他们死心,就当做好事——"袁轶说得爽快,忽觉得背上有些冷飕飕的,转头看去,见慕思晨似笑非笑地看着自己。他吐了吐舌头,连忙打住。

刘宇航、江书记和几个公司领导走了进来,在主席台坐下。台下立刻安静下来。刘宇航拿过话筒,开始讲话:

"都说要改会风,所以我长话短说,不占用大家宝贵的休息时间。相信大家都已经知道了,眼下对于航代来说,是一个关乎去留生死的关键时刻。"

他说到这里,停顿一下。台下鸦雀无声。

"——在座许多都是航代的老员工了,看着航代成立,再一步步壮大起来。都说航代工作辛苦,没日没夜,钱又拿得比其他公司少,所以许多有门路的同志老早就开溜了,留下我们这些没门路又死心眼的人,想走有点舍不得,留下又不甘心——"

江书记在一旁笑了笑。台下也有人跟着笑起来。

"其实天下事合久必分，分久必合，这是自然规律，没什么大不了的。也许有些同志离开航代，可以有更好的发展，工作更轻松，钱也拿得更多，未必是件坏事——"刘宇航停了停，一脸严肃，"但对我来说，我是航代的总经理，就像一条船的船长，一架飞机的机长，如果航代是个大家庭，那我就是一家之长。我会尽我最大的努力，把船行驶到底，把飞机开到目的地，让这个大家庭能够长久兴旺。讲句不好听的，即便船要沉了，飞机要掉下去了，我也会守到最后一刻，绝对不会离开。也许有些同志会觉得，航代已经不行了，是在苟延残喘，撑一天是一天。但我告诉你们，情况绝非如此，这阵子我走访了许多航空公司，国内国外的都有，有些是我们代理的，有些不是我们代理的。总的来说，他们对于航代的评价还是不错的。相比东沪航，我们欠缺的是经验和历练，可我们有的是百分百的诚意，只要我们肯努力肯学习，肯花时间花力气去钻研，有什么是不能做到的呢？不瞒大家，目前又有三家航空公司有意与我们合作，因为现在还处于谈判阶段，所以不方便公开，但我可以告诉大家，最终成功的可能性相当高。在这样的形势下，航代有什么理由要分流呢？我已经向股份公司打了报告，要求保留航代，并立下了军令状，保证两年内效益增长百分之五十，三年内翻一番。如果做不到，我就辞职回老家。另外，脱光衣服，裸体在机坪上跑两圈。在座各位都是见证人，我说到做到，绝不食言。"

台下有人轻笑，但大多数人则是沉默不言。刘宇航朝旁边做个手势，秘书立刻送上一张白纸，足有三张A3纸加起来那么大。刘宇航双手拿起来,朝台下一扬,前几排的人能清楚看到抬头,是用毛笔写的端端正正的楷书:"誓与航代共进退。"

刘宇航拿过一支美工笔,在这行字下面签了名,随即对台下道:

"如果大家对航代有信心,愿意与航代共进退,那就请在这张纸上签名。大家签完名后,我会亲手把这张纸交到股份公司甄总手里,以示我们的决心。当然了,人各有志,大家愿意签名当然最好,如果不愿意,我也绝不勉强。这完全是自愿。"

全场沉默着。

江书记拿手指轻叩桌面,斜瞥那张纸,面无表情。旁边几个副总,见他这样,也是犹犹豫豫。从边防刚调来不久的纪委柳书记站起来,在纸上签了名。刘宇航与他握了手,说声"谢谢"。徐副总迟疑了半天,屁股已离开了椅面,听旁边江书记冷哼一声,又坐了下去。

台下也是没有动静,连交头接耳都是轻得不能再轻。几百双眼睛齐齐地望向主席台,诧异、希冀、怀疑、犹豫……各种不同的情绪。时间一分一秒地过去——没有人上台签名。刘宇航心里叹了口气,正要说话,忽听角落里有人大声道:

"我来!"

众人循着声音望去,都是大感意外——袁轶艰难地从角落里挤出来,朝主席台上快步走去,或许是在众目睽睽下有些紧张,双臂夹得过紧,都有些顺拐了。他拿过那张纸,端端正正地签了名。

袁轶签完名,并不立刻下去,而是问刘宇航:"刘总,我可以说两句话吗?"

"可以。"刘宇航把话筒给他。

袁轶接过,对着主席台微一鞠躬,随即转向台下:

"大家其实心里都想上来,可又怕当出头鸟,那就让我袁轶来抛砖引玉吧,反正我这人脸皮厚——"

台下一阵嬉笑声。会场气氛顿时缓和了不少。

"大家肯定都觉得奇怪,怎么这么吊儿郎当的人都上来凑热闹。没错,我袁轶就是这样的人,我为什么进的机场,全公司估计没人不晓得。要说为民航事业奋斗终生,这种事情我想都没想过。按理说,航代分不分流,跟我没有多大关系,我大不了再找一家动画片工作室,干我的老本行去。可既然已经来了航代,总归是种缘分,总希望它越来越好,不想看着它垮台。这半年时间,说长不长,说短也不短,认识了许多朋友,也学了许多东西。以前只觉得坐飞机是一件很简单的事情,现在才明白,这简单的事情后面,其实大有名堂。就像一块手表,外头看着没什么,一块面子几个数字,可拆开表壳,里面盘根错节,要多复杂有多复杂,是精细活儿。每个环节都不能出纰漏,否则飞机的安全、准点就保证不了。这其实是件很了不起的事情。我是小字辈,在座绝大多数都是我的爷叔阿姨阿哥阿姐,也都晓得我袁轶这个人比较冲动,做事往往看心情凭感觉,不计后果。我认为对的事情,就算牵头的人是我杀父仇人,我也肯定支持——对不起啊刘总,我不是那个意思——"

刘宇航微微一笑,挥了挥手,示意他继续。

"我的意思是,坚持做一件事情真的不容易,很辛苦,"袁轶说到这里,喉口忽地有些发涩,心里酸酸的,下意识地朝柳婷婷那边看了一眼,"——就算一件无意义的事情,坚持久了也不容易,更何况是一件正确的、有意义的事情。大道理我不会说,我就是觉得,航代成立了快二十年了,就算一个孩子养到这么大,也是个大姑娘大小伙子了,这么把他(她)丢了,实在太可惜,再熬几年,等大学毕业就能赚钱回本了——"台下又是一阵笑声。袁轶停下来,似是考虑了一下,"不说了,再说就成老太婆的裹脚布了——总之,千言万语并作一句:我支持刘总,誓与航代共进退!"

刘宇航站起来,与袁轶郑重地握了手。袁轶在众人的注目礼中走下台来,经过柳婷婷身边时,余光瞥见她垂着头,似是在考虑什么,心里叹了口气,回到座位。还未坐定,又见一人蹿上了台——正是柳晶晶。她飞快地签完了名,正要下去,被刘宇航叫住:

"小同志,不说些什么吗?"

她有些愕然:"上来都要说话吗?"

"哦,那倒不是,只是看你面生,是刚进航代的吗?"

"才来了几天。"

刘宇航有些意外,把话筒给她:"能说几句吗?"

柳晶晶迟疑着,拿过话筒。

"其实我没有什么理由,"她道,"——我也是个冲动的人,我只做我觉得正确的事情。"

袁轶低着头,感觉有人戳他后背,回过来,见高莹在朝他做鬼脸。"干什么呀——"他不自觉地脸红了一下。高莹嘿的一声:"不干什么,自己心里清楚。"袁轶不语,瞥见柳晶晶从台上走下来,忙把目光移开,心想这丫头还真是够可以的。

第三个上台的是温世远。他说:"我是个外地生,能够在上海机场不容易。我很珍惜这个工作。我愿意尽自己的努力为航代做点事。支持航代,支持刘总。"

接着,慕思晨上了台,然后是机关几个科长,各个基层干部,还有高莹、王力深、茅宁、鲁绍元等值班主任。大家初时都还有些犹豫,但随着人数的增多,渐渐地,便都果断起来,投票似的,排成一条长龙,自觉从这边上去,签完字,再从那边下来。客运、机务、地服、调度……一个个座位轮过去,本来就算没那个意思的,被旁人带的也站了起来,几乎是无一遗漏。唯独机务部顾经理没动,拿着手机佯装发短信。

纸上的名字越来越多,到后来一张纸都签不下了,刘宇航让秘书又拿来一张。很快便签了满满两张。台上原本没签的几位副总,见状立刻又挑头里位置补上了。

"谢谢大家,"刘宇航目光滑过那两张签名纸,喉口哽了一下,有些激动,"——谢谢大家的支持!我向大家保证,一定会让航代壮大发展,更上一层楼。"

掌声中,袁轶不期然与温世远目光相接,两人顿了顿,立刻便把头转向别处。袁轶心里有些不自在,像是与他同一阵营的感觉。敌我关系倏然变得不明朗了。又想,你自然是为了报答刘大脚的知遇之恩,才这么做的,拍领导马屁占了大半,算不上英雄好汉。再说了,我是老大,你才排老三,连你小姨子都比不过。他心里干笑了两声,忍不住朝不远处的柳晶晶看去,见她正使劲鼓掌,不禁有些好笑,想,小丫头片子,你懂个屁。

(十七)

刘宇航回到办公室,坐下来,长长地呼出一口气。江书记径直走进来,板着面孔,门也不敲,"为什么不跟我商量?"他沉声道。

"你指什么?"刘宇航似是早料到他会有此一问,并不诧异。

"跟航空公司洽谈的事,我怎么不知道?还有,今天这个会,让大家签名的事,为什么不跟我说一声就自作主张?"

"业务上的事,本来你也不太过问。至于让大家签名,说实话,我也是刚刚才想到。"

江书记朝他看:"翅膀硬了,是吧?"

"我不懂你的意思。"

"你很行——扮猪吃老虎。"

刘宇航停了一下,哑然失笑:"我扮过猪吗?我可不这么认为。"

"没错,你从来都不是猪,我才是猪,"江书记恨恨地道,"我把你想得太简单了,以为你只是一个雷声大雨点小、捞点好处就走的饭桶——是我看走眼了。"

刘宇航不语,半晌,轻轻叹了口气。

"我不知道你为什么会这么看我。人有时候很奇怪,总觉得一个长得像饭桶的人,往往不会是饭桶,而看着不像饭桶的人,多半才是真正的饭桶——这好像是一种思维定式。江书记,其实我一直挺感激你,曾经有一个多年不见的朋友说我改变很大,这都是你的功劳,你让我把身上的棱角磨平了。在当下的社会里,这是好事。"

"棱角磨平了吗？我觉得你其实是藏起来了。刘宇航，你装成一副云淡风轻的模样，整天不务正业，打高尔夫写毛笔字，哄我亲手把你送上了总经理的宝座。你很了不起。"

"我不否认，我很想当航代的总经理。"刘宇航直言不讳。

江书记冷哼一声："我问你，准备怎么收场？"

"什么意思？"

"航代分流是板上钉钉的事，你再怎么搞花样也没用，这是大势所趋。我劝你，老实安分一点，少惹麻烦。"

"江书记，"刘宇航沉吟着，"我没有在搞花样，也没有不安分。恰恰相反，留住航代就是我的分内事，我不觉得这有什么不对。如果你不支持，可以不签名，但请不要干预我。"

江书记朝他看了一会儿：

"我也对航代有感情，可我更知道，身为基层领导，应该服从集团的命令——你以为航代分不分流是我们能说了算的吗？上面的想法你清楚吗？这关系到整个机场的宏观规划——不是小猫两三只就能改变的。搞什么联名上书，我怕你最后是自取其辱。"

"那也是我的事情，不劳您操心。"刘宇航笑笑，随即拿起旁边的文件看，不再理会。江书记见状，只得离去，把门重重一带，砰地关上。

午饭前，刘宇航接到甄总的电话。甄总也是个烈脾气，骂起人来呱啦松脆："你是领导不是山大王，要维稳而不是添乱，这么联合几百个人跟上面过不去，你到底想干什么？"

"大家都舍不得航代，不想看着它分流。"刘宇航解释。

"舍不得又怎么样？舍不得就能无组织无纪律？——瞎搞嘛。"

甄总给刘宇航下了命令：一周之内把这件事平息下去，听上面的安排。

挂掉电话，刘宇航眉头紧蹙，沉思了一会儿，随即把业务科李科长叫进来，叮嘱他那三家航空公司谈判的事情要抓紧，必要时可以稍稍放宽些条件。李科长说其中两家已经八九不离十了，剩下最后一家，其他都好说，关键还是钱的问题。刘宇航想了想，说："代理费再减百分之五。"李科长有些担心，说这事要不要跟股份公司办公室商量一下，以往都是由他们先牵头，再交代下来。我们这样越俎代庖，程序上好像有些说不通。

刘宇航表示不用："先别管股份公司。我们现在是和时间赛跑，一分一秒都耽搁不得。"

"可是刘总——"李科长还在犹豫。

"你办你的事，"刘宇航声音高了八度，"上面要是追究下来，责任我一个人承担。"

李科长依言出去了。刘宇航有些后悔，李科长是个稳当人，做事向来靠谱、一板一眼，不该冲他发火的。刘宇航其实是自己心里没底，箭都射出去了，撤不回来，只能硬着头皮往前赶。眼下是个要紧关口，说话要冲一些，行事要猛一些，自己壮自己的胆。刘宇航记得上次遇到这样的关口，还是转业后刚进机场那阵，毫无根基的他，却是初生牛犊不怕虎，做人做事都带着毛边，结果不到半年就坐了冷板凳，从机关下放到了安检当个小值班长。那阵子真是很难熬，两眼一团黑，看不到光。刘宇航总结过，也反思过。人总在不断自我拷问中成长。和夏梅的那场初恋告终，也称得上是个关口。他没有过多纠缠，其实是想快点抽离，免得失态。关于分手的理由，他一直没有问她，一半是自尊，一半也是害怕，怕从她嘴里听到诸如"我们不相配"之类的话。这些年，他有意无意地改变自己，不能说与这完全没有关系。高尔夫是前年开始打的，还是江书记介绍的场子，本来关系也是普通，打了一阵球，便愈来愈走得近了。江书记那样的人，自己是不会冲在前头的，喜欢当"二把手"，在后面捏着"一把手"。而且"一把手"的人选也有讲究，不能太笨，否则这么大的公司撑不起来，但也不能太厉害，飞出他的掌心，最好是有点小聪明，遇到大事没主意的那种，还不能有什么后台，免得麻烦——刘宇航努力把自己变成他喜欢的那种人。机场里孑然一身，无依无靠的，背靠大树好乘凉，吃吃喝喝白相相。江书记一直都没有明说，但打了那么多场球，彼此都心照了。最关键那阵，刘宇航倒不用怎么使力了，有人推着他，一点点往前进。越是临近那个位置，便越要沉住气。调令下来那天，刘宇航站在窗前，看着远方，不说话也不动。心里有什么东西一点点升起来。本来实打实的想法，此刻竟也变得虚了，像一缕烟，飘了起来。那瞬脑子里什么都不想，渐渐地，眼前模糊了。五十岁的男人，竟想哭了。

  刘宇航下午召集各部门的负责人，开了个短会。主要是提醒大家，这阵子一定要打起十二万分精神，千万不能出任何岔子。散会后，他特意留下慕思晨聊了几句。慕思晨与江书记是老邻居，私交很好，这要紧关口却站在他这边，可见这小子人品不错。说到底慕思晨其实是书呆子性格，硬邦邦不会转弯，骨子里还是性情中人，机场里这样的人倒也难得。

会后，刘宇航开车来到集团楼。先去了趟洗手间，出来时便与夏梅撞个正着。两人都是一怔。"过来办事啊？"夏梅问。他点头："是啊——这阵子老是碰到你。"

"过去十年加起来，还没这两个月见得多。"夏梅道。

"缘分啊。"他大胆开了个玩笑。猜她应该会一笑了之，顾左右而言他，然后走人。谁知她并没有离开的意思，停了停，问他："航代的事，——最近很累吧？"

"还行，撑过去就好。"他故作轻松。

"我知道，没这么简单，"夏梅又是停顿一下，朝他看，"自己多保重。"

刘宇航心里一暖："谢谢。"

在贺副总办公室坐了一会儿，刘宇航走出来，竟然又遇到夏梅，拿着包，应该是要下班。两人遇见，都忍不住笑了笑。"我开车来的，送你一段？"刘宇航问她。

夏梅迟疑了一下："好啊，麻烦你了。"

路上有点堵，刚出机场大门，一上高架，车就不动了。密密麻麻的车龙。他说："早知道这样，你坐地铁倒还快些。"有些抱歉的口气。

她道："我坐你的车，费你的油，又不用我自己开，没事。"她故意这么说，好舒缓些气氛。这阵子航代的事情，她明白他压力很大。袁啸腾当初也是这样，将心比心，她知道他不容易。搭他的顺风车，其实就是想借这机会宽他的心。前一段从袁啸腾口中听到航代的近况,她其实是有些迷糊的,她认识的刘宇航,不该是这个样子,她不喜欢太棱角分明的人,可更不喜欢他变成机场里盛产的老油条,歌舞升平不务正业的那种。那天听说航代联名上书的事,她顿时舒了口气——这才是真正的刘宇航。又替他担心,怕他会因此而受挫。夏梅有时候觉得自己到底是摒不牢,想着尽量少与他接触,却终是做不到。机场里到处都是耳目,小道消息传得快,都是吃民航这碗饭的,真要传开对谁都不好。

"贺副总那边怎么说?"她知道他是来找贺副总的。贺副总是集团几个副总里年纪最大的,德高望重,当初便是他将刘宇航调来航代的。

刘宇航没说话,手握方向盘,叹了口气。

"情况不明朗?"她小心翼翼地问。

"走一步看一步吧。"他朝她看,忽地一笑,"我要是被迫离开机场,你帮忙介绍个工作?"

夏梅嘿的一声:"我没门路——再说了,你也不会离开机场,没那么严重。"

"航代要是没了,我也不想待在机场了。没劲。"

两人沉默了一下。堵车情况有所好转,油门踩了起来,以二十码左右的速度朝前缓慢移动。"好在内场车开惯了,"他开玩笑,"也不嫌慢。"

夏梅笑笑。

"袁啸腾挺恨我吧?"他忽道。

夏梅一怔,有些猝不及防:"没有啊——怎么这么说?"

"抢了他的宝座。"他道。

她嘿的一声:"什么宝座,又不是皇帝。他气量没这么小。他真心希望航代能在你手里变好。真的。"

"换作我是他,肯定希望航代越早垮台越好。"

"不会,"夏梅朝他看,"你不是这样的人。"

"你丈夫一心为公,而我刘宇航气量狭窄——你不是一直这样认为的吗?"

夏梅嗤的一声,摇头皱眉:"你这个人——"

刘宇航笑笑,摆了摆手:"算了,这种陈年老醋不吃也罢。都是一把年纪的人了,过几年都要抱外孙了——不过还是要谢谢你,陪我这一段路,开解我。"

"别客气,又能搭车,又能做好人。这种便宜事谁不愿意做?"

两人相视而笑。刘宇航瞥见她的眼睛,不知怎的,竟想起她二十多年前的青涩模样,除了眼角边多了几条鱼尾纹,皮肤也不及当年光洁丰盈,总体来说,她改变不大。四十好几的人了,神情气质竟还存些少女的味道。或许与她的性格有关,直爽、聪明、善解人意。即便是被她甩了,刘宇航依然想不出她有什么明显的缺点。她是个好女人。与她分手后,他很快就找到了另一半,结婚、生女。逃难似的完成终身大事。现在想来,其实是有些鲁莽了,对自己对别人都没好处。女儿八岁那年,妻子提出离婚,他想也不想便答应了。除了早就风传的那些桃色传闻,娱乐界最易滋生的男女情事,好像还有一些别的什么东西,让这段婚姻顺风顺水地走向结束。好在女儿是跟了他。八岁属于勉强能讲道理的年龄,况且女儿一直跟爸爸更亲，所以独自抚养女儿并不是件很难受的事情。其间陆续有人想给他介绍对象，都被他婉拒了。女儿考上寄宿制中学后，提亲的人就更多了——机场处级领导，有房有车，虽然离过婚，但男人与女人不同，五十来岁正是黄金年华，甚至还有人介绍二十多岁的年轻女孩给他。刘宇航着实被吓坏了，索性借口说自己身体不好，怕耽误人家。唯独一次，有人说了个中学老师，四十多岁，长相背景并不出众，他却邀她吃了几顿饭，还看了场电影。虽然最后不了了之，却已是绝无仅有的一次了。旁人觉得纳闷，唯独他自己明白——看那女人的照片，眉眼依稀与夏梅有几分相似。当然这理由只能吞在肚子里，谁都不能说，连一丁点意思都不能露，否则就是笑话了。

　　一会儿，到了夏梅家，刘宇航很识趣地停在小区门口，并不进去。夏梅知道他的意思，走下车，与他挥手告别。

　　回到家，袁啸腾也是刚到家不久，在卫生间洗手，见她两手空空："没买菜啊？"夏梅说晚上吃馄饨："随便凑合一顿算了，懒得做。"

　　晚饭时，夫妻俩一边吃馄饨，一边聊天。话题渐渐扯到航代。袁啸腾说刘大脚在老江边上搞潜伏，悄无声息地搞出这么一件大事，把整个机场都轰动了。夏梅听不出他口气是褒是贬，便问："你觉得最后结果会怎样？"

　　"难讲。"袁啸腾道。

　　"最坏的情况会是怎样？"夏梅停了停，"——他会倒多大的霉？"

　　"又不是杀人放火，大不了也就是降个职，像我这样，挑个闲职,正的变副的。难道还会被枪毙?"袁啸腾嘿的一声。

夏梅想再问下去,觉得不妥,便自觉收口。

吃到一半,袁轶不请自来:"蹭饭来了,难为情难为情——"夏梅说:"晚上没菜,我们也是吃馄饨凑合。委屈你了。"

"不委屈不委屈,"袁轶一边作势去厨房,一边朝袁啸腾看。见叔叔脸上淡淡的,也不说话,便有些忐忑,想着伸头一刀缩头一刀,索性开门见山:

"叔叔。"

"嗯?"袁啸腾拿起一个馄饨,送进嘴里。

"那个,我第一个冲上台签名的事,你已经晓得了吧?"

"晓得了,方圆五百里都传开了——您老威武。"袁啸腾朝他竖大拇指。

"叔叔,对不起哦。"袁轶吐了吐舌头。

"干吗说对不起?"

"刘大脚鸠占鹊巢,抢了叔叔你的位子,我现在还帮他,你是不是很生气?"

袁啸腾嘿的一声,朝夏梅看:"他明晓得我就算心里再不舒服,嘴上也不好说他,偏偏还装腔作势,扮出一副可怜兮兮的模样——喂,你想让我表扬你就明说,少来这套。"

夏梅摇头:"这小子越来越坏了。"

袁轶凑近:"叔叔,你真的不生气?"

"你说呢?"袁啸腾反问。

"其实我也反思过,"袁轶一本正经道,"签字是没错,关键不该第一个冲上去,太显眼了。要是台上坐着叔叔您,那当然没错,可那是刘大脚啊,无论如何应该晾他一会儿。这事是我欠考虑了,看下面人都不动,脑子一发热,就冲上去了。枪打出头鸟,我这种人要是上战场,肯定第一批就挂了。叔叔,你千万别生气。"

"我不生气,"袁啸腾朝他看,"但也别指望我会夸你。"

"明白,"袁轶使劲点头,"叔叔你打心底里希望航代好,从这个角度看,我没做错。可从私人情感出发,我这么帮刘大脚,你心里肯定会疙疙瘩瘩。我完全理解。"

"不用你替我剖析——吃你的馄饨去。"

夏梅端了碗刚煮好的馄饨出来。袁轶尝了一个,张口便赞:"婶婶的手艺真棒!"

"少来!"夏梅白眼,"超市里买的。"

"关键是火候刚刚好,既不生也不烂,见功夫。"袁轶继续捧场。

夏梅说他:"马屁功夫越来越拙劣了,听得我汗毛倒竖。"

吃完饭,袁轶便离开了。夏梅对丈夫说:"这孩子生怕你不高兴,专门过来解释。"袁啸腾听了不语。夏梅问他:"真不高兴了?"袁啸腾叹道:"没啥高兴,也没啥不高兴。"夏梅说:"袁轶是个热心孩子,就像他自己说的,脑子一发热,就冲上去了——他是你侄子,你还不了解他?"袁啸腾点头:"我了解。"

夏梅见丈夫说话的神情,便猜他心里真的有些疙瘩。他自然不是怪袁轶,得知航代分流的消息,那几天他都是恹恹的,他是一百个舍不得航代,但刘宇航做得这般高调,他看了又不是滋味。换了别人倒还好些,偏偏是刘宇航,又是袁轶。他着实纠结。夏梅想安慰他几句，却又不知从何说起，连个由头都找不到。

回去的路上，袁轶给柳晶晶发了条短信："方便吗，出来聊聊？"

一会儿，她回过来："你在哪里？"

"十分钟以后，到你家楼下。"

袁轶把车停在柳家楼下。很快，柳晶晶从门洞里出来，四周看了看，没见到人。袁轶摇下车窗，把头伸出去："这边！"柳晶晶走过来，上了车。

"故意的是吧？"袁轶逗她，"这么漂亮的车停在这儿，用得着那么费力吗？一眼就看见了。"

"你真肤浅。"柳晶晶不客气地评价。

袁轶问她："晚饭吃了吗？"她把手表朝他面前一伸："看看，几点了，再过会儿都要吃夜宵了。"袁轶嘿的一声："找个地方，喝杯咖啡？"

柳晶晶向后一靠："随便，都上了贼车了，听你的。"

两人找了个附近的咖啡馆。点完咖啡，柳晶晶朝袁轶看：

"说吧，叫我出来什么事？"

袁轶停顿一下："没事，就想找你聊聊。"

"我们什么关系，算朋友吗？"她问。

"你说呢？"

"反正我是把你当朋友的，不晓得你心里怎么想。"她撇了撇嘴。

袁轶笑起来："不把你当朋友，还开车过来接你喝咖啡？小丫头，你自己说，这些年吃了我多少哈根达斯，不把你当朋友，我钱多了烧得慌啊？"

"你又不是为了我。"她说出口便有些后悔。

两人沉默了一下。

"那天很威风呢,"他换个话题,"你才来航代几天啊,感情就那么深了?我签你也签,你怎么不跟着你姐姐姐夫?"

柳晶晶没吭声,半晌,长长地叹了口气,竟很有些沧桑的意思。

"袁轶,"她缓缓说道,"人如果老是装糊涂,时间一长,会变成真糊涂的。"

袁轶一怔,无言以对。亏得服务员适时地送上咖啡,他忙不迭地加糖加奶,动作迅速,一口气便喝下半杯,停了停,又将剩下那半杯也一饮而尽。动作仓皇。

"晚饭没吃饱?"她问他。

"柳晶晶,"他朝她看,正色道,"人如果老是不给别人活路,时间一长,自己也会没活路的。"

她笑起来,得意扬扬:"我就是不喜欢给你活路。天堂有路你不走,地狱无门你闯进来。哈哈——"

袁轶瞥见她的笑容,还是和以前一样没心没肺,嘿的一声,上前捏住她的耳朵,轻轻往下一扯。柳晶晶啊地尖叫起来,挥手便打。他侧头避过。忽然觉得这动作放在过去还好,现在则是过分亲昵了。一来姑娘大了,二来他也晓得她的心思,不便再添上些暧昧的意味,于是立刻停下。

"说吧——你到底喜欢我什么?"

他很想这么问她,但嘴上只是干咳一声:"你怎么不问我,那天为什么第一个冲上去?"

她道:"是啊,为什么?"

袁轶摸着咖啡杯的手柄,抚了两下。

"其实,一个月前,刘宇航来找过我。"

她很意外:"真的?!"

"说实话我当时真是吓了一大跳,像以前读书时老师搞突然家访的感觉,手脚都麻了。他说要上我家坐坐,我第一感觉就是,这家伙不会想打人吧?那天我们谈了很久。他告诉我很多事情,他父母是在他读初中的时候调来上海工作的,所以他到现在都不怎么会说上海话。他还说当初他进机场的原因跟我差不多,也是因为他喜欢的姑娘在机场,所以他转业后也跟着进来了,为的就是能有机会多看她几眼——"

"是谁?"她插嘴道。

"不知道,他没说,"袁轶停了停,继续道,"——他说他本来也没想在机场待多久,可机场是个很奇怪的地方,刚进来的时候没感觉,只是一个工作场所而已,可干久了,每天看飞机起降,抬头就是蓝天白云,远远还能看见海岸线,就觉得胸口那边有什么东西一点点往上升,整个人都要升起来似的。机场会改变一个人的世界观。他说机场有个地方,在那里看飞机视野特别好,眼睛要是能拍照,拍出来就是一张张明信片,漂亮极了。他还说在机场干活,不能用'工作'来形容,而应该用'事业'。要是干不好,好像自己都对不起自己似的。"

"所以,你就成了他一伙的了?"柳晶晶朝他看。

"怎么叫'一伙的'?"袁轶皱眉,"——我问你,你信不信这世界上有一种东西叫缘分?"

"一半一半吧。"

"我信。"袁轶道,"虽然我跟这家伙一点儿也不熟,甚至还有点对立的意思,可不晓得为什么,他的话很能打动我。他说他想干一番事业,而航代就是他的事业,他要把航代发展成一流的代理公司,超过东沪航。我信他的话。"

"我还是不懂,"她有些煞风景地问,"他为什么找你说这些话?你很厉害吗,威信很高吗?——就因为你们都是为了泡妞才进的机场,所以他才专门来找你谈心?"

袁轶被她这番抢白说得一愣。

"想不通——"她兀自摇头。

"柳晶晶,"他硬邦邦地道,"咖啡喝完了,走人。"

她欢快地笑起来,眼睛弯成月牙儿:"开心啊,有咖啡喝,有人接送,还有人可以挖苦。今天实在是太开心了——"

"那你呢,"袁轶忽地问她,"那次失恋想跳楼,为什么不找别人,而是找我?我们很熟吗?我很厉害吗,威信很高吗?难不成你连个可以倾诉心事的闺中密友也没有?"

她先是一怔,随即板起面孔:"袁轶,我发现你很喜欢学我说话。"

他嘿的一声,拿着已经空的咖啡杯作势喝了一口,心里有些后悔,不该说那番话,别真惹恼了她才好。他叫她出来,是真心想找个人聊天,也不知为什么,脑子里第一个闪过的人就是她。好像与她在一起,什么话都可以说,完全不必顾虑什么。刘宇航来找他的事，他连叔叔婶婶都瞒着，是怕他们多想。那晚刘宇航说到最后，是有些郑重了，竟还握住袁轶的手，说："你是个聪明、正直的人，我的直觉不会错，你一定能成为我的好帮手。"语气神情像老僧入定般，话里透着禅机。袁轶说"好"的时候，心里也有些玄乎，想，我能帮你什么呢，我只是个进来才几个月的实习生，又不是集团老总。又想，那就尽力而为吧。这番情形倘若说给别人听，只怕十个有九个是不信的。憋在肚里好一阵了，连欧阳爱靖也没提，可对着柳晶晶，就那样轻轻巧巧地说了。明晓得多半会被她嘲弄一番，却还是忍不住。袁轶偷瞥她的脸色，恼是恼的，但似乎还没到立刻走人的地步，忙不迭地亡羊补牢：

"咖啡喝完了，再续一杯好不好？要不，再来块蛋糕？"

"我们很熟吗？"她看也不看他，"喝咖啡已经很难为情了，怎么好意思再吃蛋糕？"

"没关系，"袁轶笑着招呼服务员，"不熟不要紧，吃块蛋糕就熟了。"

从咖啡店出来，袁轶径直送她回家。车停在她家楼下，他很绅士地下车替她开门，并用手撑住头顶位置："小心。"

"不好意思哦，喝了你的咖啡，还吃了芝士蛋糕。"这丫头说话兀自冲人。

袁轶暗自好笑："不客气，你喜欢就好。"

她走上几步，拿钥匙开防盗门，忽地停下，又折回来，朝他看。袁轶怔了怔，摇下车窗，以为她又要说些触霉头的话。谁知她停顿一下，很认真地对他道：

"以后如果还想找人聊天,尽管来找我好了。"

袁轶有些意外,瞥见她的眼睛里蕴着些笑意,清澈得能照见人影。心里不禁动了一下。她与她姐姐的长相不同,五官并不出众,但合起来却是异样地舒服。细想起来,柳婷婷平时是化着淡妆的,不着痕迹,而柳晶晶真正是素面朝天。袁轶不知道自己怎么会突然想这个。这个丫头,跟着他上台签名那一瞬,真是非常帅气呢。还有那时,好好地,网店说不开就不开了,她父母姐姐想必是劝过许多回了的,她都偏着犟着,可他一出面,她便立刻乖乖进了机场。所以刘宇航真是没说错,机场真是个很奇怪的地方呢,能让人心甘情愿为了另一个人进来,中了魔似的。换作别的地方,想来未必有这种效果。袁轶胡思乱想着,听到自己轻柔的声音:

"你也一样,要是想找人聊天,就来找我。咖啡我请,再加一块芝士蛋糕。"

(十八)

午饭后,刘宇航打了一圈电话,把手机里的通讯录翻出来,凡是能扯上一丁点关系的,不分远近都拨过去,内容口吻大致相同,拐弯抹角低声下气,把一辈子的"谢谢"都说尽了。听声音是笑,看脸色却是一点表情也没有。秘书几次要进来,都被他大手一挥,挡在外面。

"你也知道我这人的脾气,不是走投无路,也不会求老朋友你——拜托拜托,千万帮老弟我这个忙,美言几句,谢谢谢谢——"

"你可不是一般人啊,我想来想去,圈子里交际最广能量最强的就属老兄你了,你不帮我这个忙,我晚上就拿着铺盖睡你家去,你还得管我一顿饭——不是开玩笑,我这人倔脾气一上来,什么事都做得出来,你又不是不知道。好,就这么说定了,等你的好消息,谢谢谢谢——"

"谁不知道,王总面前最说得上话的,只有兄弟你了,你说一句顶我们说一百句——我跟你讲,我酒柜里有瓶陈年茅台,都放了快十年了,一直舍不得喝,本来想留着等我女儿出嫁时候再开,现在便宜你了,明天你来我家,我弄个你最喜欢的糟猪蹄,咱哥俩好好喝上一杯——不可惜不可惜,好酒给好兄弟喝,有什么可惜的。要是那事真有眉目,我再买两瓶茅台送你——谢谢谢谢——"

……

刘宇航继续翻看通讯录,一行行往下,瞥见"袁啸腾"三字,手指已按到通话键上,犹豫一下,又松开了。跳过,继续往下翻。再怎样,对这人还是开不了口。面上再怎么若无其事,心里终是过不了那道坎。

打了一圈,他才让秘书进来。秘书有些急,说甄总找您有事,手机打不通,座机也不通,只好打到办公室,让您回个电话。刘宇航看了一眼桌上座机:"哦,电话没挂好——我这就打过去。"

秘书退了出去。刘宇航长长地吸了一口气。电话是故意搁着的,甄总昨天下了最后通牒,让他今天之内把这事处理好。他非但没照办,上午还跑到集团又做了一轮工作。集团压下来,甄总应该是觉得没面子,这通火小不了。刘宇航一不做二不休,索性把座机继续搁着,手机关机,对秘书说出去有事,门反锁,窗帘拉上,躺在沙发上睡觉。

他本以为应该是无法入睡,谁知一会儿竟睡着了,迷糊间听到几次敲门声,也不理睬。其实也是睡不深,只觉得眼前一直有人在晃,一会儿是甄总,脸色铁青,点着他的鼻子骂人;一会儿是江书记,似笑非笑的神情;再过一会儿,竟又成了夏梅——站着动也不动,就那样静静看着他,眼里似是蕴着什么。他去搀她的手,她甩掉了,他有些难过,嘀咕着"都这个时候了,你还是不睬我",又去搀她,这次她没有挣脱,只是手冷得像冰。他打个激灵,倏地醒过来,看见头顶的天花板。空调没开,有些冷。他发了会儿呆,走过去把空调打开。这时,听见有人敲门:

"刘总,在吗?"

是李科长的声音。刘宇航犹豫一下,过去开了门。李科长走进来,见窗帘拉着,光线灰暗,怔了怔:"刘总您在休息?"刘宇航摇头:"说吧,什么事。"

总算不是坏消息。李科长说那几家航空公司全都谈妥了,就等定时间签合同了。刘宇航考虑一下,说:"那就明天上午。"李科长哦的一声,想想不放心,又问:"不会有什么问题吧?"刘宇航说:"真要有问题,我来扛。"李科长忙道:"我不是这个意思。"刘宇航笑笑,在他肩上一拍:"我明白的——放心,不会有问题。"

李科长疑疑惑惑地离开了。老同志,当了十多年科长,优点和缺点都是太稳重,越是临近退休年纪,这个毛病就越明显。刘宇航每隔两天就要给他吃颗定心丸。紧要关头,这也是张王牌。多一家公司签约，就是多一分转圜的余地。上面也要讲道理嘛，那么多公司看好航代，不留住实在说不过去——刘宇航这是自己给自己催眠，把事情往好里分析。事实是，机场赚钱的地方太多了，航代那点只能算零头。你跟人家劈情操谈理想展望未来，人家算盘一打，清清爽爽，一目了然。航代是趴在大象身上的猴子，高兴时逗逗乐乐，反正分量轻，无所谓，不高兴就一把甩掉，一点也不伤筋动骨的。猴子跳出来说跟大象有感情，说我的存在是有价值的，就成笑话了。——只一会儿工夫，刘宇航又是在倒自己霉了，往消极里想问题。这阵子他始终处于一种乱七八糟的状态，思绪病态地亢奋，患得患失，一会儿自信满满，一会儿又万念俱灰，完全不受控制。女儿玲玲劝他去看中医，配服中药调理一下："老爸你这样下去会得抑郁症的。"他笑说得了抑郁症倒好了，跳楼是早晚的事，一了百了，最怕现在这样不死不活的，最要命。

刘宇航驱车到现场晃了一圈，先是候机楼客运那块，值机、服务，再到机坪，从调度室到地服，又去看 **AZ** 装货。**AZ** 金站长也在，见他来了，便上前打招呼。金站长是个精瘦小老头，看着弱不禁风，年轻时却是专业网球运动员，打进过全国十六强。他问刘宇航："航代真要散伙了？"刘宇航回答得四平八稳："还没正式下文之前，说什么都太早。"老金便嘿的一声："我们是航代的老客户了，都做熟了，真要转去东沪航，磨合还要一阵子。麻烦。"刘宇航开玩笑："这话你去跟甄总说，让他听听客户的心声。"老金说可以："下次代理费你算我便宜点。"刘宇航点头："航代要真能留下来，什么都好说，老熟人，给你打个九折。"

现场一切正常。刘宇航这阵子除了在办公室打电话，便是到现场，算是动静结合。刘宇航不是第一次视察，机场干了那么久，就算不是科班出身，熟能生巧，也精了。谁是应付领导，做表面功夫，谁是真正老老实实地干活，几眼便能看清。有些老兵油子，平常一贯躲懒淘糨糊的，这阵子也变得积极起来，干活自觉多了，一半是听别人说，一半也是亲眼看见。士气不同了。客运部那些年轻人更不必说，都是一个顶俩铆足劲在干，头上脚下都生风呢。刘宇航嘴上不语，心里是一百个感激——关键时候都是好样的。心想着为了这些孩子，也不能让航代散了。

回到办公室，秘书兴冲冲拿来一份当天的晚报，翻开，其中有一版标题是"崛起的航代"。刘宇航一怔，看下去，只见通版都是介绍航代，从一九九四年成立，代理第一家地方航空公司起，一点点壮大，每一段历程每一个进步，都写得十分详尽。显然作者对航代进行了深入的了解。刘宇航看完后，给李科长打了个电话，问是不是他搞的。李科长说不知道。刘宇航又打去问集团的贺副总，贺副总也表示毫不知情。挂掉电话，刘宇航想了半天，都有些糊涂了。帮了忙又不打招呼，让他都不知承谁的情，很少碰到这种情况。

刘宇航心情顿时舒畅许多，厚着脸皮去了甄总那里，把报纸摊在甄总桌上，依然是虚心接受屡教不改，一副水泼不进刀砍不入的神情。甄总几乎要把报纸扔在他脸上了，狠话说了一箩筐，刘宇航只是装聋作哑。

"你在航代待了那么久，你告诉我，航代一年的效益是多少？"甄总气呼呼地问他，"几百人的公司，赚的钱勉强够发工资，换了你是集团老总,你会怎么做?"

"自家的孩子,读书不好,可以打可以骂,但总不见得因为他没出息,就把他扔了呀。"刘宇航打着比方,"也许是我们的教育方法不对,没有因材施教,换个思路,换个学校换个老师,说不定这孩子成绩就上去了。三十年河东三十年河西,谁保得准将来的事啊,也许有一天,我们一大家子都要靠这孩子养活也不一定啊。是不是?"

"将来的事,等你当上集团老总再说。现在我是你上司,要按我的思路来。"

"领导也要听群众的心声啊,那么多员工都签名了——"

甄总一听这话就火:"所以你是想学水泊梁山,造反吗?"

刘宇航笑道:"谁都知道我是您的死忠派,怎么可能造反?"

"少放屁!你是我的死忠派,我就差跪下来求你了,你眼皮都不抬一下,还死忠?"

"我心里是忠于您的,我们大方向一致,小问题略有分歧。"

"还小问题?天都快塌下来了,你还在这里跟我油腔滑调——我说刘宇航,你是不是吃错药了,我记得你以前不是这样的呀,哪里学的这套路数?都成老油条了。"

刘宇航把那几家航空公司的事说了,问甄总:"明天签合同,您看怎么样?"

甄总瞪大眼睛看了他半天,迸出一句:"你你你,大概真的吃错药了。"

"我不能跳开您,自己接私活啊。"刘宇航还是笑。

"跳不跳开,你都已经把我当死人了。"甄总朝他摇手,"快下班了,走吧走吧,你再多待一会儿,我血压要飚到两百三了。"

"算工伤。"刘宇航心里这么想,脸上笑容不改:"那好,您休息,我先走了。"

下班路上,刘宇航回想刚才的情景,自己也有些诧异,他很少那样说话,竟真有些老油条的味道了。脑海里浮现出一个人的影子,忍不住摇头微笑,想,不知不觉竟学了这人的腔调,倒也有些用处。他拿出手机,拨了个号码。

"喂?"电话那头的声音像是刚睡醒。

"在班车上睡觉吗?"刘宇航道,"不好意思吵醒你了。"

"没关系,"袁轶打着哈欠,"本来还在做梦呢,追了个漂亮妹妹,您电话一响,妹妹就飞了——刘总,您找我有事?"

"抱歉,耽误你做梦娶媳妇了。"

"白日梦,不做也罢。"袁轶擦着口水。

"晚报那版介绍航代的文章,你看了没有?"刘宇航问他。

袁轶愣了一下:"没有啊,怎么,有人骂航代?"

"不是骂,是夸,把航代大大地捧了一下。也不知道是谁帮的忙,本来还想问你,你不清楚就算了——继续睡吧,我挂了。"

"刘总再见。"袁轶挂掉电话,一侧头,瞥见旁边袁啸腾似笑非笑的神情,"——叔叔你别这么看我,吓唑唑的。"

"不错啊,演技一流,"袁啸腾说他,"不去报考中央戏剧学院真是浪费。"

"叔叔,"袁轶一本正经道,"做人不能这样,是你让我瞒着他的，我听你的话，结果你又反过来嘲我——那算了，我再打给他，说报纸的事情是你帮的忙，我也犯不着夹在你们两个中间。"说着作势要拨手机，被袁啸腾一把打掉：

"好了，别闹了。"

袁啸腾靠着椅背，闭上眼睛。袁轶凑近了，问他："叔叔，为什么不告诉他？让那小子心存愧疚也好啊，您这样以德报怨，做好事不留名，别的没啥，就是太便宜那小子了，至少得让他买两瓶好酒出出血啊。"

"少来这套，"袁啸腾朝他翻白眼，"别在我面前一口一个'那小子''那小子'的，搞得好像跟他多生疏似的，你们勾勾搭搭也不是一天两天了——我问你，在他面前，你说起我，是不是也满口'那小子''那小子'的？"

"怎么可能！"袁轶叫起撞天屈来，"您是我亲叔叔，我就是再不懂事，也晓得'亲疏有别'这个道理。那小子怎么能跟您比。"

袁啸腾嘿的一声，继续闭目养神。袁轶兀自逗他："叔叔，偶尔坐坐班车，与民同乐，是不是也蛮有意思的？"

"别的还行，"袁啸腾闭着眼睛，神情不动，"就是邻座的小子话太多，吵得要命。"

袁轶吐了吐舌头，闭上嘴。

袁啸腾的车空调坏了，拿去大修，这几天都是坐的班车。好在也方便，班车下来走到家，也就十来分钟。袁轶本来也不是天天坐班车，地铁还乘得多些，见袁啸腾这样，便陪他一起。袁啸腾问他："你怎么不开车上班，把车留在家里孵小车吗？"袁轶说："开车上班费油,时间上也节省不了多少。"袁啸腾说:"买了好车,不拿出来秀秀,太可惜。"袁轶说:"叔叔帮帮忙,你不晓得我们地服,开宝马上班的兄弟都有三四个呢,我这种车拿出来不叫秀,叫现世。"袁啸腾说:"那跟你妈发嗲去,让她再弄辆好的。"袁轶摇头,道:"不能做啃老族。"袁啸腾哈的一声:"少在我面前装有为青年了,你一个月赚多少,这辆车又多少钱,不啃老,就你这吃光用光的德行,十年都买不起一辆普桑——还不做啃老族呢!"

袁轶索性啃老到底,晚饭又去的叔叔家。袁啸腾对夏梅说:"开奥迪的朋友,为了省油天天挤班车,却老是跑到我们这里蹭饭,戆进不戆出——下月起问他收饭钱。"

夏梅一边摆碗筷,一边笑:"还有空调钱。"

"没错,"袁啸腾点头,"越有钱越沙坑(小气)。"

袁轶夹了一筷糟溜鱼片放进嘴里,烫得直咝气:"不能光算物质,还有精神上的——你们自己说,我到这里吃饭,给你们带来多少欢乐多少笑声,没有我,你们老两口只能孤零零地吃饭,你看我,我看你,吃再多也不长肉。我不问你们收钱,已经算客气的了。"

"所以说啊,"袁啸腾对妻子叹气,"人脸皮一厚,就天下无敌了。"

吃饭时,袁轶问叔叔:"有啥内部消息?航代到底会怎么样?"袁啸腾道:"我哪有什么内部消息,你婶婶在集团上班,要问也是问她。"袁轶便又转向婶婶。夏梅一直没说前几次遇见刘宇航的事,见袁轶这么问,便只是耸耸肩:"我又不是领导,怎么知道?"袁轶便嘿的一声:"刘大脚这一阵够伤脑筋的,都瘦成巴掌脸了。也不晓得最后会怎样。"

"我们来打个赌吧——我赌十块钱，航代留。"袁啸腾问妻子，"你呢？"

夏梅说："我也赌航代留。"

袁啸腾皱眉："我们两个一样，那还赌什么？"

两人同时看向袁轶。

袁轶愕然，只好咳嗽一声，道："好好好，我出二十块钱，赌航代走，总行了吧？——你们夫妻俩合起来赚我钱。"

"怎么见得是赚你钱，说不定是挑你发财呢？"袁啸腾道，"航代要是留不住，你净赚二十。"

"航代肯定留得住。"袁轶道。

"你怎么知道？"

"第六感。婶婶你说呢？"袁轶问夏梅。

"我对航代有信心。"夏梅道。

"我对航代倒是有信心，可对刘大脚没信心。"袁啸腾咕哝一句。

袁轶想，你暗里在帮他，嘴上偏要触他霉头，这叫没名堂——当然这话只能憋在肚子里，对谁都不能说，否则老同志恼羞成怒，那就没劲了。何况还有一段陈年三角恋，牵扯甚多，还是不惹为妙。装傻卖痴是袁小开的强项。他索性问袁啸腾：

"叔叔，刘宇航的脚也不是很大啊，为什么总叫他'刘大脚'？"

袁啸腾嘿的一声，朝夏梅看。夏梅没吭声，侧过身，朝袁轶偷偷瞪了一眼。袁轶猜夏梅未必知道报纸的事情，叔叔便是这样的个性，过分低调，对刘宇航是这样，对妻子也是这样。不过话说回来，在妻子面前多提她老情人，不见得是明智之举。袁轶有时候还挺想听些细节，可惜没人能问。刘宇航那天晚上倒是说了些，但没提夏梅的名字。袁轶也假装不知情。夏梅千叮嘱万叮咛，说他要是把这事说出去，以后就别上她家门了，也别叫她婶婶。其实就算她不出言威胁，袁轶也不会不懂分寸。只是两个老男人都不晓得这小子已然掌握了他们的秘密，兀自被蒙在鼓里。偶尔夜深人静，袁轶会促狭兮兮地想，你们谁也别得罪我，否则我包袱一抖，你们统统完结。

从叔叔家出来，袁轶去了欧阳爱靖家，研究那个关于航代的动画片，已经进入最后制作阶段。欧阳到底是专业人士，提了不少意见，都在点子上。袁轶本来也算半个专业人士，但总归比不上人家天天干的都是这个。手艺这东西，讲究曲不离口拳不离手，你抛下老本行去机场追妹妹，活计肯定就生疏了。

欧阳爱靖的看法是——"这片子拿出去，今年航代的先进员工肯定非你袁轶莫属了。"奉承话人人喜欢听。袁小开一激动，说夜宵他请，顺便把欧阳的父母也带上了。欧阳父亲性格比较内向，说没有吃夜宵的习惯，欧阳母亲倒是很感兴趣，硬拖着丈夫一起去了。

"还是靖靖随和。"袁轶轻声在欧阳耳边道。

四人去吃火锅。席间，靖靖问袁轶："女朋友有了吗？"袁轶说："没有——我还要帮欧阳当伴郎呢，不能抢在他前面。"欧阳爱靖抢白："找女朋友跟当不当伴郎有什么关系，嘿，自己没花头，不要拿这个当借口。"袁轶无话可说，只好从锅里夹起刚涮好的虾，放到欧阳父亲和靖靖的碟里："阿姨叔叔，吃虾——"

靖靖说要给袁轶介绍女朋友，说手头有好几个呢，条件都不错。

袁轶猜想多半是欧阳爱靖挑剩下的，笑说不用，为了岔开话题，便问欧阳爱靖："你现在那个，谈得怎么样？"

"相当稳定。"这小子回答得阴阳怪气。

"只见新人笑，哪闻旧人哭，"袁轶故意提大娘子，"怎么，山盟海誓都忘了？"

"是她先甩的我。"

"我看了，你在微博上把人家关注都取消了。够彻底的。"

"我这是让她快点找到新的一半。对大家都好。"

靖靖听得一愣一愣的。欧阳估计没对她提过大娘子。她问："说谁呢？"袁轶抢在欧阳前头回答："欧阳的前女友。"靖靖一怔，随即推了儿子一把："你怎么从来没跟我提过？"欧阳只好说："都是过去式了，有啥好提的，再说提了你们也不会答应的。条件没现在这个好。"

他在桌下偷偷踢了袁轶一脚，眼神有些狠："啥意思，翻我老底啊。"

"谁让你触我心境。"袁轶愉快地拿起啤酒喝了一口，"大家扯平了。"

靖靖劝袁轶快点找个女朋友，说年轻时总想谈场轰轰烈烈的恋爱，可到她这岁数，就发现许多原先看重的东西，其实并不是很要紧，喜欢的人未必适合当另一半，倒不如早点安定下来："反正人总要结婚的，早早晚晚的事，赶早不赶晚。"

欧阳爱靖继续触袁轶心境："不是他不想找，是别人不要他——"

"是啊没错，"袁轶笑眯眯地作势摸裤袋，叫起来，"哎呀，皮夹子忘带了，这下不好意思了，欧阳只能你埋单了。"欧阳爱靖忙不迭地打住："好好好，不说了——说好你请的，不可以赖皮，小开要有小开的腔调，别寻我们穷人开心。"

吃完饭，他们先送两位老人家回去。袁轶和欧阳去酒吧接着喝。欧阳说起上次那个动画片，投入市场后反响不错，还得了个不大不小的奖。"一会儿回家我发给你，好好学习学习。"这小子大言不惭。袁轶触他霉头："跟你又没关系。"他眼一瞪："没我帮忙，她一个人行吗？"袁轶叹道："十成功劳，你最多占一成，算对得起你了。"

两人喝到半夜才各自回家。袁轶到家洗了个澡，出来看到电脑上有邮件——欧阳已把那套动画片发过来了。袁轶先看了片头，职员名单上，大娘子是主要制作人，而欧阳爱靖则只占了个龙套位置。袁轶便觉得这女人不容易，毕竟她也才二十六七的年纪，在这行当还算新人。她与欧阳来机场蹲点，一个是勤勤恳恳，一个则是蹭咖啡打游戏，人家是干实事的人，做啥像啥，单凭这一点，大娘子甩了欧阳便是再自然不过的事。本来就比人家小几岁，加上性格又像小孩，带出去像拖个儿子，谁敢要这样的老公？袁轶对欧阳说了几次："亏得你和她分手了，否则将来结了婚，你要倒一辈子洗脚水。"

片子的确不错。主人公取了个很日本的名字，叫原一郎。——果然是取了"袁轶"的谐音。大娘子这女人也实在是说到做到。原一郎的形象有点像蜡笔小新，头大腿短，讲话还有点小结巴，看到美女就套近乎。上班漫不经心，做事丢三落四，是那种缺根筋的个性，走的是"傻人有傻福"路线。好几桩事件，都巧巧地落在他头上，或是逢凶化吉，或是另辟蹊径，都有好的结果。总之，是个很讨巧的人。这种风格，决定了这片子能够黑白通吃，上面满意，下面也喜欢，叫好又叫座。

原一郎也是为了追女生而进的机场——自然是欧阳多的嘴。袁轶想，该向他们收版权费才是，否则就告他们侵权。这么浪漫多情的桥段，于自己是往日历程的一块伤疤，倒是便宜了他们，成了煽情的细节。片子里，原一郎为了能常常看见那女生，每天到了饭点，便埋伏在那女生去往食堂的必经之路，见那女生出来，装作偶遇，好与她一起吃饭。袁轶看到这，心里便忍不住叹息一声。那女生名字里有个"香"字，原一郎便"阿香""阿香"地唤她。袁轶又觉得好笑，秋香姐多好听，阿香就完全是个乡下丫头的名字了。心想欧阳与大娘子交往那阵，不知背地里议论了自己多少次。大娘子当面对自己客客气气，肚子里或许已骂过几千遍"傻瓜"。机场的画面倒是做得很漂亮，真正是按照实景来设计，花了心思，飞机的起降做得逼真无比，迎着旭日，机身沐浴在光影里，很雄伟，又有些浪漫色彩。往近里看，那些机场的设施也是经得起推敲的，细节上处理得很认真，不像有些国产动画片那么粗糙，连候机楼外那个巨大的人工湖，看去也是波光粼粼。

本来是往实里走的一部动画片，却制作得如梦如幻，精致无比。片子最后，原一郎穿着制服站在机坪上，映着远方的晚霞余晕，看着一架飞机直入云霄。原一郎老僧入定般，一动不动，神情恬静。很快，飞机一架连着一架，在天空中排成行，雁群般蔚为壮观——这就有些夸张了，短时间内是绝不可能起降这么多飞机的，又不是

空军表演。袁轶见微博上大娘子也在线,一时冲动,便发了条私信过去:

"看了那个动画片,真不错。"

她回过来:"听说你也弄了个动画片?早知道从我们这里截一段就行了,何必再花那功夫?"话里难掩得意。袁轶道:"就是,不能跟你们比。我是小学生水平。"

她客气了两句,问他:"'原一郎'这名字怎么样?"

袁轶装傻:"蛮好,现在都流行哈日哈韩,很时髦。"

她打了个大大的笑脸:"你这人说话特别有意思。"

"那是因为你跟我还不熟,如果待久了,就晓得我这人其实特乏味。不信你问欧阳。"

"一直都挺羡慕那个机场的小姑娘。"她忽道。

袁轶想,又来了。"这么晚还不睡?"他岔开话题。

"要是没有她,说不定我们会成同事,你说是不是?"

"绝对有可能。"袁轶想,今天是自己找上门,不能怪人家。

第二天是袁轶值班,1250,拿着对讲机在机坪上转了一圈,便来到航代楼找刘宇航。敲了门,刘宇航半天才开门,看见他,吐出一口气:

"我现在听到敲门声就怕。"

袁轶好笑,瞥见他的黑眼圈,又觉得他可怜兮兮:"最近睡不好?"

"怎么可能睡得好,"刘宇航坐下来,叹道,"每天都要靠吃安眠药才睡得着。"

袁轶停了停,从口袋里取出 U 盘,给他:"刘总,请您过目。"

"什么东西?"刘宇航接过,插进电脑,打开一看,顿时面露喜色,"呀,这动画片是你做的?真不错——"

"要是早点完成就好了,都这时候了,这种花里胡哨的东西,估计也派不上什么实际用场。"袁轶有些惋惜地道。

"不管有用没用,都要试试看。"他沉思一下,"电视台那边估计不太可能,我看能不能放到网站上,那样影响面会大一些——死马当活马医了。"

袁轶猜想他必然会去找前妻。据说当时他和前妻离婚时,因为女儿抚养权的事,闹得不是太愉快,但眼前这节骨眼,他应该也顾不得了,该低头就低头,该说好话就说好话,一切为了航代。听人说他前妻是电视台一个制片,性格也很活跃,应该有些门路。

正说话间,对讲机里有人叫 1250,正是鲁绍元。袁轶问什么事,鲁绍元说 AZ 装货有些问题,让他到现场,口气有些急促。袁轶心里咯噔一下,便说要走。刘宇航拿上对讲机:"坐我的车,一块过去。"

到了现场,情况比想象中更严重,一个新来的搬运工出了差错,将一块 PM 板装在 PA 板的位置上。PM 板比 PA 板尺寸要大,通常情况下是无法装入的,可这搬运工使了蛮力,硬生生将板位四周的锁扣全部毁坏,连邻近的几个板位也受到影响,无法再装货。AZ 站长老金脸色铁青,对刘宇航说:"维修最起码要两三个小时,要想航班不晚点,只有把货拉下来,一块板两三吨,几块板加起来十多吨,这损失谁负责?"

"是我们的责任,对不起。"刘宇航低声道。

"这是一次重大事故,我肯定会向你们股份公司投诉。"老金气急败坏地道。

刘宇航无言以对,心情瞬间跌入谷底。航空公司商务都是没心没肺的,一百趟为他扑心扑命,只要出了一次纰漏,立刻翻脸,半点情面不讲。平常倒也罢了,关键是这节骨眼上,即便没人投诉,航代也未必能保得住,投诉一呈上去,基本就是判了航代死刑,翻不了身了。刘宇航不由得心灰意冷,连争辩或是恳求的心思都没了,满脑子都是"天意"两个字。瞥见袁轶在一旁打电话,忙忙碌碌的样子。那个犯了事的搬运工站在旁边,神情沮丧。刘宇航也顾不上说他,督促工人把剩下的板装好。一会儿对讲机里又传来平衡员的声音,说少了几块板,为了飞机平衡起见,装机单要重做。老金恨恨地跺了跺脚:"这下好了,货没上去,航班还延误。"

"金老板,"袁轶挂掉电话,叫道,"东沪航那边有剩余吨位,也是到米兰,两小时以后出发,你要是答应,我们现在就把货拖过去,重新打包。应该来得及。"

老金一怔,刘宇航也是一怔。老金看了表,忙不迭地点头:"好好好,现在就过去。"

袁轶对刘宇航打招呼:"刘总,我陪金老板跑一趟,跟您请个假。"

"快去吧。"刘宇航点头。

一小时后,袁轶回到现场。AZ已经关舱准备起飞。新装机单出得很快,调整也不多,只花了一会儿工夫便完成装货。虽说还是延误了半小时,但对于货机来讲,也算不上什么了不起的事故。袁轶上了刘宇航的车,响亮的一声:"刘总,搞定!"

"拉下的货全上了?"刘宇航问。

袁轶嗯的一声:"有个兄弟的兄弟,在东沪航吨控,级别不高,权力不小。只要不是太紧张的航班,十几二十吨,一般问题不大。"

"万幸啊,否则事情就闹大了。"刘宇航吐出一口气,"还是年轻好啊,脑筋转得快,不像我,那瞬间头像被人打了一拳,都蒙了,什么办法也想不到。"

"我要是处在您的位置,肯定也乱套了,这叫关心则乱。您是航代的一把手,您对它比谁都要着紧,航代出了事,对您来说就像自己小孩出了事一样,换了谁都受不了。所以啊,不是您脑筋转得慢,是您所处的位置与别人不同。跟别的没关系。"

刘宇航笑笑,朝他看:"真搞不懂,像你这么可爱的家伙,怎么还会被女孩甩?"

袁轶心里嘿的一声,想,太高调追女孩果然不好,连刘大脚都晓得了。"倒也谈不上被甩,"他自嘲,"根本从来就没追到过。"

"我女儿还太小,否则肯定考虑你当我女婿。"刘宇航瞥见他的神情,开了个玩笑。

"我不介意,小一点招人疼,挺好。"

"那行,我先给你挂着号,你有点耐心,我女儿再过七年大学毕业。"

"不急,七年后我才刚满三十,男人三十一枝花。刘总你说话一定要算数。"

"肯定算数,就怕你到时成了一枝花,自己先赖掉了,"刘宇航停了停，兀自有些担心，"——你说，老金还会不会告到股份公司？"

"不会。"袁轶道。

"这么肯定？"

"刚才回来的路上，跟他说好了，以后AZ有货压着，就来找我。他激动地说要请我吃饭，我说吃饭不用了，这次事情就一笔勾销，将来要是还有类似的情况发生，只要不是太严重，都请他多包涵，现场消化掉就算了，别往上捅——这老小子挺爽快，都答应了。"

刘宇航呼出一口气，放下心头大石，在袁轶肩上一拍：

"这次真是多亏你了。"

"七年后就是一家人了，"袁轶涎着脸，"您还跟我客气啥？"

晚饭后，航班只剩下一个QR。前一天熬夜，现在便有些困，袁轶跟当班的兄弟打了招呼，说有事打手机，便去航代楼睡觉了。临睡前对自己说，能不能睡囫囵觉，就看你小子人品了——结果航班倒是没事，半夜却被楼道里噔噔的脚步声弄醒。似乎是某个房间的空调坏了，几个家伙在那里骂人。一会儿安静了，袁轶倒睡不着了，爬起来上厕所，瞥见一人站在楼道口抽烟，正是温世远。两人对视一眼。袁轶看了表，两点不到。"QR延误？"温世远嗯了一声，把烟掐灭："拉掉个旅客，翻行李翻了半天，延误了快一小时，商务的脸都绿了。"

"你们房间空调坏了？"袁轶话一出口便后悔了，又不准备请他同住，问这个干什么。

温世远嗯了一声："空调坏了，窗户又关不严，一直漏风。"

"要不要来我房间一起睡？反正有两张床，空着也是空着。"袁轶说得有气无力。

"哦,"温世远沉吟一下,"好啊,谢谢。"

两人回到房间,袁轶不说话,倒头便睡。温世远拿脸盆出去洗漱。手机放在床上,一会儿铃声响了,有电话。两张床离得近,袁轶瞥一眼,见屏幕上赫然是"柳婷婷",不禁心跳了一下,又有些酸溜溜的,想,深更半夜还通电话,这么恩爱啊。

温世远走进来,袁轶闭上眼睛装睡。温世远径直关了灯,躺下来。房间里一片安静。袁轶憋了半天,终是没忍住:"哎,刚才你手机响过了。"

温世远哦的一声,拿过手机拿了一眼,又放下,继续睡觉。

袁轶怔了怔,到底不好直接问他:"——我也是,半夜里老有那种骚扰电话。响两下就挂了,你再打过去就上当了,是阿诈里,话费贵得要命——"

"不是骚扰电话。"温世远看着天花板,缓缓地说了句。

袁轶心里又是一跳,不吭声,等着他往下说。谁知这家伙只说了一句,便再没有回音。袁轶等了许久,听见他呼吸声均匀,竟似是睡着了,不由得窝火,想半夜三更你还吊人胃口,不厚道。睡意是无论如何也找不到了,眼睛睁得比铜铃还大,黑暗里像两只猫眼。翻来覆去地想,这两人莫非是吵架了。直到天快亮时才睡着,他起来照镜子,眼圈都是黑的,竟似比前一天晚上还要累。再看旁边床,已是空了。

吃过早饭,袁轶便回家了。算班头,柳晶晶今天应该休息。袁轶给她打电话,说有好东西给她看。柳晶晶问:"什么好东西?"他道："你来了就知道了。"

挂掉电话，袁轶想着，拿什么东西充数好。想来想去，还是隔天做的动画片，稍有些意思。便又带了个笔记本电脑，到了约好的咖啡店，柳晶晶已到了。袁轶插上U盘给她看，自己点了咖啡在一旁喝。二十分钟的动画片，柳晶晶完全没有快进，从头到尾认真地看完了。她对他竖起大拇指：

"真不错！你是个才子。"

袁轶脸红了一下。倒不是脸皮薄到这种程度，而是有些惭愧，动画片只是个幌子，拿来搪塞她的。她越是看得认真，他便越是内疚。

他为她点了芝士蛋糕。她看到芝士蛋糕，朝他笑了笑，笑得很甜。"芝士蛋糕"已成了他与她之间的某种约定了。她问他："请我喝咖啡吃蛋糕，是不是有话要说？"

"喏，"袁轶一指电脑，"不就是请你看动画片嘛。"

"没别的事？"

"没了。"

"真的？"

"真的。"

柳晶晶眨了眨眼睛，拿起小勺，舀了一小块芝士蛋糕："味道蛮好。"

袁轶打个哈欠，动作极尽夸张之能事，仿佛三天没睡觉。

柳晶晶果然问他："怎么，没睡好？"

袁轶边打哈欠边说："你姐夫昨晚跟我挤一个房间，呼噜打得比雷还响,害我一宵没睡。"

柳晶晶不解,又问:"他怎么会和你一个房间呢?"

袁轶简单说了原委。柳晶晶便嘿的一声:"跟1250一个房间,这下他头上要长角了。"

"你姐夫那个呼噜啊,死人都吓得醒。"袁轶说下去。

"别一口一个'姐夫''姐夫'的,八字还没一撇呢。"

袁轶心里一动,但没接口,否则就着了痕迹了,半天戏白做了。果然,他不问她,她反而自己说了出来:"——我爸妈不同意,嫌他家里穷,又是外地人。"

袁轶哦的一声,玩笑开得不伦不类:"嫌贫爱富啊。"

"可怜天下父母心。谁不希望自己女儿嫁个条件好的?"

"那倒也是。"袁轶傻傻地点头。

她停了停,朝他看:

"这下,你又有机会了。"

袁轶还没接口,她把面前的咖啡一饮而尽,忽地站起来,使劲一跺脚。袁轶一怔,随即有些好笑:"怎么了?"

她先是不语,接着,又是一跺脚,恨恨地道:

"真是的,我为什么要跟你说这些!"

(十九)

早上七点半,班车准时发动,刚开了几步,又停下。打开门,温世远气喘吁吁地奔过来,上了车,朝司机打招呼,走到后排找了个座位坐下。

旁边有相熟的面孔，看到他，笑笑："今天有点晚嘛。"

"嗯，起晚了。"温世远回答。

他靠在椅背上，闭上眼睛，头很疼，应该是昨天喝多了的关系。原本只想喝一瓶啤酒的，结果自斟自饮，一不留神就喝多了，迷迷糊糊也不知道几时睡的。早上起来，衣服都穿得好好的，数酒瓶，竟然喝了六七瓶。以他的酒量，已经是从未有过的事了。除此之外，手机上还有柳婷婷发来的一条短信：

"别在乎我爸的话。他是老思想，老脑筋。"

短信是昨晚发的，他早上才看见。回了一条过去："我知道。"

班车上，他回想昨天的情形，柳婷婷父亲过生日，他买了礼物过去。晚饭的气氛很让人难受。柳父是那种直来直去的性子，喜欢不喜欢，都放在脸上，连敷衍的话都懒得说，竟然还问女儿："谁让你把人带来的？"亏得柳晶晶的妈妈打圆场，才不至于弄得太僵。最后，柳父直截了当地对他道："我不想女儿找个外地的。你们还年轻，要是随便谈着玩玩，反正新社会新风气，我也管不到；可如果来真的，那我是肯定不会答应的。"饭后，柳婷婷送他下楼，聊了没两句，柳父就在阳台上喊："婷婷上来，晚了。"他只得离去。

温世远本来就心情郁闷，偏偏昨天回到家，又接到父亲的电话，说姐夫在广州打工时被车撞了，伤势不轻，姐姐已赶过去了，医药费还差了一截，让他帮着填上一点。温世远不用看存单，也知道统共只那么一点数目，都是从牙缝里挤出来的——电话里答应父亲第二天就转账过去。母亲问了声婷婷好吗，他说蛮好。母亲又说："差不多就定下来,你也不小了,乡下跟你同岁的,有几个都当爹了。"
他只好打哈哈:"再说,再说——"

他想在班车上小眯一会儿,却怎么也睡不着,头倒是越发地疼了。姐夫的医药费是个吓人的数目,他猜父亲的意思,是想让他再多汇一点回去。他从没说过他的工资是多少,乡下总把上海想得像天堂一样,地上全是黄金,谁也不知道他实习工资就那么一点,除去开销,每月能存一千已是奇迹了。几千块钱聊胜于无,但只是医药费的零头。家里那边应该也是能借的都借了,东拼西凑也是不够。温世远搜肠刮肚一番,也找不到一个可以借钱的朋友。柳婷婷自然是不行,她父亲已经那么说了,再问她借钱等于自取其辱,自己也过不了自己那关。温世远脑子里又闪过袁轶——若没有那件事,倒是还可以提一提,但眼下这个情形,问他借比问柳婷婷借还要令人难堪,不可能的事。

到了机场,温世远拿通行证的时候遇见柳婷婷,两人走出来聊了几句。柳婷婷依然是劝他不要介怀:"我爸是我爸,我是我,是我结婚又不是他结婚——没事的。"

"我知道。"温世远点头。

柳婷婷看他脸色,关心道:"是不是身体不舒服?"

他说没有:"没睡好。待会儿航班空隙补一觉就行了。"

她停了停又说:"这阵子,干吗都不给我打电话?前几天打给你,你也不接。"

"没什么,"他道,"就是累。"

做完上午的 NW,温世远到吸烟室抽烟。刚吸了两口,袁轶就进来了。两人对视一眼，都不说话。抽完一根，温世远再摸，已没烟了。袁轶扔了一支过来。温世远接过，点上："谢谢。"袁轶靠着墙，把烟抽得很慢，心想着问他与柳婷婷的事，到底是拉不下脸，只好没话找话："每次抽烟都碰到你。"

"每次你都这么说。"温世远道。

抽完烟，两人一前一后地走出来。"上次我听你说起有个股票，肯定会涨，是不是真的？"温世远做出随便问问的样子。袁轶有些意外，朝他看："你也炒股？"

"我哪有钱炒股，就是随便问问。"

"内部消息，也不是百分百可靠，反正长线捂着肯定不错。"

温世远心里叹了口气，想，长线哪里来得及，都恨不得去抢银行了。这时手机响了，他拿出来，依然是柳婷婷的短信："一起吃午饭？"他下意识地朝袁轶看。袁轶也顿了顿："女朋友？"温世远嘴一撇，算是回答，回了条短信："不了，要做航班。"

午饭前，刘宇航又挨了甄总一顿骂。挨骂倒没什么，这阵子早炼得一身铜筋铁骨，刀砍不入水泼不进的，这只耳朵进那只耳朵出。问题是航代的去留，看样子没有一丝转圜的余地。那几家航空公司倒是彻底谈妥了，文件派人送去甄总那里，还有另外几家相熟的航空公司，刘宇航托他们写了表扬信，连同上次报上那篇夸赞航代的文章，一起呈给甄总。甄总看了，依然是老话："没用，你这是白费心思。"刘宇航心里叹气，脸上依然是撑着："航代要是没了，我就辞职，回老家种地去。"甄总哼的一声："你这是在威胁我吗？"刘宇航道："不是威胁，是真话。"甄总便停顿一下："这话你自己去跟集团老总说，跟我说没用。"

刘宇航跟秘书打了招呼，说身体不舒服，回家休息。半路上，他把车子靠边停下，头靠在方向盘上，只觉得四肢百骸都没力气，什么东西往鼻子那里漾啊漾的，都有些想哭了。他停了半晌，忽地拿过手机，从通讯录里翻到"夏梅"，不假思索地，便按下通话键。

那头接起来："喂？"

"有空吗？出来聊聊？"

那头停了停："现在是上班时间啊。"

"那就算了。"刘宇航说着，要挂电话。她叫住他："等一等——好吧，你在哪里？"

半小时后，夏梅叫了辆出租车赶来。她看见刘宇航站在马路对面，一动不动，依然是硬朗的军人身架，挺如松柏，却不知怎的，竟看得有些心酸。

两人就近找了个咖啡馆。半杯咖啡落肚，两人都沉默着。夏梅的手机响了一下，是袁啸腾发来的短信："不在办公室？"她回了条："出来办点事。"心里不自觉地跳了跳。她印象里从来没对丈夫撒过谎，最近则是连着两次，都是因为刘宇航。本来接到刘宇航的电话，下意识便想拒绝的，上次还可以说是偶然，这次再答应就不对了，性质有些那个了。但电话里刘宇航的语气，让她实在是不忍。她知道他的个性，便是十分沮丧，也只会漏个三四分出来，更何况眼前这情形，从头到脚都写满了"沮丧"两字。她朝他看，想劝他想开些，话到嘴边却成了："喝咖啡不放糖，小心胃疼。"他嗯了一声，拿起一包糖，倒入剩下的小半杯咖啡中。

"现在又太甜了。"她看着，忍不住道。

"没事——刚才苦，现在甜，到我胃里中和一下。"

两人对视一眼，竟都笑了笑。夏梅终于把安慰的话说出口："放轻松。到了我们这个年纪，都不是小年轻了，身体要紧。别的东西都是浮云，成了最好，不成也看开点。"停了停，又加上一句，"老朋友了，希望你一切都好好的。"

两人又坐了一会儿，夏梅看表，已经是三点了，便说索性回家吧。刘宇航送她回去。到了她家楼下，她说声"再见"，要下车，他忽道：

"握个手吧，给我点力量。"

夏梅怔了怔，觉得这话有些孩子气，不禁好笑。递过手去。他一把握住。她的手有些冷，他的手则是温暖之极。停顿了几秒，夏梅正要抽手出来，他握紧不放。她一怔，还不及反应，他另一只手也握住了她的手。她吃了一惊，看向他。

"就让我握一会儿，"他恳求的语气，"就握五分钟，要不，三分钟也行。等我握完，你再请我吃耳光。"

夏梅朝他看了一会儿，叹了口气，不说话，也不动，由他握着。

半晌，他松开她的手。她手转到他背后，轻轻拍了拍："刘宇航，这可不像你。"话出口那瞬，有什么东西也冲到鼻腔，沙沙的。与此同时，她听到自己的心跳声，扑通扑通。真是疯了呢。她这么想。

几天后，航班又出了状况。AA 有旅客用假护照登机，亏得边防那边截住，才没有出大事。查工号，值机是温世远做的。袁轶在办公室听人道"高考状元又犯这种低级错误",便问处置结果有没有出来,都说还不清楚。这种关键时候出事,个人怎么判倒还在其次,航代的去留才是大事。

第二天,袁轶和几个兄弟在候机楼餐厅吃饭,远远看见温世远一个人缩在角落里。平常就不大有人理他,这当口更是连打招呼的人都没一个。他面前一份番茄炒蛋,很凄凉的模样。袁轶缓缓扒着饭,听旁边一个兄弟说:"刘总今天又被甄总叫过去了,一顿骂是逃不掉的了。"另一人道:"我看未必,出点不大不小的事故,在甄总眼里,说不定倒是好事。口水都省了。"一人叹道:"这叫天数。老天爷都跟航代过不去。"

袁轶没接口,任他们说去。他瞥见温世远吃完了,托着餐盘,面无表情地走到一边。袁轶夹起一块排骨,放到嘴里咬了一口,顿时啊地叫出声来——排骨没咬到,倒将自己的舌头结结实实咬了一记,疼得直咝气。旁边一人问他:"想心事啊?"袁轶笑笑,眼睛目送着温世远走远,停顿一下,对众人说了句"我有事先走",拿着未吃完的餐盘起身离开了。

袁轶追上温世远,叫住他:"哎——"

温世远回头,见是他:"有事?"

"没事,就聊聊。"袁轶上前一步,与他并肩走着。

"聊什么?"他直逼逼的。

袁轶怔了怔:"想开点,人嘛,谁都保不准不犯点小错。"

"同一个错误连犯两次——"他看着前方,似是还想说些什么,半响,没再开口。脚下越走越快,像是故意要把袁轶甩掉。袁轶起初还勉强跟着，走了一段，便不再跟上，戛然而止。停在那里，有些可笑的模样。

袁轶是在想上午的事。班车上遇见一个候机楼管理部的朋友。那人的表弟是袁轶初中时的同学，读书时就认识，关系很不错。说来也巧，这人专门负责候机楼各处监控设施，就带袁轶去他那里看。两人聊着，不知不觉聊到那起假护照事件。这朋友也是有意思，立刻便拿了当时值机柜台的监控录像出来放，又指给袁轶看："这人就是那个偷渡的，西装笔挺，伪装得倒是好——"袁轶瞥见温世远翻看护照时，神情一变，应该是觉得有问题，朝那人看了好几眼，但不知为什么，最终还是放他过去了。做完这客人，温世远并没有继续，而是跟值班主任请假，离开了一会儿。从镜头上看，他脸色很有些异样。

袁轶是有些怀疑的。高考状元不是神仙，犯错很正常，但同样的错误连犯两次，真是有些古怪了。况且温世远又是那样谨慎的个性，围棋下得滴水不漏。看监控里的表情，他当时应该是心存疑惑的，按常理至少该咨询下值班主任才对。这么贸贸然地放人进去，实在是说不通——上午他的处理结果也下来了，警告处分，扣一个月绩效工资。放在这个时候，真是判得很轻了。听说是江书记出面说的情："小同志还是很优秀的，不能犯一两次错，就往死里打嘛，要留余地。"江书记还把刘宇航也搬了出来，"刘总的得意门生，亲自招进机场的，总归要给刘总几分面子嘛。"袁轶不想把事情往那方面想，但眼下的情况似乎是，不管想或不想，事情就是明摆在那儿——温世远是故意的。至于什么原因，袁轶不好猜，也不敢猜。

真要往下猜，那就有些可怕了。袁轶很少往那些方面动脑筋，倒不是不会，而是性格使然，不愿意把人想得太坏。叔叔在位时，断断续续从他嘴里漏出过几句，那天晚上刘宇航也提到过一些。说到底，只要有人的地方，免不了就是名利场、是非圈。面上还笑着呢，背地里一不留神，便掐你脖子。这也是无可奈何的事。

袁轶想来想去，觉得还是要提醒刘宇航一声。他在正面使劲，已经是身心俱疲，实在架不住有人冷不丁再绊他一跤。趁着航班间隙，袁轶搭了部里的小面包车来到航代楼。径直上了三楼，最里面那间便是刘宇航办公室。他走过去，见门没关紧，留了条缝，里面隐约有人说话，应该是在会客，便想着到别处混一圈再来。正要走，忽听一人激动地道：

"刘总——"

袁轶不禁一怔，听这声音，正是温世远。他忍不住好奇，悄悄贴近门缝，听里面的动静。

"刘总，"温世远有些颤抖的声音，"我对不起您。我不想这样的，可我实在是没办法，这阵子我家里乱得一塌糊涂，我、我——"

"他怎么对你说的？"刘宇航打断他，"实话实说，一句都别漏。"

"是前几天，我完全没想到他会来找我。他说我是个人才，是金子，到哪里都会发光发亮，就算航代没有了，换个地方好好干，早晚也能出成绩。他还说，刘总你也是他一手提拔起来的。他能提拔你，也能提拔我。他让我想想父母，还有将来。"

"给的是现钞？"刘宇航又问。

温世远停了停:"他知道我的情况,缺钱。"有些难以启齿的。

刘宇航也停了停,叹道:"蛮好——既然如此,你又何必告诉我?"

"我想了很久,"温世远道,"我忘不了我到机场第一天,您对我说的那句话。您说,好好干,能够招到我,是机场的幸运。我说,认识您,也是我的幸运。您还说,出身不是我们能选择的,但我们可以选择将来。这句话我一直记在心里。我从来没想到有一天,我会做对不起您的事情。这两天,我只要一闭上眼睛,就会出现您的脸。我本来是想这么混下去的,就当没这件事,以后再找机会补偿您。可我真的做不到。您为了航代,这么辛苦地撑着,我却还在背后捅您一刀——刘总,您狠狠骂我一通吧,要不然,打我一顿也行啊。我大概是被鬼迷了心了,才会做出那种事。我真的对不起您。"

刘宇航沉默着。

"刘总,你把我开除吧。我没有怨言。"温世远道。

袁轶站在门外,只觉得里面一片安静,接下去两人都不说话,能听见墙上嗒嗒的挂钟声,便有些感慨,想自己的猜测原来竟是对的,那个偷渡客真是温世远故意放进去的。他又有些庆幸,倘或早个半小时过来,那就难看了。温世远应该是纠结了许久,到底是过不了自己那关。袁轶心里叹了口气,想,刘大脚又要伤脑筋了。

半晌,只听刘宇航缓缓地叹了口气:"这事,就当没发生过。"

温世远怔了怔,还不及开口,刘宇航已说了下去:

"这些天,我也想了很多。航代能留住,是它的命;留不住,也是它的命。不能怪别人。你去吧,留在航代好好干。年轻时犯点错,只要及时回头,也不算什么。航代需要你这样的人才,尤其是现在。我还是那句话,'能够招到你,是机场的幸运'。是真心话。"

"刘总——"温世远有些哽咽的声音。

"把这事忘了,以后也不要再向任何人提起。"刘宇航道。

袁轶快步离开,进了隔壁的卫生间,兀自心跳得厉害,忽想,温世远要是现在进来,倒尴尬了——亏得没有。待了一会儿,他正要出去,竟见刘宇航走了进来。

"怎么是你?"刘宇航诧异道。

"刘总好!"总算袁轶有些急智,"楼下厕所满员,只好上来了。"

"来干吗?"

"到人事科办点事。"

两人一前一后地出了卫生间。袁轶道声"刘总再见",便往楼下走,刚跨了一步,霍地转过头,没头没脑地叫了声:"刘总!"

刘宇航停下,朝他看。

"您别担心,航代肯定能留下,"袁轶道,"我这人预感特别准,不会错的。"

刘宇航看了他一会儿,点了点头:

"好,我相信你。"

(二十)

转眼便是春节。小年夜的前一天,上头有了正式回音——航代暂时保留，人员也暂不做调整。刘宇航记一次大过，原因是没有告知股份公司便与航空公司签订代理合同，而且在之前的"联名上书"事件中处理欠妥，造成一些不稳定因素，给整个机场大环境带来不良影响。当天下午，刘宇航便召集各部门领导开了会——堪称这阵子气氛最为轻松的一次会议。刘宇航几乎是从头到尾保持微笑，简单说了上头的意思，又说了些客套话，诸如大家这一年辛苦了、明年再接再厉之类的，最后提到小年夜的尾牙，比往年都要隆重，设在市区的一家四星级酒店宴会厅。

"我可以透露给大家，这次特等奖的奖品相当给力，千万不要错过机会。"刘宇航笑道。

散会后，江书记留下来，对刘宇航说"恭喜"。两人都是老民航了，前阵子明里暗里较劲，大家都牙痒痒的，现在尘埃落定，却没事人似的。

"同喜同喜。"刘宇航拱手。

"刘总果然不是凡人，"江书记微微一笑，"这种情况下还能留住航代，不容易啊。真心佩服。"

"谢谢。"刘宇航道。

"挺好。"江书记叹道，"江山代有才人出，我们这些老家伙是不行了，世界是你们的了。提前跟您打声招呼——我可能不在航代多待了，下个月就走。"

"那真是可惜了，我替您办个欢送会。"

"那倒不用——眼看着快退休了，想找个惬惬意意的岗位，否则压力太大，身体吃不消。"

"也对。"刘宇航点头。

两人寒暄了几句。机务部顾经理一旁候着,应该是想等江书记说完后上来打招呼。老江一走,这家伙就落了单,前阵子完全不把刘宇航放在眼里,会不开,人不来,现在急了,忙不迭地要重新巴结。刘宇航挺看不起这人,敷衍了几句。顾经理露了想过来拜年的意思,刘宇航断然拒绝了。

"我一放假就带女儿去旅游,大年初六晚上才回来。"

顾经理还想再纠缠,刘宇航借口还有事,离开了。回到办公室,他坐在椅子上,窗帘拉着,竟觉得今天的阳光格外明媚,鸟叫声也比往常动听得多。秘书进来拿文件让他签字,他哼着小曲,把"刘宇航"三个字签得龙飞凤舞。

"刘总,心情不错哦。"一向老实寡言的秘书也来凑趣。

他笑笑:"不容易啊。"

正说着话,手机响了。他拿起来看,是袁轶发来的短信:"刘总,您该请客了。"

他回过去:"请什么客呀,被记了大过,罚扣两个月奖金,都没钱过年了——你请还差不多。"

依然是袁小开请客。就在航代楼的食堂,吃的小灶,三菜一汤。两人坐在角落里吃饭,不时有人过来打招呼,说些捧场讨喜的话。放在平时,以刘宇航的脾性,是懒得应付的,但今时不同往日,刘宇航脸上的笑意掩都掩不住,索性放开了,大家说说笑笑,奉承话照单全收。有些关系近的,便问刘宇航:

"刘总,透露一下,到底用了什么妙招啊?"

"也没什么，"刘宇航道，"写了血书加遗书，说航代要是留不住，我就不活了，从当局楼顶楼跳下去。领导怕闹出人命，只好妥协了。"

"刘总开玩笑——"

"不开玩笑，不信你问他，"刘宇航朝袁轶努嘴，"我写血书的时候他就在旁边，手指头还是他帮我咬的。"

只剩两个人时，袁轶提醒刘宇航："刘总，低调，慎言。"

"是不是显得有点太得意了？"刘宇航问。

"岂止是得意，简直有些痴头怪脑了。"袁轶没大没小，"我了解您的心情，但越是这个时候，越是要保持高贵的仪态。要稳住。"

刘宇航朝他看："你平常也这么对你叔叔说话的吗？"

"我叔叔比较稳重，不像你。"袁轶心里这么想，吐了吐舌头，嘴上说："我也知道，我这人被我叔叔姐姐宠坏了，主要是父母不在边上，有人养没人教，是有点没规矩。不好意思啊刘总，您别放在心上。"

刘宇航看他一眼，好笑："你倒是有自知之明。"

吃完饭，袁轶回到办公室，见兄弟们缩在角落里打"大怪路子"。按理袁轶也算小半个领导，但彼此都熟透了，他们便也不怎么忌惮。袁轶提醒他们："小心被经理看见。"

"不怕。"一人道，"现在这个时候，是举国欢庆、大赦天下。别说打牌，就算在办公室立个堂口设赌局，也没关系。"

"朋友出口成章啊，"袁轶笑道，"还'举国欢庆''大赦天下'呢。"

一人从外面进来,说候机楼电视里在放动画片:"袁轶,好像就是你弄的那个,是吧?"

袁轶微笑点头:"好像是的。"

"可以啊,"几人叫起来,"朋友现在都上电视了。"

"不是我上电视,"袁轶纠正道,"是我做的动画片上电视——又不是什么公共电视台,只不过机场内部的闭路电视。"

"那也厉害啊,你这种全方位人才,还待在机场干什么,到外面背米(赚钱)去啊。"

袁轶叹了口气,做扭捏状:"难为情难为情。"

下班前抽个空当,袁轶先去罗森买了一堆可爱多,装在塑料袋里,拎在手里晃啊晃的,到值机柜台找高莹。高莹刚换了发型,一刀平的齐耳短发。袁轶捧场:"姑姑看上去越发历练了,升级了,成师太了。"

女孩们看到可爱多,都围上来。袁轶像圣诞老人一样,见者有份。男人照例是一人一根中华。大家都说袁轶好像胖了:"才一个月不到就白白胖胖的,地服养人啊,不像值机,长期睡眠不足,身材像芦柴棒,眼睛像熊猫。"

"放你的屁,"袁轶笑骂,"地服养人?这话你找我们经理说去,人家一口血马上吐给你看!在我们地服兄弟面前说累,就好比夫子门前夸自己文章好,都是需要胆量的。"

"你是1250啊,就算累也累不到你头上。"

"怎么不累?操不完的心,心累!"袁轶涎着脸说完,拿了根可爱多,恭恭敬敬地送到高莹面前,"姑姑,吃根冷饮——动画片播出来了，谢谢啊。"

"小事情，"高莹接过，"候机楼管理处那个师姐跟我关系不错，再说也没帮上什么忙，你求了我这么久，刚刚才播出来，我倒觉得不好意思呢，现在最多是锦上添花，没啥实质性用场——你也晓得，大家都是吃机场这碗饭的，我师姐人不错，就是胆子小点，不敢太野豁豁。"

"明白明白，"袁轶连连点头，"没必要跟上面对着干，换了我也不会。只能打打擦边球。反正现在是大团圆结局，航代保住了，大家都笑眯眯的。姑姑你什么时候有空，我请你吃饭。"

"不敢，你现在可是刘总的嫡系了，论功行赏，您绝对能排进十大元帅——小的就算吃了熊心豹子胆，也不敢让您破费啊。"高莹开玩笑。

"冤枉，"袁轶叫起来，"我可一直都是姑姑你的嫡系啊，标标准准古墓派传人。你这样讲我要伤心的。"

"少来，你小子早就另立门户了，人都不在客运部了，还古墓派传人呢。"

"姑姑你这是故意提我的伤心事，天下人都晓得，我是被赶出客运部的，逐出师门这么丢脸，您还在我伤口上撒盐，"袁轶叹道，"人家不是自愿的。"

高莹笑起来，在他肩上一敲："动画片做得不错，你不说我还以为是专业人士做出来的——小子有点本事。"

"姑姑，"袁轶委委屈屈道，"人家本来就是专业人士。"

高莹又是一笑："是啊，半吊子专业人士——我师姐说了，只能放几天,时间太长上面要说话的。"

"当然,就算只放一天,也是姑姑您的面子,谁不知道候机楼电视向来只放中央台新闻和广告,我是走了狗屎运了,姑姑您真是神通广大,德被天地,道冠古今。"

"帮帮忙——"高莹捂住耳朵,"听得我汗毛都竖起来了。"

袁轶抽了个空,跑到候机楼看自己的动画片。几天前交给高莹时,她让他取个名字,他便随意想了个《我欲乘风》。原先还有个片头,"制作:袁轶"几个字占了一半屏幕,现在被剪掉了。袁轶一边看,一边傻笑,很有成就感。在电视屏幕上看与在电脑里看,感觉完全不同,像那么回事。忽然,袁轶脑子里冒出个念头:柳婷婷如果看了,不晓得会怎样?——自己都被这念头吓了一跳,像是冬眠的虫子,蛰伏了几个月后,又开始蠢蠢欲动,完全不由自主的。袁轶忍不住骂自己:

"你啊你,没救了。"

欧阳爱靖打来电话,说靖靖非要给他介绍女朋友:"每个中年妇女内心深处都有媒婆情结,你就满足她吧。"他原以为要费一番唇舌,谁知袁轶竟立刻答应了。

"好啊,一切但凭你妈做主。"

欧阳把女方的条件说给他听,袁轶爽快地道:"只要五官端正,四肢健全,是个女的就行。"欧阳听不懂了,问他:"朋友今天吃错药了?"

"关键春天快到了,犯花痴了。"

相亲约在次日的晚上。女孩也是刚大学毕业,学的金融,在浦发银行上班。清清秀秀的一个女孩，谈吐也挺得体。结束后袁轶说要送她回家，她没拒绝，应该是对袁轶不反感。路上，她问袁轶学动画专业为什么会进机场上班。这问题袁轶被问过很多次了，答案张口便来："追个女孩，所以进来的。"

女孩有些诧异，朝他看。袁轶本来对这次相亲抱着无所谓的态度，但瞥见女孩的神情，又有些抱歉，失言让人家难堪了。再否认也不妥当，索性敞开来，老老实实地把事情经过说了一遍。女孩听后，先是不语，接着叹了口气：

"袁先生，你挺不容易的。"

袁轶被人骂过，也被人捧过，好听的，不好听的，都听过不少，唯独没人说过他"不容易"。女孩应该是真心的，眉头微蹙，很严肃地看着他："如果我是你，也许就离开机场了，反正本来学的就不是这个专业。"她说得一本正经，眼里是满满当当的同情。袁轶一怔，下意识地拿手去抠鼻子，接着，有些慌乱地使劲摇着手：

"没有没有，也没到那个地步啦——这个，其实进机场的时候，就做好心理准备了。她对我本来就没什么意思。一直都是我单相思。"

"你真的挺不容易的。"女孩又说了一遍"不容易"。

女孩到家时，袁轶考虑着是不是应该要说声"对不起"，毕竟人家是来相亲的，却莫名其妙成了自己的听众，听的还是他追另一个女孩的经历，很说不过去。他习惯性朝旁边张望一下，看有没有便利店，想买个哈根达斯给她。再约她出来似乎是不大可能的，这种情况下不敲定下次的见面时间，其实就对人家女孩是个打击了。只剩下说两句好话了。

"今天聊得很开心。我相过不少次亲，跟你属于比较投契的。你人挺好，"袁轶说得很真诚，"认识你也很高兴，下次要是坐飞机行李超重，欢迎来找我。"

"谢谢。"

回去的路上，袁轶接到欧阳爱靖的电话——回馈来得比想象中还快。

"人家对你感觉好得不得了，说你是情圣。"

袁轶花了两秒钟时间，辨出话里的嘲弄意味。

"你这样的情圣，其实不该出来相亲，应该放在家里供着，不吃五谷杂粮，吃点香火就可以了，"欧阳果然话锋一转，有些难听了，"——朋友真是极品啊。"

"小姑娘不开心了？"袁轶问。

"人家没说不开心，但估计也开心不到哪里去。人家属于修养好的，换个脾气急的，老早一杯水泼上来了。"

袁轶叹了口气，问他："出来喝两杯？"

这晚照例又是喝到半夜。欧阳说他的新女友很好说话，没逼他戒烟戒酒什么的，跟朋友泡泡酒吧也不多话。袁轶说："多好啊，你小子很有福气。"欧阳举起酒杯，与他一碰：

"你也会有的，早点晚点的事——老天爷不会欺负好人的。"

袁轶觉得，今晚好像跟往常有些不同，连着听到两次温情脉脉的话，先是那女孩，再是欧阳爱靖。那女孩也就罢了，初见面的人说客气话，很正常。欧阳爱靖是熟得都快烂掉的朋友了，什么话都说唯独不说好话的那种。气氛好得有些诡异。

果然，快结束时，柳晶晶出现了。袁轶想了半天，都想不出欧阳爱靖与柳晶晶有过什么交集。欧阳解释："你刚刚上厕所时，手机响了，我替你接的。小妹妹想来酒吧玩，我总不能不让人家来吧。"袁轶无话可说，只好问柳晶晶：

"你来酒吧，你爸妈晓得吗？"

"我早满十八岁了，他们管不着我。"柳晶晶扔下一句，叫酒保，"啤酒半打。"

袁轶忙不迭地拦下："还半打呢，走，阿哥到外面买瓶可乐给你。"

到了外面，欧阳爱靖找机会溜了，说第二天还要上班，外企比不上机场好混日子，丢下两人便走了。袁轶朝柳晶晶看，见她也在看自己。两人目光一触，竟都笑了笑。

"他让你来的吧？"袁轶指的是欧阳。

"我要是不想来，谁叫我来都没用。"柳晶晶直截了当。

两人沉默了一下。"酒量不错啊，"她道，"本来还打算做件好事，等你喝醉送你回家。现在看来不用了。"

"几瓶科罗娜，想把我灌醉，还有点难度。"

"那现在怎么办？"她问他，"各回各家？"

袁轶心里嘿的一声，想，你这是明知故问，半夜三更让一个女孩独自回家，谁都晓得不是我袁小开的风格。"我送你吧，不过今天没开车，钱也没带够，只能坐地铁。"

"好啊，我最喜欢坐地铁了。"她脸一扬，好像挺开心。

袁轶知道她为什么开心。开车二十分钟，坐地铁要一小时。小姑娘的心思已是司马昭之心，路人皆知。袁轶咳嗽一声，拿出皮夹子，朝她亮了一下：

"阿哥跟你开玩笑的——看，厚厚一沓，我们还是叫差头。"

"暴发户！"她不客气地评价。

一路上，袁轶都在想着该如何把话题带到温世远身上。前阵子他家里的事，袁轶断断续续听闻了些，还有他与柳婷婷的关系，也不知怎么样了。想直接问，又怕被柳晶晶揶揄，正犹豫间，柳晶晶已先开了口："现在这世道呀，只要小两口自己坚持，父母再反对也没用。天底下没几个父母犟得过自己小孩的。"

袁轶还要装糊涂："你说什么？"

"我姐和温世远呀，你不就想问这个嘛，少装蒜。"这小丫头讲话向来剥皮拆骨，"不是我泼你冷水，我劝你，别动歪脑筋，老老实实另外找方向吧。欧阳说你刚才相亲去了，女孩条件也不错——这样不是挺好？老惦着我姐干什么，天底下又不是只有她一个女生。"

袁轶一怔，肚子里把欧阳骂了一千一万遍。

"那女孩漂亮吗？"柳晶晶脸朝窗外，忽地问了句。

袁轶又是一怔，随即道："过得去吧。"

"跟我姐比起来呢？"她问。

"那肯定比不过。一个九十五分，一个七十分。"

"那我呢？"她依然朝着窗外，语气不变。

袁轶考虑了一下，很认真地回答："你八十分，但附加分有十五分。所以加起来也是九十五分。"

"什么附加分？"

"气质、性格、人品。评价女孩不能光看长相，还得各方面综合起来算。"

"我姐没有附加分吗？"这丫头很是促狭。

袁轶朝她看："哎，差不多了，别刨根问底。"

"我可不可以理解为，"她道，"我的气质、性格、人品比我姐好？"

袁轶语塞，半晌迸出一句："你爱怎么想就怎么想。唉，天底下自我感觉好的人太多了。"

柳晶晶并不以为忤，反而笑吟吟地在他背上敲了一记："你本来就是这个意思嘛。"

司机透过反光镜，朝两人看了一眼，被袁轶瞥见。司机的眼神很有些内容，总结起来就是——"这两人挺有空的"。有时候当事人自己不觉得，兀自你一言我一句的，听在第三者耳里，就有些难受了，情商智商都相当地过不去。袁轶只好刹车。

柳晶晶说了些细节，关于柳婷婷和温世远的。她说她爸爸已经跟柳婷婷甩下狠话了，扬言"你要是再去见他就打断你的腿"。柳婷婷不妥协，也不顶撞，走的是软抵抗路线。这头跟父亲僵着，那头还要安慰温世远，怕他想不开。本来就够伤脑筋了，偏偏温世远那个臭脾气，知道未来丈人丈母娘不喜欢他，也不会扮小人低声下气想法子，反而直来直去硬碰硬，弄得柳婷婷夹在当中更加难受——柳晶晶本来最近跟这个姐姐并不怎么对路，但到底是姐妹，言语间都是帮着柳婷婷，数落温世远的不是。

"可以想象，他就是这样的人。"袁轶点头。

"越是这样的人，自尊心就越强，非得捧着他不可。"柳晶晶摇头，"听说过一阵他要去香港，一去就是半年。这下更玄了。"

袁轶一怔，随即明白这必然是公司的安排。据说一共是四五个人，没想到客运部派的竟是他。柳晶晶瞥见他的神情，问："怎么，你不知道？"

"他们大概还来不及向我汇报。"袁轶开了句玩笑，心里多少有些疙瘩。若是没有之前那件事，这名额未必轮得到温世远。海书记那次的意思已经很清楚了，谁去香港谁就是后备干部。天底下的事就是这么微妙，倘若换了别人还好些，偏偏这人是温世远。他又想，刘大脚倒也真是不记恨，背后摆了他一道，虽然负荆请罪了，到底是个污点，居然还派这小子去香港——饶是袁轶再无所谓，也不免有些酸溜溜的。

"不错啊，"他道，"高考状元终于要发光发热了。"

"有一句说一句——这人讨厌归讨厌，业务能力还是挺强，英语好，做事又肯吃苦。值机那块就数他牛，每次业务考试都是第一。他去香港，这是实至名归。人人都没话说的。"

"蛮好，说明客运部不搞暗箱操作，只认人才，不凭关系——人家现在前途一片光明，你爸妈为啥还不同意？"

"我爸妈是讲实惠的人，只看眼前业绩，不信蓝筹股什么的。"

袁轶笑了一下："你爸妈属于稳扎稳打型，做股票不会亏钱。"

车子到达柳晶晶家楼下。袁轶下意识地朝楼上瞭了一眼。柳家的格局他清楚，三房一厅，父母睡主卧，朝南的小间是柳婷婷住着，据说她关节不是很好，所以柳晶晶睡朝北间。从楼下看去，正对着柳婷婷的闺房，此刻灯亮着，人影绰然。

"要不，上去打个招呼？"柳晶晶问他。这丫头越来越促狭了。

袁轶白她一眼："下次再泡吧，自己打车，别指望我送你。"

"不送就不送，我又不是不认得路。"柳晶晶撇嘴。

回去的路上，袁轶给欧阳爱靖打电话："你小子以后别自作主张。"

欧阳还要装糊涂："我怎么了？"

袁轶说："干吗把人家小姑娘叫出来？莫名其妙。"

"你说我把她叫出来干什么？"欧阳嘿的一声，"我替你们撮合呀——别不知好歹。"

"少瞎起劲，"袁轶冲了他一句，"最近挺闲是吧？先是安排我相亲，后面再弄个陪泡吧的。你小子不去拉皮条真是浪费人才。"

"我是为你好——其实你这人挺讨女孩喜欢的。天底下只除了一个女孩，其余个个都吃死你爱死你，"欧阳替他总结，"可你偏偏就盯着这个不喜欢你的不放。你是不是还觉得自己性格挺好？我告诉你，你是属于外表豁达，实则爱钻牛角尖的那种人。自己难受，别人看着也别扭。"

"那就别看。"

"不看不行啊，谁让你是我最好的兄弟？我跟别人花前月下的时候，老想着这小子还没着落呢，怎么好意思一个人独乐乐？所以兄弟，就当为了我，快点找个方向吧。"

"真恶心，"袁轶皱眉，"什么叫'独乐乐'，难不成你还想'众乐乐'?"

电话那头一阵傻笑:"——我是为了你好。还指望跟你一起搞个 double date(四人约会)呢,现在流行这个。别让我等太久。"

"你最好有点耐心。"袁轶扔下一句,把电话挂了。

这个夜晚,虽说前后有两美相伴,但袁轶的心情着实不佳。先是那女孩勾起了他的伤心事,然后又从柳晶晶那里听说了温世远要去香港的事。风声应该是早就露出来了,周围人想必怕触痛他,所以都绝口不提。当初海书记向他说起时,他并不怎么当回事,一来心思不在上头,二来觉得这是十拿九稳的事,太过笃定,更加不去多想——袁轶有时候觉得,世上的事情就是这么戏剧化,放在电视剧里都是巧得过了头的情节,生活中却偏偏存在。他和温世远好像从一开始进机场那天起,就注定了是相互纠缠的命运。

袁轶想到这里,不禁苦笑一下。"相互纠缠"用在两个男人身上,实在有些别扭。出租车司机也是个极品,说小区里路灯太暗,怕待会儿绕不出来,所以不想送进去了,袁轶也不坚持,就在小区门口下了车。周围静得要命,一个人影也看不见。他飞起一脚,将路边一块小石头踢到老远,或许是撞到电线杆上,发出砰的一声响。保安在岗亭里听到响声,披着衣服就奔出来:"啥事体啦啥事体啦?"

袁轶装作没事人般,悄无声息地走了进去。

他并不直接回家,而是去做了个脚。足浴店就开在小区里,半年前买的卡,也难得去做的。记得有个师傅手艺不错,当时还问他贵姓,那人说:"我是13号,下次来直接点13号就行了。"换了别的号码,说不定袁轶就忘了,唯独"13"印象深刻。袁轶走进去,差点脱口而出"我要 13 点——",总算悬崖勒马,最后那个音生生刹住了。

13 号应声而出:"先生,好久没来啦。"

做到一半,袁轶迷迷糊糊睡着了,忽然被手机铃声吵醒。他正想着这时候还有谁打电话,再一看屏幕,是"柳婷婷"。兀自没有完全清醒,疑疑惑惑地接起来。

"喂?"

"还没睡吧?我刚才在楼上看见你送晶晶回来,算时间你应该还没睡。"电话那头带着回音,像是在空旷的地方打来。

"嗯,没睡——有事吗?"袁轶咽了口唾沫,头还昏沉沉的。酒量是一年不如一年了。

"我就在你家楼下。方便聊聊吗?"

袁轶停顿几秒,思路有些跟不上,自己跟自己说,妈个×的,又梦到人家,你能不能有些新鲜的,你答应啊,你一答应就醒了。

他确定了是做梦,索性不回答了。13 号一使劲,捏了某个穴位,他啊的一声,整个人差点跳起来。手机结结实实地摔在了地上。咣当!

"这是生殖器反射区,"13 号提醒他,"——前列腺不大好?"

"女朋友太多了,你懂的。"半夜三更,加上酒意,袁轶有些口不择言。

13 号哧哧笑起来。

袁轶边笑边拿起手机,正要放好,瞥见屏幕处于接通状态,不禁吃了一惊,想起刚才的事,猛地打个激灵,酒全醒了。

"喂?"他把手机放到耳边,声音都有些颤抖了,"你等我一会儿,我马上过来。"

(二十一)

袁啸腾走进办公室,瞥见桌上有封信,打开一看,是请柬,邀请他参加航代尾牙宴会。时间便是今晚。请柬做得很是漂亮。落款既有公司公章,也有刘宇航的亲笔签名。袁啸腾把请柬放进抽屉。一会儿,夏梅打电话过来:"晚上我去我爸妈家——反正你也有活动。"

"什么活动?"他问。

"航代不是今天吃年夜饭嘛,我猜肯定会请你去。"电话那头似是有些尴尬。

"消息真灵通啊。"

"我们这边也有人收到请柬了——怎么,你不去?"她道。

"没什么精神。你管你去吧,我自己下点面条吃就行。"

"那算了,你不去,我也不去了,留在家里陪你。"

挂掉电话,袁啸腾有些后悔,话说得太冲,差点下不来台——他是想做得更若无其事些的。那天,他因为有事提早下班,快到家时,远远看见刘宇航和夏梅坐在车里,双手互握。车子开走后,他兀自在楼下站了半个多小时才上楼。与其说怕夏梅生疑,倒不如说是他自己害怕捅开这事。那天到了家,夫妻俩说话行事与平常无异。夏梅做的菜,他尝一口,赞一声,心里都忍不住骂自己矫枉过正了。

一会儿想应该也没什么，无非是老朋友叙个旧，说到底过去两人还交往过一阵，于情于理也说得过去。一会儿又想刘宇航这么握着夏梅的手，夏梅竟也不挣脱，也不知她是怎么想的——脑子里乱作一团，不到九点便上床睡了，却怎么也睡不着。怕她察觉，整夜都不敢动。第二天全身都麻了。不久后又得知航代保住的消息，心里是长长地舒了口气。只是这口气多少有些不上不下，也不知堵在哪里，竟似更闷了。夏梅应该也是高兴的，碍着他，也显得波澜不兴。这阵子夫妻俩面上没什么，彼此却都存了些别样的心思，竟是从未有过的。

下班前，袁啸腾接到袁轶的电话："叔叔，我们一块过去，怎么样？"

"什么一块过去？"

"没收到请柬吗？今晚的航代年夜饭。"

"收是收到了，"袁啸腾停了停，"——我又不是航代的人，师出无名。"

"您是航代的元老，怎么会师出无名？否则请柬也不会寄给您呀。"

"跟你上司的上司打个招呼，我晚上有事，不去了。"

袁啸腾挂掉电话，拿着公文包走出来，在大厅迎头撞上刘宇航，旁边还跟着甄总。

"甄总。"袁啸腾打个招呼，又朝刘宇航点了点头。

"晚上地方知道吧，"刘宇航问袁啸腾，"三楼宴会厅。这次搞得挺大，司仪是陈晨，好几个节目都是请的专业演员，比集团的联欢晚会还有看头。"

袁啸腾正想说"不去",甄总抢在前头说了:"去吧,我已经答应我女儿问陈晨拿签名了。一起去,人多热闹些。"

袁啸腾不便再拒绝,只好笑笑:"嗯,去凑凑热闹。"

甄总回办公室拿东西,剩下袁、刘两人。袁啸腾不愿与他多话,正要离开,刘宇航已说了声"谢谢"。

"什么意思?"袁啸腾停下脚步。

"上周那份报纸啊,"刘宇航朝他看,"做了好事不留名,学雷锋?"

袁啸腾想着肯定是袁轶这小子多的嘴,刘宇航已道:"别怪在袁轶头上,不是他——我有我的消息渠道。你侄子看上去吊儿郎当,其实做事挺稳重,口风也紧。"

袁啸腾心里嘿的一声,想,口风要是不紧,也不会瞒着我,跟你穿一条裤子,嘴上道:"小伙子还是阅历浅,年轻气盛,被人嘘一嘘,就当出头鸟,冲出去做炮灰。"

刘宇航笑了笑:"我们是一见如故——说句实在话,袁轶这孩子真的不错。"

"我自己侄子,他是怎样的人,我最清楚。"

"不管怎样,还是谢谢你,"刘宇航正色道,"我知道你对航代的感情,一点也不输给我。航代保住了,我们大家都高兴。"

"不客气,反正你也清楚,我是为了航代,不是为了你。"袁啸腾停了停,"——我和你,一点私人交情也谈不上。"

路上,袁啸腾一边开车,一边回想刚才与刘宇航的对话,便觉得自己有些太硬邦邦了。儒雅风度本是他的强项，完胜老粗刘大脚，现在竟是反过来了，他咄咄逼人，倒是刘大脚谦逊有礼，一副以德服人的模样。袁啸腾想来想去，觉得还是要克制一下。说到底夏梅与他也并没怎么样。便是信不过他，也要信得过自己妻子。一把年纪了，行事至少面上要过得去才行。否则倒让他看笑话了。

一会儿到了酒店，门口有专人迎接，见了老领导都十分客气，恭恭敬敬地迎到三楼宴会厅。走进去，布置得金碧辉煌、花团锦簇的。几十张桌子，已到了七八成人。袁啸腾被安排在主桌，与甄总、刘宇航一起。为了弥补刚才的失礼，袁啸腾一坐下来便捧场：

"很不错啊，快赶上央视春晚了。"

袁轶正与客运部一群男男女女在说笑，见到袁啸腾，立刻过来打招呼：

"叔叔。"

"你们年轻人好好玩，不用管我。"袁啸腾向甄总介绍袁轶，"我侄子。"

"早听老刘说过了，很优秀的一个孩子，"甄总道，"你们袁氏一门双杰，很了不起啊。"

"我是早过了气的，"袁啸腾笑笑，"刘总才是最值得钦佩的。"

"可不是，"甄总提起兀自恨恨的，半是认真半开玩笑，"刘总可不是一般人啊，方圆百里都传开了——今年机场的风云人物，肯定非他莫属。"

"是我做事方式有问题，"刘宇航在甄总的杯里续满茶，端起来递给他，"您喝茶。"

一会儿，晚宴开始了。主持人说了开场白，便请刘宇航上台致辞。刘宇航说得相当简短："希望航代越来越好，在座诸位也越来越好——"三句两句便下了台。回到座位，甄总说他："很低调啊。"刘宇航嘿的一声："大家都等着看节目呢，说多了讨人嫌。"

袁轶与地服兄弟们一桌，与客运部隔了几张桌子。他冷眼旁观，温世远和柳婷婷并未坐在一桌，便想起前一晚柳婷婷对他说的"我现在没什么信心——"，不免心里跳了跳。

昨晚，袁轶从足浴店跌跌撞撞地奔出来，果然看见柳婷婷，站在路灯下。脸暗着，看不清神情。她第一句便是："别问我为什么这么晚来找你，我自己都不知道为什么。除了你，我找不到别人可以倾诉。"她平日里说话总是慢条斯理，唯独这两句说得飞快，机关枪似的。袁轶点头如捣蒜："不问不问，你说吧，能帮我就帮，不能帮的我就听着。保证不多嘴。"

夜太深，他不好意思请柳婷婷到家里，便到小区的湖心亭坐了一会儿。他嚼了根口香糖，生怕酒味让她不适。柳婷婷说的果然是她与温世远的事。她说她父母的意思很坚决，那样的人家，外地，还是郊县，家里又只他一个独子，没根没底，偏偏又飞出个金凤凰，你这边委委屈屈不情不愿，那边却还觉得你捡了他家多大一个宝贝呢。地域、阶层、观念……都是问题。"表面上我说他们是思想守旧，不开化，把简单的事情想复杂了，可心里晓得，他们说的话有道理，又是全心全意为我好。天底下哪有父母不希望自己子女好的呢？"

袁轶静静听着，并不插嘴。醉意还在那儿，话是听进去了，但没来得及思考，眼睛光顾着看秋香姐了。好久没这么近距离与她说话了。她瘦了些，倒显得五官愈加清灵。他没来由地想，若是她与自己交往，她必然不会瘦。通常让女人瘦的都是她爱的，让女人胖的都是爱她的，这道理不会错。袁轶兀自胡思乱想，听见柳婷婷问他：

"你说，我该怎么办？"

袁轶再醉，也不会说"那就跟了我吧"，瞥见柳婷婷一脸恳切，应该是真想听自己的意见，便咳嗽一声，把违心话说得真诚无比："只要你确定自己的心意，别的都不重要。你跟伯父伯母说，除了温世远，别人都不能带给你幸福。他们的目的也是希望你幸福，听你这么说，也就不会再坚持了——天底下没有父母犟得过子女的。"他说着，想起这话竟是从柳晶晶那里照搬来的，不禁又有些好笑。

"我觉得好累。"她低着头，叹息，语气里带着一丝哭腔。

"我知道，我知道——"他温言安慰。

两人一直坐到凌晨两三点，送柳婷婷回去，再回家，又是一个多小时。先是妹妹，再是姐姐，袁小开忙得不亦乐乎。回程时他竟在出租车上睡着了。司机推醒他时，还嘲他一句："谈恋爱也伤精神，是吧？"袁轶叹道："真要谈恋爱，伤也就伤了，就怕恋爱没谈成，精神还伤了。这叫赔了夫人还折兵，亏大了。"

袁轶早上醒来，酒是彻底醒了，人却还在迷糊中。他把昨晚的情景想了又想，翻来覆去，每个细节，每个神情，每句话，口香糖似的反复咀嚼。胳膊被捏了无数次，青了一大块，确定不是梦，但总觉得不真实。临上班前还到湖心亭转了一圈，重温昨晚的情景。

"病急乱投医"——脑子突然冒出这几个字。他想来想去,要不是这个理由,柳婷婷无论如何也不会找上他。除非她也喝多了,醉了。

公司放了大巴到酒店,袁轶在车上看见柳婷婷,连招呼都不敢打了,老老实实坐在最后一排。心想,不至于这样吧,人家只不过稍微假以颜色,你小子贼心色心统统又起来了,否则干吗不大大方方的?——标准的做贼心虚。

晚会节目果然精彩,歌舞、小品,居然还有杂技,市杂技团的专业班子表演"顶碗",据说在国际上还得过大奖。台下看得目不转睛,唯独袁轶心思完全不在上头,一边嗑瓜子,一边拿个打火机转啊转的。他端起茶杯正要喝,旁边鲁绍元忙不迭地抢下:

"朋友,这是我的茶。"

袁轶只好讪讪地,拿自己的茶喝了一口。鲁绍元问他:

"刘总究竟用了什么妙招才把航代保住?好像没人晓得啊——你有没有内部消息?"

"我怎么晓得?"袁轶心不在焉,"领导做事都隐秘得很,哪里会透露给我们?"

"听说是送礼,"鲁绍元压低声音,"集团领导一个个送遍,房子车子统统卖掉,家底掏个精光。"

袁轶摇头:"这种谣言一点技术水平都没有。给集团老总送礼?送多少老总才看得上?别说一个刘宇航,就是十个也未必送得起——开玩笑。"

正说着话,柳晶晶走过来,在袁轶肩头一拍:

"喂!"

袁轶吓了一跳："你从哪里冒出来的?"

"我一直都坐在那里，"她嘴一努，"你的视线始终在五点钟方向徘徊，看不见我。"

"五点钟方向"正指着柳婷婷那桌。袁轶心里一跳，想这丫头眼睛倒毒。"听不懂，什么五点钟六点钟的，阿哥年纪大了，跟不上你们新新人类的语言。"他喝了口茶。

柳晶晶在他旁边坐下，自说自话地拿个橘子剥着："我姐和温世远分手了——"

袁轶一口茶差点喷出来。

"我还没说完呢，"她慢条斯理地挑去橘瓣上的筋，朝他笑笑，"——那是不可能的。"

袁轶彻底无语。这丫头是存心促狭他。

"那就好，没事就好。"他说着，忽然一指她的头发，脸色一变，"哎呀呀，你头上有只什么东西，是壁虎还是蜈蚣?"

柳晶晶吓得整个人跳起来："在哪里在哪里——"

"——这也是不可能的。"袁轶呵呵笑着，得意扬扬地咬开一只小核桃。瞥见一旁鲁绍元讶异的目光，内容分明是"这种把戏是小学生玩的"，顿时有些尴尬，一把拉柳晶晶坐下："这个，阿哥跟你开玩笑，谁叫你先白相阿哥——"

一会儿便到了游戏环节——抢凳子。主持人让每桌都派个代表上来，袁轶被兄弟们硬推着上了台，再看那边，陆续上了五六个，柳晶晶和柳婷婷也在其中。领导那桌也逃不掉，刘宇航乐呵呵地上了台。主持人说"开始"，没人敢跟抢领导，离开八只脚远，柳婷婷这样的美女，众人也不好意思同她争，柳晶晶看样子玩游戏是高手，袁轶则是脸皮厚下臀狠，因此几人都连着过了好几关。十进九、九进八、八进七……越到后头越是精彩，最后只剩下刘宇航、袁轶、柳晶晶、柳婷婷四个人。音乐再次响起，几人缓缓转圈，袁轶旁边便是柳婷婷，因为离得近，手臂几乎都碰到了。袁轶不自禁地一缩，半边身子都麻了。音乐陡地停止，柳婷婷果断坐下，等他醒觉，已是迟了，待要坐另一边，柳晶晶早已占了大半张凳子，毫不客气地把他一推，袁轶整个人结结实实地跌在地上。台下一阵哄笑。

　　袁轶灰溜溜地回到座位。鲁绍元说他："朋友很绅士，怜香惜玉。"又说，"姐姐蛮好，妹妹也不错。唉——"边说边叹气。袁轶朝他翻白眼。

　　最后"抢凳子"是柳晶晶赢了。奖品别出心裁，说是二选一，iPad mini，或者向刘宇航提个要求。"你是选择拿东西，还是向刘总讨一个愿望？"主持人笑吟吟道，"事先刘总已经说过了，只要不是太过分的要求，他都会答应——小妹妹，这条件很诱人哦。"

　　台下顿时起哄，纷纷撺掇着，说"加工资""要休假""做常日班"，还有人说"当客运部经理"——是高莹的声音，坐在那里捏着鼻子怪叫。慕思晨与她一桌，听了也不好发作，只是摇头，连说"瞎胡闹"。

　　柳晶晶站着不动，似在沉思。袁轶头皮一阵发麻，猜她多半会说"想调到地面服务部"。这丫头向来做事不计后果。他悄悄起身，准备去厕所，免得她话一出口，大家都对他行注目礼。

　　"我要iPad。"柳晶晶缓缓道。此言一出，下面都是一阵嘘声，很是失望。主持人似是也有些意外："想清楚了，不要错过机会哦？"

"嗯，"柳晶晶点头，"要 iPad。"

袁轶重新坐下来。他下意识地朝周围看了看，有些狼狈。自作多情的感觉。又有些失落，想这小丫头眼皮实在太浅，一个 iPad 就把她打倒了。鲁绍元在一旁道：

"三六九抓现钞，这小姑娘实惠的。"

袁轶笑笑，目光朝柳婷婷那桌瞟去，见她在与同事说话，而另一桌的温世远则坐着看节目。两人自始至终都没什么交流。袁轶只看一眼，便把目光移开，想找个人套话，又怕做得太明显，再说除了当事人，旁人就算知道，也只是一鳞半爪，作不了数。不禁暗骂自己没用，昨晚该问个清楚的，人家都送上门了，还羞答答。一半是喝了酒不清醒，一半则是性格问题，该问的不问，该说的不说，该做的不做。后悔药吃了一粒又一粒。

袁轶上厕所时遇见温世远。相邻的位置，各自站着撒尿。这种情况下，不说话好像不合适，说话好像也不合适。袁轶自顾自地吹起了口哨。旁边几人都朝他看，应该是觉得这人挺奇怪，撒尿还要吹口哨。袁轶只好停下。温世远问他："心情不错？"

搭讪成功。袁轶笑笑："iPad 又没拿到，心情怎么会不错？"

"你还在乎这个？"他道，"我看你早就有一个了。"

"你小姨子实在强悍，搞她不过。"袁轶摇头。

温世远嘿的一声，没再接口。

两人一前一后去洗手。袁轶道："听说要去香港了——恭喜啊。"

"还没定呢，别信那些传言。"温世远道。

"香港买东西便宜，去一趟，结婚用品就都能备齐了。"袁轶没头没脑道，"蛮好。"

温世远依然是不接口。

袁轶肚子里骂了一千遍一万遍"阴阳怪气"，嘴上不依不饶："真羡慕你啊，事业爱情两得意。你爸妈这下该高兴了吧？"

温世远洗完手，转身出去。袁轶跟在后面："最近的《妈妈咪呀》不错，就是票有点紧张，我有个朋友在东方票务，让他帮你们搞两张怎么样？"

温世远一个急刹车，原地停下。袁轶没提防，整个人差点撞上去。温世远转过身，朝他看。

"别套话了，怪辛苦的。"他道，"我直接告诉你吧——我和她最近是有些问题，但这只是革命内部矛盾，过一阵就好了。不劳您操心。行了吧？"

袁轶怔在那里，不知说什么好。

"你也算修养不错的了，憋到现在——不过说句实话，你挺无聊的。"

温世远说完便离开了。袁轶愣在那里，垂头丧气地想，这是自找的。他正要走，后面有人拍他肩膀，转头看，是袁啸腾，似笑非笑的神情——便猜叔叔定是听到了刚才的对话。

"袁轶啊袁轶，"袁啸腾叹了口气，"说你什么好呢，聪明的时候像个天才，可犯傻的时候真是让人看不下去。"

"不是傻，"袁轶有些低落，"是蠢。"

"自己知道就好，"袁啸腾在他肩上一拍，"缘分这种事，都是命里注定的。是你的，终归是你的，否则强求也强求不来——现在女多男少，不着急，慢慢挑。"

晚宴结束后，袁轶搭袁啸腾的车回去。半路上夏梅打来电话，说她父亲突然身体不适，进了医院，让袁啸腾赶过去。袁轶听闻，便说："叔叔你快去吧，我自己回家。"袁啸腾答应了，把他放在地铁站，又叮嘱他早点回去，别弄得太晚："玩了一晚上，也该玩够了。"

"是折腾了一晚上。"袁轶心里道。

就算叔叔不说，袁轶也没有精神再待在外面。欧阳爱靖倒是打来电话邀他喝酒，他推了。地铁里空荡荡的，他挑了个靠边的位置，把头靠在扶手上，闭上眼睛。有些累了。

迷糊中觉得有人推他。他只当那人是无意间碰到，也不以为意。那人又推了两下，他睁开眼睛，霍然见到柳婷婷站在面前，不觉吃了一惊，下意识地站了起来。

"怎么是你？"

"我比你早两站上车，看见你上来的。"她道。

"本来是搭我叔叔的车，他临时有事，我才换的地铁。"

她哦的一声，坐下来，见他还站着："你不坐吗？"

袁轶屁股一挪，这才又坐了下来。

"你还有两站。"她道。

他停顿一下："我待会儿有事，不直接回家——去、去浦东。"饶是袁小开脸皮厚，这时也不由自主地结巴了一下。人家住浦东，他便也说去浦东。谎话也太拙劣了。

袁轶不自禁地朝柳婷婷看了一眼。她显然意识到了。类似的情况过去也不是没有过，他追了她多少年，便做了多少年傻瓜。袁轶心里叹了口气，瞥见她的神情，索性实话实说：

"反正没事，送你一段。"

他以为她会拒绝，但她什么也没说。他隐隐听见她叹了口气。她长发披着，散着淡淡洗发水的草木清香。他记得晚宴上她还是扎起来的，抢凳子时她很投入，像个小女生。她扎辫子时有些稚气未脱，披着长发时便完全是另一番景象。她与他同岁，女生显大，尤其是中学时，他与她站在一起，有些像姐弟。其实论月份，他比她还大了两个月。依稀记得他好像曾在她面前以"哥哥"自居，说过类似"要帮忙叫阿哥我"或是"叫声阿哥就请你吃冰淇淋"之类的话。那时到底是太年轻，连调戏女生也是幼稚至极。

袁轶脑子又开始乱七八糟。在她面前，这已是常态。

柳婷婷说这次尾牙办得不错。"主要是气氛好，大家都开开心心的。"她问他，"你和刘总关系好像不错？"

袁轶打个哈哈："哪有，也就上级和下属的关系。"

柳婷婷显然不太相信，但她没有继续问。袁轶加上一句："我这人做事不能用常理推断，其实我对那人的印象，比平均分还低了一点点。"他手里比画着，忽想起那天晚上柳晶晶也问过类似的问题，他竟是兜底说了个遍，一点不瞒的。不禁纳闷起来，先不说信息上厚此薄彼，单是望着秋香姐，眼里却在想别的女孩这条，已是空前的了。袁轶脑子转得飞快，脸上微笑不变。柳婷婷看出他有些心不在焉：

"你要是有事,就先回去吧。"

"没事,"袁轶说得飞快,"我的事就是送你回去。"

两人对视一眼。袁轶耸耸肩:"你这两天情绪不太稳定,我有点不放心。"

柳婷婷停顿一下:"谢谢。"

下了地铁,过一条马路就是柳婷婷家。两人缓缓走进小区,到了楼下。袁轶没头没脑地问了句:"怎么没和你妹妹一起回来?"

"她比较忙。"柳婷婷回答。

袁轶一怔。

"年轻女孩子嘛。"柳婷婷朝他笑笑。

回去的路上,袁轶被柳婷婷最后那句话弄得有些郁闷。他回想吃饭那阵,这丫头旁边好像是围着几个男生,又是说又是笑的。那时他并不以为意,现在配合柳婷婷的话,有什么便凸显了出来。"年轻女孩子嘛"——意思便是,花儿旁边的蜂儿蝶儿多了,自然有些忙不过来。袁轶不禁哼了一声,声音漏了些出来,旁边的行人都朝他看去。袁轶索性又大声哼了一下,做出鼻子不爽要擤鼻涕的模样。

"你在哪里?"快到家时,袁轶终于忍不住发了条短信。

很快,柳晶晶的回复应声而至:"你管得着吗?"

袁轶怔了怔,几乎可以想见柳晶晶发短信时的神情。他想,这又是自找的了。收起手机,飞起一脚,将一块小石头狠狠地踢向半空。

(二十二)

　　隔天便是除夕夜，袁轶值班。除夕值班是个苦差，吃不了年夜饭，而且从旧年做到新年，年尾到年头，听着更是作孽。本来该轮到王经理，是袁轶主动请缨，说王经理上有老下有小，一家子等着吃年夜饭呢，自己则不同，回去也是孤零零的，一人吃饱全家不饿，倒不如待在机场，还热闹些。王经理自然是求之不得，好话说了一筐，说袁轶这孩子真是厚道、懂事。

　　好在整个上午平安无事。袁轶待在办公室，与兄弟们聊天、打牌。因为过年，上头领导即便见了，也不会较真。中华烟散了一圈又一圈，满屋子都是烟味。袁轶披上大衣到外头透气。机场发的劳保大衣，款式又旧又难看，但胜在保暖性强，兜头兜脸往里一套，像裹着一层厚棉被，人陡地重了十几二十斤，着实御寒。

　　手机响个不停。来自祖国各地的拜年短信雪花似的涌来。袁轶交友广泛，读大学时几乎整个学校都踩了个遍，学长学姐学弟学妹加起来能把手机通讯录存爆。别的倒没什么，主要是逢年过节麻烦一些，短信发到手抽筋。因为太多了，有时候还会弄乱，发了一遍又一遍，自己也不知道。当然别人也会有这情况，袁轶就曾经收到一个兄弟的短信，抬头居然是他自己的姓名，祝某某某新年快乐万事如意什么的，可见这家伙收到别人的短信，连名字都不改便转发了出去。类似乌龙的情况时有发生。科技先进了，人就懒了，以前是写贺卡拜年，后来是打电话，到现在只要手指一动，几十条祝福便发了出去——心思花得少了，便不值钱了。

天气预报说有雪。午后，果然下起雪来。起初只是一点，渐渐地，越下越大，铺天盖地的。机坪上空旷，看着便格外显眼，只一会儿工夫，地上已积起一层白雪。

对讲机也跟着热闹起来。飞机不怕雨，但怕雪，跑道上雪一积厚，事情便来了。一是能见度差了，二是轮胎打滑。飞机怕，内场车也怕。下雪当天还算好的，第二天更麻烦，要铲雪铲冰，航班铁定延误。

又过了两个小时，已有几个国内航班说要推迟起飞。通常小飞机比大飞机胆小，自身设备条件是一桩，机长素质又是一桩。飞机是人开的，有时除了硬性规定，也要看人的心态。以前有过一次，也是冬天，暴雨，又是打雷又是闪电，进港飞机没一个敢落地的，唯独美西北一架波音747，硬生生降了下来，后来听人说是机长想赶着回去过圣诞节，也不知是真是假。美国人可能比较率性一点。国内几个支线航班，多半都是小飞机，相对而言，小飞机的安全性能不如大飞机，而且条条框框摆在那里，违反了就要扣奖金，甚至还要吊销执照。机长们再惦着回家吃年夜饭，也不敢冒这个险。

到了饭点。航空公司开始配饭。按规定，天气原因造成的延误，航空公司不承担责任，但今天毕竟是除夕，人家已经赶不回去吃年夜饭了，再不配饭，好像说不过去。对讲机里通知服务组去餐厅搬盒饭。袁轶厚着脸皮，给茅宁打了个电话。

"茅主任，延误饭有多吗？"

"有，想要就过来拿。"

"谢谢啊。"

挂掉电话,袁轶径直赶到服务组,进门便笑着说"过年好",放下两盒比利时巧克力:"给阿姐们吃吃白相。"几个女人嘻嘻哈哈地上来拿:"圣诞老人来了——今天怎么不是冰淇淋?"

"天这么冷,冰淇淋不合适的呀,女同志一定要保暖,否则容易肚子疼。"

"啧啧,你懂得老多的——"女人们都笑。

"还是巧克力好,保暖又提神。大家随便吃,不要客气。"

袁轶说着,朝四周看,没见到柳晶晶。墙角堆着一摞盒饭。茅宁问他:"要几盒?"袁轶伸出两个手掌,翻了翻,笑笑:"不好意思啊,地服兄弟比较多。"

茅宁拿了二十份盒饭,装在一个大塑料袋里,给他。"从来没见你打延误饭的主意,怎么今天转性了?年夜饭吃这个,不像你的风格啊!"

"该省还得省,现在物价飞涨,过日子不容易。"袁轶接过盒饭。

"这两盒东西,"茅宁指桌上的巧克力,"论价钱应该不止二十份盒饭吧?"

袁轶一怔,打个哈哈:"所以说啊,贪小便宜吃大亏,年纪太轻,不会过日子就是不会过日子。要向茅主任多学习。"

"这巧克力是从家里带过来的吧?"茅宁问他,"——你本来就想着要来这里吗?"

袁轶有些狼狈,只好笑,心想茅宁怎么也学高莹了,不给人台阶下。其实茅宁也只是逗他一下,新年新势开个玩笑,见他这样,便不说了。上班不许谈恋爱，是部里不成文的规定，虽说慕经理带头破了戒，但对着下头还是得管，否则容易乱套。茅宁为人端严，本来有些看不惯袁轶，姐姐妹妹缠杂不清的，但日子久了，便觉出这孩子本性不坏，加上柳晶晶也是个踏踏实实干活的，便也睁只眼闭只眼，由他们去了。

柳晶晶从外面走进来，应该是刚刚坐完大问询，显得有些疲倦。她看见袁轶，只一怔，便把目光移开。"饿死了。"她拿过一份盒饭，打开便吃。

"有巧克力。"旁边一人提醒她。

她哦了一声，但没动，只是扒饭。

袁轶原地站了一会儿，慢慢踱到她边上，坐下，从口袋里摸出一件东西，递到她面前。

柳晶晶看了一眼："什么？"

"巧克力。"

"不想吃。再说桌上有，要吃我会自己拿。"她继续扒饭。

"这个跟那些不一样。"袁轶压低声音，"那些一大盒才三十多美元，这个是小盒装的，五粒就要二十多美元。好东西我不给别人，只留给你。别人吃大锅饭，给你一个人开小灶。——阿哥对你好吧？"

柳晶晶依然没动，不过嘴角渐渐舒缓，应该是想克制着不笑的，笑意却一点点漾开，终于扑哧一声，笑了出来。袁轶趁机把巧克力糖纸一剥，往她嘴里一送：

"好了，笑了就好了，不许再生气了。吃我的东西还生我的气，不作兴的。"

柳晶晶作势要把巧克力吐出来,袁轶手朝她一指,故作凶相:"你敢吐出来试试,看阿哥不打爆你的头!"

柳晶晶停顿一下,把巧克力吃了下去。

"袁轶,"她提醒他,"一把年纪了,别老是扮小丑。没意思。"

吃过晚饭,真正开始忙碌起来。航班全线延误,客机、货机一个不落。对讲机里鸡飞狗跳。地服部因为不用直接与旅客打交道,还好些,最惨的是客运部。琼瑶片男主角忙得整个人都快飞起来了。平常航班延误便是件麻烦事,更何况放在除夕。因为天气没有好转的迹象,通知是延误没时间。旅客情绪很激动。每个问询台都换成女员工了。这种情况下,放男员工在那儿更危险,要挨老拳的。女员工反倒安全些。

临近半夜,雪还在下。柳晶晶被安排做 AC 的问询。AC 本来便是机械故障延误,跟天气没关系,旅客陆续被大巴拉到宾馆休息去了,此刻一片安静。放在今晚已是额外的美差了。已装上机的货物、行李要卸下,袁轶在现场监督了一会儿,从廊桥径直走上登机口,见柳晶晶坐在那里,低着头,像是打盹。悄悄走过去,见她拿着 iPad mini 在看韩剧,故意大叫一声:

"嗨!"

柳晶晶吓得整个人弹起,见是他,先是松了口气,随即在他头上重重打了一记:"你找死啊?"袁轶吃痛,捂着头:"不能打头,要变傻的。"

"你已经傻到家了,再傻也傻不到哪去。"

"亏得是我，要是领导看见了，你就惨了。"袁轶看她那只 iPad mini，正是联欢会上的奖品，莫名的便有些气不过，"这东西有那么好吗？"

柳晶晶一怔："当然好，又不用自己花钱买。"

"换了我，直接跟领导要一个月休假了，"袁轶说她，"多好的机会啊，被你浪费了。"

柳晶晶没理他。过了一会儿，见他还不走，问他："你在这儿干吗？"

"刚才东沪航有个旅客和工作人员打起来，叫警察，这疯子居然连警察也打，现在送到空港派出所去了。今天特殊时刻，人情绪容易失控——阿哥是过来保护你的。"

柳晶晶嗤的一声："你自己看，现在哪还有旅客？我也到时间撤了，你一个人留在这里吧。"说着，拿起对讲机便走。袁轶依然跟着。过了几步，柳晶晶霍地停下，转身道：

"我姐今天也上班。"

袁轶哦的一声："那你姐夫呢？"

"他不在。所以呀，你快点过去。"这丫头似笑非笑。

袁轶打个哈哈，脚下不停。"有件事我不明白，"他问她，"你到底为什么生气？"

"我怎么生气了？"

"那你这几天为什么不理我？"

"我一定要生气了才不理你吗？"她丝毫不给他面子，"马路上随便拉一个人过来，我不理他，就表示我生气了吗？我为什么要理你？我跟你什么关系？你只不过是我姐姐的中学同学，我跟你很熟吗？难道就因为吃了你几个冰淇淋、几块芝士蛋糕，所以我每次看到你都要小狗似的屁颠屁颠靠过来吗？你这人真是莫名其妙。"她飞快地讲完，重重地哼了一声，别过头，继续往前走。

袁轶受了这番抢白，一时说不出话。瞥见她走得昂首挺胸，马尾辫有规律地左右摆动，便干咳一声，涎着脸上前与她并肩而行。"今天是大年夜，大家开开心心——去楼上星巴克喝杯咖啡怎么样？辞旧迎新嘛。"

她不理睬。

"求你了。你跟我不熟，是我脸皮厚，小狗似的屁颠屁颠靠过来，求你陪我去喝杯咖啡，你给我个面子好不好？"他竟还抓住她的手，晃了两晃。

柳晶晶看他一眼，摇头："真是拿你没办法。"

星巴克里人不多，他们挑了个里面的位置。袁轶买了咖啡端过来，见她靠在座位上打哈欠，把咖啡给她："芝士蛋糕卖完了。"

她接过："没事，反正也不饿。"停了停，一脸正色地建议，"把我姐也叫过来吧，人多热闹些。"袁轶朝她看，先是不语，忽地叹了口气："少装糊涂。"

她愣了一下："什么意思？"

袁轶转动着咖啡杯，放慢语速："我以前有个特别要好的女同学，无话不说的那种，像哥儿们一样。她告诉我，其实女生特敏感，有男生追她们，还没展开攻势呢，只要露出那么一丁点意思，她们就能感觉到。说不知道那都是装的，故作矜持。"他说完，眼睛并不看她，喝了口咖啡。

气氛有些尴尬。柳晶晶不动，似在沉吟。袁轶面上不动，心里有些后悔那么说。太拆皮拆骨，不给女生面子了——不是他的风格。他倒希望她装糊涂，可她径直顺着他的话头：

"你的意思是——你在追我？"

袁轶吃瘪："这个，有一点吧。"

"是就是，不是就不是，什么叫'有一点'？"

袁轶只好投降："当我没说。"

接下去，两人都沉默着，各自喝咖啡。袁轶拿余光瞥她，见她脸颊微红了一片，也不知是空调太干还是别的原因。他一口气把咖啡喝光，又去柜台买了一杯。付钱时不住留意柳晶晶，怕她趁机离开。见她一动不动靠在沙发上，替她买了块鸡肉挞，让服务员加热了，过去放在她面前，柔声道："晚上喝咖啡，不吃点心容易胃疼。"

她不说话，拿起来便吃。袁轶看着她，道：

"——我大概要离开机场了。"

她迅速看他一眼。他说下去：

"真的，不骗你。"

航班结束后，搬运工兄弟们说要通宵打牌，袁轶也不阻止，只是叮嘱烟头别乱扔，还有别喝酒，低调些。他扔下一包未开封的中华，回航代楼睡觉了。

袁轶躺在被窝里玩了会儿游戏，爬出去看窗外，雪似是停了。黑暗中，触目依然是白茫茫一片，比白天似是更多了层光，浮在面上，因看不甚清，影影绰绰的，另一种景象。袁轶站了一会儿，眼前浮现出柳晶晶刚才那张错愕的脸。

"为什么?"她问他。

"本来也没准备待久,早晚的事。再说学的也不是这个专业,名不正言不顺。我叔叔离开航代时,其实我就想走了,是他让我留下来,说男人就要有男人的样子,走也要走得堂堂正正,不能灰溜溜的。我听他的。帮刘大脚,等于也是帮我叔叔。现在航代保住了,总算是遂了我叔叔的心愿。这时候再走,不能算是灰溜溜的吧?"

她有些迟疑地,点头。

他又问她:"上次那个动画片做得不错吧?"她说:"是。"袁轶便道:"所以啊,人就应该老老实实的,学什么就干什么,心不能野,不能想着一出是一出。学动画的来机场,这叫自己作死,能长久吗?好在我现在还年轻,掉头还来得及。我这是悬崖勒马。"他说着,笑了笑。

"你走了,那我怎么办?"最后,她这么问他。

那一瞬,袁轶心里想的是——丫头,你还真是一点也不故作矜持啊。他索性道:"那跟我一起走吧。"她毫不客气:"真的吗?可我对动画一窍不通。"他只好装疯卖傻:"没关系,哪里都缺打扫卫生的,不怕没活干。"她看着他:"那就说定了。什么时候走?"

袁轶几乎是落荒而逃。当年那个哥儿们似的女同学,跟他说了许多女生的小秘密,比如女生碰到心仪的男生,往往不会正面出击,而是试探性地撩拨,引得那男生跨出第一步,自己再往后退一步。进一步,退一步,欲擒故纵,这便是男女间你来我往敌进我退的趣致了。袁轶觉得,眼前的情形是彻底反过来了,他起的头,告白不像告白，调戏不像调戏，却引得那丫头人来疯似的冲了过来，把他弄个措手不及、抱头鼠窜。比起当年对柳婷婷的开始，他袁轶的情商是有减无增，越活越回去了。

袁轶看手机。毫无动静。祝福短信也已告一段落了。早已过了零点，是新年了。此刻若在家，必定是爆竹声声，机场却是一片安静。袁轶想，这个除夕过得莫名其妙。夏梅电话里都夸过他了："大年夜主动要求值班，袁轶你1250当得不够，还想当劳模。"袁啸腾则说："你啊，比《西厢记》里的张君瑞还要痴。"袁轶知道叔叔是误会了，以为他是为了柳婷婷才调的班——其实不是姐姐是妹妹，袁轶都不好意思跟人提。早些时候在排班表上看到柳晶晶大年夜上班，袁轶想也不想便去王经理那里自动献身。王经理在机场干了几十年，还是头次看到有人主动要求大年夜值班，换了别人说不定是为了加班费，可谁不知道袁小开的家底啊。王经理一遍遍地说，地服真是捡到宝了。

袁轶与欧阳在网上聊天。他跟这家伙是没有秘密的，有些话对别人不能说，唯独对他是言无不尽。欧阳说："挺好，double date 有希望了。"袁轶问他："是不是感觉挺怪？"欧阳说："你自己感觉不怪就行了，管别人呢。"袁轶便叹了口气，说："那说明还是有点怪，如果真的成了，你说以后碰到大姨子多别扭啊。"欧阳在那头停了停，说："朋友很有信心啊，已经开始担心这个了。"袁轶打了个吐舌头的表情。欧阳说："你和那姓温的成了连襟，不是更别扭？"

欧阳又问："在机场过大年夜，什么感觉？"袁轶说："反正也就一次，第一次也是最后一次。"欧阳问："真的不干了？"袁轶说：

"玩得差不多了，该撤了。"欧阳问："那你们刘总，还有那个王经理，不得哭死？"袁轶无耻地回答："让他们去哭吧，老子去意已决。"

大年初一早上，刚起床，便收到柳晶晶的短信：

"待会儿一起坐班车？"

袁轶回了一串英文："My pleasure！"

袁轶心情大好，匆匆吃完早饭，与接班的王经理打了招呼。王经理说："小袁啊，辛苦了。"袁轶客气道："不辛苦不辛苦。"心想昨天航班统统延误到今天，白茫茫大地真干净，一堆烂摊子等着收拾，您才真的辛苦呢。他将前日的航班与王经理稍作交接，便下班了。

出门便看见桥位上的 AA，机身上都是厚厚的冰。一辆除冰车停在旁边，徐杰和几个机务兄弟正在忙碌。袁轶想，今天这帮苦孩子有得忙了。他上前跟徐杰打招呼："兄弟，辛苦！"徐杰见到他，嘿的一声："不辛苦，命苦！"袁轶哈地一笑，在他肩上一拍：

"过年好。有空一起喝酒。"

走过去，他又碰到 AZ 的老金。老金见到他，两眼顿时发光，拉住他便问东沪航那边有没有空余吨位："前天那航班拉下几十吨没走，昨天又延误，货主都快把我电话打爆了——"袁轶想，昨天大雪，你延误人家也延误，自家的货还搞不定呢，哪有空理你？嘴上道："晓得晓得，待会儿就打电话，金老板的事就是我的事——"老金一个劲道谢，说："我昨天碰到甄总还夸你们呢，手脚麻利脑子又好，人又仗义，航代个个都是精英。"袁轶笑道："下次调子不妨再高些,往死里吹,越肉麻越好,别怕甄总吃不消——"老金使劲点头:"明白明白。"

袁轶一路口哨,脚下生风,提前十分钟上了班车。班车司机与他是相熟的,见到他便问:"怎么今天不坐地铁了?"袁轶说:"有点事情。"挑了个后面的位置坐下,想女孩子皮薄,坐得太靠前别不好意思,又想自己是多虑了,这女孩可不是普通角色,坐第一排照样脸不红心不跳的那种。他忍不住笑,想昨天说话有些不上不下,今天好歹要警醒些,别不给女孩台阶下。也不知她待会儿有没有活动,否则倒是可以去看场电影唱个歌什么的,顺便叫上欧阳,不能一下子进展太快,拖个油瓶,软着陆,安全些。他正胡思乱想,忽见柳婷婷上了车,心里一跳,身子不自觉往里缩了一下,柳婷婷已径直走了过来,在他边上坐下。

"早。"她道。

"早。"

"新年好。"她道。

"又老了一岁了。"袁轶笑笑,看表,离开车时间还差一分钟,想这丫头怎么回事。又看手机,没电话,也没短信。柳婷婷注意到了,问他:"有事?"

"没事。"他只好道。心想老了一岁,果然更沉得住气了,处变不惊。

柳晶晶到底是没出现。车子驶出迎宾大道,袁轶冒出个念头,猜她也许到过车站,见他和柳婷婷一起,便没有上来。这个假想的可能性在百分之八十以上。袁轶满脑子都是"事与愿违"这四个字,倘若放在一年前，与秋香姐这么坐在一起，全身骨头加起来必然不到三两。镜头里若是有那丫头，也只是标准的电灯泡，每次不得不带上她时，总是求天告佛希望这丫头拉肚子不能出现，好与她姐姐单独相处一阵。现在倒过来了，真盼着她来，来的竟是秋香姐。袁轶瞥见柳婷婷一双手摆在包上，十指纤纤似葱管一般，鼻子里闻到她身上淡淡的清香。她拿手捋了一下刘海，道：

"你坐班车会迟些到家，是吧？"

袁轶说："是，地铁比较快。关键是外环太堵。"

"不好意思哦。"

袁轶闻言一怔，忽地意识到什么，拿出手机，一看，果然那条短消息是柳婷婷发的，怪只怪自己打了一晚上游戏，眼睛发花，把"柳婷婷"看成了"柳晶晶"。袁轶心里暗骂一声，脸上还不能露出来。停了停，才问她：

"是不是有事？"

"也没什么事。就想找你聊聊，行吗？机场里除了我妹，就跟你最熟了。"

秋香姐声音软软糯糯，口气还带着三分恳求，正中袁小开的死穴。袁轶坐直身体："当然了，我们本来就是朋友嘛，认识了快十年了，机场里谁比我俩交情更深？"

"是啊。"她笑笑。

他等着她说正事，谁知车子开了一半路，她只是随意聊些闲话，也不提温世远。袁轶想这是第二次了，她主动来找他。以她的性格，其实已经很明显了。论敏感，男人比女人也差不到哪里去。袁轶想，自己这是装傻到底了,以前对妹妹这样,现在对姐姐也这样。说到底还是"事与愿违"四个字。有心栽花花不开,无心插柳柳成荫。这太文绉绉了,往俗里说,就是想谁谁不来,不想了倒送上门。袁轶肚子里翻江倒海,脸上纹丝不动,与秋香姐礼貌地对谈。

"你爸妈过年不回来吗?"她道。

"美国人不过春节。"

"已经入籍了吗?"

"谁知道,我也懒得管他们。反正入不入籍都差不多,本来还三四个月回来一趟,现在可好,连着大半年都不见人影,像没我这个儿子似的。关键我这人自律性强,他们把我一个人扔在上海也放心。"

"嗯,你是个乖小孩。"

袁轶心里叹了口气,秋香姐也开始调戏人了。

下车时,柳婷婷提出邀请:"明后天有空吗?一起去唱歌——叫上晶晶。"

袁轶想,秋香姐用的竟也是这招,拖个油瓶,软着陆。"好啊,时间你定。"

"明天下午,复兴公园里的钱柜,怎么样?"

"好。"

袁轶径直来到叔叔家。夏梅正在与袁宁视频聊天。袁轶看表,欧洲那边是深夜两点半。

"喂,这么晚不睡觉,又熬夜?"袁轶摆出阿哥的姿态教训她。

"我在守岁。"袁宁大言不惭。

"一年三百六十五天,你三百天都在守岁。"

夏梅的父亲身体状况不大好,过年还待在医院。医生推荐用一种新药,国内不大容易买到,夏梅便让袁宁在英国看看。其实也是营养药,吃不好,也没啥坏处,但医生都说出口了,家属若是没条件也罢了,有条件自是要全力以赴。夏梅是独生女,这阵子连着陪夜,脸颊都瘦了一圈,眼袋深得像两个米袋,脸色不大好。年夜饭夫妻俩是去袁啸腾父亲那里吃的,八点多便早早回了家,春晚也没看便睡了。袁宁在视频里劝夏梅要注意休息,夏梅笑说你让我少接几回短消息,我就当吃补药了——袁宁到底是新办了信用卡,挂在夏梅名下,每消费一笔,夏梅的手机上便有短消息提示,尽在掌握。夏梅笑说听见手机响便心惊肉跳,是催债符。

袁轶问夏梅:"要帮忙吗?我身强力壮,陪个夜什么的没问题。"

夏梅说不用:"我爸认人,不是自己人陪夜,他睡不着。"

午饭吃的馄饨,夏梅没心思做饭,袁轶说到外面吃,两人都不愿意,说没胃口,也没心情。胡乱吃完,夏梅便要去医院。袁轶回家与她顺路,便叫出租车送她一段。

车上,夏梅问袁轶:"春节安排个时间,把你的心上人叫来吃饭?"

袁轶心里暖了一下,这就是婶婶,自己再忙,还是惦着他。"心上人都有男朋友了,婶婶你又不是不知道。"夏梅说:"本来以为凭你袁少爷的魅力,早晚能抢回来,怎么,彻底没戏了?"袁轶停了停,忽道:"婶婶,你说话可要算话——我真把女孩带来了?"

夏梅朝他看了一会儿,狐疑地问:"是不是换人了?"

袁轶叹了口气:"婶婶你太聪明了。跟别人要说半天,跟你稍微点一下就明白了。亏得你是我婶婶,你要是我仇人,我早就被你灭了八百回了——您不是人,九天仙女下凡尘。"

"少来。"夏梅嘿的一声。

袁轶先送夏梅到医院,又说了晚上陪夜的事:"婶婶你真的不用跟我客气,我反正闲着没事,天天陪吃不消,偶尔陪个两三晚,一点问题也没有。"

"我知道了,不跟你客气,需要就找你。"

出租车开了没几步,袁轶便在医院门口看见刘宇航,看样子也是去医院。好在自己在车上,不用与他打招呼。又开出一段,忽然想起夏梅也在医院,"老情人弄不好要见面了"。袁轶肚子里偷笑了一下,随即又骂自己:"搞清楚你是姓袁的,胳膊肘不能往外拐。"又想上海这么大,刘大脚也不住在附近,竟也会来这边的医院,两人若再碰上,那真是电视剧里的桥段了。好奇心上来,忍不住就想跟过去看看,当然只是想想罢了,一晚上没睡,困得眼睛都睁不开了,再说也实在做不出这么促狭的事,不是他的风格。袁小开擅长装傻充愣,极少追根究底。他拿出手机,给柳晶晶发了条短信:"明天一起去唱歌?"

一会儿,柳晶晶回过来:"不去,电灯泡当烦了。你和我姐姐玩得开心点。"

袁轶怔在那里,想,完了,事情又豁边了。

夏梅在电梯口收到刘宇航的短信:"我已到。"忙朝四周看,见刘宇航正从大门进来,忙迎上去,挥手道:"这里。"

刘宇航替夏父介绍了一位心脏科专家,约好今天过来。夏梅怕袁啸腾多心,便没跟他说,又特意挑个他不在的时间。两人到了病房,夏梅父母本来也是认识刘宇航的,二十来年没见,寒暄几句。专家一会儿便到了。是国内首屈一指的,平常请都请不到,这几天刚好有个大人物住院,他前一天刚从北京飞过来,刘宇航托了朋友的朋友,好不容易才将他请到,说好歹见上一见。他看了病历和检查报告,提了自己的治疗方法,说情况还不算太严重。大家才稍稍放了心。专家离开后,刘宇航略坐了一会儿,便要离开。夏梅送他到电梯口。之前两人都没有怎么说过话,到了这时,夏梅才很郑重地向他道谢:"谢谢你。"刘宇航说:"谢谢你才对,给我这个机会讨好你。"不待夏梅开口,他又道,"不好意思,你爸生病了,不该拿这个开玩笑。"

夏梅摇头,表示不介意,随即又笑道:"你现在真是变了许多,我妈刚才悄悄跟我说,你比过去顺眼多了。"刘宇航叹道:"现在看得顺眼也没用啊,晚了二十年。"

此言一出,两人互望一眼。停了停,夏梅笑道:"你当年要是像现在这么幽默这么会开玩笑,我妈肯定早就看你顺眼了。"两人都笑了一下。

电梯来了,刘宇航走进去,朝她挥手:"需要帮忙尽管开口。"

夏梅点头:"谢谢。"

电梯门关上,夏梅转过身,霍地见到走廊上的袁啸腾,一时竟呆住了。

两人在原地停顿了一会儿。

袁啸腾缓缓走近:"今天晚上要降温,我给你拿了条鸭绒被过来,不然陪夜肯定要冻坏了。"

夏梅怔了怔,下意识地拿手去捋头发。刚捋上去,又掉下来,连着捋了几次。"太夸张了吧,"她想笑,可嘴角肌肉没跟上,只是撇了撇,"你看见谁陪夜还盖鸭绒被的?"

"主要是怕你一个人寂寞,想找个借口过来陪陪你,现在看起来,你倒是不需要。"袁啸腾停顿一下,把这话咽进肚里,只在她肩上轻拍一下,"——走,进去吧。"

(二十三)

过完年,新签的三家航空公司便先后入驻,分别派了老师过来培训,各个岗位都轮到。地服有专人过来讲解飞机货舱结构、集装箱装卸、特种车辆使用等一些基本原理,因为都是大同小异,又要占用休息时间,兄弟们便都有些懒散,请假的请假,早退的早退。袁轶反正是常日班,便过去充个数,和鲁绍元两人躲在角落里聊天。

鲁绍元是老江湖了,听老师讲了一会儿,便摇头:"纸上谈兵。我们这行,讲究的是经验,那些理论知识没用。天才都不是教出来的,是自己领会的。"

"鲁老板这话合我胃口,"袁轶道,"我不是民航院校毕业的,肚子里一点理论知识也没有。"

"朋友一看就是天才。"鲁绍元一本正经道。

"谢谢捧场。"袁轶想着是不是要把准备辞职的事说出来,话在嘴里转了两圈,还是没说,想这事又何必搞得那么高调,到时辞呈一递走人便是了。机场里朋友是不少,大不了以后常出来喝酒吃饭,交情也丢不了,将来坐飞机要是行李超重或是想升个舱,也方便。

袁轶胡乱想着,培训已结束了。他们走出来,迎面撞上刘宇航,"到我办公室来一趟"。袁轶答应着,让鲁绍元先走,随即跟着刘宇航进了总经理办公室。

"年过得怎么样?"刘宇航关上门,问他。

"过年嘛,也就是那个样子,每年都差不多,热热闹闹,你好我好大家好,没啥花头。"

"听上去你的年纪比我还大,都看透了。"

"年纪不大,人未老心已老。"袁轶一边贫嘴,一边揣测刘大脚找他的用意,想,总不见得是想见夏梅,托自己给他搭桥吧,心里干笑了两声,脸上是恭敬的神情,"刘总您找我有事?"

"你叔叔——"刘宇航停顿一下,"我想请他回航代,你说他会答应吗?"

袁轶有些意外。"这个,"他摸头,"难说。"

"老江要走了,空出个位置,甄总找我商量,我推荐了你叔叔,他说你叔叔未必肯,我觉得也是。就想着先来问问你。"

袁轶心里又是干笑两声,原来关系好到已经可以共商航代的人事大局了。可惜你和叔叔的关系是历史遗留问题,情况实在不乐观。袁轶促狭地想,要是你把总经理位子让出来,那或者还能考虑——嘴上道:"我去帮你探探口风?"

"那倒不用,"刘宇航摇头,"他是你叔叔,肯定说着说着,你就把我给卖了。"

袁轶笑了笑:"您是一番好意,我再使坏,他也得承您这个情。"

"你叔叔要是回来,凭他对航代的感情还有实战经验,我就肯定不用脱光了在机坪上跑步了。"

袁轶想起他在甄总面前立下的军令状,忍不住莞尔:"我是紧跟着您签名的,您要是真脱光了跑步,我帮您拿衣服。"

"我还以为你会说跟我一起跑呢。我们可是一根绳上的蚂蚱,甄总桌子上的黑名单你也有份,航代三年后效益翻不了番,你铁定跟我一起裸跑。"刘宇航说到这里,停了停,正色道,"海口夸出去了,现在才觉得肩上担子沉得厉害,等着有人能跟我分担一点。你叔叔是最好的人选,不过嘛,你也知道,我跟他一直都不怎么合拍。换了别人请他,他说不定就来了,我就难说了。他要是铁了心在当局楼养老,我也拿他没办法,总不见得拿刀逼他过来。到时候我在机坪上裸跑,你替我拿衣服,他在旁边给我喊加油。"

临走前,刘宇航忽地扔下一句:"把你调到机关,怎么样?"

袁轶一怔,推辞道:"我不是这块料。"

"什么料?"刘宇航好笑,"调你到机关,又不是让你当官,你客气什么?"

袁轶讪讪的,嘴上还要贫:"您都有秘书了,再说我文笔也不行。"

"我可没说让你当我秘书。论当秘书,你还真不是这块料。"

"那当什么?"

"业务科,替我拉生意去。"刘宇航道。

袁轶回到地服，王经理凑上来，有些讨好的口气："知道了？"袁轶不明白："知道什么？"王经理朝左右看了看，凑近他："听说，要去香港了？恭喜啊。"

袁轶吃了一惊："谁说的？"

王经理摆出个有些暧昧的笑容，脸上分明写着"少装蒜"。袁轶只得拼命摇手："不知道，真的不知道。估计是谣言。我这种科作，倒着数还轮得到，正着数一百年都没戏。"瞥见王经理的神情，便想再解释也是多余，感觉世上事就是这么奇怪，都打算撤了，却又是调机关，又是去香港，橄榄枝拼命往你身上砸。又想，刘大脚刚才怎么没提这事，去香港统共才四五个名额，自然要他拍板才行。猜他或许是不想这时候说这事，免得像利诱自己去机关似的，当领导的都心思缜密，步步为营，没用的事一件不做，多余的话一句不说。

消息传得很快，袁轶到候机楼闲晃，认识的人或明或暗，都向他表示了祝贺。当然风格各有不同，大多是直截了当，拱手说"恭喜"，再熟一点，会涎着脸，"将来高升了，别忘了兄弟"之类。徐杰那种是愤青式："所以说还是高干子弟好啊，就算关进去了，弄个保外就医什么的，出来照样人五人六的，位置都给你留着呢。"袁轶听得有些不顺耳："去你的保外就医，你骂我也就算了，你把地服当什么了，当心王经理冲过来揍人。再说这事还没影儿呢，别听人瞎传。"徐杰又说："豁得出还是好啊，不死留条命，花头就在后面。"袁轶知道他说的是冲上台签字那事，索性笑骂："妈的，老子上去送死，你躲在下面偷笑，现在又反过来说风凉话。"

柳晶晶在做 AA 问询，远远看见袁轶过来，故意把目光投向另一边。袁轶走近了，问她："初二怎么不出来唱歌？"她道："我唱歌没我姐好听。"

"又不是《中国好声音》，"袁轶嘿的一声，"重在参与嘛。"瞥见这丫头又面无表情地把脸转到另一边，心里叹了口气，想，这叫没法子，谁让自己脑子抽筋，搞个大乌龙。但这误会一时半会儿还挺难解释，总不见得直说"我想约的是你，不是你姐姐"。当然这话换个正常情商的男人说了也就说了，没啥大不了，可袁轶不行，一到关键时候就舌头打结，该说的不说，不该说的却应声而来：

"你姐唱歌是不错。"

柳晶晶身形不动："我说了吧。"

"她跟温世远还僵着？"

"你直接问她吧，我又不是传声筒。歌都唱了，这一句话还没空问？"

袁轶咽了口唾沫："小丫头，火气挺大。"

"谁火气大了？我好好在这儿做问询，你没事少烦我。"她停了停，忽地转过头朝他看，一本正经道，"袁轶我问你，你到底是什么意思，全世界都晓得你喜欢我姐姐，那你干吗还总是来烦我？——你不会是那种浑蛋吧，"她狐疑地问，"吃着碗里的看着锅里的，白相小姑娘的臭流氓？"

袁轶忍不住苦笑："流氓做到我这份上，老早被开除了好吧？"

"真想当我姐夫，就好好追我姐，整天到我这里套话是没意思的，而且——"她停顿一下，"你明明知道我对你是什么感觉，老这样，会让我误会的，可你……有时候想想，袁轶你真的挺不厚道，人品有问题,是个大坏蛋。"

袁轶一怔,从小到大还第一次被人说"人品有问题",瞥见她说完,便把头别到另一边,眼睛里有什么东西闪了一下。说到最后那句时,她声音其实都有些变了,尾音飞快地滑过去,带着哭腔。袁轶呆呆站在那里,想着立刻便要对她说些什么,嘴巴刚动了动,一个旅客走过来询问航班,柳晶晶立刻换了笑容,用标准普通话回答:"这飞机是准点落地的,正在打扫卫生,请您耐心等待,很快就能登机了。"

对讲机通知"AA 上客",几个服务员走过来,拿门禁卡开了登机门。旅客排起长龙,柳晶晶再也不看袁轶,走到一边扫描登机牌。袁轶站了一会儿,瞥见旁边几人有些诧异的目光,其中一个女人更是揶揄袁轶"今天没带巧克力啊",袁轶只得离去。

回到办公室,袁轶拿出手机发短信,"我——"才打了一个字,便想这话该当面说才行,机器出来的字都是冷冰冰的,哪里及得上嘴里说的温度。袁轶心里涌上一阵歉疚,要人家女孩把话说到这份儿上,男人做得也实在够差劲的。

另外几个去香港的名字也隐约听到了,除了温世远,还有王力深,机关办公室一个,还有个是售票处的。刚才经过值机办公室,碰见王力深时,他依然是说话不死不活,脸上毫无表情,像套了个面具。袁轶便想刘大脚到底还是与众不同,若论口碑,王力深比高莹差了不是一点半点,论业务,两人在伯仲之间,况且高莹的父亲是市政府的处级领导,而王力深只是普通工人家庭出身,也并非民航子弟。五个名额统统是男性,换了别人,必然在其中安插一位女性，以彰显男女平等，刘宇航却不顾忌这些。据说售票处那人，性格也很有些意思，曾和值班经理在上班时大吵一架，还差点打起来，理由是值班经理连着两周统统排他晚班，以至于他与女友分了手。反正这五个人，算上袁轶自己，都不是"第一眼人才"，要让人动半天脑筋，才想出些好来。

班车上，袁轶接到袁啸腾的电话：

"晚上过来吃饭，你婶婶要替你庆祝。"

"叔叔你也知道了？"

"好事情，都成后备干部了。"袁啸腾声音淡淡的，听不出是喜是忧。

"叔叔帮帮忙嘛。"袁轶拖着鼻音。

"少发嗲，让你来就来。"袁啸腾挂了电话。

路上不堵，袁啸腾一会儿便到了家，停好车上来，见夏梅已在厨房忙碌。他换身衣服，过去问妻子要不要帮忙。夏梅回答："都差不多了。"几道菜摆在旁边——清蒸珍珠斑、茄汁虾球、芦笋炒腊肉。锅上炖着山药排骨汤，放了花胶和薏仁米，补气又祛湿。夏父这几日的情形有所好转，上午已出了院，夏梅调休一天，把老父安顿好，下午便去菜场买菜，这阵子家里乱哄哄的，连过年也不曾好好吃上一顿饭，是时候调整一下了。

厨房的事，袁啸腾插不上手，也不出去，站在一旁陪妻子。夏梅让他试试汤的咸淡，他尝了一口，说"挺好"。停了停，夏梅夸袁轶挺争气："又不是民航专业，能混到这份儿上，算不错了。"

"关键是他婶婶管教有方。"袁啸腾开了句玩笑。

夏梅嘿的一声："婶婶最多只是负责喂饱他，精神层面的东西，还是靠他叔叔多一点。"

"吃饱了才能谈精神层面的东西，物质是基础，决定上层建筑。"

正说着话，夏梅手机响了。她手里干着活，便让袁啸腾替她接一下。袁啸腾去客厅拿过她手机，一看，屏幕上显示"刘宇航"，不禁怔了怔，随即把手机交给夏梅：

"你自己接吧。"

夏梅看到来电显示，也是一怔，擦干手，动作有些不自然地接过手机："喂？"

袁啸腾走到阳台，拿个水壶做浇花状，胡乱洒了几下，远远看见袁轶走过来，背个电脑双肩包，依然是学生的模样。他应该是看见自己了，在那里挥手——更像个孩子。袁啸腾嘴巴向上扬了扬，想笑，却笑不出来，下巴那里是僵的，停顿一下，也朝他挥了挥手。

再走进去，夏梅已打完电话。"是问我爸的情况，"她对袁啸腾道，"你也知道，上次那个医生是他介绍的，他也挺关心这事。"

袁啸腾点头："蛮好。"

"没别的事。就是问个好。"

"哦。"

夏梅停了停，好像一时也找不到别的话说，便又去厨房，走到门口，到底是憋不住，回头又道："我们基本不打电话的，要不是我爸的病，也不会跟他联系。"

"明白。"袁啸腾又点了点头。

两人一时无话。袁轶开门进来，见两人站着不动，不禁笑道：

"迎接我啊?"

"是啊,你是国家领导人,我们还要夹道欢迎。"夏梅扔下一句,进厨房了。

吃饭时,夏梅和袁啸腾都不说话,袁轶见两人这样,便猜测有事:"不是说替我庆祝嘛,这气氛像开追悼会似的——"袁啸腾在他头上敲了一下:"小子,正月十五还没过呢。"

"抱歉,"袁轶吐了吐舌头,见夏梅拿着碗要去厨房盛汤,便抢过来,"婶婶我去。"

"您都是后备干部了,怎么敢劳动您。"夏梅又拿过碗,把他按回座位,随即进了厨房。

袁轶靠近袁啸腾,轻声道:"吵架了?"

袁啸腾头也不抬:"吃你的饭。"

晚饭草草结束,袁轶识相地说要走。袁啸腾拿上大衣,说要下楼散步,顺路送他一段。

叔侄俩沿着小道走。夜里风有点大,没头没脑地往脖子里钻。两人把手插在羽绒服口袋里,微缩着头,像两只臃肿的鸭子。路灯把两人的影子拉得忽长忽短。

"几时走?"袁啸腾问他。

"不知道,正式通知都没下来呢,也就是大家在传,弄不好是谣言都有可能。"

"挺好啊,"袁啸腾呵出一口热气,"我不在,你照样也能去香港。"

"我是老领导的侄子,这是主要原因。"

"少哄我,我可没老糊涂。"

袁轶笑笑,脑子里飞快地整理着措辞,想着怎么开口才能不让叔叔反感:"——叔叔,要是现在有机会能再回航代,您会考虑吗?"

"我不回答假设性的问题。"

"听说,甄总有意思让您回去呢,"袁轶瞥见袁啸腾诧异的眼神,连忙加上一句,"您一点也不知道吗?我也是从当局楼上班的朋友那里听说的,不知是真是假。"

袁啸腾忽地停下脚步,在原地站了一会儿。袁轶偷看叔叔表情,眉头紧蹙,神情竟很是凝重,便有些后悔,这话题该更郑重些提出才对。"叔叔,"袁轶犹豫了一下,还是和盘托出,"其实啊——是刘大脚想让你回去。他叫我来探探你的口风。"

袁啸腾眉毛不易察觉地动了动,神情依然不变。

袁轶继续道:"我跟他说了,您多半不会答应,可他还是不死心,宁可触这个霉头,也要试一试。其实不管这人是好是坏,但他对航代的心,和您没什么两样。说句您可能不喜欢听的话,您要真回了航代,你们两个人一使劲,航代就有戏了。"

袁啸腾没说话,把领口紧了紧,又继续往前走。袁轶不敢多说,只是跟着。直至到了地铁站,两人也没有再谈这事。袁啸腾不说好,也不说不好,这态度让袁轶完全没底。依他本来的意思,想着要是能在临走前促成这事,也算是对自己一个交代了,没白来机场一趟。航代能搞上去,大家都高兴,是皆大欢喜的事。

"他比我厉害啊。"忽地,袁啸腾没头没脑地说了句。

袁轶一怔,不知该怎么接口,便依然沉默着。

送袁轶进了地铁，袁啸腾径直回家。夏梅坐在沙发上看报纸，见他开门进来，便问他要不要吃银耳汤："空气不好，吃银耳润肺——我给你盛一碗？"

袁啸腾说"好"，夏梅便起身，去厨房盛了一碗给他。袁啸腾接过，说声"谢谢"。夏梅问："袁轶回家了？"袁啸腾嗯的一声。夏梅停了停，又问："叔侄俩在路上聊什么了？"

"随便聊聊，没啥实质性内容。"袁啸腾道。

夏梅拿遥控器开了电视。

"昨天在我爸妈那儿，我爸问我你现在怎么样，在当局楼干得开不开心。我说，怎么可能开心，他那个人的心思您又不是不知道。我爸让我问你，要是现在能回航代，你还愿意吗？"

袁啸腾看向她："怎么，他老人家有门路？"

夏梅眼睛看着电视屏幕："也不是有门路，就是想想办法，你那事不是也过去一阵了嘛，再说航代现在又走了几个老的，你要真的想回去，也不是完全没可能——"

袁啸腾望着妻子，她毕竟是不惯说谎，连眼神都不敢与他相对。这番话她必然是在心里练习了多遍，跟背书似的，连个停顿也没有。他心里一阵气恼，又有些难为情，几乎就要说出"是刘宇航派你来做说客的吧"，到底是忍住了。鼻腔里都有些不舒服了，嗓子也跟着痒了，顿时咳嗽起来。夏梅忙给他倒了杯水："上海这空气真是要命，你上下班还是要戴口罩，别偷懒。"她早给他买了两只3M的口罩，他嫌麻烦，一直不肯戴。

"哦。"袁啸腾喝了口水，把话连同水一起咽回肚里。想，妻子和侄子,算是嫡亲的人了,却都拐弯抹角替那人说话。他心里叹了口气,避过妻子的眼神,进房了。

夏梅父亲的病到底是有了起色,只隔了一个礼拜,整个人看着便完全不同。其实倒不见得全是医治的作用,但老人家欣喜之下,竟有了恍如隔世的感觉,说一定要请大家吃饭,自己人,还有这阵子帮上忙的人。这里头自然包括刘宇航。夏梅心想父亲是有些老糊涂了,私底下谢谢人家也就算了,摆到台面上其实是不怎么合适的。但见父亲也难得高兴,便不忍拂他的意,只好先跟袁啸腾打招呼:"要真有什么,肯定也不会做得这么大鸣大放,主要还是心里坦荡荡,大家开开心心吃顿饭,就这么简单,你千万别多心。"

"你都这么'坦荡荡'了,我要再'长戚戚',不就成小人了?"袁啸腾笑了笑。

"我老公出口成章,不得了。"夏梅也笑。

吃饭定在周日晚上,在港汇广场的苏浙汇,订了个大包厢。两位主治医生坐上首,刘宇航居次。机场集团还来了两个处长,都是夏父的老部下,前前后后出了不少力。席间老爷子心情很好,话也很多,以茶代酒敬了一圈。"鬼门关里跑了一趟,看世界都不一样了。"众人捧场,说"您是老革命、老神仙"。敬到刘宇航时,他说:"这小子跟以前不同了。"旁边人听了,便问怎么不同。夏梅在桌下轻轻踢了踢父亲。夏父说下去:"跟以前相比,皱纹多了,头发少了。"大家都笑。刘宇航自嘲:"老了老了。"夏父兀自不罢休,说下去:"——不过也更有男人味了。我喜欢。我要是再多个女儿,肯定嫁给你。"

众人笑声中,夏梅有些不自在,想,父亲是得意忘形了。她不自禁地朝袁啸腾看去,见他似是没听见,自顾自将手中的半杯酒一饮而尽。一瞥目,又与刘宇航视线相对。刘宇航的目光里似有些说不清道不明的东西。夏梅不敢多看,别过头见袁啸腾只是喝闷酒,便让他去给两位主治医生敬酒。袁啸腾二话不说,拿起酒杯便走过去,说"您随意,我干了",仰起脖子便是一杯,再敬一人,又是一饮而尽。这么一圈下去,他说得少,喝得多。夏梅知道丈夫平常在酒桌上是很持重的一个人,今天这情形是有些失态了,便上前劝他打住,谁知袁啸腾不依不饶,说"我还没敬完呢",径直走到刘宇航面前。

"刘总。"袁啸腾道。

"袁部长。"刘宇航忙起身相对。

"我敬您,"袁啸腾举杯,与他一碰,"您辛苦了,谢谢您。"

"不辛苦,只是举手之劳。袁部长客气了。"

"刘总,"袁啸腾道,"航代有了您,真是幸事啊。您是航代的贵人。"

"不敢当,袁部长是航代的老领导了,没有您,也不会有航代的今天。"

"我是过去式了,您才是新贵。"

"什么新贵啊,在您面前,我是新兵,您是前辈。"

两人一来一去,都称呼"您",语气客气到了极点。这原本便是酒桌上的常景,愈到后面,酒喝得愈多,脑子愈糊涂,话题反而愈是正经,神色也愈郑重,这场面其实是有些滑稽的,像说相声抖包袱前的那一刻。众人只当他们是新旧两位航代老总在叙旧,空话套着客气话,半是捧场半是调侃,并不以为意。夏梅却觉出这气氛的不寻常,一颗心悬着,手扶着丈夫后背,只盼他快些结束。

"刘总,"袁啸腾停了停,忽道,"问个问题行吗?"

"请说。"

"这次能把航代留住,您是大功臣。请问——您是用了什么办法做到的?"

"嗯?"刘宇航一怔。

"我是问,您是怎么才把航代留住的,用了什么办法?"袁啸腾重复了一遍。

"秘密。"刘宇航笑笑,喝了口茶。

"不肯说?"袁啸腾也笑笑。

"其实也谈不上秘密,"刘宇航嘿的一声,"事情都过去了,这个已经不重要了。"

"真是神奇啊,"袁啸腾叹道,"整个机场都在猜测,那天你去王总办公室,之前王总还是斩钉截铁要把航代分流,短短一个小时不到,他就突然改主意了,像变戏法一样。你到底是用了什么办法才让他回心转意?"

刘宇航不语,只是喝茶。旁边,大家也对这话题有了兴趣,纷纷把注意力移了过来,听两人说话。

"有人说,您是给王总寄了封信,里面放了一颗子弹。"袁啸腾道。

大家都笑起来:"拍电影啊——"

"也有人说,您是卷了被头铺盖到王总家,说要是航代保不住,您就一辈子赖在王总家,不走了。王总吃不消,才答应了。"

刘宇航嘿的一声,问他:"你信不信?"

"谣言我是不信的,我只信真相。"袁啸腾停了停,"——可惜真相没人知道。"

刘宇航耸耸肩。

"这样好不好,刘总,"袁啸腾沉吟着,"让我来猜一猜,你到底是用了什么法子。如果我猜对了,你要老实承认,不能赖皮。"

刘宇航看他一眼。夏梅推了推丈夫:"好了,你喝多了。这有什么好问的。"袁啸腾按住妻子的手,朝她笑笑,随即看向刘宇航:"怎么样,刘总,愿不愿意?"

"好啊,"刘宇航手一摊,"你猜吧,猜中了我就承认。"

"真的,你保证?"

"我保证。"

气氛在那一刻变得有些微妙。众人应该也是感觉到了,虽然两人脸上都带着笑,像是闲话家常的神情,却有些说不出的东西在两人之间游移,电光石火,几乎都看见隐隐的火花了。周围一下子安静下来,都朝袁啸腾看。空气凝重得让人透不过气来。

袁啸腾停顿一下,声音霍地变得有些森然:"——你,给王总下跪了。"

刘宇航目光一凛。众人也是一怔。

"你给王总下跪了,"袁啸腾说下去,一字一句地,"你跪在地上,恳求他,一定要留住航代,只要留住航代,你给他当牛做马,什么都肯做。而且你还哭了，流了眼泪——我猜得对不对？"他有些嘲弄地看向刘宇航。

瞬间，包厢里安静得能听见彼此的心跳声。众人都把目光投向刘宇航。

刘宇航坐着，脸上没有一点表情。半响，他缓缓道：

"没错，你猜得对——我是下跪了。我求王总不要放弃航代，除了这个，我实在想不出别的办法。我只能这么做。这么丢人的事情，我以为除了王总没有人会知道，但既然你猜到了，我也只能承认。"

他说完，一仰脖，将杯中的酒一饮而尽，瞥见旁边夏梅看着自己，神情惊诧中还带了三分怜悯——这恰恰是他最不愿看到的。刘宇航不禁暗暗叹了口气。

（二十四）

周一早上八点半，刘宇航准时走进航代大楼，与传达室的老张打个招呼。

"刘总早。"

"早。"

陆续碰到一些人，见到他，都是例牌的谦恭的微笑，嘴上说着"早"，脸上神情却多少有些别扭，面上看着没什么，却有东西藏在下头，若隐若现似有似无。刘宇航心里叹了口气，想，这么快便传开了。

上午九点半是例会，总结了上周的生产情况，再部署这周的工作重点。会是再寻常不过的,气氛却有些反常。原因自然大家心知肚明。刘宇航看在眼里,瞥见众人都不敢与自己对视,索性早早散了会,径直去卫生间洗了把脸,对着镜子做了个深呼吸。他安慰自己,大风大浪都过来了,还在乎这些?——到底是豁不开,一口气没吐尽,憋在胸腔那里,竟有些生疼了。

刘宇航回到办公室,秘书拿了一堆文件让他签署。他勉强看了几份,便有些没心情,放在一边。这时手机响了,他看一眼,来电显示是"夏梅",迟疑了一下,接起来:

"喂?"

"没事吧?"

刘宇航知道她的意思:"没事。"

"真的没事?"

"没事,"他停了停,转而安慰的语气,"你知道我这个人的脾气,也知道我这人脸皮有多厚,航代是我好不容易保下的,我死都要赖在这里,无论如何都不会放弃的。"

"我是怕你想不开。"她实话实说。

"放心,我不会跳楼的。"他道。

"我不是这个意思。"

"相信我,没事。真的。"

电话那头应该是还想再说些什么,刘宇航借口有事,草草便挂了电话。他想着这么多年,还是第一次不想与她多说话。自那天吃完饭后,她这已经是第三个电话了,把"对不起"翻来覆去地说。他自然不是对她有什么不满,只是,在她面前竭力做出豁达的模样,真的好累，换了别人还好些，可偏偏是她。他不想让她看出他的怯懦来。她若不是袁啸腾的妻子，只怕他立时便要在她面前愤愤然，但现在自然不行。他身上厚厚实实的铠甲，其实都是破铜烂铁做的，一戳就烂。被别人看穿也就罢了，倘或被她看穿，那真是连跳楼的心都有了。就像那天在王总办公室下跪，扑通一声，他听到自己身体里砰地一下，随即有什么东西碎了，哗啦啦掉了一地。应该是自尊心。他没料到自己竟然会真的跪下来。王总惊得脸色也变了，一个劲说"你先起来、先起来"。他说："您不答应，我就不起来。"两人拉锯了半日，到底是王总输了。刘宇航将心比心，猜王总肚子里必定将自己骂个半死。领导最怕遇上泼皮。刘宇航想，泼皮就泼皮吧，反正不做也做下了。那天的情形，他放电影似的，在脑海里过了一遍又一遍，初时倒还好，越想便越觉得惊心动魄，五十来岁的人，又不是小青年，说跪就跪，将领导的军，也是逼自己的宫。倘若重来一次，他未必敢再这么做。想着这事永远没人提起才好——却偏偏还是被人掀了出来。偏偏，又是她的丈夫。

下午两点整，刘宇航去当局楼开会。袁啸腾也出席了。两人分坐在圆桌的两头，互不相望。会议内容有些无聊，时间偏又拖得很长。刘宇航便在桌下用手机上网，打开机场内部网，随意翻看着，忽然看到坛论里一条帖子"老总下跪"，点进去看，只是寥寥几句，也没有明说，但一看便知道说的是自己。点击率很高，跟帖的也多，都在问"是谁"。

刘宇航微一抬头，与袁啸腾目光相对。只一秒钟，又低下头，看发帖的人用户名是"故人"，暗自哼了一声，心里陡地升起一阵嫌恶，收起手机，冷冷地朝袁啸腾看了一眼，深吸一口气，又重重地把这口气吐了出来。

散会后，甄总把刘宇航留下聊了几句，还是问航代候补书记的人选。"跟老袁提了没有？"刘宇航想说"提了，他没答应"，迟疑一下，回答："还在考虑当中。"甄总说这事要抓紧。刘宇航答应着。甄总加上一句："就算裸跑，也要拉个垫背的。"刘宇航笑笑。

袁啸腾散会后回到办公室，给夏梅打了个电话。没应答。他便打她办公室电话，因为有来电显示，也是不接——她自然是生他的气。袁啸腾呆坐了一会儿，看表，三点半，也没心情坐着了，跟秘书办打了声招呼，提早下班。

本想直接回家的，半途上改了主意，买了点水果，径直来到夏父家。夏母开的门，进去才发现夏梅也在。夫妻俩对视一眼，没说话。夏母诧异道："你们没约好一起来吗？"夏梅说："我手机忘在办公室了。"袁啸腾心里一松，这才知道她为什么不接电话。

夏父问袁啸腾："过来有事吗？"袁啸腾半真半假编了个理由，说那天喝醉了，有些失态，过来谢罪的。夏父心里是有气的，但五十多岁的女婿，到底不能像训儿子那样，只能把话往轻里说："你自己知道就好。他是我请来的客人，你再怎么耍酒疯，也该有些分寸。"袁啸腾连声称是。夏父又道："跟我打招呼倒不必，去跟人家道个歉才是真的。你这么胡说八道，传出去影响多不好。都是在机场做的，抬头不见低头见，你让人家将来怎么做人？"

夏梅始终不说话。吃过饭，两人便说要走。夏母把女儿叫到一边，轻声叮嘱了两句，袁啸腾不用听也能猜到，多半是"你们以前谈过恋爱，比较敏感，再不开心也要忍着，别把小事弄成大事"之类。岳母年轻时脾气很火爆，直来直去的个性，看女婿不顺眼想骂就骂，现在年纪大了，竟与岳父性格倒过来了，家里事情都靠她调停，大事化小，小事化了。都说男人一过六十，阳气弱了，性格便趋向女性化，又是计较又是任性，小孩似的。女人倒是恰恰相反，把年轻时的戾气都收起来，变得老成持重，苦心操持着家。

夏梅果然没有发作。那晚吃完饭回来，袁啸腾做好准备，猜她会与自己大吵一顿，谁知竟没有，只是僵持着，不睬他。袁啸腾自知理亏，也不敢多提。夫妻俩一直不说话。平日里上班，通常都是他开车带她到班车点，唯独今天，她早早便出了门，也不与他招呼。——这比大吵大闹还要吓人。袁啸腾之所以到岳父家报到，一来是道歉，二来也是卖乖，有向老婆讨好的意思。见夏梅也在，便更是窃喜，既省了工夫，又能一起回家，有了说话的余地。

途中，袁啸腾问夏梅："要不要去喝杯咖啡？"

"老头老太，喝什么咖啡？"夏梅摇头。

袁啸腾见她说话了，更是宽心："那就找个茶坊，喝点茶，怎么样？"

"回家吧。"夏梅显得有些累。

袁啸腾答应着，想来想去，还是要对那事表个态："那天，对不起了。"

夏梅不吭声。

"主要是喝得有点多。你也晓得，我这人酒量不行，"袁啸腾停顿一下，"——倒不是有意针对他。"

"不是有意针对他,那你怎么不找别人,单单找他?"

话一出口,夏梅便觉得不妥,都忍了半天了,没提防竟还是说了出来,一时怔在那里。袁啸腾也是一怔。两人沉默着。

半晌,袁啸腾又道:"我说了,我不是有意的。"

夏梅叹了口气,把头转向窗外。"反正说都说了,是不是有意都无所谓,"她把话说得飞快,"要不然还能怎么办?时光又不会倒流。"

袁啸腾手指在方向盘上随意拍打着,话在口里犹豫了半天,还是没忍住:

"你希望时光倒流——回到二十年前?"他竟还带着些许微笑。

夏梅看他一眼:"你什么意思?"

"没什么意思,"他依然看着前方,"我只是在想,如果那天不是刘宇航,而是换了别人,你还会这么生气吗?"

"无不无聊?"她板着脸,硬邦邦地提醒他,"——到底是谁做错事了?"

"嗯,是我做错了——要不要削根树枝下来,脱光衣服去他家负荆请罪?"他心里愈是沉重,口气反而愈是轻飘飘。

她别过头,不理他。

两人不再说话,径直回到家。车子在家门口停下,袁啸腾说要去办个事。夏梅也不多问,自顾自下了车,砰的一声,车门重重关上。袁啸腾在反光镜里看见妻子的背影,忍不住有些懊恼,刚才不该那样说的。终是摒不牢。开着车,在小区附近转了几个圈,漫无目的。又来到袁轶家。袁轶见到叔叔,有些惊讶:"叔叔你怎么来了？突击检查啊。"

"是啊，"袁啸腾顺着他，朝鞋架上张望，"看看，这儿有没有女人鞋子——"

"早藏起来了，"袁轶笑道，"可视电话里看到您，立马就处理了。"

"人呢？"

"跳窗跑了。"袁轶厚颜无耻。

叔侄俩随意聊着。话题一直在天上飘，落不到实处。袁轶是装糊涂，故意绕开。袁啸腾则是心里乱糟糟的，对着侄子，好像用"倾诉"两字有些可笑。但有些话如鲠在喉，确实不吐不快，索性单刀直入：

"那件事，知道了？"

"哪件事？"袁轶还要装傻，见叔叔朝自己瞪眼，只得老实承认，"嗯，那件事——整个机场都传开了，要说不知道就是撒谎。"

"你怎么看？"

袁轶考虑了一下，自己人说空话没意思，三角恋那层是不能提的，只能往另一方面靠："我要被人抢了总经理位置，别说小小爆一下料，弄不好挖了他家祖坟也有可能。"

"好好说。"

"跟您过去的风格相比，是稍微促狭了一点。男人嘛，都要面子。男儿膝下有黄金，别的也就算了，可您说他给王总下跪，是有点那个了。"袁轶说到这里停顿一下，朝他看，"——叔叔，这事你是怎么知道的？"

"瞎猜的。"袁啸腾编着谎。其实王总的秘书是他的老朋友，当年一起进的机场，关系很近。王总对秘书下了禁口令，可他还是不小心透给了袁啸腾，千叮万嘱让他别说出去。袁啸腾本来也不是口快的人，可那天酒喝多了，心里又不舒服，一时冲动便说了出来。话一出口，酒便醒了，但还不能做出后悔的样子来，否则就更窘了。五十多岁的人，自己都控制不住自己，是要让人耻笑的。况且夏梅也在旁边。就算是老夫老妻，他也不愿意她看到他狼狈的模样。总经理的位子丢了不提，偏生那家伙还演出一场绝处逢生，赚尽口碑与人心。他从来不提这茬，连半句牢骚也没有，肚里憋了许久，终是忍不住，一股脑倒了出来。打蛇打七寸，他知道男人的死穴，酒醉三分醒，一招便中要害。二十多年的积怨，新的旧的，忘得了的忘不了的，全在那句话里了。那瞬间很过瘾，尤其是他这样个性的人，促狭话从来是放在肚子里，这么说出来，真是绝无仅有了。兴奋是兴奋的，竟又有些害怕，背上都冒凉气了，是小时候踢球打碎邻居家玻璃窗的感觉，都不敢想后面会怎样。但这层意思就更不便告诉别人了，只能硬着头皮上，好坏都自己揽着，一条筋走到底。

"问你个问题，要说老实话。"袁啸腾看向袁轶。

"您问。"

"我是不是有点过分？"

袁轶吐了吐舌头："就事论事地说——有点。"

袁啸腾摇头："你小子，改姓刘算了。"

袁轶嘿的一笑："是您让我说老实话的，说了您又不高兴。"

"也谈不上不高兴，最多有点没劲，"袁啸腾停顿一下，索性把话说得更像开玩笑,"个人魅力不如人家,只能怪自己啊。"

"在我眼里,谁也比不过我叔叔。"

"算了吧,"袁啸腾叹道,"你叔叔现在众叛亲离,既不叫好也不叫座。"

"婶婶也不开心吗?"袁轶故意问,"为了那事?"

袁啸腾停了停:"你知道你婶婶,她不喜欢我多喝酒。"

"吵架了?"袁轶继续促狭,"怪不得来我这里——避难啊?"

袁啸腾朝他看。袁轶连忙住嘴:"当我没说。"

袁啸腾再回到家,已是十点多了。进房搬个枕头,再拿条被子,睡在客厅。夏梅其实并未睡着,也不拦他。自结婚来,两人还是第一次这样。到了半夜,夏梅到底是摒不住,怕他着凉,到客厅替他开了空调。正要进去,袁啸腾忽然开了口:

"我不冷。"

夏梅这才知道他醒着。袁啸腾伸手拿过遥控器,又把空调关了。拿被子蒙住头,声音闷闷地从里面发出来:"让我冷死算了,谁让我做错事呢。"

夏梅一怔,想笑,又笑不出来。原地站了一会儿,进房间了。

夫妻俩都是性格克制的人,并没有让不愉快持续下去。似是戛然而止,好像还没掀起些什么,便突然压了下去,悄无声息的。都有些莫名其妙了,只是有些东西藏在底下,暗涌似的,其实还是有些残留的。第二天,夫妻俩都不再提那件事,又同往常一样,袁啸腾送夏梅去坐班车,再开车去浦东机场。到办公室先上了会儿机场内部网,见那条"老总下跪"的帖子已撤了,应该是被管理员删掉了。刚才车上,夏梅问他:"那条帖子不会是你发的吧?"她这么直截了当,他只好反问:"你觉得呢?"她道:"只要你说不是,我就信。"——她这么说,又是完全相信他的意思了,把他申诉的机会也剥夺了,也不好生气。他道:"不是。"她朝他看了一会儿,点头道:"我猜也不是你。"

袁啸腾想到这,心里泛过一丝苦涩,她若真的信他,也不会问了。便想起那次,他无意间看见刘宇航送她回来,还握她的手——却始终没有提起。他涵养功夫也着实到家,她一直以为他不知情。他猜她必然不是那层意思,二十来年的夫妻,便是刘大脚存有非分之想,但她是怎样的人,他总是再清楚不过。此刻她对他却是心存疑虑。当然了,他也不是全然冤枉,帖子虽不是他所发,但消息总是他透出去的。他半开玩笑地对夏梅说:"其实是帮了刘大脚的忙了,大丈夫能屈能伸,大家笑一阵就过去了,以后他就真成航代的英雄了,为了航代都不惜下跪,多壮烈。"夏梅冲他一句:"他还得谢谢你了,是不是?"

袁啸腾觉得,终究还是自己把三人关系搞成了现在这样,至少是提到了桌面上,"刘宇航"这三个字得以在夫妻俩的谈话中重见天日,是他失策了,还怨不得别人。

吃过饭,袁轶又踱到服务组找柳晶晶。他做好不被待见的准备,想她这口气总有出完的时候,女孩子嘛,面上一定要让她舒服,赔小心当小矮人,本就是男人的必修课,不丢人。吹着口哨进了门,谁知迎头竟撞上了柳婷婷。不禁一怔,还当走错了门。

"我调到服务组了。"柳婷婷告诉他。

袁轶哦的一声,瞥见旁边几个女人有些暧昧的神情,脸上分明写着"姐妹通吃"四个字,便有些讪讪的,觉得这事解释不清,索性连寒暄也懒得了,径直退了出来。

柳晶晶调去了平衡室。袁轶到那里时,柳晶晶正拿一张波音737的平衡表练习,差不多已完成了,重心很漂亮。师傅夸她聪明,从开装机单到制图,都是一气呵成:"小姑娘感觉挺好,不像别人初学时,一张图改了又改,重心不是偏前就是偏后。"袁轶趁势上前,笑吟吟地去看柳晶晶的平衡表:

"不得了啊,这下真成专业人士了。"

"我姐在服务组。"她提醒他。

"知道。"袁轶讨好的口气,"跟我没关系。"

"给你报个喜——她跟姓温的越来挺僵,看情形不大好了。"

"说了,跟我没关系。"

她嗤的一声,不再说话。袁轶硬着头皮,又道:"几时有空教我画平衡表?"她看他一眼,依然是不说话。袁轶自顾自地说下去:"客运部那么多岗位,我最佩服的就是平衡,不得了啊,技术含量高,专业性强,人人都是精英,飞机靠它才能在天上飞得稳稳的,错一点点都不行。当初我也想进平衡室来着,可实在不是这块料,只好每天站在平衡室门口流口水。"

柳晶晶丢出一句:"这个你不说我也晓得。"

袁轶一怔,随即明白她会错意了:"啊呀,不是那个意思——"

柳晶晶打断他:"不是哪个意思?"

"别把阿哥想得那么刮三。"

"我怎么把你想得刮三了?"像是绕口令。

袁轶正要再说,瞥见平衡室一众人津津有味的神情,只好闭嘴,做出亲切的模样,在柳晶晶肩上拍了拍:"姑娘大了,就喜欢跟阿哥抬杠——"

柳晶晶又是咻的一声。袁轶在她身边站了片刻,说声"阿哥走了",佯装没事人般走了出去,一出门便在自己额头敲了一记:"十三点!"声音着实不轻,几乎被旁边走过的人听见,有些愕然地朝他看。袁轶又是一跺脚,拿过手机,飞也似的写了条短信:"喜欢你,是真的。"给柳晶晶发了过去。

半天没回应,他心里一跳,想不会又发错了吧,拿出来一看,是"柳晶晶"没错。心里稍定,又有些懊悔起来,原本想好当面说的,却还是发了短信,又是这么一个时候,没铺垫没气氛,乱七八糟的,真的也像假的了。

年头的会就是多。上午连着下午,袁啸腾与刘宇航不停地打照面。两人依然是不说话。袁啸腾想着找个机会,还是要打个招呼,至少面上要过得去,才能把这阵子的小插曲画个句号。对大家都好。上午那个会,刘宇航一散会立刻便走,袁啸腾追上去已没了踪影,下午那个会,袁啸腾便格外多了心眼,散会时没等刘宇航站起来,便走过去拦下:

"刘总。"

刘宇航看他一眼,不带表情地问道:"有事?"

"借一步说话。"

旁边几人迅速投来注目礼。所幸当事人都还算坦然,走到一边,做出闲聊的样子。袁啸腾开门见山:"刘总,上次的事,是我酒后失言。对不起。"

"不敢当——是酒后吐真言才对吧?"

"是我的错。你别放在心上,"袁啸腾停了停,加上一句,"如果需要我澄清,我可以出面。方式方法你定。"

"没必要,本来就是真话。又不是政客,不需要搞这套。"刘宇航说完朝他看,"——还有事吗?"

袁啸腾只好摇头。

谈话虽没有达到预期的效果,总算也是表了态。袁啸腾本来还存了半句话,想为来不来航代做个交代,人家有这个心,又是托袁轶又是托夏梅,可见人家心诚,去不去是自己的自由,但到底不能装聋作哑。但见刘宇航丝毫不提,他便也不提这个茬,只当不知道,想,两人能做到这个地步,面子上过得去,已经是很不错了。注定这世是不可能做同事了,更加不可能做朋友。他忽地想起袁轶那句"你们两个人一使劲,航代就有戏了",顿时又有些怅然,说不出的滋味。造物弄人,二十年前是那样,二十年后又是这样,倘若没了这层关系,他倒也不是气量狭小的人,副职就副职,只要能回航代再做番事业,他是完全不在乎的。可偏偏是刘宇航。想到要被他压个正着,袁啸腾背上便生生冒出一阵冷汗,手脚都发麻了。

刘宇航回到办公室,今天是他值班,便开车去机坪上转一圈,例行巡视。途中,集团党办的张部长给他打了电话,说"老总下跪"那帖子已删掉了。刘宇航称谢,说一大把年纪,还出这洋相,要老朋友帮着补台。张部长也很客气,说这种帖子能上内部网,本来就是党群办失察。两人当年一起从空军复员进的机场,关系很不错。张部长径直问他:"那事是真的?"刘宇航反问:"你猜?"张部长说:"很悲壮,像你的风格。"刘宇航说:"假的。"张部长便嘿的一声:"假的你怕什么,让它留着呗。"刘宇航说:"我是说,悲壮是假的,其实现场气氛非常难堪。"张部长沉默了一下,道:"可以想象。"

张部长说:"其实贴子删了也没用,该知道的都知道了。"刘宇航叹道:"没错。"张部长说:"想开点,热热闹闹也就一阵,再过个十天半月,都忘了。"刘宇航叹道:"航代要是再搞不好,自己都觉得对不起自己——是拿黄金换来的。"张部长道:"也对,男儿膝下有黄金啊。"

机坪上,一架长城航空公司的 B747 货机正在装卸。刘宇航停好车,走过去,货舱已装了大半。商务见到刘宇航,过来打招呼。长城货机是新近代理的,一周四天,都是凌晨出港。前几天碰到东沪航的朋友,说起这事,都很庆幸,"长城总算去你们那儿啦——"货运航空公司情况都差不多,红眼航班,活儿累人,代理费又不高,去哪里都是讨嫌的主。前阵子是为了拉业绩,其实刘宇航心里知道,光靠这些航空公司,不能解决根本问题。

商务抱怨了几句,诸如升降平台车来得太晚,装卸不及时之类的。刘宇航嘴上答应,心里并不十分以为意。天底下的商务都一个样,最好你只服务他一家,别的航空公司都不用管,把他当太爷一样侍候。升降平台车就那么两辆,装卸人员就那么几个,同时段的货机有好几架,顾得这个顾不得那个。其实货机出港时间还早着呢,商务是希望这一站挤出时间，下一站能充裕些，赶鸭子上架似的催着。别的没什么，就怕他在对讲机里一直叫，听着心烦，让上面领导知道了也不好。地服王经理都诉过几次苦了，说这帮商务都是贱骨头，不睬他们要叫，睬他们叫得更凶。"又不是超人，这么多集装箱，不得一个个搬？性子急成这样，将来肯定生女儿！"刘宇航听出王经理话里的意思，其实还是地服太辛苦，货机跟别的部门关系不大，唯独装卸要靠地服的搬运工，赤手空拳肉搏，夏天热死，冬天冷死，又不添人手，也不涨工资，每加一个航班都是真活计。刘宇航答应王经理，马上就给上头打报告，要求再多进一批合同工。

他又去候机楼转了一圈，与几个值班主任随意聊了几句。客气话放在面上，里面那层意思都差不多，航班增加了，人手不够，强度太大，间接影响航班安全生产。平衡室的申主任讲话更是直接："都是半夜的航班，三点出港，十二点就得开装机单，再画平衡表，发电报，不到三点半睡不了觉。这还是顺利的，碰到货物有调整，就得重新开装机单、画平衡表，多折腾个两小时，一晚上就别睡了。平衡规定要双人复核，一拖就是俩。累还是其次，怕的是疲劳操作出差错，那就是大事情了。"

大家说得都在理，刘宇航只好照单全收。回公司的路上，刘宇航满脑子想的便是这句——"海口容易夸，操作起来实在难啊"。到办公室，他让秘书拿来近三年的业绩报告，收入和开支摆在那里，清清楚楚，进来的钱像是净水龙头里滴下的水，一滴一滴，而出去的钱则是冲马桶的水，轰隆一声，整个水箱都空了。还不能说不合理，一笔笔都是理由充分，有它们的用处。偌大的公司，想要在三年内便来个大改观，真是谈何容易。

前一天是给江书记开送别会，形式从简，就在航代的大会议室，买些蜜饯水果，团团围一桌，像茶话会。江书记本来与刘宇航不睦，但离别在即，说话便也比往常贴心些。

"一直觉得你还年轻，可再想想，你也是五十的人了。说句实话，我挺佩服你，我在你这个年纪的时候，已经想着怎么养老了。"

"我是人已老心不老，不知天高地厚。"刘宇航笑笑。

"我和航代没有仇，"江书记说得很实在，"在机场顺水推舟不是坏事，对自己对别人都好。该为自己打算的时候，就要为自己打算。理想要是实现不了，就成痴心妄想了——我可不是触你霉头，是说真的。"

"我知道。"刘宇航想想，又加了一句，"其实你也帮了我不少，别的不说——那辆Q5，要不是你认识人，也不会让我买得那么便宜。"

"试验车，打对折，是挺便宜。我儿子当初也看上了，可没办法，谁让我要拉拢你呢。"江书记说到这儿，又有些恨恨的，"早知道你和我不是一条心，说什么也不会便宜你。"

"我早说了，没有江书记你，我当不上航代总经理。"刘宇航道。

"这叫前门拒虎，后门进狼。你和袁啸腾，没一个是省油的灯。"江书记说到这，问他，"听说，你想把他再弄回航代？"

刘宇航不作声。江书记嘿的一声："看样子是真的了——挺好，把他弄回来，你们俩又可以接着斗了，人生没有对手也不行啊，太无趣。"

送别会最后,刘宇航和江书记还拥抱了一下。江书记说:"三年后你裸跑,我一定过来捧场。"刘宇航说:"好,我现在就开始锻炼,把八块腹肌弄出来。"旁边有人凑趣,替两人拍了照,说是两代航代领导人历史性的合影。刘宇航心里笑了一下,想起以前有个人说过,他不适合待在机场,因为性格太棱角分明,不懂变通。想不到多年后,棱角分明的刘宇航也能与不对路的人谈笑风生了,看着比老朋友还要老朋友。那人还说,机场是容易混日子的地方,因为坐地收租福利好,人也容易胖,是"养猪场"。刘宇航想到这,不自禁地摸了摸自己的腰,滴溜浑圆,竟与臀围差不多了。那人说这话的时候,眉宇间有丝不易察觉的惋惜,是真心怕他不适应新环境——那时也是一次偶遇,在机场班车上。现在想来,他与夏梅之前的每一次见面,好像都是偶遇。他与她骨子里都是本分的男女。他不去骚扰她,她亦不来动摇他。她是个值得尊敬的好女人。说实话,他有时候是挺懊恼的,人生禁不起几次懊恼,转眼便是二十年过去了,懊恼也没机会了。

下午,刘宇航做成两件事。一是向股份公司打报告,要求增派人手;二是将航代员工的名单检视了一遍,挑出几个适合的人选,准备将他们调到业务科。眼下拓展航代的代理业务,依然是重中之重,"开源节流"是企业生存的不败真理,尤其是这个关口,头等大事便是"开源"。比起东沪航,航代的代理业务还是小打小闹,这就表示还大有潜力可挖——其实是挖人家墙脚。刘宇航想到这,又有些好笑,拿过手机给袁轶发了条短信:

"上次跟你说的事,考虑得如何?如果没有异议,下礼拜到业务科报到。"

(二十五)

袁轶是在候机楼食堂吃饭时听说温世远与柳婷婷分手这件事的。当时在场的有五六个人,看他的眼神都十分微妙,翻译成文字大致便是"你小子撬边成功"之类的意思。袁轶先是不动声色,再一想,不能听之任之,必须要有所表态,否则就成默认了。

"过去式了,"袁轶放慢语速,一本正经的神情,"我现在对柳婷婷一点想法也没有。"

"真的?"在座的都是一脸质疑。

"千真万确。"袁轶瞥见他们的眼神,又加上一句,"骗你们是小狗。"

几人都笑笑。

"那他们怎么会分手的?"一人道。

"谁知道,我也正奇怪呢,说分手就分手,"袁轶做出疑惑不解的模样,夸张得像在演小品,"——是不是性格不合?"

"多半是。温世远那家伙,整天阴阳怪气的,这脾性没人受得了。分手也是早点晚点的事。"一人道。

"别妒忌人家。人家好歹跟女神爱了一场,不枉此生了。"另一人道,"——照我看,还是因为他太穷,你说哪个上海姑娘愿意嫁给农民子弟?"

"嫌贫爱富?"

"那也正常啊,结婚是一辈子的事,不说富贵荣华吧,至少也要衣食无忧。你看姓温的那副德行,别提买房,就算租房也成问题。小姑娘跟了他,这叫跳火坑。"

"也不见得。谈恋爱这种事,牵一发而动全身,不是一两句话能说得清的。"

"有道理。"袁轶使劲点着头。

正说着话,有人轻拍他的肩:"袁轶。"

袁轶一回头,见是柳婷婷,端着饭盆,不觉一怔。在座几人也统统住嘴,瞬间变得十分安静。

"饭卡忘带了,借一下?"秋香姐轻声软语。

袁轶咽了口唾沫:"当然。"从口袋里拿出饭卡递过去,动作都有些机械了。

"谢谢哦。"秋香姐盈然而去。

袁轶低下头继续吃饭。"说曹操曹操到,"他嘴里嘀咕着,眼珠一转,问众人,"刚才说到哪儿了?哦——他们为什么分手?"

"第三者插足。"一人笑得促狭兮兮。旁边几人也跟着哧哧笑起来。

袁轶心里骂了一声,妈的,又绕回来了。

下午收到柳婷婷的短信:"饭卡怎么还给你?"袁轶回过去:"先放在你那儿吧,没事。"柳婷婷又发:"我给你送过来吧。"袁轶连忙阻止:"不用不用,我一会儿有事,先下班了。"

其实秋香姐完全可以刷完卡后直接送过来,几步路的事。她不还,袁轶自然也不好催她。有借必有还。还是肯定的,就看怎么还了。袁轶猜她多半还是会亲自送过来，或者是约好一起坐班车，顺便还给他，甚至是相约看场电影或是唱歌什么的，再把卡还给她。袁轶忽地有些心酸，也不知怎的，换了别人也就算了，偏偏是秋香姐。心酸得要命，还有些怜惜。脑子里飞快地闪过另一个女孩的影子。这么想着，便越发觉得愧疚，做错事似的。

上厕所遇见温世远。站在便池边，拉开拉链正要撒尿，旁边一股冷冷的目光袭来，袁轶禁不住打了个寒战，整个人瞬间结冰了似的，尿也缩了回去——温世远面无表情地朝他看。袁轶有些沮丧，想，老是上厕所时遇到这小子，早晚前列腺出问题。

"怎么来这里上厕所？"袁轶问他，"机坪上的厕所可不及候机楼的干净。"

"尿完了吗？"温世远声音听上去也像冰。

袁轶一怔，打个激灵，尿徐徐而出："怎么？"

"聊两句。"他道。

袁轶又是一怔，下意识地朝旁边看，没人。声音都有些不自在了："有事？"

"对，聊两句。"他又说了一遍。

"那行，"袁轶整理好裤子，"出去聊。"

"就这里吧，"温世远道，"这里清静。"

袁轶朝他看一眼，忍不住倒吸一口冷气，想，这家伙到厕所也不大小便，参观名胜古迹似的——不会是跟着自己进来的吧？温世远像是听见了他的心声，一字一句道：

"没错，我就是跟着你进来的。"

半小时后,袁轶拿围巾包住脑袋,径直上了一辆出租车,在车上给王经理发短信:"经理抱歉,我临时有点急事,先下班了。"

他没换衣服,身上还穿着工作服,司机见了便感慨:"机场福利是好啊,上下班都叫差头(出租车)。"袁轶没作声。司机不依不饶:"你哪个部门的?"

"收废品的。"袁轶没好气地回答。

车到半途,柳婷婷打来电话:"你没怎么样吧?"袁轶一怔,想消息怎么传得这么快,装傻:"没有啊,我能怎么样?"她道:"他说他去找过你了,声音听着不太对——你真的没事?"袁轶道:"没事,就聊了几句。"她追问:"真的?"他道:"真的,骗你干吗?"她还有些狐疑:"你在哪里?我打电话去你办公室,他们说你已经下班了。"袁轶心里叹了口气,想明天又要被嘲了:"有些感冒,先回家了。这阵子空气太差,嗓子疼得厉害。"她只得作罢:"哦,那你休息吧。"

袁轶挂掉电话,将手机放回裤袋,稍一转念,又拿起来,翻看里面的记录,见与柳晶晶已有两个多礼拜没有联系,想,阿哥忙,没顾上关心你,你也不来问候阿哥一声。他犹豫了一下,按下通话键便打了过去。

"喂?"那头很久才接起来,懒洋洋的声音。

"在干吗?"袁轶问她。

"休息天能干吗?睡觉呗。"

袁轶看表,下午三点,是午睡的时间。他干咳一声:"——晚上有空吗?"

"有事？"

"也没什么事，就一起吃个饭，要是有兴致，再看场电影唱个歌什么的。"

"叫了我姐没？"这丫头直逼逼地来了句。

"没有，就我和你。"

"行啊。"

袁轶倒有些意外了，原先还以为这丫头会闹个半天别扭，没想到这么爽快便答应了。他心情顿时大好，回到家冲个澡，在镜子里看见额头上的伤，一个激灵，顿时反应过来——这副尊容似乎不适合出去约会。但话都说出口了，这时候再反悔肯定不行，变成没事惹事了。再说好不容易那丫头同意一起吃顿饭，别说这点伤，就算是麻风病，只要她不怕传染，他也豁出去了。

他们约好晚上六点，在"食神锅奉行"。贵得要死的火锅店，人均五百朝上。隐约记得她以前提过这里，他便订了这家。反正袁小开最不缺的就是钱。春节里，老妈从美国寄了张贺卡给他，称呼儿子为"dear son"，落款是她的英文名字，她完全美国人的做派了。但美国人骨子里到底是中国人，除了贺卡，另外还有一张美国运通白金卡，额度高得让人咋舌，袁轶的这张是副卡，主卡人是袁妈妈，中国消费，美国那边还钱。意思就是儿子你花吧，随便花使劲地花，反正老妈埋单，放一百个心。运通卡在国内还不怎么通用，基本都是一些高级场所才能刷。本来袁轶也不是这么奢侈的人，但想无论如何不能辜负老妈的苦心，只好勉为其难地用上一用，尽尽孝道。

柳晶晶是踩着点进来的。远远便看见袁轶坐在角落里，毛线帽戴得很低，几乎遮住了半张脸，便忍不住有些好笑，想这人不至于吧，又不是明星。她径直走过去，袁轶见到她，立刻站起来，很绅士地替她拉开椅子。

"发财啦？"她大剌剌地坐下。

"怎么说？"

"来这么高级的地方，不是发财是什么？"她眼珠一转，"我姐还没来吗？今天是不是准备向她求婚？"

袁轶嘿的一声："没人会挑火锅店求婚。"

"那可不一定，"她打开菜单瞟了瞟，"冲这菜价，我姐说什么也答应你了。"

"那我下次挑外滩十八号，你答不答——"袁轶说到一半停下，觉得这话调戏的意味太明显了，不合适，及时打住，"点菜吧——放心大胆地点，阿哥最喜欢被你敲竹杠。"

"还没点呢，什么敲竹杠？"柳晶晶嘀咕着，朝他看了一眼，终究是忍不住，"你感冒了还是怎么的？空调间戴毛线帽，捂痱子啊？"

"最近精神压力大，有点脱发，戴个帽子遮一遮。"

柳晶晶叫来服务员点菜。袁轶一旁听着，点的都是牛肉鸡肉菌菇之类的，那些招牌菜诸如鲍鱼海参什么的，一个也没点。这丫头是替他省钱。袁轶拿过菜单，又加了两个价格高的。柳晶晶却不领情，瞪他一眼："暴发户！"

她问他几时辞职。"不是说要走吗？怎么到现在还没动静？"

袁轶说："快了。昨天跟刘总提了，我对他说，他是第一个知道这件事的人，再一想，不对啊，我早就告诉过你了。所以你是第一个知道我要辞职的人。"他有些讨好的口气。

柳晶晶不接话,硬邦邦地问:"我姐不知道吗?"

"别老是提你姐,"袁轶一锤定音的语气,"我现在对你姐已经彻底没感觉了。"想了想,又加上一句,"——那天那条短信,看了没?"

"哪条短信?"她不看他,喝了口茶。

袁轶心里嘿的一声,想,装吧装吧,阿哥不来戳穿你。

停了停,柳晶晶告诉他:"——我姐跟温世远分手了。"

"知道——跟我没关系。"

"没关系?那你额头上那个是什么?"她忽道。

袁轶一怔,想这丫头竟然知道了,还在这里逗他,只得拿下帽子,露出额头包扎好的纱布:"其实这个——"还未说完,柳晶晶已惊得站起来,手指着他的脸:"你、你怎么回事?真的受伤啦?"袁轶又是一怔,这才想到她其实是诈自己。老车失蹄,被个小丫头给耍了。他嘿的一声,将帽子往旁边一放。"自己摔的,"他解释道,"跟你姐夫没关系。"

"不可能。"她自是不信。

袁轶只好把下午的情形描述一遍。温世远应该是想揍他的,眼神都不对了,人也靠了过来。他一慌,下意识地往后退,脚底一滑,莫名其妙摔了一跤,额头撞在小便池上,血流了不少——像个戛然而止的收尾。还是温世远扶他去的空港医院,缝针,上药。

袁轶说完,佯装喝了口水,其实是想掩饰尴尬。类似的事情不是第一次发生了。高中时献血,针管还没上来,白眼一翻,人已经晕过去了，血没抽上，还要倒贴200cc给他输回去。现在也是，人家老拳没上来，自己已先脚软了，不战而败。男人做到这种地步，也实在是窝囊，要被人笑掉大牙的。亏得现在是和平时代，否则敌人还没开炮，他袁小开已经先躺在担架上了。

"想笑就笑吧，"袁轶往椅背上一靠，"反正阿哥皮厚，顶得住。"

她不语，半晌，朝他看："伤口疼不疼？"

袁轶心里滋啦一声，一股暖流从丹田那里涌出，缓缓地，直涌到百会。这丫头到底是懂事的，连玩笑话也没一句，径直只是顾他的伤口。

"不疼，一点也不疼。"他道。

"是吗？"她笑，"那你皮真是挺厚的。"

"尴尬啊，"他叹道，"受了伤，还不能向人诉苦，连骂人都找不到对象。我倒宁可被你姐夫揍一顿，还爽快点。看样子明天还得请病假。否则这副面孔，不是新闻也成新闻了。"

"我姐知道吗？"她问。

"你不说，你姐夫不说，她就不会知道。"

"都吹了，还'姐夫''姐夫'的。说实话——"她看向他，"他们分手，你是不是挺开心？一定要说实话，撒谎就没意思了。"

"有点儿。"袁轶老老实实地回答，"哪个男人喜欢看见美女被别人追走？"

"天底下美女多了，早晚一个个都给人追走。"她撇嘴，"你们男人真是幼稚。"

袁轶嘴巴动了动，想说"你要是被人追走，我就跳黄浦江"——自己都被自己吓了一跳，就算是瞎想，这话也忒恶心了。

"你找我出来吃饭，到底有啥事？"吃到一半，她问他。

袁轶一怔，便有些后悔，刚才那句恶心的话该说出口才是，至少有前文做铺垫，不至于那么突兀。倘若现在说，真是别扭了。他嘴巴动了动，竟不知该怎么开口。这时，手机响了，拿起来，是柳婷婷发来的短消息："温世远说你受伤了，是真的吗？"

袁轶回了条消息："擦伤了一点，不碍事。"

她很快回过来："晚饭吃了吗？"

袁轶打了"在吃"两字，心念一动，将那两字删去，重新打道："和晶晶一起在吃饭。"——发了出去。心跳陡地加速，还是头一次捅破窗户纸。他猜柳婷婷其实一直是有所察觉的。柳晶晶也是如此。两人都在装糊涂。可同样是装糊涂，秋香姐就多少有些凄然了。那天和欧阳聊起这事，欧阳说好马不吃回头草，跟着还讲了许多不入调的话，形容词和成语用了一堆，应该是真心为他好，但那样评价他的秋香姐，袁轶很难接受。想来想去，秋香姐应该不至于是那个意思，什么"到底想通了，傻瓜才不要小开要瘪三""女神也现实""嫌贫爱富"之类，听着很有些刺耳。但这种事还不好理论，不能深究，想也不能多想。

手机没了动静。柳晶晶问袁轶："谁啊？"

袁轶说："你姐——她问我在干吗，我说和你一起吃饭呢。"

柳晶晶停顿一下："然后呢？"

"然后就没有下文了。"

两人沉默了一会儿。袁轶干咳一声:"现在你知道了吧,我对你姐已经没感觉了。"

柳晶晶没吭声,半晌,看他:"你这话的意思是——总算给了我一个名分是吧?"

袁轶心里嘿的一声,差点笑出来,心想小丫头就是小丫头,傻头傻脑。但面儿上还不能表现出来。"我这人性格有点拖泥带水,"他一脸诚恳,"你懂的,是吧?"

"你自己知道就好。"柳晶晶夹起一片牛肉在锅里涮着,语气轻松。

自此,两人似是达成了某种默契,空气中弥漫着令人愉悦的甜香,仿佛置身于一屋新鲜出炉的面包中。埋单时,柳晶晶还拿过服务员手里的账单,检查无误后,再交给袁轶——很有些老夫老妻的感觉了。什么东西悄无声息地滋生着,慢慢地漾开。两人反倒比平时更安静了,说话也客气了。结束时,柳晶晶对袁轶说"谢谢你请我吃饭",袁轶回了句"请你吃饭是我的荣幸"——标准滥俗文艺片里的对白。

袁轶送柳晶晶回家,一路无话。袁轶瞥见柳晶晶两只手放在膝盖上,微握成拳一动不动,便猜她保持这种姿势应该很累。问她要不要听音乐,她说好。袁轶打开音响,广播里恰恰在放网上那首很流行的《可爱颂》,"ki you mi,ki you mi——",小女生嗲嗲的声音回荡在车厢里,很有喜感。两人都忍着不笑,一动不动,没听见似的。袁轶感到有些滑稽,又有些感慨,两人认识了近十年,这样的气氛还是第一次。倒也谈不上不好,只是有些别扭,竟像是对着陌生人了。他想说些话逗她,又怕弄巧成拙,忍住了。

车停在她家楼下。袁轶停好车,说声"到了"。她回句"谢谢",却不下车。袁轶走到她那边,替她开了车门。她将刘海儿捋到耳后,缓缓下了车,叮嘱他"路上小心,车开得慢一些",声音轻轻柔柔,眼睛却不看他。他答应着,想,越来越像老夫老妻了。正要离开,忽见柳婷婷和温世远从旁边走了过来,不禁一怔。待要避开已来不及,两人先是看见柳晶晶,又看见车内的袁轶。四人目光稍一停留,便立刻移开。僵持着。

袁轶只得打招呼:"挺巧啊,在这碰到你们。"

"这是我家楼下,碰到我有什么巧的?"秋香姐来了句。

袁轶吃瘪,只好闭嘴。

"晚饭怎么样?吃得开心吗?"柳婷婷看向妹妹。

"蛮好,"柳晶晶道,"吃的火锅。"

"怎么吃火锅,不吃牛排?"

"食神锅奉行,两个人吃了九百多,比牛排还贵。"

袁轶心里赞了一下。小丫头回答得不错,意思清楚,而且立场也分明,是站在他这边,很有些老婆维护老公的意思。柳婷婷停顿了几秒钟,随即转向温世远:

"听见了吧?——我们最后一次约会吃的是什么?吉祥馄饨还是新亚大包?"

温世远朝她看,还没开口,柳婷婷已说了下去:

"跟你交往一年多,我们有没有一顿饭超过一百块钱?嗯?"她很认真地看着温世远,"全上海人均三十以下的小饭店,我们几乎都吃遍了。我过生日那天,你说请我吃大餐,弄了张大众点评网的试吃券,一分钱都没花,算是吃了顿烛光晚餐,还送了我一条网上买的围巾当礼物。你自己说,这条围巾多少钱?十块还是十五块?反正肯定超不过二十,对不对?"

袁轶觉得,秋香姐有些过分了。这些话至少不该当着他的面说。

"十八块。"温世远竟然回答了。

柳婷婷笑笑:"我就说嘛——不过我也知道,这对你来说,已经很不容易了。你们村里的男人追女孩,肯定就摘些花啊草啊什么的,一分钱也不用花,或者像《红高粱》里那样,扛起来直接摔到高粱地,一个老婆就到手了,是不是?我算了算,这些日子你在我身上花的钱和精力,如果放在你们村里,十七八个老婆都有了,是吧?所以说啊,我真是很感激你。不同的人有不同的标准。按一个偏远地区的农民子弟的标准来衡量,你出手属于非常大方的,在你们村里绝对是土豪级别。"

柳婷婷说完,手一撩,将刘海儿朝后轻轻捋去,眼神顺着手势,从温世远到袁轶,又到柳晶晶。竟然还笑了笑,笑得非常温柔,仿佛她并未在损人,而只是开了一个玩笑。

"她喝了点酒。"温世远没来由地说了句。

"哦。"袁轶猜测这话应该是对自己说的。

"几罐啤酒而已,"柳婷婷嘿的一声,"还不至于让我说胡话。"

"上楼吧。"温世远劝她。

"再聊会儿,"她嘴一努,"我妹妹和未来妹夫都在,我们四个人这样聊天,也难得的。"

袁轶听到"未来妹夫"四个字，不自禁地朝柳晶晶望去，见她也在看自己。两人都脸红了一下。柳婷婷察觉了两人的目光，嘿的一声："好恩爱啊。"袁轶只好把目光移开。

接下去，四人都不约而同地选择了沉默，站在那里，静静的。渐渐地，风有些大，也不知从哪个方向吹来，有些凌乱，树叶发出窸窸窣窣的声音。前一日下的雨，地上积水还没干，映着散落的点点月光，萧瑟中带些通透。

袁轶主动提出送温世远："你现在回家吗？我送你到地铁站。"

温世远没有拒绝，上了袁轶的车。柳晶晶走上两步，拉了拉姐姐的衣角：

"走，我们回家。"

车子缓缓启动，袁轶从反光镜里看见柳晶晶朝自己翘了翘大拇指，便摇下车窗，伸手出去，也跷了跷大拇指。瞥见温世远的目光，有些尴尬，立刻又摇上车窗。

"到了很久吗？"车开出一段，袁轶没话找话，语无伦次。

"没上去，她下来聊了一会儿。"温世远回答。

袁轶停了停，又憋出一句："——女人嘛。"

温世远不语，望向车窗外，半晌，忽道："别把她想得那么坏。"

袁轶一怔："嗯？"

"以她的条件，能跟我好一场，算不错的了。"温世远依然望着窗外。

袁轶默然，觉得这话透着些辛酸，却也是实话。又想，我自然不会把她往坏里想，你多虑了。

"她爸爸说了，要是再看见我上她家门，就拿菜刀剁了我。"温世远又道。

不知怎的，袁轶觉得这话有些好笑。

"她爸爸现在看到我，就跟看到杀父仇人差不多。上礼拜都嚷着要吞安眠药了，说婷婷要是跟我好，就让她喜事丧事一起办。你也知道，婷婷妈妈很早就过世了，晶晶和她不是一个妈，她只有她爸爸一个嫡亲的人。我知道她很为难。说到底才谈了几个月，没到那种非卿不娶非君不嫁的地步——所以不管她怎么决定，我都不怪她。"

袁轶忍不住朝他看。他应该是觉察到了袁轶的诧异，下意识地把脸转了过去。

"别拿'嫌贫爱富''势利眼'这种话往她身上套，"他依然对着窗外，"谁都不是圣人，说大道理没意思，对她也不公平。我要是有个女儿，一边是温世远，一边是袁轶，如果她挑温世远，我拿根棍子先把她的腿打断了。"

"别这么说。"袁轶有点不好意思。

"不是夸你，是实话实说。是你命好，不是人好。我要是跟你换一换，也天天抽软壳中华，顿顿大鱼大肉，给小姑娘买冰淇淋的钱一年加起来都有四位数，看到温世远这种家伙，面上笑嘻嘻，肚子里一口一个'瘪三'——"

"我可从来没这样。"袁轶叫屈。

"她今天是喝多了，"温世远向袁轶解释，"最近心情一直不好，她需要发泄，倒不是跟谁过不去。"

"我知道。"袁轶点头,"我不会怪她的。"

温世远让他在地铁站停下:"——我坐地铁回去就行了。"

车子停下,温世远打开车门,正要下车,袁轶忽地叫住他:"兄弟!"

温世远被这声"兄弟"叫得有些发愣,朝他看。

"其实,"袁轶擦了擦鼻子,"——我一直都挺佩服你。"

温世远怔了怔。

"是真话,"袁轶又擦了擦鼻子,"我这人缺点很多,但至少不说假话。"

两人停顿一下。

"我,也不讨厌你。"温世远道。

袁轶忍不住笑:"那还是我吃亏——"

温世远嘴角一撇,露出些许笑意,但只是一瞬间的事,很快便黯淡下去。袁轶想,这毕竟是个刚刚失恋的人——其实也难怪秋香姐,柳爸爸的脾气袁轶也听说过,诸如柳晶晶小时候考试不及格被吊起来痛打之类的,但无论如何想不到他会以死相威胁。不过也好理解。换了柳晶晶,或许他就睁只眼闭只眼了。柳婷婷不同。没妈的孩子,父亲自然是要多操些心,眼睛盯得死死的,生怕她踏错一步。别的还好,唯独婚姻是万万妥协不得的。女人嫁错老公,不说一辈子,至少半辈子是毁了——袁轶觉得这当口还替秋香姐找借口,好像有些奇怪。就算是喝醉了,那些话也够伤人心的了。袁轶从没见过秋香姐那样。一句句都是打蛇七寸,在要害上。袁轶在心里叹口气,忽然觉得很难过。也不知道是为谁。

回到家，正要给柳晶晶打电话，她已先打过来了，第一句便问："温世远有没有对你怎么样？"袁轶说："打了一架，破相了。"电话那头笑起来："你这张脸，破相等于整容。"

正说着，手机有短信，他拿过一看，是柳婷婷发过来的："有空吗？出来聊聊。"

袁轶不觉一怔，听柳晶晶在电话里道："——我姐今晚有点过分。"

"是有点。"

"分手就分手吧，没必要那么损人。我本来一直看温世远不顺眼，可今天也觉得他挺可怜。我姐不该那么说他。何必呢？"

袁轶嗯了一声："是啊，男人其实都挺脆弱。"

"他没哭吧？"这丫头居然问。

袁轶笑道："要哭也是回家哭，怎么可能当着情敌的面——"说到这里觉得不妥，连忙停下。但柳晶晶已察觉了："你承认和他是情敌？"

"我不这么认为，但他就说不准了。"袁轶停顿一下，"我追过你姐，这谁都知道。"

"不是追过，是苦苦追求。"她修正。

"都过去了。"

"我姐以前跟我说过，她不讨厌你。"

"我也不讨厌她。"袁轶脸上偷笑，语气一本正经。

柳晶晶停了停："不讨厌你并不代表喜欢你——你就臭美吧。"

袁轶知道这种玩笑必须适可而止："大姨子不讨厌我，那就有戏了。就算你讨厌我也没办法了。"电话那头嘿的一声:"才吃了你一顿火锅。"

"你自己说的,九百多一顿火锅,比牛排还贵。"

她很认真道:"其实真的没必要。今天第一次也就算了,以后我们还是吃简单点。我这人不挑食,小杨生煎、吉祥馄饨、新亚大包什么的,都行。"

"你在笑话你姐姐姐夫吗?"袁轶逗她。

"我笑话他们干吗?——我是说真的,谈恋爱是谈,又不是吃。只要跟你在一起,吃什么都无所谓。"

袁轶心里一暖,感动得鼻子都有些酸了。这么放下矜持,几乎是横冲直撞地追着一个男人,只怕天底下没几个女孩能做到。他又有些惭愧,虽不是有意,但到底是自己的原因,才让她这么辛苦。如今这个时代,义无反顾地爱一个人,真是很不容易呢。

这时,短信又来了:"出来吧,就聊几句。"

"今天太晚了。抱歉。"

袁轶回过去,停顿一下,忽地迸出一句:"——你姐姐,多少有点欺负我。"

柳晶晶先是不语,随即缓缓道:"你前世欠了她的,我呢,是前世欠了你的。"

(二十六)

袁轶刷微博时,冷不防跳出来一条私信:"最近好吗?"——正是大娘子。袁轶想，又来了。回过去："挺好，谢谢关心。"她又发过来："找个时间一起喝咖啡？带上欧阳。"袁轶倒怔了怔，吃不准这女人什么路数，只好敷衍道："好啊。"她又道："就这周六下午，怎么样？"袁轶想这事自己可不能擅作主张，便道："我问问欧阳。"谁知她道："欧阳已经同意了，就等你了。"袁轶心里嘿的一声，只好道："行啊。"

下了线，袁轶立刻给欧阳爱靖打电话。欧阳的解释是，再见亦是朋友，人家女方都开了口了，拒绝有点不好意思。袁轶便说没空："要去你自己去吧，我跟她本来就不是朋友，再见更不是朋友。"欧阳忙说不行："你不去，我一个人去怎么行？被我女朋友知道了，要跪搓衣板的。"袁轶涎着脸，叹气："我也不行啊，被我那位知道，肯定狂喝啤酒，然后把酒瓶盖子留着让我去跪。"

欧阳闻言，顿时激动了："怎么，成了？"

"算是吧。"袁轶又叹气，"你都谈了十七八个了，我才刚搞定一个。作孽。"

"搞定一个就够了，十七八个到头来也只能有一个当老婆——恭喜恭喜。"

"不容易啊。"袁轶叹道。

周六下午，三人约了喝咖啡。袁轶故意晚到一会儿，刚进门，便看见欧阳和大娘子坐在角落里，面前放着一台笔记本，聊得很投入。袁轶心里嘿的一声，想你小子跪搓衣板是早点晚点的事。走过去，打了招呼，点了咖啡。寒暄几句，大娘子便直奔主题——上次他们做的那个关于机场的动画片，投入市场后反响不错，老板想搞个噱头,把片子弄到机场的内部频道播放,收入对半分。赚钱倒在其次,主要是为了扩大影响。

"机场的动画片,在机场播放,这叫相得益彰。"欧阳来了句成语。

"这个忙,你一定要帮哦。"大娘子笑着看向袁轶。袁轶打个哈哈:"这事,我可不敢打包票。"她又是一笑:"不用打包票,你肯帮忙,我们已经很感激了。成事在天嘛。"

离开咖啡馆后,袁轶便数落欧阳:"这事你不早说,非得让她跟我提,弄得我都不好意思拒绝。"

"她是主创,我是跟班,这事当然得让她开口。记住,是她欠你人情,我可不欠。"

袁轶无语。这小子反正周末没事,出来蹭顿咖啡顺便还能会会老情人,回去还有奥迪 TT 送到门口,怎么算都不亏。袁轶故意刺激他,说:"大娘子变漂亮了,比你现在那个嗲。"他表示不在乎:"我现在对比我年龄大的女人无感。"袁轶忍不住问他:"那时候嚷着要寻死觅活的十三点去哪儿了?"他回答:"此一时彼一时嘛。"

周一上班,袁轶便去找吴小梦,照例又是一顿香格里拉的自助餐。吴小梦还要嘲他:"你直接找刘总不就行了?你可是自己人。"袁轶笑笑,心想刘大脚现在肯定恨死他了,别自讨没趣才是。那天他在电话里说了要辞职的事情,刘宇航应该是吃了一惊,半晌才问他:"真的想好了?"袁轶说:"是。"刘宇航沉默了半晌,不无惋惜地说:"其实你挺适合待在机场的。"袁轶听见电话那头隐隐传来的叹息声,那一瞬竟有些愧疚,脑子里突然蹦出"半途而废"这四个字，随即又想，现在这年头，辞职还算什么大事吗？何况他本来也不是这个专业的，纯属玩儿票。

"什么时候走？"电话里，刘宇航问他。

"下个月，行不行？"袁轶试探着。

"行当然行，你又没跟机场签卖身契。不过我把话说在前头，公归公，私归私，你现在走，等于是乱我的军心，赔偿金该付多少就是多少，别跟我讨价还价。反正你袁轶有的是钱，这点小钞票毛毛雨。"

袁轶听出电话那头半真半假的牢骚，都说得有些失分寸了，不像总经理，倒像个怨妇在吐槽，心里更加愧疚，却又不知说什么好。

消息传得很快，只一会儿工夫，整个公司便似都知道了。吃饭时，不停有人过来问候，围了一桌，都拿袁轶开玩笑，说柳婷婷都跟别人分手了，你怎么反而要走？袁轶便装傻卖痴，也不解释，任他们说去。临下班时，吴小梦那边传来消息，拜托她的事有着落了："已经报到集团了，据说上头挺感兴趣。这事有的谈。"袁轶自是感谢，说："我们小梦办事效率真是越来越高了。"吴小梦豁翎子："听说，浦东'丽思卡尔顿'楼上那个自助餐不错——"袁轶只得接住："明白，事成之后，一定请你。"

袁轶把香格里拉吃饭的发票拿手机拍了照，给欧阳爱靖发过去，抬头是"请报销"。过了半响，欧阳没动静，倒是大娘子从微博发了条私信："请人吃饭的钱，我下次给你。"

袁轶顿时大窘，肚子里把欧阳骂个半死："没事没事，我跟欧阳闹着玩呢——"

"亲兄弟明算账，应该的。再说我们以前也没少占你便宜。老是吃大户也说不过去。"

袁轶不好意思了，自嘲："也没啥，我是袁小开嘛。"

"袁小开最近有新方向了？"她问。

袁轶想，这点倒是有必要郑重表态："是啊，谈了一个。"

"哦，那我彻底没希望了。"

这女人这么直截了当，袁轶只好装傻："开玩笑开玩笑——"

一会儿，她又道："听欧阳说，你要离开机场？"

"嗯，我比原一郎差劲，坚持不到最后。"袁轶打个"汗"的表情。

"我跟欧阳打过赌了，如果你不走，他就要输给我五百块钱。"

袁轶停顿一下，发过去："大概要让你破费了。"

晚上袁轶和欧阳一起喝酒。他说打赌的事是真的："第一，你是有钱人，压根不在乎机场那点小福利；第二，你现在不缺妞；第三，你这人没常性。所以说，你还留在机场干什么？她对你不了解，硬要让我发笔小财，我也没办法。"他摇头，朝袁轶看，"我这么说，是不是感觉像在损你？——我可是实话实说。"

"没有，我知道你其实是在夸我。"

很快，袁轶便向领导递了辞职信。一级级递上去，然后上头再发一张表格下来——列着机场各个单位，空白处敲图章，加起来有十多个章要敲。袁轶向王经理打了招呼，这阵子活儿就不干了，上班就是到处跑，敲章。大部分单位诸如医疗急救、党办什么的，敲起来还容易，主要是卡在股份公司办公室那里，要付违约金，还要上缴饭卡、工作证、通行证、专机证等一系列证件卡片。袁轶没讨价还价，该赔多少就多少，可问题是——专机证居然找不到了。专机证是保障要客专机的特有凭证，每个部门只有值班领导才有，王经理当初特意给他办了一张，算是给他的优待。其实袁轶压根不在乎这种清水台型，况且这玩意儿也没啥用场，专机上又没有美女，去了也不会多块肉。平常一直放在抽屉里，不去动它。天晓得它是长脚了还是怎的，别的卡都在，唯独它居然就不见了。袁轶说："我赔钱吧，工本费多少？"办事员说："这不是赔不赔钱的问题，专机证丢失是大事，会给专机保障带来安全隐患的。你先想办法找回来，实在不行要上报，等领导来决定。亏得你现在要辞职了，否则通报批评，奖金起码扣两千，还要记一次大过，麻烦大了。"袁轶被吓得不轻，背上湿了一片，绞尽脑汁，却也想不出专机证是什么时候丢的。

办事员大妈把表格往他面前一扔："等找到再说吧。"

袁轶又成了航代点击率最高的人。大部分人表示这是天意，"老天爷舍不得你离开机场"——应该是善意的，把话往好里说，但背后的神情多少有些复杂，诸如"朋友你是人才""怎么什么事都能让你碰上""你可以再'脱头落襻'（丢三落四）一点"之类。像机务徐杰那种宝货，更是直截了当地问他："你是不是故意的？背后在打啥算盘？"袁轶扔给他一句："实话告诉你，我正准备劫专机，朋友要是有兴趣，也算你一份，先把脑袋别在裤腰带上，成功了阿哥带你到地中海买个小岛，让你后半辈子比土豪还土豪。"

窝囊——袁轶满脑子都是这个词。完全没名堂嘛，办个辞职都要出些状况。他把办公室和家里的抽屉统统翻了个遍，始终找不到。硬着头皮去找刘宇航，把事情说了。刘宇航倒是没笑他，也没说促狭的话，表示会帮忙，但又说这是股份公司的硬性规定，专机证不比别的东西，如果真丢了，必须要公示一段日子，在此期间，袁轶不方便辞职。

"你就耐心等一阵子吧，反正大半年都待了，也不在乎这点时间。"

袁轶脸上还得做出诚恳的样子，翻来覆去地说："我是马大哈，给领导添麻烦了——"

柳晶晶对这件事表现得很平静，她说："我早知道，你走不了。"袁轶问她为什么。她说："反正我就知道你走不了，我有预感。"袁轶笑笑。她朝他看，忽道："你为什么一定要走呢？"袁轶回答："我又不是学这行……"话没说完，便被她毫不客气地打断：

"又是这句，也没个新鲜的。"

袁轶有时候也会问自己，为什么一定要离开机场呢？秋香姐在机场是没错，怕尴尬、避嫌都是理由，可问题是，柳晶晶也在机场啊——所以是说不通的。袁轶想来想去，觉得自己说到底其实是有些自卑的，专业不对口是一点，关键还是性格，干了大半年了，有些事情别人不提，自己装傻也不提，其实心里是清楚的——机场是块表，精密到极点的活计，哪个环节出了纰漏，就要倒大霉出大事。这话袁轶是亲口说过的。他怕自己最终会成为那个害群之马。他这样的脾性，谁说得准呢？趁现在还没事，好来好散，见好就收，悬崖勒马。袁轶知道自己一辈子也成不了叔叔和刘大脚那样的人，为了航代什么都肯付出。他们是真正有信仰有追求的人。事实上，即便是温世远、琼瑶片男主角、高莹、王力深、茅宁、鲁绍元……性格、人品各不相同，却也都是一门心思为航代的。再不济些，像徐杰那种十三点，嘴上再欠揍，干活也是毫不含糊的。袁轶吃不准，自己和他们到底是不是一种人，所以还不如早做打算。袁轶总结下来，觉得自己骨子里是个二流子，而欧阳也是二流子，眼看着他已经在动画界站稳脚跟，可见动画界适合二流子混。机场不一样，混着混着容易出事。袁轶脑子里忽然蹦出"金盆洗手"四个字，还有"急流勇退"。他觉得自己这概括准确极了，趁着眼下大家笑眯眯，赶紧闪人。

欧阳爱靖做中间人，为他联系了一家动画片工作室，袁轶去面试过了，双方都比较满意，等机场这边顺利辞职了就可以过去。那边负责人听说他专机证丢失的事情，倒是没怎么多话，只说："你们机场就是这点麻烦，换了别的单位，最多赔钱就是了。"袁轶说："没办法的事，他们小心也是有道理的，否则专机证被不法之徒弄到手，要搞点什么破坏，那就麻烦了。"那人道："机场里三道外三道，要真这么容易搞破坏，你们这些人早就不知道在哪儿了。"袁轶便笑笑，说："小心驶得万年船，总是不错的。"

没几日，大娘子便来报喜，说动画片下个月便在机场内部电视播放。她正式请袁轶吃了顿饭，照例又拉上欧阳爱靖。大娘子听说了专机证的事情，也很惊讶，说："怎么丢了？什么时候的事？"袁轶垂头丧气地说："要是知道就好了，一头雾水，完全没方向。"大娘子说："没关系，说不定过几天，它就自己出来了，许多事情不都这样吗？你追着它的时候它不理你，等你不追了，它又乖乖过来了。"袁轶点头，想这话很有哲理，人生许多时候确实如此——这几天，柳婷婷断断续续给他发了五六条短信，"出来聊聊"，几乎每条都有这句。袁轶狠下心，都婉拒了。他也不敢揣摩秋香姐的心思，想着将来做了亲戚，总有聊的时候，眼下还是不聊的好。

周末，袁轶去叔叔家吃饭。夏梅在电脑前与袁宁视频聊天。袁宁把男朋友的照片发过来——就是之前说的那个台湾人，家境很不错，长相也过得去。袁啸腾上前只看了一眼，评价一句"马马虎虎"，便不多说了。

"当爸的听说女儿有男朋友了，心里都不舒服，"夏梅对袁轶道，"最好女儿一辈子待在家里，别嫁出去。"

"那也不行，变成剩女有他急的，"袁轶笑道，"趁现在有人要，快点打发出去拉倒。袁宁又不是什么美女，脾气也差，那个台湾人肯定视力有问题。"

夏梅在他头上打了一记："讲话注意点。"

"这小子就是欠打。"袁啸腾在一旁道。

袁宁问母亲怎么样。夏梅评价了几句，说看着还行。袁宁得意忘形，一不小心便把两人同居的事说了出来。夏梅吃惊，摆出母亲的姿态训了她几句，说女孩子还是要注意些。袁宁说国外都这样，没什么大不了的，再说也是为了省钱，"你们不晓得英国的房租有多贵，两个人住可以省一点"。夏梅说："这点钱不用你省，再说每个月的账单我都给你留着，哪里省了？一个月比一个月多。少来这套。"

"条件再好,该省还得省。比尔·盖茨还让儿子女儿打工赚钱呢。"袁宁道。

袁轶啧啧两声:"还比尔·盖茨呢——那位不会是王永庆的孙子吧?"

"反正来回坐头等舱是够了。"丫头一脸肤浅的表情,"以后不用麻烦你了。"

"坐不坐头等舱不重要,关键是人好。"袁啸腾在一旁插嘴。

"那当然,至少不比你侄子差。"袁宁笑得促狭兮兮。

"你就吹吧,"袁轶道,"你阿哥这种质素,他赤着脚追都别想。"

吃饭时,袁轶冷眼旁观,觉得叔叔婶婶言谈间还是有些异样。上次那件事,应该是并没有完全过去,终是留了些阴影下来。便想男女间实在是经不得一点儿折腾的,夫妻尚且如此,没结婚就更别说了。这几天在机场看到温世远,脸色都很不好,与他说话也是三句并作一句,没精打采的。柳婷婷跟他现在完全是形同陌路了,两人见面连招呼也不打。做不成恋人,那情势便比普通朋友都不如。公司里好几个原先觊觎秋香姐的人,现在都开始蠢蠢欲动,竟还有人来找袁轶打听,柳婷婷喜欢吃什么、玩什么,有什么嗜好。袁轶一一敷衍过去,心里有些别扭,总觉得事情不该变成这样。秋香姐的短信,还是断断续续地来。最后一条是下午发的:

"晚上八点,我在你家门口等你。"

回到家,在车库停好车,袁轶走上来,果然看见柳婷婷站在楼下,一动不动。袁轶迟疑了一下,刚才从叔叔家出来,甚至动过念头故意晚些回去，但很快便被自己否定了。不让女孩子下不来台，这是基本道理。月光下，秋香姐的身影显得瘦削、单薄。还是初春的天气呢，夜里凉得很。袁轶咳嗽一声，挤出笑脸，上前道：

"婷婷！"

柳婷婷转过身，见了他，却不说话，只是静静地看着他。袁轶瞥见她的神情，怔了怔，还未开口，她忽地一把抱住他，在他嘴唇上亲了下去。袁轶吃了一惊，连忙推她，谁知她抱得紧，竟没有推开。袁轶加了几成力气，才将她推开，用力却又有些过猛，她后退时打了个踉跄，险些摔倒。袁轶只得又将她扶住。她长发散落下来，遮住了大半张脸，站着不动。袁轶有些内疚，待要再安慰两句，她抬起头来，眼神竟是冷得骇人，说话声音也是冰冷的：

"现在我是真的相信，你不再喜欢我了。"

袁轶不知说什么好。她嘿的一声：

"送上门都不要，真丢人啊。"

她说完这句，转身便走。袁轶心里难受起来，上前拉她。她一把甩脱。他又去拉。她的手很冷，手心却都是汗。袁轶瞥见她眼泪在眼眶里一圈圈打转，始终不落下来。她道："我知道你们在背后怎么说我。"袁轶道："哪有什么人说！再说又何必管别人怎么说。"她问他："你觉得我是坏女人吗？"袁轶很坚定地摇头："没有。以前不会，现在不会，将来也不会。"

她依然不动，眼泪扑簌簌地落了下来。袁轶迟疑着，伸出双手揽住她的肩，拍了两拍。他闻到她身上淡淡的幽香。她把脸俯在他肩上，哭声很闷。袁轶忽地生出些感慨来，以前曾无数次幻想拥抱秋香姐会是怎样的情形，不料竟是这样。他嘴上安慰道"没事没事"，听见她的哭声，心里更是难受。瞥见地上两人的影子成了一个人，他下意识地要分开，又怕触动她，只得依然抱着。

"这阵子，我一直在想，"她道，"我当初为什么不喜欢你，而喜欢温世远。"

这个问题曾经让袁轶纠结过很久。可是此时此刻，他奇怪自己竟然一点也不感兴趣。

"他是高考状元，我喜欢他的才华，虽然他很穷，又是外地人，但我觉得这没什么，两个人只要有爱就行了。我以为我会一辈子这么想，但事实是我错了。我高估了我自己。我没那么高尚，只是个再普通不过的女孩子，现实、脆弱、善变、虚荣……"

"别这么说——"袁轶打断她。

秋香姐停顿一下，看着他：

"你是真心喜欢我妹妹吗？"

袁轶那声"是的"还未及出口，忽听见身后有动静，心里莫名地跳了跳，忙回头——五六米开外，柳晶晶站在树下，背着光，看不清脸上的表情。袁轶呀的一声，正要过去，秋香姐手里用力，将他抱得更紧。与此同时，柳晶晶转过身，快步离开了。

四月一日，航代新任书记来报到。关于人选，之前传闻很多，有就近提拔，也有远地空降，众说纷纭。那天算是有了下文——袁轶在办公室门口出黑板报，听人说"怎么会是袁总"，不禁一怔，还当是听错了。很快，又有人说"现在不是袁总了，要叫袁书记"。一会儿，鲁绍元过来拍他肩膀："你叔叔又杀回来了，你小子，也不早点透露——"袁轶脑子顿时糊涂起来，还想会不会是愚人节，这些人联合起来寻自己开心。及至中午，刘宇航与袁啸腾双双走了进来。"袁书记来看望大家——"

"都是你的老部下了，不用再介绍了吧?"刘宇航笑着对袁啸腾道。

袁轶兀自没有回过神来，有些诧异地看向叔叔。袁啸腾并不与他对视，而是转向众人，声音与神情一如往常地平和："又回来了，大家多关照。"

(二十七)

接下去的日子有些不尴不尬。因为递过辞呈了，感觉上一只脚踏出机场，半个编外人士，于是袁轶对人便比平常更客气些，香烟一圈圈地发，见到男人都是兄弟，女人都是姐妹，对路的不对路的，此时说话完全不加褒贬，和稀泥淘糨糊打哈哈，你好我好大家好。甚至有人提起他与柳婷婷的事，他也可以很平静地说来：

"我从中学就开始喜欢她了，没错，大家都知道，我是为了她进的机场。不过有句话叫什么来着？失之东隅，收之桑榆，我现在找到了更适合我的人。感情这东西，真是说不准。"袁轶说着，便有些没轻没重，"——我还知道一位仁兄，也是为了追女生进的机场。"

大家问他是谁。他说不能透露。有人问是我们公司的吗。他说是。又有人问多大年纪。袁轶想了想，说二十到六十之间吧。大家便都哄起来，说"这话说了等于没说"。突然有人冒出一句："不会是刘总吧？"袁轶一震，想玩笑别开过头，索性顺着他："咦，你怎么知道？朋友思路清爽的。"那人嘿的一声，自己先否定了："我看他也不像——"

私底下，袁轶曾经偷偷问过婶婶，对刘大脚什么感觉。夏梅忙不迭地掩他的嘴："让你别提这事——"袁轶道："现在只有我们两个人，说说有什么关系？我又不会告诉叔叔。"夏梅想了想："你现在对柳家大女儿什么感觉？——你对她什么感觉，我对刘宇航就是什么感觉。"袁轶停顿一下，点头："明白了。"说完作势要走。夏梅倒沉不住气了，拉住他："你明白什么了？"袁轶道："就是过去式的意思，已经没感觉了。"夏梅朝他看："真的，没感觉了？"袁轶咦的一声："我是肯定没感觉了，难不成婶婶你还有？"夏梅在他背上打了一记："到此为止吧。"

袁轶嘴上与婶婶说笑，心里却犹有余悸，那晚倘若再迟个半拍，此刻怕是便笑不出来了——他快步抢上去，一把抓住柳晶晶，说"我送你"。柳晶晶没挣脱，只是朝姐姐看。秋香姐也是怔怔的。姐妹俩一动不动。袁轶没有犹豫，拉起柳晶晶的手便去车库。柳晶晶还说："顺便也送送我姐——"袁轶很坚定地拒绝了："只送你，至少今晚肯定是这样。"柳晶晶便不再说了。车上，袁轶待要解释几句，柳晶晶打断他："我相信你。"袁轶傻傻道："你不让我解释，我不放心。"她道："我要是不相信你，你再解释也没用。"袁轶想这话也对，但终是有些没底："你要么就是太相信我，要么就是完全不相信我，连解释的机会也不给我。"柳晶晶睁大眼睛："你为什么不相信我？我说相信你就是相信你。"袁轶不禁失笑："绕口令吗？

我头都晕了,绕不回来了。"她正色道:"袁轶,因为我喜欢你,所以一定会相信你。等哪天我不喜欢你了,你说什么我都不会相信——可是,怎么办呢,这辈子我都会喜欢你,非常非常喜欢你,所以我会永远永远相信你。"袁轶看见她的眼睛,瞳孔里有自己的影子,泛着青灰的透亮的光。他那一瞬真的几乎要落下泪来,满脑子想的便是"袁轶啊袁轶,你这辈子倘若辜负这个女孩,那你也别做人了",嘴上兀自与她开玩笑:"那我不是太占便宜了?稳赚不赔。"她白他一眼,嗔道:"你寻到我,本来就是占便宜,稳赚不赔。怎么,你刚刚才晓得啊?"

夏梅说她从来没觉得袁轶会真和柳婷婷走到一起:"我早有预感——"

袁轶想,这阵子大家说话都跟大法师似的。

"从过来人的角度看,其实很多事情都挺清楚的,是顺理成章的。但你是当事人啊,有些话没法跟你明说,怕你不开心,也怕弄巧成拙反而不好。再想想,我们其实也是这么一步步走过来的,谁没年轻过啊,该吃亏的时候就要吃点亏,该走弯路的时候就要走点弯路,这才是人生嘛,一帆风顺就不是人生了。我指的可不光是爱情。你们这代人,比我们更聪明更能折腾,想法也更丰富。时代不同了嘛。有福气的人,趁年轻吃点小亏走点小弯路,得了教训将来就不会吃大亏——袁轶你属于有福气的。傻人有傻福。"

袁轶笑笑,想婶婶到底是干部子女,说起道理来一点也不输给叔叔。末尾处再稍稍一提一带,拖个小小的温情尾巴,格调便不同了。倘若是写作文,叔叔那种硬邦邦的最多只有七十分,婶婶这篇绝对在八十五分以上。他心里一暖，傻话便跟着出来：

"婶婶，袁宁眼看着要嫁过去当台巴子了，你和叔叔将来退休后，就跟着我住，我给你们养老送终——"

关于袁啸腾重回航代，袁轶向叔叔问了两次，回答都是"你小子别管"。袁轶只好再去问婶婶，夏梅表示并不知情。袁轶察言观色，猜测夏梅应该是真的不知道，而叔叔则是完全不想说。袁轶便也不再多问。心想不管什么原因，这总归是件好事。强强联手，老天爷都在帮航代。倒是公司里那些人天天缠着他打听，问怎么回事。徐杰那宝货一开口，又是傻话："看得出，你叔叔对航代是真感情，被休了，宁可做小也要回来——"

袁轶拐弯抹角地问了刘宇航。刘宇航冲他一句："你都要走的人了，还管这么多干吗？"袁轶嬉皮笑脸："这不是还没走嘛。就算走了，心也跟航代在一起。"刘宇航嘿的一声："少说漂亮话——你把辞职信收回来，我就告诉你。"袁轶只好闭嘴。

自那晚以后，柳婷婷便再也没有来找过袁轶，短信也没有一个。袁轶松了口气，想总算是告一段落了，但同时又有些替秋香姐难过，不管怎样，是让女孩子难堪了。

欧阳爱靖劝他："你不想她难堪，势必就会伤她妹妹的心。天底下的事情，没十全十美的——在古代倒是没问题，男人可以三妻四妾，都不落下。"

"也有问题，"袁轶一本正经的，"谁当妻谁当妾，也伤脑筋的。"

"你少嘲我，"欧阳道，"回头我就告诉柳晶晶，你小子在为谁当妻谁当妾伤脑筋。"

中午时，袁轶与柳晶晶在候机楼餐厅吃饭。柳晶晶说上午考试，波音747货机，做得一塌糊涂，时间到时，连装机单都没开完，便有些沮丧："开始还觉得平衡好像不难，现在才发现，这活儿不是人人都干得了的，我这种连大学都没读过的人，肯定不行。"袁轶安慰她："跟上没上过大学没关系，你是新人，什么东西都欺生，等再过一阵就好了。"柳晶晶便说要拿几张平衡表回家练："只能展开地毯式训练了，笨鸟先飞，这也是没法子——你陪我一起。"袁轶说好啊："阿哥早就想学平衡了，你教我。"

夏梅挑个时间，请柳晶晶来家里玩。袁啸腾私底下对夏梅道："追了姐姐那么多年，到头来还是跟妹妹好上了。"夏梅说这就是缘分："月老都在脚上绑了红线的，是你的总归是你的，不是你的，强求也没用。"袁啸腾问："那结了婚又离婚的呢？"夏梅道："那是红线松了。"袁啸腾嘿的一声，想问"我们的红线呢，还紧不紧？"一转念，想就算是开玩笑，也不该这么说。夏梅瞥见他的神情，已猜到了几分："——我们那根，绑的是死结，玉皇大帝都打不开。"

夏梅问过丈夫，为什么又回航代。袁啸腾实话实说："我和刘大脚约好了，原因不能说，只有我们两个自己知道。"夏梅又问："排在他后面，会不会尴尬？"这话甚是直截了当。袁啸腾停顿一下："说一点不尴尬，那是假的。但能回航代，我不后悔。"夏梅伸出手，在丈夫手背上拍了拍。袁啸腾朝她看："你现在还怪我吗？"夏梅道："怪你？你做错什么了？"袁啸腾摇头叹气："都几个礼拜没搭我的车了，还说风凉话。"夏梅学他的口气："说一点都不怪，那是假的，但夫妻一条心，如果到现在还怪你，那就太过分了。我没这么小心眼。"袁啸腾问她："这是不是叫嫁鸡随鸡嫁狗随狗？"她叹道："打了死结，这辈子都绑在一起，想逃也逃不掉啊。"夫妻俩相视而笑。

"难不成，他又给你跪下了？"夏梅终究还是忍不住，又问道。

袁啸腾好笑："拿鞭子抽，他都不可能给我跪下——你想象力太丰富了。"

"那到底是为了什么？"

"说了，这是我和他之间的秘密，谁都不能告诉。"

夏梅只得作罢。袁啸腾想起两周前一个晚上，刘宇航约他出来喝酒。他犹豫了半天，还是去了。两人破天荒地在一起喝酒喝到半夜。两人酒量其实都普通，袁啸腾本来就不好此道，刘宇航原先在部队里还行，转业后喝酒的机会少了，即便喝也只是点到为止，久而久之便把酒量弄小了。但这晚两人不知怎的，像是有心把自己灌醉，一杯接一杯，你迎我往，来之不拒。中途袁啸腾接了夏梅一个电话，问他在哪里。袁啸腾回答跟朋友一起喝酒。电话那头应该是叮嘱了几句。袁啸腾挂掉电话，刘宇航便朝他看，感慨：

"有老婆真好啊。"

"你又不是娶不上，是你自己不想要。"袁啸腾停了停，"问个问题，为什么到现在还不结婚？"

"我要是说'曾经沧海难为水'，你会不会生气？"刘宇航道。

"不生气——得意才对。你苦求不得的，现在被我握在手中。"

"彼此彼此，也有你苦求不得的东西，被我握在手中。"刘宇航回击。

袁啸腾嘿的一声:"那是被你抢走的。"

"那夏梅呢,"刘宇航翻个白眼,"难道不是被你抢走的?——我们是青梅竹马,如果不是你横插一脚,刚才她那个电话就是打给我的。"

"魅力不到家,别说'青梅竹马',就是'千军万马',也没用。"袁啸腾大着舌头,在两个杯里都续上酒,举杯与他一碰,"反正也没什么气的,夏梅是我的,航代是你的,每人占一个,大家谁也不吃亏。"

"航代怎么是我的呢?"刘宇航较真起来,"夏梅一直都是你的,可航代有一阵子也是你的,所以说到底,还是你占便宜了。况且,"他说到这里停顿一下,"航代最后会是谁的,只有老天爷知道。万一弄得不巧,航代没了,我们也没了。"

"什么叫'没了'?"袁啸腾摇头,"粗人就是粗人,'没了'就是'死了'的意思,你触自己霉头可以,别把我带进去。你是英雄,为了航代别说下跪,就是粉身碎骨都成,我这种俗人赤了脚也追不上。航代留着,你是英雄,航代要是没了,你还是英雄。我们不能以成败论英雄嘛。"

"语无伦次了。"刘宇航评价他。

两人喝着,不由自主回忆起当年第一次见面的场景——袁啸腾与夏梅从外面约会回来,夏梅手里还拿着一根绿豆棒冰,在街角迎头撞上了刘宇航。那天一切都很平静,丝毫没有火星撞地球的景象。夏梅为两人做了介绍。事实上,两人早就听说过对方了,只是没有见过面。夏梅应该是怕两人起冲突,借口"啸腾待会儿还要去夜校"，拉起袁啸腾便走。

"你不知道，"刘宇航道，"其实那天我手里拿着把水果刀，想你小子千万别惹我，否则我就一刀刺过来，大家同归于尽。"

"看得出，你那天眼里有杀气。"袁啸腾道。

"不是开玩笑，我还真有杀了你的心。"

"我信。"袁啸腾点头。

停了停，刘宇航又道："夏梅是个好女人，你很有福气。"

"当然，这点我比谁都清楚。"

"你小子，自己不怎么样，可是身边的人都不错。夏梅就不用说了，还有你侄子袁轶，也是个好孩子。要不是他，那天我在当局楼肯定下不来台。这孩子很聪明，人又厚道，将来多半能有一番作为。"

袁啸腾嘿的一声："那也是在动画界的事了，跟你没关系。"

"你真让他走？"

"我又不是他亲爹，他要走我有什么办法？再说，不是人人都把航代当宝贝的，除了我和你两个傻子。天底下比这更赚钱更让人有成就感的工作多的是，每个人的想法不同。我们是钻进牛角尖出不来了。我侄子还小，有的是大好的前途，你可千万别祸害他。"

刘宇航笑笑："也是。"

两人喝到半夜，一会儿叙旧，一会儿计较，一会儿谈正事，一会儿翻老账。好好坏坏，真真假假的。直到最后，袁啸腾才想起问他：

"叫我出来，到底什么事？"

刘宇航停了停，把酒杯放下："想请你回航代。"

袁啸腾也放下酒杯，缓缓道："这事别在这儿提。免得我酒劲上来，一激动，糊里糊涂就答应你了。"

"算我求你。"刘宇航道。

袁啸腾不语。

埋了单，正要离开之际，刘宇航忽然拿出一张纸，摆到他面前。袁啸腾一怔，再细看，竟是一张体检表。刘宇航指着某处用红圈画出的数据："看到这个吗？是肿瘤指标，标准是3以内，我是28，超了近十倍。问了医生，说不是肺癌就是胰腺癌。让我再查。"

袁啸腾一凛，霍地朝他看去。

"回航代吧，"刘宇航收好体检表，又说了一遍，"——算我求你。"

袁啸腾隔日便给了他回音："答应你了。"电话里刘宇航表现得较为平淡，只说了声"谢谢"。挂掉电话，袁啸腾忍不住叹了口气，也不知是什么滋味。眼前这副情形，他之前完全没有想到过。让人猝不及防了，连个考虑的余地都没有。

回航代不久，甄总把刘宇航与袁啸腾叫到办公室，谈了一次心，隐隐透了集团老总的意思——航代要合资。早几年便有这个说法，后来搁下了，最近又提出来，已经敲定了七八成。机场里不少公司都与国外相关机场或航空公司合资，航代走这条路也并不意外。到时管理层是内外各占一半，股份虽是机场占的多，但说到底这块还是让了部分出去。彻底洗牌了。甄总说到这里，对刘宇航便存了些内疚，为这家伙不值，只是不好明说。甄总年纪也比刘宇航大不了几岁,面上时好时坏想骂便骂,心里还是把他当自己人的。甄总也是一点点打拼才到这个位置的,知道什么时候该说什么话,什么时候该做什么事。将心比心,甄总觉得自己要是和刘宇航换个位置,未必有他那样的魄力与执着。内心深处,甄总是有些佩服这家伙的,也知道这人其实还是太天真,想问题直来直去。许多事情不是一加一等于二,你付出多少就能收回多少。这道理连许多90后、00后都懂,偏偏他刘宇航就不懂。

甄总都不知道该怎么跟刘宇航提了。那天王总再三关照:"——航代合资的事情,你要处理好。上次老刘那样搞法,弄得大家都很被动。这是机场的大事,不是儿戏,不是拍好莱坞电影,弄个英雄就能拯救世界——你懂我的意思吧?"

奇怪的是,刘宇航很平静,一路听下去,始终没发出声音。甄总倒有些意外了,下意识地朝袁啸腾看。袁啸腾也不作声。甄总一拳打在棉花上,连个回弹也没有,甚是纳闷,想这两人本来不怎么对路,放在一块儿起了化学反应,都成了闷嘴葫芦,倒让人看不懂了。

"不管合不合资,只要别分流就行——你觉得呢?"出了当局楼,袁啸腾问刘宇航。

刘宇航嗯了一声。

"真合资了,航代肯定就不会分流了。好死不如赖活着。留得青山在,不怕没柴烧。"袁啸腾又道。

刘宇航忽地停下脚步,朝他看:"如果我说,合资是我向上面建议的,你信不信?"

袁啸腾怔了怔。

"这阵子，我想了很多，把航代的情况反复研究，进进出出的报表看了又看。自己人不说虚头虚脑的话，你我都知道，航代是到了瓶颈期了，再按老路子走下去，不用上面说分流，早晚也要散伙。跟大航空公司合资，向人家取长补短，长远看对航代只有好处没有坏处。我们总不能走清政府那套，故步自封吧。"刘宇航说到这里，停了停，"——没事先跟你商量，就自作主张了。对不住啊。"

袁啸腾沉默了一下："你做得没错。"

两人又向前走去。刘宇航忽地笑了笑：

"我们俩争来争去，到头来也不晓得换哪个家伙当总经理。"

"我反正也是二把手，不像你，一把手没了多可惜。"袁啸腾道。

"不可惜。只要航代好，当不当总经理无所谓。"

"我不是甄总，这种高调留到他面前去唱吧。"袁啸腾嘿的一声，朝他看，想问"身体怎么样"，终是忍住了。自那天后，两人见面，都绝口不提身体的事情。一来平常也没什么交道，二来他得的又不是感冒发烧，说了反而让他心烦，三来也确实不知该怎么安慰。天底下最无奈的便是"生死"二字。沾了这个边，无论是亲人、朋友，抑或是仇人，都是个难受。刘大脚不算是仇人，但至少也是对头，本来想着这辈子都与他隔开距离便是，谁知出了这个事，好不是坏不是，心里七拐八弯地难受。

"预订了下月初去做 PET（计算机校素显像检查）。"刘宇航似是看出了他的心思，"——自费的，一万多。"

袁啸腾倒有些好笑了："你还缺这些钱？"

"缺也没办法啊,医生说做这个最直观,免得弄来弄去吃苦头,一步到位。"

"真要是没钱,我借点给你也行。"袁啸腾开玩笑。

"这话我记住了。待会儿我就把账号给你。"

两人回到航代,一会儿,秘书拿来一份紧急文件,是红十字会发来的,说香港一个女童先天性心脏衰竭,需要心脏移植,而上海本地有一名男子今天上午因为车祸当场死亡,家属已签了器官移植同意书,心脏将于下午空运去香港。一会儿,股份公司的钱副总也打电话过来,说了这事,航班是香港航空公司的 HX201 。"一定要不折不扣地做好航班的保障任务,别出岔子。"钱副总再三关照。刘宇航答应了,挂掉电话,立刻便找各部门负责人开了会,说这事涉及生命,务必要重视。

下午,HX201 的值机柜台,高莹亲自出马,在现场监督。航班的机型是波音 737-800,属于小型客机,平常只开两三个柜台,今天开了五个柜台。温世远很久不做小飞机了,今天情况特殊,便也安排他做这趟航班。先是 briefing,"情况大家都知道,"高莹道,"也不用我多说了,平常 100 分,今天就要做到 120 分。护照查紧些,行李卡得严些,所有数据都要认真复核,任何岔子都别给我出!"

袁轶在办公室待了一会儿,便来到出发层,见刘宇航和袁啸腾也在现场。两人各站一边,并不交谈。袁轶踱到袁啸腾边上,叫了声"叔叔"。袁啸腾嗯了一声。袁轶见刘宇航目光扫向这边,忙笑笑,做了个"刘总"的口形。"叔叔,感觉怎么样?"他问袁啸腾。

袁啸腾反问:"什么怎么样?"

袁轶用手挡着,朝刘宇航嘴一努:"合作还愉快吧?"

袁啸腾嘿的一声:"哪有什么愉快不愉快,又不是玩!"

"刘大脚是不是得了绝症?"袁轶忽道。

袁啸腾吓了一跳,脸上不动声色:"胡说八道。"

"我想来想去,除了这个理由,实在是找不到别的理由——叔叔你到底为什么会回航代呢?"袁轶眼珠一转,"难不成,您有什么把柄在他手里?"

"少套我的话,"袁啸腾别过头,"你实在想知道,就自己去问他。"

袁轶吐了吐舌头。两位领导待了一会儿,便去别处了。袁轶轻松下来,先找高莹说了会儿话,见温世远面前并没有旅客,便又走到他边上。

温世远摇头:"这个节骨眼还能到处闲逛,羡慕啊。"袁轶笑了笑,问他:"最近好吗?"温世远耸耸肩:"老样子。"又问他:"你怎么样?"袁轶回答:"别的没啥,就这两天有点上火,便秘。"温世远嘿的一声,停了停:"——婷婷想离开航代,你知道吗?"袁轶一怔:"不知道啊,晶晶没跟我说起。"温世远道:"她应该是没跟家里人说,我们有个师姐是空姐,她告诉我的,说东沪航在招国际航班的空乘,婷婷去面试,已经通过了。"

两人沉默着。

"那也挺好。"袁轶憋出一句。

"是挺好。"温世远瞥见袁轶的神情,"——少拿这种同情的眼光看我。世界上没几个人初恋能成功。你的初恋呢,成功了吗?"

"晚上一起去喝酒吧,"袁轶提议,"——致我们失败的初恋。"

"我没意见。"

很快,几名医护打扮的人赶到,其中一人手里托着个盒子,应该便是那颗心脏。高莹亲自在旁边监督,办好手续后,几人随即入关。

随后,一个怀孕的少妇走上前办票。温世远先查验了少妇的港澳通行证,再是托运行李,很快登机牌打印出来,交到少妇手里:"77号登机口。"不经意间,温世远瞥见这少妇额头上都是汗,脸色惨白,不禁吃了一惊,"小姐,你没事吧?"

少妇摇了摇头,神情委顿,显然是身体不舒服。她拿了登机牌,立刻便要走。

温世远见她身旁并无陪护的人,又问了一遍:"真的没事?要不要送你去医院?"

少妇不说话,加快脚步,似是有急事。温世远连问了几遍,她都不理睬,忽地腿一软,整个人往前倒去,眼看就要摔在地上。忽然一双手从旁边扶住了她。

"当心。"高莹扶住她,见她额头上一颗颗黄豆似的汗珠,脸上没有一丝血色,身子更是软绵绵的,手心却是冰冷,"小姐,你这个样子上不了飞机的,为了你和肚子里宝宝的安全,我建议你先去医院检查一下。"

"我没事。"少妇甩开她的手,勉强站稳,却又差点摔倒。她再不停留,径直往前走去。高莹朝温世远看去,两人交换了个诡异的眼神。袁轶又叫了声"小姐"。她依然是不理。温世远打柜台上的小电话，拨到服务组："HX201 有个怀孕的女人，刚办完票正准备过关，你们待会儿留心一下，她似乎身体状况不太好。"挂掉电话，见那少妇边走边往这边看，或许是看见温世远在打电话，神情竟有些慌张，一不留神，撞到入境口的工作人员身上。工作人员搀起她，应该也注意到了她的脸色，询问了两句，少妇先是不动，忽地尖叫起来，"啊——"一把将外套拉开，隐约露出里面黑色的管状物体，歇斯底里地叫道：

"你们都让开，否则我就炸了这里！"

周围顿时乱成一团，旅客惊呼着，四散逃离。旁边柜台的值机员见状，立刻用对讲机报警。很快，警察便赶到了，少妇见势不妙，急急地向一边奔去。那几个医护人员正走在前面，她忽地上前一把抢过那个盒子，那几人吃了一惊，待要抢回来，见到少妇胸前的雷管，都吓得退后。其中一人叫道："这是救人用的！"另一人道："香港一个小女孩等着这颗心脏救命呢。"少妇一怔，随即把盒子高高举过头顶，先是不动，忽然声嘶力竭地叫道：

"好，那大家就统统别活了吧！"

（二十八）

只一会儿工夫，机场公安便把现场围了个水泄不通。少妇走投无路，抱着盒子进了就近的一个男厕所。里面原先有几人正在如厕，见此情形都吓得逃了出来。

少妇此刻已是筋疲力尽，关上门，瘫坐在地上，听警察在外面拿着喇叭喊："你逃不掉的，快点出来。"伸手抚着隆起的肚子，胸口不断起伏。嗒！眼泪落在手背上。

盒子被摆在旁边，她怔怔看着，喃喃地，又说了一遍："那就统统别活了吧。"那一瞬，她只觉得万念俱灰，忍不住闭上眼睛，又是两行清泪落下。

这时，忽然听见厕所隔间里面似有声响，一惊之下，她忙捧起盒子："谁？——谁在那里？"

没有动静。她提高音量，又叫了一遍："谁在哪里？"

冲马桶的声音。随即，门开了，袁轶从里面探出头来，挤了个笑脸：

"别怕，是我。"

很多年以后，每当袁轶回忆起这天，便觉得好像一切都是事先安排好的。有时候事情本身无分好坏，只是老天爷在某个特定场合，洗牌似的，把一些人和事搅乱了，再重新整合。看似彼此间毫无干系，想说是水到渠成，却更像是因缘际会。

少妇见到袁轶，瞥见他胸口的机场通行证，顿时紧张起来，抱紧盒子，叫道："你是谁，怎么进来的？——你出去！否则大家同归于尽！"

"别这样别这样——"袁轶举手抱头，做投降状，"我保证不动，你别激动、别激动。"

"你怎么会进来的？"

"这里是厕所，我当然是进来方便的，"袁轶赔笑道，"肚子不舒服，拉到一半，你就进来了。"说着，上前一步。

"你想干什么？"少妇警惕道。

袁轶忙停下："我想洗个手。方便完不洗手，这个，不太好。"

"不许洗！"

"好好，不洗就不洗。"袁轶说着，把手伸入口袋。

"你想拿什么？"少妇厉声道。

"拿湿纸巾，"袁轶抖抖地道，"不能洗手，总归能擦一下吧？"

少妇一怔，忍不住摇头："没见过这么娘娘腔的男人。"

"讲卫生，不是娘娘腔。"

"忍着！不许擦——给我出去！"袁轶还没动，她又改了主意，手一指，"不许出去，——到那边去，靠墙站着！"

袁轶只得走到旁边，倚着墙站着。少妇加上一句："不许动。"袁轶忙点头："我晓得。"

少妇重又坐下来。经过这么一番折腾，她体力更是不支，斜靠着墙，手放在肚子上，只觉得里面一阵动弹，便想"你这小鬼也来凑热闹"，心里又急又苦，当真是万念俱灰，忍不住又要落泪。两人沉默了一会儿。袁轶忽问她："几个月了？"

少妇停顿一下："——九个月。"

"哦，"袁轶朝她看了一眼，问："——这个，你是不是肚子里吞了什么东西？"

她一凛："你怎么知道？"

"我猜的。"袁轶老老实实地回答。

两人又陷入了沉默。少妇坐着一动不动，只是大口喘气。袁轶又道：

"你脸色这么差，那东西别在肚子里破了——小孩要紧。"

"真要这样，那也是他的命。"少妇手搭在肚子上，涩然道。

"B超做了吗，男孩女孩？"停了停，袁轶又问。

"男孩。"

"那挺好。"

少妇目光不动："有什么好的？——我前面那个，也是男孩。"

袁轶哦的一声："大儿子几岁了？"

"六岁。"少妇停顿一下，"——在医院里。"

袁轶怔了怔："怎么，身体不好？"

"白血病。去年春节时候查出来的。"

袁轶顿时说不出话来。

"我和他爸爸，骨髓配对都不行，所以又怀了这个，"少妇抚着肚子，"——盼着能救他哥哥一命。"

袁轶重新打量起这少妇来。她不过二十七八岁年纪，听口音应该是北方人，五官称得上姣好，却显得憔悴，皮肤和头发都是又干又黄。或是妊娠的缘故，脸上布着一层淡淡的褐斑。眼睛红肿，应该是哭了又哭。鼻头那里也是红红的。

"那为什么还干这个？"袁轶话一出口，便有些后悔。

少妇呆呆望着地上，反问："你说呢？"

"医药费很贵吗？"袁轶觉得自己又问了傻话。

少妇还未开口，便听到门口喇叭里传来的声音："里面的女同志请听好，现在是最后通牒，我们给你二十分钟。如果二十分钟后你再不出来，我们将采取行动。到时候一切后果自负。请你考虑清楚。"

少妇依然是不动，闭上眼睛，低低说了句"死就死吧"。这时，袁轶忽地上前一步，对着门外大声道："还有人呢！千万别轻举妄动。"

少妇朝袁轶看，有些嘲弄的。

袁轶只好解释："不是我怕死——我是担心他们真冲进来，伤了孩子。"

少妇嘿的一声，摇了摇头。

袁轶看表："你打算怎么办？——拖不了多久的。"

少妇不语。

"想想你的大儿子，还有你肚子里这个，"袁轶道，"千万要考虑清楚，别做傻事。"

少妇沉默着，忽地用有些恶狠狠的口气说："我们活不成，那她也活不成，"她目光移到那个盒子上，"——凭什么香港的小姑娘得了心脏病，有飞机专门把心脏给她运过去，我儿子就只能等死？"

袁轶一怔："你不能这么想。"

少妇抚着肚子："就算肚里这个跟他哥哥骨髓配对成功，我们也付不起医药费——你说我是做傻事，我们要不做傻事，还能做什么？抢银行？我也想舒舒服服在家里陪老公孩子啊，可是行吗？我儿子做了四五次化疗，头发掉了又长，长了又掉，一张脸跟鬼似的，怕感染，哪里都不能去，只能整天躺在床上发呆。他跟我说想去海边玩。我答应他等他好点了，就带他去海南岛，可我心里知道，恐怕是没有这一天了——嘿,我跟你说这些干吗?你不就想里应外合,等着机会把我撂倒,好立大功吗?我没那么傻,会相信你说的话,以为你真的是进来上厕所的。我知道今天我是躲不过去了,但我不后悔,我只恨我身体太差撑不住,只差一点就能进去了。这是我的命,也是我儿子的命。"

少妇说完,摇了摇头。

两人沉默了一下。

"怎么,想破罐子破摔?"袁轶忽道。

少妇一怔,还没开口,袁轶已飞快地说了下去:"就算想破罐子破摔,拉几个垫背的,你也不够格。你自己晓得——你胸口绑的那几根东西,是假的。"

少妇浑身一颤。

"候机楼进口那几台验爆的机器,可不是吃素的。"袁轶道,"所以小姐,还是早点出去吧。你怀着孕,判个缓刑什么的,还有希望。时间拖久了,反而不好。我是为你好。"

少妇一句话也说不出来,不自禁地,朝袁轶看。袁轶迎着她的目光,瞥见她眼里是空的,泪水凝结在里面,似是成了固体。袁轶有些不忍,悬着的心却渐渐落下——只是试探她一下,雷管是真是假,别说他不是专业人士,即便是,性命攸关的事,也不敢如此断言,真正是胆大包天了。袁轶心里叹了口气,想,袁小开啊袁小开,你就欺负大肚子吧。

二十分钟后,袁轶捧着那颗装有心脏的盒子,急急地从厕所走出来,对着外面团团包围的警察道:

"她好像就要生了。快打120。"

警察们鱼贯而入。袁轶瞥见不远处的刘宇航和袁啸腾，还不及说话，忽听对讲机里一人道："HX201有个乘客癫痫发作，他家属要求下机，一共是八个人，有四件托运行李。"

此时距离HX201起飞时间只剩下十分钟。八名旅客加四件行李，已超过了波音737－800机型LMC（最后一分钟修正）的重量限额，必须重新制作平衡表。更糟的是，货舱门已关，要重新开舱翻找行李，费时费力。航班肯定要延误。当真是一波未平，一波又起。

刘宇航没有迟疑，下令把行李号报过来，立刻翻找行李，同时尽快制作平衡表。

对讲机里一声"收到"，竟是柳晶晶的声音。袁轶怔了怔，想，这个航班竟是她做。袁啸腾和刘宇航要去现场，袁轶便也跟着去了。他们到了飞机下面，见鲁绍元带领着一众兄弟已在翻舱。一件件行李翻出来，散落在舷梯旁。一会儿，竟下起雨来。兄弟们也不穿雨衣，一拨在货舱里找，一拨在舱外接——总算是将四件行李凑齐了。刘宇航拿对讲机叫平衡室："平衡表好了没有？"

"马上！"柳晶晶清脆的声音。

刘宇航打电话过去："谁做的平衡？这时候还给我弄个新手——老同志呢？"

"电脑系统临时故障，已经报修了，但估计来不及，只好换手工。"平衡室主任解释道，"晶晶虽然是新手，但手工制图就数她最快，您放心，马上就出来了。"

刘宇航挂掉电话，骂了一声："妈的，今天什么日子！"

袁啸腾站在旁边不语，看了看表，原定起飞时间已过了十来分钟。"不算严重，"他安慰刘宇航，"让老飞在天上多踩几脚油门，赶得过来。"

刘宇航看他一眼。

"这个时候谁都急，性命攸关的事。"袁啸腾停了停，加上一句，"真要怎么样，航代也不用合资了，直接分流。你回你的安检，我照旧去当局楼养老。"

刘宇航嘿的一声："你去养老吧，我辞职回老家。"

一辆内场车驶来，还未停稳，柳晶晶便开门下车，拿着舱单飞奔上舷梯。一众人这才放下心来。袁轶骨头一轻，朝叔叔努嘴："我女朋友。"

袁啸腾没理会，径直问："——刚才厕所里，没事吧？"

"没事。三天没大便，总算是通畅了。"

"少来——有空给你婶婶打个电话，她听说你成了人质，急得都快昏过去了。"

"人质？"袁轶哑然失笑。

柳晶晶走下舷梯。乘务长做了个OK的手势，示意可以关舱。很快，飞机关舱，滑出。袁轶踱到柳晶晶身边："今天露脸了，领导都晓得你是平衡室里手工制图做得最好的，关键时候拿得出手。"柳晶晶道："主要是前阵子跟不上，每天苦练五张波音747的货机平衡表，倒做熟了。"袁轶点头道："这就叫功夫不负苦心人——阿哥天天陪你练，军功章里也有我的一半，是吧？"柳晶晶朝他翻白眼："我做平衡表，你在旁边打游戏。好意思？"袁轶呵呵笑起来。柳晶晶想起刚才的事，急急地问他："到底怎么回事？你怎么会在那个厕所里？那女人是干什么的，没把你怎么样吧？"

袁轶还未回答，刘宇航那边接了个电话，挂掉就叫袁轶：

"去一趟机场公安局——协助调查。"

袁轶在公安局待了两个多小时，回到候机楼时，早就过了下班时间了。刘宇航和袁啸腾先后来了电话，问的都是"没事吧"。袁轶说没事："例行公事问几句，我反正是有什么说什么。"刘宇航不再多问，袁啸腾则是沉着声音："你啊，别野豁豁——"袁轶接口："我野豁豁什么？"袁啸腾道："你自己心里清楚。厕所地上那包泻药怎么回事？——希望是我猜错了。"袁轶沉默了几秒。袁啸腾叹了口气："你啊你，永远是这样，冲动起来像个孩子。"

袁轶拿着手机，朝窗外看。雨已经下得很大了。整个机坪被灰色的水雾笼罩着——像那少妇的眼睛。袁轶从来没见过那样的眼睛。他看到这双眼睛时，第一感觉便是"遥远"。还有她说话时的神情，每一个字后面都似有什么东西在拉扯着。她一直在用力，嘴在用力，牙齿在用力，手在用力，心在用力。

"为什么要帮我？"这是她对他说的最后一句话。

袁轶直到现在也想不出答案。人在某些特定的情况，会做出一些奇怪的事情。比如，他竟想把自己的泻药塞给少妇，东西拉出来，马桶一冲，便什么证据都没了；又比如，他打定主意这事谁都不能说，偏偏晚上和温世远喝酒，纪念彼此不圆满的初恋，才只三四分酒意，便轻轻巧巧地把那事说了出来。

"——我猜想她或许要自杀，撞墙，或是撞洗手池。我拉住她，要她'坚持'住。我也不晓得,那时候怎么会蹦出这两个字来。她哭了,哭得很伤心,我不停地看表,劝她别做傻事。她看着我,告诉我,她儿子的愿望是长大后当个飞行员。"

温世远听到这里,笑笑:"和我小时候的愿望差不多。我想当空军,他想当飞行员。"

"十个男孩里,最起码有八个希望长大以后开飞机。"袁轶继续道,"——她说完又哭了,说她儿子这辈子肯定没这个机会了。我说不见得,天底下最讲不清的就是人的命运。我对她说,我初中时觉得最理想的生活就是和柳婷婷结婚,然后开爿烟纸店,每天睡到大中午,炒炒股票搓搓麻将。可现在我的想法完全变了。人生就是这样,时时刻刻都在变,充满着许多不定因素,谁都没办法左右自己的命运。"

"然后呢?"温世远问,"她就听了你的话?"

袁轶摇头:"她死活不肯吃泻药,说对胎儿不好。她说她既然选择了这条路,就自己承担后果,不能拖累别人。她还说我要么是傻子,要么就是千年难遇的大好人——你觉得呢?"

"往下说。"温世远道。

"临出去前,她把她丈夫的手机号码给了我。"

"为什么?"

"我答应她,如果她肚子里这个孩子跟他哥哥骨髓配对成功,就借医药费给他们,等孩子将来当上飞行员,再连本带利还给我。"

两人沉默了一会儿。半晌,温世远缓缓地道:"如果换了别人,我一定认为这是诱兵之计。但你这个人难讲,也许会来真的。"

袁轶停顿一下，把手里的酒一饮而尽："——刚才我给她丈夫打了电话，他说孩子已经出生了，大小平安。"

"那挺好。"

"骨髓能不能配对成功，还要等化验报告，估计要有一阵子。我让他有事随时联系我。"

两人一直喝到凌晨，絮絮叨叨地，从去年进机场聊起，大事小事，好的坏的，开心的不开心的，嘴上的心里的，一股脑统统倒了个遍。说着说着，彼此都生出些感慨来。心头有什么东西漾啊漾的，像激动又像难受，也不知是为了什么。语速时而飞快，像发泄；时而又缓慢无比，像倾诉。临结束前，袁轶长长地吐出一口气，道：

"算了，还是不走了。"

温世远朝他看。

"那个孩子要是真当上飞行员，"袁轶自顾自地道，"机场里没人罩着也不行。我得替他爹妈看着他。机场这地方，容易让人犯傻。算上我自己，还有好几个人，都做过傻事。可也不晓得怎么回事，真要走，还实在是舍不得。我这种傻子，大概也只能待在机场，换别的地方早就混不下去了。"他说到这里笑笑，"——退一万步讲，我们的初恋都在这里，有感情的，弄不好你小子的初吻也在这里，是不是？"

"袁轶，"温世远看着他，"——有句话憋在我肚子里很久了，一直没跟你说。"

"什么？"

"你是个好人——认识你，是我的荣幸。"温世远说着，拿起酒杯，与他的一碰。

几天后，香港那边传来消息，心脏移植手术非常成功。这次航班保障任务虽说有些波折，但总算是有惊无险，顺利完成。甄总打电话给刘宇航，半开玩笑："孙悟空保唐僧西天取经，要经历九九八十一难，你刘宇航保航代，也是多灾多难。不容易啊。"刘宇航挨惯了甄总的骂，这番话已是难得的褒赞了，他也不接口，只是静静听着。

刘宇航刚挂掉电话。一会儿，手机又响了。拿起来，是袁轶的短信：

"刘总，请吃饭。"

刘宇航嘿的一声，回过去："凭什么？"

"您要是不肯，那我请。"

刘宇航又嘿的一声，想这孩子便是这般讨喜。又回过去："行啊，你请就你请。"

两人这天都值班，在候机楼餐厅吃的饭。起初各自扒饭，刘宇航忽地抬头，说了句："听说你去医院看了那女的？"袁轶一怔："您怎么知道？"

"我有的是耳报神，"刘宇航不再往下说，只是叹了口气，"——年轻真好啊，想干什么就能干什么。到了我这年纪，许多事就再也不敢做了。输不起了。"袁轶揣测着这话里的意思，不敢吱声，听他又问道，"——不辞职了？"

袁轶赔笑道："我要是辞职，下次再联名上书，谁给您撑场面啊？"

"你是活雷锋。"刘宇航嘿的一声。

两人一直聊下去,丝毫没有离开的意思。周围人都走得一个不剩,服务员不好赶他们,便把别处的灯都关了,只剩两人面前的灯亮着。刘宇航忆起上次这样聊天,还是在袁轶家:"那天别说你意外,我自己都觉得莫名其妙,又没喝酒,怎么就稀里糊涂找上你小子了?"

"是缘分。"袁轶老气横秋地评价。

"那天我跟你说,机场有个地方视野特别棒,在那里看飞机,就像一幅画——下次有机会我带你去。"

"在哪儿?"

"其实就是当局楼顶楼。我每次去甄总办公室,他那里好大一扇落地窗,正对着机坪,如果是晴天的黄昏,配上远处天空若隐若现的晚霞,那真是绝了。"刘宇航说到这里笑笑,"我去那里多数是挨骂,如果没有美景看,老早跳楼了。"

"我这种小兵没资格去,挨骂也轮不到我。"袁轶笑道。

"下次我带上你,说这小子就是当初跟着我签名那个,嚷着要辞职的也是他。甄总火上来,肯定连你一起骂了。到时候我们一老一少,一边挨骂一边看飞机。"

"听着就觉得挺棒。"

临分开时,刘宇航又问了一遍袁轶:"真不走了?"

"主要是赔偿金太贵,赚的都没赔的多——我爸妈都是做生意的,我也不能做亏本买卖,丢他们的脸。"

刘宇航朝他看,手举起来,在他头顶轻轻一抚,落下来,又在他肩上拍了拍：

"那迟早我们能一起看飞机。"

尾声

高莹与慕思晨结婚那天，客运部除了上班的人，几乎全到齐了。他们摆了近三十桌，一大半都是机场员工。新娘高莹一共换了四套衣服，因为身材好底子佳，完全是模特走 T 台的效果。慕思晨则是一套西装，一套中式长衫。前者还过得去，"登西路"西装搭配琼瑶片男主角一向心仪的粉红色衬衫，油头粉面，很有些精致上海老男人的腔调。中式长衫就实在太那个了，身高本来就没什么优势，又多少有些中年发福的趋势，长衫是往下坠的料子，上宽下宽，整个人显得拖拖拉拉。两人走在一起，几个促狭的家伙便嘲他："慕经理，不像结婚，倒像找了个小蜜。"慕思晨瞪眼："啥意思？"一人跟着笑："是夸你呀，现在只有腔调好的男人才找得到小蜜。"又一人道："原配长得像小蜜，慕经理，好福气呀！"慕思晨甩下一句："下礼拜三字代码考试，你们几个瘪三，每人五百块，逃不脱的。"众人都起哄。高莹在他耳边道："今天你不是经理，是新郎官，人人都可以嘲你，人人都可以白相你。你听得再不舒服，也只能忍着，只能笑。"慕思晨恨恨地说："好，我今天先忍着，笑给他们看，以后让他们哭给我看。"高莹便摇头叹气："你这人啊——结婚证已经领好了，我也叫没法子。"慕思晨傻傻道："反正你长得像小蜜，领过证也不怕。"高莹嘿的一声，转向众人："这男人今天随便嘲，我批准的,谁把他嘲出高血压,下礼拜红眼航班统统不用做!"

袁轶与柳晶晶、温世远坐一桌。本来高莹要安排他坐主桌的,他说不了:"和我老婆坐一起——"柳晶晶打他一下,嗔道:"谁是你老婆?"温世远下月去香港培训半年,众人纷纷敬他酒,说高考状元总算要有一番作为了。他推辞不过,喝了不少。一会儿众人又聊起柳婷婷,说她已经当了空乘,正在实习。"你们两个争来争去,到头来这只白天鹅还是飞了——"一人道。另一人补充:"还是只飞到万米高空的白天鹅。"袁轶对温世远叹道:"他们的意思,你我都是癞蛤蟆。"温世远笑而不语。那人兀自不放过袁轶:"等柳婷婷将来结婚,你好歹也算是亲戚,还要倒贴一封红包,人财两失。"袁轶人来疯上来,说话便没轻没重:"红包送归送,但那天新郎官别想舒坦,不灌倒他,让他洞不了房,我袁字倒过来写。"说完,瞥见旁边柳晶晶似笑非笑的神情,自知理亏,"男人啊,都这副德行,听到漂亮女人结婚什么的,心里都不舒服,最好她们一个个都嫁不出去——你懂的,是吧?"柳晶晶夹起一筷鸭肫干放进嘴里:"我又没说什么。"袁轶凑近了,讨好的口气:"你别多心。"柳晶晶点头:"我不多心,男人嘛,本来就不能对他们期望太高。"袁轶笑笑:"搞得像你见过多少男人似的。"柳晶晶回敬:"非得吃过大便,才知道它有多臭吗?"袁轶吃瘪。柳晶晶嘿的一声,向后伸个懒腰,得意扬扬:"本来还有点不爽,现在爽了。"

刘宇航与袁啸腾也来参加喜宴。有人还不习惯改口,依然叫"刘总"。刘宇航摇头:"该叫副总了。"航代合资后,总经理由新加坡方面派人担任,甄总本来有意让刘宇航调到别处任职,但被他婉拒了，说宁可降半级，也要留在航代。袁啸腾依然是原地不动。两人较了二十年的劲，终究是落在了一条直线上。

　　袁啸腾与刘宇航坐在一桌。邻座。两人依然是不交流，各自吃菜。席中，旁边几人去敬酒，一桌只剩下他们两人。袁啸腾忽地问他："你老实说，那次肿瘤指标的事，是不是你编出来的？"刘宇航一怔，随即否认："怎么可能——谁会触自己霉头？"袁啸腾朝他看了看："别人不会，但你这人就难讲了，为达目的不择手段。"刘宇航嘿的一声："怪就怪现在这种指标假阳性比例太高，我也是吓个半死，谁晓得做了检查，竟然是虚惊一场——怎么，我没得癌症，你好像挺失望？"袁啸腾不说话，停了停，拿起酒杯与他的一碰："我没这么恶毒，你再怎么讨厌，还是希望你好好活着。"两人将酒一饮而尽，相视而笑。

　　袁轶到叔叔跟前打招呼，问他："婶婶怎么没来？"袁啸腾说："你表妹后天就飞台湾，她这个当妈的还不时时刻刻守着这宝贝女儿？"袁宁是上周从英国回来的，同行的还有她那个台湾男友，两人在上海只逗留几天，便要去台湾拜谒男方家长。前一天，这男生约袁啸腾夫妻和袁轶一起吃了顿饭，算是敲定了关系。散席后，袁宁问袁轶对这人感觉如何。袁轶评价："除了有点娘娘腔，别的还不错。"袁宁叫起来："那不是娘娘腔，是儒雅好不好？"袁轶笑道："我平常很少跟儒雅的男人打交道，不大习惯。"袁宁一本正经地道："像你这种粗胚，碰到精致一点的男人，难免会心生妒忌。可以理解。"袁轶为这事专门咨询了袁啸腾："大家都是男人，凭良心说，觉得你女婿怎么样？"袁啸腾道："文文气气的，蛮好。"袁轶便有些想不通,又去问柳晶晶。柳晶晶说:"你管人家呢,情人眼里出西施,就算是屁精,只要你表妹自己喜欢,旁人就管不着。"袁轶觉得这话也对。柳晶晶接着叹了口气:"连你这样的,我都当宝贝似的抢在手里——所以呀,王八看绿豆,对上眼了。你想不通,我爸妈还想不通呢。"袁轶只好闭嘴,想,这叫自取其辱。

　　喜宴舞台屏幕上,先是放新郎新娘的结婚照,到后来便放起一段动画片来,正是袁轶当初为航代制作的《我欲乘风》。之前在候机楼播放的时候,袁轶的名字被删去了,现在重新加上去,占了偌大一块地方,"制作:袁轶"几个字甚是显眼。众人先是一怔,随即都不禁莞尔,说这两人结婚还放机场的视频,想当劳模啊。高莹解释说:"我徒弟辛辛苦苦做出来的东西,还没几个人看过,我这个当师傅的有机会自然要给他宣传宣传。再说今天一大半客人都是机场的,领导不是说了嘛,要时时刻刻绷紧这根弦,大家一边吃喜酒,一边看视频,既开心又受教育,一举两得,多好。"刘宇航在台下给她竖大拇指,又朝袁轶送去赞许的眼神。袁轶站起来,朝大家恭敬地鞠了一躬。柳晶晶推了推他:"少嘚瑟。"袁轶摇头叹息:"学了四年动画,现在只能派这个用场,给我大学老师知道,非吐血不可。"柳晶晶道:"那你还留在这里?又没人拿绳子绑你。"袁轶嘻嘻一笑:"我老婆在这,我非留不可。"

　　喜宴上,新郎新娘被一众宾客闹得不可开交。有人阴恻恻地拿了一张试卷出来:"慕经理,你平常老是考我们,今天轮到我们出题考你了。"试卷分得很细,三字代码、值机指令、发电报……绝的是,最后竟然还要填开装机单和平衡表,"波音747货机,满舱,手工配平,最后指数一定要漂亮。画不出来就不许进洞房——"大家都叫好。都是平常被他考惨的,报仇来了。琼瑶片男主角叫屈:"我什么时候出过这种试卷?都是分岗位的。"那些人道:"你是经理啊,客运部归你管,所以每个岗位的题目都要会做。"

直到酒宴结束,装机单还只开了一半。袁轶悄悄对高莹道:"只要姑姑你一句话,我去帮他解围。"高莹却很豁达:"不用管,今天他就是让人白相的,人家白相得越厉害,就越是给面子。"袁轶不禁叹道:"姑妈你真是想得开。"高莹道:"你早晚也有这天。"袁轶苦笑:"到时候你们千万别太给面子,我吃不消。"

这天闹新房一直闹到半夜。温世远第二天值早班,先回家了,留下袁轶和柳晶晶,两人兴致很好地留到最后,每个节目都积极参与。回去的路上,两人有些累了,趴在出租车后座,看窗外好大的雾,树影模模糊糊,一棵棵飞快地朝后倒去。柳晶晶忽问袁轶:"为什么不去香港?本来都有你的份的。"袁轶想了想,回答:"总觉得没到那个份儿上,去了心里不好意思。"柳晶晶道:"怎么没到那个份儿上?"袁轶道:"不想被人说是靠关系,或者是运气好。"柳晶晶嘿的一声:"看不出你原来皮这么薄。"袁轶叹道:"准备再好好干几年。就像温世远,别人再看他不顺眼,可论真本事,人人都只能翘大拇指,不服不行。等我到他那一天,就算不让我去香港,我都要抢着去。"柳晶晶朝他看:"你这个人,滑头起来像老油条,可有时候又觉得你其实挺老实。"袁轶笑笑。柳晶晶又道:"我再问你——为什么留在机场不走了?"袁轶道:"你这是给我机会让我说漂亮话。"柳晶晶道:"为航代崛起而奋斗?"袁轶一笑:"我没那么不要脸。"

"好好说。"

袁轶停了停:"我记得刘大脚跟我说过,他说机场是个很奇怪的地方,刚进来的时候没感觉,可干久了,机场会改变一个人的世界观。在机场干活,不能用'工作'来形容,而应该用'事业'。要是干不好,好像自己都对不起自己——本来觉得这是句漂亮话,现在倒是越来越能体会它的含义了。上次要辞职,我就觉得心里酸酸的,很舍不得,后来专机证丢了,辞不了职了,那一刻反而觉得挺庆幸,想,要是这么一直拖着倒也蛮好。本来心一直是悬着的,总觉得说不出的难受,像是缺了什么。直到决定不走了,整个人才踏实了——你说,我是不是有点毛病?"

"我是为了你才进机场的,"柳晶晶朝他看,"你留着,我也留着。"

"那我要是一直留着不走了呢?"

"我无所谓,你在哪里,我就在哪里。"这丫头口气里透着倔强。

袁轶心里一暖,伸手揽她入怀,想起当初苦追柳婷婷时,这丫头在旁边完全是个点缀,天底下的事便是这么奇妙,不知从何时起,她便慢慢占据了他的心扉,待察觉时,满脑子竟已都是她的影子。自己都始料未及的。袁轶抚着她的肩,只觉得心里暖暖的。这时,手机响了,一看,是王力深。今天这家伙值班,所以没来喝喜酒。

"雾霾原因,航班全线延误。人手不够了——过来加班!"

袁轶一怔,还当他在说笑,再看窗外,雾霾果然越来越浓重了。初步估算,能见度应该不到两百米,绝对影响飞机起降。袁轶挂掉电话,正要对柳晶晶说,见她手机也响了——果然也是加班。

两人对视一眼,苦笑。

"下次雾霾天一定要关机。"袁轶道。

"没错。"

"新郎新娘不晓得关机没有,否则弄不好也要被抽壮丁。"袁轶有些促狭地说着,转向司机,"师傅,掉头,去浦东机场。"